janvier 2010

10
18

12, AVENUE D'ITALIE. PARIS XIIIe

Sur l'auteur

Peter Tremayne, de son vrai nom Peter Berresford Ellis, est né le 10 mars 1943 à Coventry, en Angleterre. Ses origines familiales — à la fois bretonne, irlandaise, écossaise et galloise — expliquent sans nul doute sa passion pour la culture celte. Après un premier livre sur le combat pour l'indépendance du pays de Galles en 1968, il devient écrivain à plein temps à partir de 1975.

Peter Tremayne est l'auteur de très nombreux pamphlets, nouvelles, biographies et essais. Il est aussi connu pour ses récits fantastiques fondés sur les mythes et légendes celtiques. Son recueil de nouvelles intitulé *Aisling and Other Irish Tales of Terror* lui a valu d'être comparé aux plus grands maîtres irlandais tels que Sheridan Le Fanu ou Bram Stoker. Il a reçu en 1988 l'Irish Post Award, en reconnaissance de ses apports importants à l'étude de l'histoire irlandaise. Entre 1983 et 1993, il écrit huit thrillers sous le nom de Peter MacAlan, avant de se lancer dans la rédaction des mystères de sœur Fidelma, série qui compte aujourd'hui dix-sept titres.

Peter Tremayne membre de la Society of Authors ainsi que de la Crime Writers Society.

Site du fan-club de Peter Tremayne :
www.sisterfidelma.com

PETER TREMAYNE

LES CINQ ROYAUMES

Traduit de l'anglais
par Hélène Prouteau

INÉDIT

10/18

« Grands Détectives »

dirigé par Jean-Claude Zylberstein

Du même auteur
aux Éditions 10/18

ABSOLUTION PAR LE MEURTRE, n° 3630
LE SUAIRE DE L'ARCHEVÊQUE, n° 3631
▶ LES CINQ ROYAUMES, n° 3717
LA RUSE DU SERPENT, n° 3788
LE SECRET DE MÓEN, n° 3857
LA MORT AUX TROIS VISAGES, n° 3913
LE SANG DU MOINE, n° 3962
LE PÈLERINAGE DE SŒUR FIDELMA, n° 4017
LA DAME DES TÉNÈBRES, n° 4066

Titre original :
Suffer Little Children

ISBN 978-2-264-03350-5

À mon vieil et excellent ami
Christopher Lowder —
Merci à Arnold Bennett
Et au Six Towns Magazine

« Laissez les petits enfants et ne les
empêchez pas de venir à moi. »

Matthieu, 19, 14

« N'allez donc pas les craindre !
Rien, en effet, n'est voilé
qui ne sera révélé, rien de caché
qui ne sera connu. »

Matthieu, 10, 26

NOTE HISTORIQUE

Les deux précédentes aventures de Fidelma se situaient en 664 après J.-C., la première enquête se déroulant au cours du synode de Whitby, en Northumbrie, et la seconde dans la ville de Rome. Quant à cet ouvrage, il a pour cadre le pays de Fidelma, et la plupart des lecteurs trouveront l'Irlande du VIIe siècle assez dépaysante. Elle est constituée de cinq royaumes principaux, sans compter les petits royaumes et les régions dominées par les clans. Les noms des lieux et ceux des personnages sont peu familiers. On connaît aussi très mal l'ancienne organisation sociale irlandaise avec son système juridique, les lois du Fénechus, plus connues sous le nom de lois des brehons (de *breitheamh* : juge). Voilà pourtant le monde de Fidelma où, j'espère, le lecteur se laissera entraîner avec plaisir.

Pour l'aider à mieux situer l'intrigue, j'ai mis une carte à sa disposition.

Pour des raisons évidentes, j'ai généralement usé des noms d'origine bien que je me sois conformé à quelques usages modernes, par exemple Tara plutôt que *Teamhair*, et Cashel plutôt que *Caiseal Muman*, et aussi Armagh au lieu d'*Ard Macha*. Cependant, je m'en suis tenu à Muman plutôt qu'à « Munster », qui au IXe siècle après J.-C. a été forgé à partir du mot nordique *stadr* (lieu), associé au nom irlandais Muman pour finalement donner Munster en anglais. De même, j'ai gardé Laigin plutôt que la forme anglicisée de Laigin-*stadr*, aujourd'hui Leinster.

Les livres précédents ont exposé certaines des différences entre l'Église d'Irlande, que l'on appelle maintenant l'Église celtique, et Rome. Il a déjà été souligné qu'à l'époque le concept du célibat chez les prêtres n'était pas très populaire. Il faut se rappeler que, là où vivait Fidelma, les monastères étaient souvent mixtes et que les religieux se mariaient fréquemment. Même les abbés et les évêques y étaient autorisés. Il faut garder cela à l'esprit pour bien comprendre le monde de Fidelma.

Cette histoire se situe en l'an 665 après J.-C.

PERSONNAGES PRINCIPAUX

Sœur Fidelma de Kildare, *dálaigh* ou avocat des cours de justice du VIIe siècle en Irlande.
Cass, membre de la garde rapprochée du roi de Cashel.
Cathal, roi de Cashel à l'agonie.
Colgú, *tánaiste* ou héritier présomptif de Cashel, et frère de Fidelma.

Á Rae na Scríne

Intat, *bó-aire* ou magistrat local des Corco Loígde.
Sœur Eisten, dirige un orphelinat.
Cétach et Cosrach, deux frères orphelins.
Cera et Ciar, deux sœurs orphelines.
Tressach, un orphelin.

Á l'abbaye de Ros Ailithir

Abbé Brocc, un cousin de Fidelma.
Frère Conghus, l'*aistreóir* ou portier.
Frère Rumann, le *fer-tighis* ou hôtelier de l'abbaye.
Frère Midach, le médecin-chef.
Frère Tóla, son assistant.
Frère Martan, l'apothicaire.
Sœur Grella, la bibliothécaire.
Frère Segán, le *fer-leginn* ou professeur principal.
Sœur Necht, novice et assistante de l'hôtelier.

Hommes des Corco Loígde

Salbach, chef des Corco Loígde.
Scandlán, son cousin — petit roi d'Osraige.
Ross, capitaine d'une *barc* côtière.

Hommes du royaume de Laigin

Le vénérable Dacán, le défunt.
Fianamail, roi de Laigin.
Forbassach, son brehon (avocat et juge).
Abbé Noé, frère du vénérable Dacán, abbé de Fearna et conseiller de Fianamail.
Mugrón, capitaine d'un bateau de guerre de Laigin.
Midnat, un marin de Laigin.
Assíd d'UíDego, marchand et capitaine de navire de Laigin.

À Sceilig Mhichil

Frère Mel, père supérieur du monastère de Sceilig Mhichil.
Frère Febal, un moine.

La maison de Molua

Frère Molua, dirige un orphelinat.
Sœur Aíbnat, sa femme.

À la Grande Assemblée

Sechnassach, haut roi d'Irlande.
Barrán, chef brehon d'Irlande.
Ultan, archevêque d'Armagh, responsable apostolique de la foi.

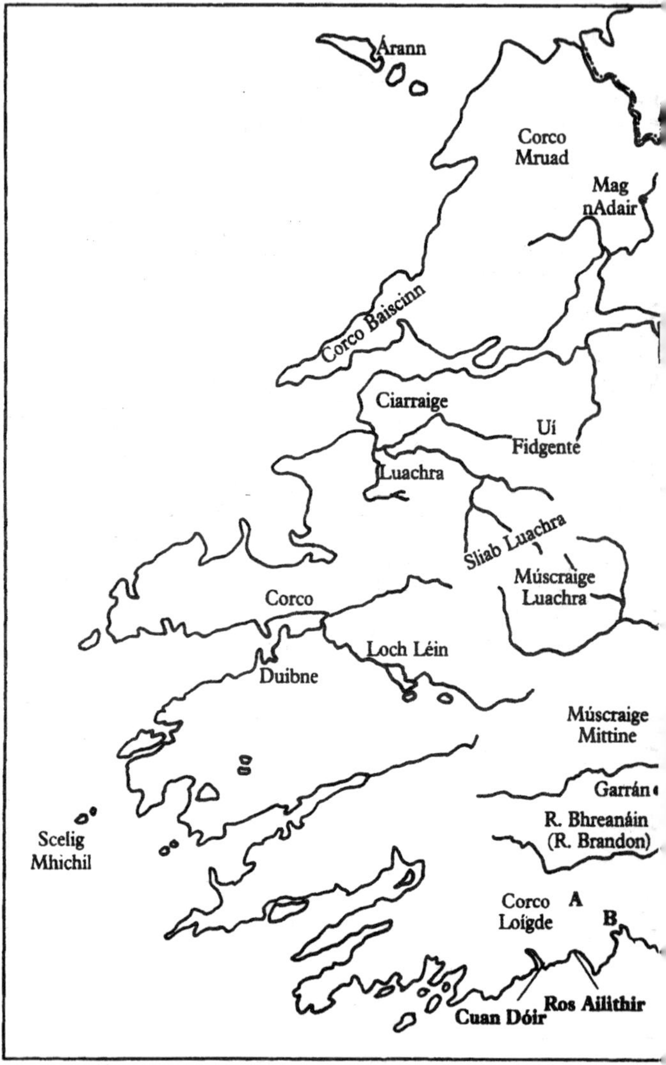

Le monde de Fidelma au VIIe siècle après J.-C.

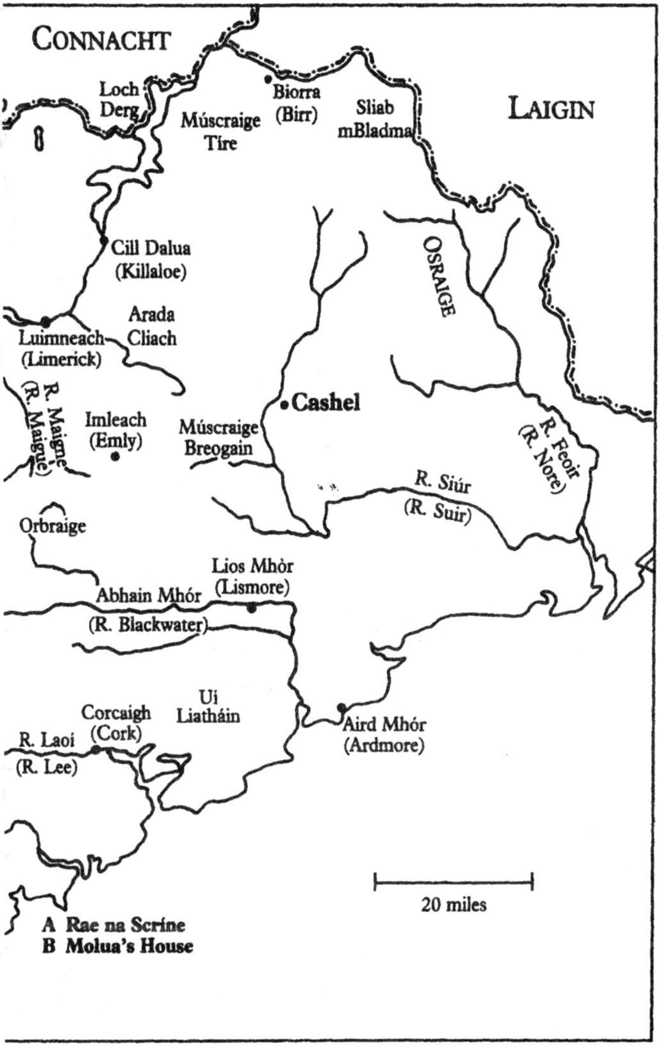
CONNACHT
LAIGIN
Loch Derg
Biorra (Birr)
Múscraige Tíre
Sliab mBladma
Cill Dalua (Killaloe)
OSRAIGE
Arada Cliach
Luimneach (Limerick)
R. Maigne (R. Maigue)
Cashel
Imleach (Emly)
Múscraige Breogain
R. Feoir (R. Nore)
R. Siúr (R. Suir)
Orbraige
Lios Mhòr (Lismore)
Abhain Mhór (R. Blackwater)
Ui Liatháin
Corcaigh (Cork)
R. Laoí (R. Lee)
Aird Mhór (Ardmore)
20 miles
A Rae na Scríne
B Molua's House

CHAPITRE Ier

Un éclair blanc, un coup de tonnerre et la tempête se déchaîna avec une rare violence.

À l'instant où une pluie glacée commençait à tomber à grosses gouttes, une cavalière et son cheval surgirent de la forêt et s'immobilisèrent au bord d'un ravin qui dominait une vaste plaine. La jeune femme, étroitement enveloppée dans une longue cape en laine chaude et rêche dont la capuche était rabattue sur ses yeux pour se protéger du froid automnal, leva un regard serein vers le ciel. Noyant les sommets des montagnes au lointain, les nuages roulaient vers l'horizon, fondaient sur les mornes étendues désertes, se condensaient çà et là en nuées sombres et menaçantes.

La jeune femme ferma un instant les yeux tandis que les gouttes de pluie ruisselaient sur son visage engourdi par le froid. Un visage ordinaire qui pourtant exerçait une étrange attirance sur ses semblables. Des mèches de cheveux roux s'échappaient de sa capuche et on distinguait à peine quelques taches de rousseur sur sa peau laiteuse. Un éclair fulgura, et, dans ses yeux gris comme le ciel, s'alluma une lueur d'émeraude. Mince et élancée, elle montait avec aisance, maîtrisant parfaitement sa bête. Un examen plus attentif aurait révélé un crucifix en argent autour de son cou et un habit de religieuse dissimulé sous la lourde cape.

Sœur Fidelma, qui appartenait à la communauté de la bienheureuse Brigitte de Kildare, n'était pas le moins du monde surprise par l'orage. Voilà plusieurs heures qu'elle en repérait les signes avant-coureurs. Tandis que gonflaient les tiges du trèfle d'eau, les écailles des pommes de pin sur les arbres se refermaient et les pétales des marguerites et des dents-de-lion se rétractaient. À son regard clairvoyant, tout, tandis qu'elle chevauchait, annonçait la tempête. Les dernières hirondelles, qui à cette époque s'envolaient loin de l'Éireann, avaient trouvé refuge dans les buissons. Et comme si ces présages ne suffisaient pas, elle avait vu, alors qu'elle passait près de la cabane d'un bûcheron, le panache de fumée de la cheminée s'incliner vers le sol, donnant naissance autour de la chaumière à de petits tourbillons qui s'évanouissaient dans l'air glacé. Un signe qui ne trompait pas.

Si elle s'était préparée à la tempête, elle n'avait pas prévu ce déchaînement des éléments. Elle hésita un instant, faillit retourner dans la forêt pour y chercher un abri en attendant que l'orage s'éloigne, mais elle n'était plus très loin du but de son voyage. Songeant au message pressant qui lui ordonnait d'accourir au plus vite, elle enfonça ses éperons dans les flancs de sa monture et s'engagea sur le sentier escarpé qui menait à la plaine en contrebas. Puis, une fois en terrain plat, elle se lança au galop vers la colline au loin, à peine visible derrière le rideau de pluie.

Le monticule circulaire de roche calcaire s'élevait à une hauteur de cent quatre-vingts pieds. Il dominait toute la plaine et les éclairs en illuminaient sporadiquement les contours abrupts. Devant ces apparitions, la gorge de Fidelma se serra. Bientôt, elle distingua les édifices familiers qui se dressaient sur cette forteresse naturelle — Cashel, siège des rois de Muman, le plus grand des cinq royaumes d'Éireann. C'est là qu'elle était née et qu'elle avait grandi.

Fouettée par la pluie, la tête courbée contre les morsures du vent, elle était la proie de sentiments intenses et contradictoires. Après plusieurs années de séparation, la joie la submergeait à l'idée de revoir son frère Colgú, mais ce bonheur était tempéré par l'anxiété. Pourquoi l'avait-il fait mander avec tant de précipitation, lui intimant l'ordre de quitter sur-le-champ sa communauté de Kildare pour le rejoindre ?

Elle n'avait cessé de s'interroger, brûlant d'obtenir des réponses à ses questions tout en s'admonestant sévèrement pour cette perte de temps et d'énergie. Fidelma avait été élevée dans la discipline de l'ancienne tradition. Elle se rappela les conseils de son vénérable maître, le brehon[1] Morann de Tara : « N'essaie pas de poser des œufs sur la table avant d'avoir rencontré la poule. » À quoi bon se tourmenter et chercher des solutions à des problèmes dont elle ignorait tout ?

Pour se reposer l'esprit, elle chercha refuge dans l'art du *dercad*, la voie de la méditation apaisant la colère et les errements de la pensée, qui avait mené des générations entières de mystiques irlandais jusqu'au *sitcháin*, la paix intérieure. Elle s'exerçait régulièrement à cet art séculaire bien que des membres de la foi, tel Ultan, l'archevêque d'Armagh, l'aient dénoncé comme une pratique païenne car il venait des druides. Le bienheureux Patrick en personne, un Breton d'Angleterre qui, deux siècles auparavant, avait joué un rôle essentiel dans l'enracinement de la foi dans les cinq royaumes, avait lui aussi expressément proscrit certaines des disciplines de méditation visant à un

1. Juge ou avocat. *(N.d.T.)*

accomplissement personnel. Cependant, le *dercad*, bien que déconsidéré, n'était pas encore interdit. Il permettait de se rasséréner en enrayant le flot de pensées qui submerge un esprit tourmenté.

Avec son aide, Fidelma, luttant contre la pluie et les bourrasques, en dépit des éclairs et des grondements du tonnerre, atteignit sans encombre le château des rois de Muman. Elle fut la première surprise de se retrouver aux abords de la ville car elle n'avait pas vu le temps passer.

Au pied du tertre crayeux, à l'ombre de la forteresse, une cité marchande s'était lentement édifiée au cours des siècles. Le jour déclinait et la tempête ne faiblissait pas. Fidelma franchit la porte de la ville et guida son cheval par les rues tortueuses grâce aux lumières vacillantes des lanternes qui apparaissaient ici et là. Elle huma l'odeur âcre des feux de tourbe. Soudain, un guerrier de haute stature se dressa devant elle, une lanterne dans une main et une lance dans l'autre, tenue avec une décontraction vigilante.

— Qui êtes-vous et que cherchez-vous ici, à Cashel ?

Sœur Fidelma tira sur les rênes de sa monture.

— Je suis Fidelma de Kildare, répliqua-t-elle d'une voix assez forte pour dominer le vent.

Puis elle se corrigea.

— Fidelma, sœur de Colgú.

Le guerrier se raidit.

— Bienvenue, madame. Nous vous attendions.

Puis il s'évanouit dans l'ombre, sentinelle montant la garde contre les dangers de la nuit.

Fidelma poursuivit son chemin. Tandis qu'elle passait devant les maisons lui parvenaient des rires et des airs de musique. Elle traversa la grand-place et gravit le sentier qui serpentait jusqu'en haut du promontoire rocheux, habité depuis des temps immémoriaux. Les ancêtres de Fidelma, les Eóganachta, les fils d'Eoghan, s'étaient installés ici trois siècles auparavant, en même temps qu'ils revendiquaient la couronne du royaume de Muman, transformant cette singulière construction en centre politique, puis ecclésiastique.

Fidelma en connaissait les moindres recoins car son père, Faílbe Fland, avait été roi à Cashel.

— N'allez pas plus loin ! s'écria une petite voix aiguë et éraillée.

Fidelma s'arrêta net, soudain tirée de sa rêverie.

Surprise, elle baissa les yeux sur le petit personnage qui la hélait. Apparemment, ce tas informe de fourrures et de haillons était une femme. Courbée par les ans et trempée jusqu'aux os, elle s'appuyait lourdement sur un bâton. Fidelma avait beau l'observer avec attention, elle ne parvenait pas à distinguer ses traits. Un éclair lui avait juste permis d'apercevoir des cheveux blancs plaqués sur un visage qui demeurait dans l'ombre.

— Qui êtes-vous ? demanda Fidelma.

— Qu'importe mon nom. Rebroussez chemin si vous tenez à la vie !

Fidelma fronça les sourcils.

— Quel genre de menace est-ce là ? lança-t-elle avec humeur.

— Je ne menace pas, milady, je vous avertis, couina la vieille. La mort a élu domicile dans cet affreux château. La mort va se saisir de tous ceux qui y pénètrent. Fuyez ! Fuyez pendant qu'il en est encore temps !

Un nouvel éclair, un coup de tonnerre et Fidelma sentit le frémissement de l'alezan qui menaçait de se cabrer. Elle se pencha pour lui flatter l'encolure et, quand elle se tourna à nouveau vers la vieille, celle-ci avait disparu. Pensive, Fidelma reprit son ascension vers les grilles du château des rois de Muman et oublia l'incident. À deux reprises, elle fut arrêtée par des guerriers et leur donna son nom. Aussitôt, ils s'écartèrent pour la laisser passer en lui témoignant des marques de respect.

Quand elle mit enfin pied à terre dans la cour pavée du château, éclairée par des lanternes qui se balançaient dans le vent, un garçon d'écurie se précipita à sa rencontre. Fidelma caressa le museau de son cheval pour le remercier de l'avoir menée à bon port, le soulagea de sa sacoche en cuir et se dirigea à grands pas vers la porte. Les battants s'écartèrent sans qu'elle eût à soulever le heurtoir.

Elle pénétra dans un hall immense réchauffé par une énorme cheminée centrale où brûlaient des troncs entiers. Les personnes rassemblées en ce lieu se tournèrent vers la visiteuse et des murmures s'élevèrent tandis qu'un serviteur s'avançait pour prendre son bagage et l'aider à ôter sa cape. D'un geste las, elle fit glisser de ses épaules le vêtement alourdi par la pluie et se hâta de rejoindre l'âtre. Elle était glacée. Avant de se retirer, le domestique l'informa qu'on était allé prévenir son frère Colgú de son arrivée.

Parmi tous ces gens qui se tenaient dans le hall du palais et jaugeaient la nouvelle venue avec une curiosité non feinte, Fidelma ne reconnut aucun visage amical et familier. La salle respirait une solennité empreinte de méfiance, une mélancolie indéfinissable et même, à la réflexion, une atmosphère franchement hostile. Un religieux d'aspect austère, les mains jointes avec ostentation, se tenait près des flammes.

— Que Dieu vous tienne en sa sainte garde, mon frère, dit Fidelma en souriant. Pour quelle raison, je vous prie, ces gens font-ils si triste figure ?

Le moine se tourna vers elle et la fixa d'un air sombre qui apporta la dernière touche à son maintien lugubre.

— Mais enfin, ma sœur, vous ne voudriez tout de

même pas qu'en de telles circonstances nous poussions des cris de joie ?

Il renifla d'un air réprobateur et se détourna de Fidelma.

Décontenancée, elle jeta un coup d'œil autour d'elle, en quête d'une personne qui s'épancherait plus volontiers.

Croisant le regard d'un homme au visage osseux qui la toisait avec arrogance, elle releva instinctivement le menton, frappée par une réminiscence qu'elle n'eut pas le temps de préciser car il l'avait déjà rejointe.

— Eh bien, Fidelma de Kildare, lança-t-il d'une voix brusque, c'est votre frère Colgú qui vous a fait quérir ?

Fidelma, surprise par le ton de son interlocuteur, répondit par un sourire de bienvenue car elle venait de mettre un nom sur son visage.

— Bonjour à vous, Forbassach, brehon du roi de Laigin. Vous voilà bien loin de Fearna, dites-moi ?

L'homme resta de marbre.

— Quelle excellente mémoire, sœur Fidelma ! Le bruit de vos exploits à la cour d'Oswy[1] de Northumbrie vous a précédée, et le rôle que vous avez joué à Rome[2] n'est ignoré de personne. Néanmoins, je puis vous affirmer que vos talents ne vous serviront guère en ce royaume. Vous n'influerez en rien sur le jugement, foi de Forbassach.

À ce langage crypté qui résonnait à ses oreilles comme une langue étrangère, le sourire de Fidelma se figea, mais de façon très passagère, car en toute circonstance elle veillait à ne pas trahir son désarroi. Le brehon Morann de Tara lui avait enseigné qu'un bon avocat ne devait jamais laisser un adversaire accéder à

1. Voir *Absolution par le meurtre,* 10/18, n° 3630.
2. Voir *Le Suaire de l'archevêque,* 10/18, n° 3631.

ses pensées, or Forbassach venait de toute évidence de lui manifester une certaine hostilité.

— Je ne doute pas de votre sagacité, Forbassach de Fearna, mais ne saisis pas pleinement le sens de votre déclaration, répliqua-t-elle avec flegme.

Forbassach s'empourpra.

— Voilà de l'insolence ou je ne m'y connais guère. Vous, la sœur de Colgú, prétendez ne pas...

— Pardonnez-moi, Forbassach...

Une voix masculine et bien timbrée interrompit les propos véhéments du brehon.

Fidelma leva les yeux sur le nouvel arrivant, un jeune homme de son âge environ, grand, plus d'un mètre quatre-vingts, et revêtu de la tenue de guerrier. D'une beauté frappante, il était rasé de près, avec des cheveux noirs bouclés et des traits réguliers. Elle ne s'attarda pas sur son allure car elle venait de remarquer qu'il portait un collier d'or torsadé, avec les ornements symboliques qui le distinguaient comme un des membres de l'ordre du Collier d'or, l'élite des gardes du roi de Muman. Il se tourna vers elle avec un sourire chaleureux.

— ... et vous aussi, sœur Fidelma. J'ai été chargé de vous souhaiter la bienvenue à Cashel et de vous mener sans tarder à votre frère. Si vous voulez bien me suivre...

Elle hésita, mais Forbassach fronçait déjà le sourcil en direction d'un petit groupe qui chuchotait tout en jetant des regards dans leur direction. Perplexe, Fidelma baissa la tête, perdue dans ses réflexions, et suivit le jeune guerrier. Il avançait à grandes enjambées tranquilles et elle pressa le pas pour se maintenir à sa hauteur.

— Je suis étonnée par la présence de Forbassach de Fearna en ces lieux, déclara-t-elle d'une voix légèrement essoufflée. Me direz-vous ce qui justifie sa mauvaise humeur ?

Le guerrier fit une grimace où Fidelma crut lire un certain mépris.

— Forbassach est l'envoyé du nouveau roi de Laigin, le jeune Fianamail.

— Cela n'explique pas ses propos désagréables, ni les tristes mines des personnes présentes. Dans mon souvenir, Cashel était un palais empli de rires et de gaieté.

Le guerrier parut mal à l'aise.

— Je préfère laisser à votre frère le soin de vous exposer la situation.

Il avança la main pour frapper à une porte qui s'ouvrit brusquement.

— Fidelma !

Un jeune homme apparut, que l'œil le moins exercé aurait aussitôt reconnu comme le frère de la religieuse. Minces et élancés, les cheveux roux, des prunelles d'un vert changeant, ils se ressemblaient de façon frappante. Même leur gestuelle signalait leur parenté.

Ils s'étreignirent tendrement, puis se séparèrent et s'étudièrent avec attention en se tenant les mains.

— Les années t'ont épargnée, Fidelma, observa Colgú avec satisfaction.

— Et elles ont glissé sur toi, mon frère, répliqua Fidelma en riant. Ton message m'avait plongée dans une grande anxiété, mon dernier séjour à Cashel remonte à de longues années et je craignais qu'il ne te soit arrivé malheur. Dieu merci, tu te portes comme un charme et tu m'en vois infiniment soulagée.

Puis elle redevint grave.

— Mais pourquoi tant de tristesse et de mauvaise humeur chez tous ces gens rassemblés dans le hall d'entrée ?

Colgú mac Faílbe Fland attira sa sœur à l'intérieur de la pièce et se tourna vers le guerrier.

— Je t'enverrai chercher plus tard, Cass, lui lança-t-il avant de suivre Fidelma dans le salon d'apparat, où brûlait un feu dans une cheminée de pierre.

Un serviteur s'avança, portant un plateau avec deux gobelets de vin chaud qu'il déposa sur une table. Puis il se retira tandis que Colgú entraînait Fidelma vers un fauteuil au coin de l'âtre.

— Assieds-toi, tu dois être gelée après ce long voyage.

Il écouta les grondements du tonnerre qui parvenaient jusqu'à eux.

— Le jour ne s'est pas encore réconcilié avec lui-même, remarqua-t-il en prenant un gobelet fumant qu'il tendit à Fidelma.

Elle le leva avec un sourire malicieux.

— Buvons à des temps plus cléments.

— Amen, petite sœur.

Fidelma avala quelques gorgées du liquide brûlant avec un plaisir non dissimulé.

— Nous avons tant de choses à nous raconter, mon frère ! lança-t-elle. Il a coulé tellement d'eau sous les ponts depuis notre dernière rencontre ! J'ai beaucoup voyagé, de l'île de Colum-Cille [1] à la terre des Saxons. Je me suis même rendue à Rome.

Elle s'interrompit, frappée par l'angoisse tapie au fond des yeux de Colgú qui l'écoutait d'un air absent.

— Tu n'as pas encore répondu à ma question, Colgú. Pourquoi tant de mélancolie en ce palais ?

Une ombre passa sur le visage aimé.

— Tu as toujours eu un grand sens de l'observation, petite sœur.

Il poussa un profond soupir.

— Allons, je t'écoute !

Le jeune homme hésita un instant et ses traits se crispèrent.

1. Iona. Saint Colomba (Colum-Cille), moine irlandais né en 521, y fonda un monastère. *(N.d.T.)*

— Comme tu t'en doutes, je ne t'ai pas conviée ici pour une réunion de famille.

Fidelma attendait qu'il s'explique, mais il semblait perdu dans ses pensées et réticent à formuler ce qui le tourmentait.

— Que se passe-t-il ? insista-t-elle avec un grand calme.

Colgú jeta un bref coup d'œil autour de lui, comme s'il craignait les oreilles indiscrètes.

— Le roi... le roi Cathal est aux portes de la mort, frappé par la peste jaune. Il repose dans ses appartements, entouré par ses médecins impuissants.

Fidelma battit des paupières. Cette nouvelle ne la surprenait pas outre mesure. En deux ans, la peste jaune avait gagné toute l'Europe, décimant sa population par dizaines de milliers. Elle n'avait épargné ni les paysans misérables, ni les rois orgueilleux, ni les évêques imbus d'eux-mêmes. Il y avait seulement dix-huit mois, quand cette terrible maladie avait pour la première fois fait son apparition en Éireann, les hauts rois d'Irlande, Blathmac et Diarmuid, s'étaient éteints à Tara à quelques jours d'intervalle. Quelques mois plus tard, Fáelán, roi de Laigin, succombait à son tour. Et aujourd'hui, le fléau poursuivait ses ravages. D'innombrables orphelins erraient dans les royaumes, affamés et livrés à eux-mêmes. Certains membres de la foi, tel l'abbé Ultan d'Ardbraccan, avaient réagi en édifiant des orphelinats et en organisant la lutte contre cette terrible calamité. D'autres avaient fui, comme Colmán, le professeur principal du collège du bienheureux Finnbarr, à Cork, qui s'était embarqué pour une île éloignée avec la cinquantaine d'élèves de son collège. Quant à Fidelma, voilà bien longtemps qu'elle s'était accommodée du fléau.

— Est-ce parce que notre cousin est mourant que tu m'as fait quérir ?

Colgú secoua vivement la tête.

— Avant qu'il ne soit terrassé par les fièvres, le roi Cathal m'avait déjà ordonné de t'envoyer un messager. Et maintenant, il me revient de t'instruire de nos problèmes.

Il s'avança vers elle et lui posa la main sur le bras.

— Mais nous verrons cela plus tard, il faut d'abord que tu reprennes des forces. Viens, je t'ai fait préparer ton ancienne chambre.

Fidelma ne put réprimer un soupir d'impatience.

— Colgú, personne ne me connaît mieux que toi. Tant qu'on me dissimule un secret, il m'est impossible de trouver le repos. Alors cesse de mettre mon imagination à la torture et venons-en aux faits.

Colgú ouvrit la bouche à l'instant où éclatait une dispute dans le corridor. Ils entendirent un bruit de bousculade, Colgú s'avança vers la porte qui s'ouvrit en coup de vent, et Forbassach de Fearna apparut, rouge et essoufflé.

Derrière lui, son beau visage empreint de colère, se tenait Cass, le jeune guerrier.

— Pardonnez-moi, monseigneur, mais je n'ai pu l'arrêter.

Colgú affronta l'envoyé du roi de Laigin avec courroux.

— Que signifie un tel comportement, Forbassach ? Par Dieu, vous oubliez mon rang et le vôtre.

Forbassach, qui ne semblait pas regretter le moins du monde son attitude cavalière, releva le menton, défiant son interlocuteur.

— Il me faut une réponse à porter à Fianamail, roi de Laigin. Votre souverain est à l'agonie, Colgú. C'est donc à vous qu'il revient d'examiner les accusations de Laigin, qui exige réparation.

Fidelma demeura impassible mais, intérieurement, elle bouillait de ne rien comprendre à ce qui se tramait.

Quant à Colgú, ses yeux verts jetaient des étincelles.

— Cathal de Muman n'est pas encore mort, Forbassach. Tant qu'il vit, il demeure seul juge en la matière. Et quant à vous, vous avez enfreint les lois de l'hospitalité en usage dans l'enceinte de ce château. En tant que *tánaiste*[1], j'exige que vous vous retiriez d'ici. Quand la cour de Cashel l'estimera nécessaire, elle vous convoquera pour vous communiquer le résultat de ses délibérations.

Les lèvres déformées par un rictus condescendant, Forbassach cracha sa colère.

— À quoi bon ces atermoiements, Colgú ? Dès que j'ai posé les yeux sur votre sœur, Fidelma de Kildare, j'ai su que vous alliez user de faux-fuyants, mais cela ne vous servira de rien. Laigin exige la justice !

Maîtrisant son courroux, Colgú s'adressa à sa sœur sans quitter Forbassach des yeux.

— Il me semble que l'ambassadeur de Laigin a outrepassé les lois sacrées de l'hospitalité. Il s'est introduit de force dans des appartements privés et a tenu des propos insultants. Puis-je ordonner qu'il soit expulsé de cette cour ?

Fidelma se tourna vers l'arrogant brehon de Fearna.

— Acceptez-vous de vous excuser pour cette intrusion injustifiée, Forbassach ? Et vous repentez-vous de votre conduite grossière à l'égard de l'héritier présomptif de Cashel ?

Forbassach ne broncha pas et les rides sur son front se creusèrent.

— Du tout.

— Très bien. En tant que brehon, vous connaissez la loi. Vous êtes donc banni de cette cour.

Colgú adressa un hochement de tête imperceptible à Cass qui posa une main sur l'épaule de Forbassach.

1. Héritier du roi. *(N.d.T.)*

Sous la poigne du guerrier, l'émissaire de Laigin s'empourpra et voulut se dégager.

— Fianamail de Laigin sera informé de cet outrage, Colgú ! s'écria-t-il. Cela aggravera d'autant les charges retenues contre vous quand vous vous présenterez devant l'assemblée du haut roi à Tara pour y être jugé !

Le guerrier fit pivoter Forbassach sur ses talons et, sans démonstration de force inutile, l'amena à franchir le seuil de la porte qu'il referma derrière lui avec un geste d'excuse à l'adresse de Colgú.

Fidelma se tourna vers son frère, déjà retombé dans son humeur mélancolique.

— Voilà bien des mystères. Je crois qu'il est grand temps que tu m'expliques de quoi il retourne, déclara-t-elle sur un ton de tranquille autorité.

CHAPITRE II

Colgú sembla hésiter mais, voyant la lueur qui s'allumait dans les yeux de sa jeune sœur, il obtempéra.

— Très bien, mais je préférerais que nous nous rendions en un lieu plus tranquille, à l'abri des interruptions et des oreilles malveillantes, car ils sont nombreux à nourrir des sentiments hostiles envers les rois de Muman.

Malgré son étonnement, Fidelma ne fit pas de commentaire. Elle connaissait suffisamment son frère pour savoir qu'il ne parlait pas à la légère. Le moment venu, il lui expliquerait de quoi il retournait et elle le suivit sans mot dire.

Ils longèrent de nombreux couloirs aux riches tapisseries et aux objets rares accrochés aux murs de pierre : les collections rassemblées au cours des siècles par les rois eóganacht. Puis ils traversèrent une grande pièce qui réveilla bien des souvenirs chez Fidelma. Il s'agissait de la *tech screptra*, le *scriptorium* du palais où, quand elle était enfant, elle avait appris à lire et à former ses premières lettres. La bibliothèque recelait de magnifiques vélins illustrés ainsi que d'anciens livres de Muman, et aussi des « bâtons de poète », des branches d'orme et de coudrier qui servaient de support aux anciens scribes pour graver leurs sagas, contes et poèmes en ogham, l'ancien alphabet encore en usage dans certaines régions de Muman. C'est dans la *tech screptra* que l'imagination de la petite fille et sa soif de connaissances s'étaient éveillées.

Envahie par la nostalgie, Fidelma s'arrêta un bref instant, souriant à ses souvenirs. À la lumière des chandelles de suif qui dégageaient une fumée âcre, des frères de la foi étudiaient ces mêmes ouvrages.

Quand elle reprit ses esprits, elle vit Colgú qui l'attendait.

— Je suis ravie que tu autorises toujours l'accès de la bibliothèque à des érudits appartenant à notre Église, lui dit-elle d'un air approbateur tandis qu'ils se remettaient en marche.

La grande bibliothèque de Cashel était la propriété personnelle des rois de Muman.

— Il en sera toujours ainsi tant que nous appartiendrons à la foi, répliqua Colgú d'un ton ferme.

— On m'a pourtant rapporté que certains esprits étroits avaient brûlé des « bâtons de poète », au prétexte qu'ils étaient écrits par des païens idolâtres. J'espère qu'à Cashel, où ces ouvrages abondent, ils seront préservés d'une telle intolérance.

— Pourquoi t'inquiéter puisque l'intolérance est incompatible avec la foi ? demanda Colgú, avec un sourire forcé.

— Tout dépend de quel point de vue on se place. On m'a rapporté que Colmán de Cork prônait la destruction des livres païens. Pour ce qui nous concerne, nous avons le devoir de nous assurer que les trésors de nos peuples ne seront pas perdus ou réduits en cendres en des temps troublés.

Colgú se mit à rire.

— Le dilemme est purement théorique, car Colmán de Cork s'est enfui de ce royaume par crainte de la peste. Sa voix ne compte plus.

Ils arrivaient à la petite chapelle familiale. Il courait de nombreuses histoires, transmises par la famille de Fidelma, sur la visite du bienheureux Patrick à Cashel. Le saint s'était employé à convertir leur ancêtre, le roi Conall Corc, à la nouvelle foi. Un de ces récits rapportait comment il avait utilisé le trèfle d'eau, le *seamróg*, pour illustrer le concept de la Sainte-Trinité devant Conall. Non pas que l'idée soit difficile à saisir, car tous les dieux païens de l'ancienne Irlande étaient des dieux trins[1]. Les Irlandais n'avaient donc eu aucun mal à concevoir la Trinité. Quant à Fidelma, qui cultivait ses repères historiques et géographiques, elle avait toujours eu le sens de la continuité.

Ils traversaient maintenant les salles de réception accessibles à la Cour et pénétrèrent enfin dans les appartements privés de la famille et de sa suite.

On avait préparé son ancienne chambre à Fidelma, celle où elle était née, et elle la retrouva pratiquement inchangée.

Devant la cheminée où ronflait un feu de grosses bûches, une table avait été dressée.

— Nous allons nous restaurer pendant que je te raconterai ce qui a amené le roi Cathal à te faire appeler, dit Colgú.

Fidelma ne se fit pas prier. Sa chevauchée, longue et pénible, l'avait fatiguée et elle mourait de faim.

— Es-tu certain que notre cousin est trop malade pour me voir ? demanda-t-elle cependant avant de s'asseoir. Je ne crains pas la peste jaune. Ces deux dernières années, je l'ai rencontrée maintes fois et il semblerait que la main de Dieu me protège. S'il la retire, c'est que telle sera sa volonté.

Colgú secoua la tête avec tristesse.

— Cathal ne me reconnaît plus. Ses médecins

1. Dieux aux trois visages. *(N.d.T.)*

pensent qu'il ne passera sans doute pas la nuit. En réalité, l'arrogant Forbassach de Laigin n'a pas tout à fait tort. C'est maintenant à moi de répondre à ses doléances.

Fidelma se mordit la lèvre en réalisant ce que cela signifiait.

— Si Cathal meurt cette nuit, alors tu seras... ?

Elle s'interrompit, incapable de poursuivre alors que son vieux cousin était encore en vie, mais Colgú finit la phrase à sa place.

— Oui, je serai roi.

Les Eóganachta, comme tous les rois irlandais et les chefs de clan, étaient élus par le *derbfhine* de leurs familles. À la mort d'un souverain, sa famille, à savoir les descendants de la lignée mâle d'un arrière-grand-père appelés le *derbfhine*, se rassemblait pour élire un nouveau souverain. Pour prétendre à une charge, un candidat devait avoir atteint l'« âge du choix », quatorze ans pour une fille et dix-sept pour un garçon. Faílbe Fland, le père de Colgú et Fidelma, avait régné à Cashel jusqu'à sa mort, vingt-six ans auparavant, alors que ses enfants n'étaient âgés que de quelques années. Jusqu'à l'élection de Cathal mac Cathail, trois ans auparavant, les cousins de Faílbe Fland lui avaient succédé sur le trône de Muman, le plus grand des cinq royaumes d'Éireann.

La coutume voulait que chaque roi ait son *tánaiste* ou héritier présomptif. Quand Cathal avait été sacré roi à Cashel, le frère de Fidelma, Colgú, avait été choisi comme *tánaiste*.

Fidelma venait de réaliser que la destinée de son frère allait prendre un tournant décisif.

— Il t'échoit une lourde responsabilité, dit-elle en posant la main sur son bras.

Il hocha la tête d'un air pensif.

— Même en des temps prospères, gouverner

implique des difficultés de tous ordres. Mais nous traversons une période troublée, Fidelma. Le royaume doit faire front. Et le plus inquiétant, c'est la grave dissension qui a décidé Cathal à te faire appeler alors qu'il jouissait de toute sa lucidité.

Il marqua une pause et haussa les épaules.

— Depuis que tu nous as quittés, petite sœur, ta réputation de brehon, d'avocate des cours de justice, n'a cessé de grandir. On te prête une grande clairvoyance pour élucider les mystères et il nous a été rapporté que tu avais servi le haut roi, le roi de Northumbrie, et même le Saint-Père, à Rome.

Fidelma l'interrompit d'un geste de la main.

— Je me suis trouvée là quand on avait besoin de mes services. N'importe quelle personne dotée d'un esprit logique aurait pu résoudre ces énigmes. Elles n'avaient rien de bien compliqué.

Colgú lui sourit.

— Tu n'as jamais compté la vanité au nombre de tes défauts, ma sœur.

— C'est qu'elle s'accorde mal avec le talent. Ce qui ne m'avance guère quant aux raisons qui motivent ma présence au château. En quoi Forbassach de Fearna est-il concerné ?

— Eh bien, le roi Cathal a estimé que tu étais la mieux placée pour débrouiller une affaire épineuse qui menace non seulement la sécurité de notre royaume, mais la paix des cinq royaumes d'Éireann.

Fidelma, qui avait commencé à manger, releva brusquement la tête.

— As-tu entendu parler du vénérable Dacán ? demanda Colgú.

— Oui, comme tout le monde. Dans certains lieux, on le vénère déjà comme un saint. Son enseignement, en tant que théologien, serait digne de toutes les louanges. Quant à son frère, l'abbé Noé de Fearna, conseiller personnel du roi de Laigin, il est lui aussi tenu en très haute estime. Les deux frères commandent l'amour et le respect. On célèbre leur sagesse et leur charité dans les cinq royaumes.

Colgú opina du chef. À l'évidence, ce panégyrique le contrariait, même s'il s'y attendait.

— À l'heure où je te parle, les royaumes de Muman et Laigin ne sont pas dans les meilleurs termes, mais je suppose que tu en as déjà été informée ?

— Oui, il semblerait que depuis la mort du vieux roi Fáelán, vaincu par la peste il y a quelques mois, le jeune Fianamail s'emploie par tous les moyens à accroître son prestige en cherchant querelle à Muman.

— Et quelle meilleure façon d'y parvenir que d'exiger la restitution du petit royaume d'Osraige sous un prétexte fallacieux ? dit alors Colgú d'un ton amer.

Sous l'effet de la surprise, Fidelma arrondit les lèvres et émit un léger sifflement.

Osraige, petit royaume qui avait longtemps été une source de discordes entre Muman et Laigin, s'étirait sur les rives du fleuve Feoir. Autrefois, quand les rois de Muman détenaient la haute royauté sur les cinq royaumes d'Éireann, Osraige se trouvait sous la tutelle des rois de Laigin. Quand Edirsceál de Muman monta sur le haut trône, les hommes de Laigin complotèrent afin que Nuada Necht de Laigin hérite du titre. Edirsceál fut assassiné et les coupables confondus. Conaire Mór, le fils d'Edirsceál, fut élu haut roi. Lui et ses brehons exigèrent une compensation pour l'acte infâme qui venait d'être perpétré. Il fut ainsi décidé qu'Osraige passerait sous la tutelle de Muman. Les petits rois d'Osraige paieraient donc leur tribut à Cashel et non à Fearna, capitale de Laigin.

Depuis lors, les rois de Laigin présentaient régulièrement une requête devant les hauts rois pour exiger la restitution d'Osraige. Six siècles s'étaient écoulés depuis l'assassinat de Conaire Mór et tous les pourvois avaient été rejetés par la grande assemblée des brehons d'Éireann, qui se réunissait tous les trois ans au palais de Tara. Elle avait avec constance confirmé la punition et la compensation.

— Mais enfin, le jeune Fianamail, dont l'inexpérience saute aux yeux, n'a tout de même pas l'intention de récupérer Osraige par la force ?

— Connais-tu un peu la politique intérieure d'Osraige ?

Fidelma avoua son ignorance.

— Eh bien, il y a environ deux siècles, et pour des raisons assez complexes, une famille des Corco Loígde, dans le sud-ouest du pays, s'est substituée à la dynastie des rois originaires d'Osraige. Depuis lors, les frictions n'ont jamais cessé. Les Corco Loígde ne sont pas populaires. Les Osraige se sont soulevés à plusieurs reprises pour tenter de s'en débarrasser. Il y a un peu moins d'un an, Illan, le dernier descendant de la dynastie d'origine qui pouvait encore faire valoir ses droits au trône, fut assassiné par le roi actuel, Scandlán, qui appartient bien sûr à la famille régnante des Corco Loígde.

Colgú marqua une pause.

— Or Illan aurait un héritier, reprit-il. La rumeur prétend que cet héritier, en admettant qu'il existe, serait heureux de faire allégeance à Laigin si Laigin s'engageait à le mettre sur le trône.

— Dans l'éventualité où Laigin se risquerait à reconquérir Osraige par la force, cela entraînerait nécessairement une guerre entre Laigin et Muman, fit remarquer Fidelma.

Le désespoir se peignit sur les traits de son frère.

— Mais imagine qu'il se soit produit un événement comparable à celui qui a soustrait Osraige à l'autorité de Laigin ?

Fidelma se redressa, brusquement en alerte.

— Tu sais tout comme moi que le vénérable Dacán de Laigin était tenu en haute estime par la majorité d'entre nous. Et tu me confirmes que son frère, Noé de Fearna, est également révéré par son roi, Fianamail, et par les peuples des cinq royaumes.

Fidelma ne manqua pas de noter qu'il avait parlé de Dacán au passé.

— Il y a deux mois, enchaîna Colgú d'une voix brisée par l'émotion, le vénérable Dacán vint à Cashel pour obtenir du roi Cathal l'autorisation de s'établir dans son royaume. Dacán avait entendu parler favorablement des travaux accomplis à l'abbaye du bienheureux Fachtna, à Ros Ailithir, et il voulait rejoindre cette communauté. Bien entendu, le roi Cathal accueillit à bras ouverts un lettré d'aussi grande réputation.

— Et donc Dacán s'est rendu à Ros Ailithir ?

— Il y a huit jours, on nous a rapporté qu'il avait été assassiné dans sa cellule à l'abbaye.

Fidelma entrevit immédiatement les conséquences d'un tel acte. Malgré les ravages de la peste jaune et les désordres qu'elle entraînait, la mort, en de telles circonstances, du vénérable Dacán ne manquerait pas d'ébranler les cinq royaumes.

— Fianamail, le nouveau roi de Laigin, aurait donc l'intention d'exploiter cet événement tragique pour exiger que le territoire d'Osraige passe à nouveau sous l'autorité de sa couronne ?

Colgú baissa la tête.

— J'en ai eu la confirmation par l'entremise de Forbassach de Fearna, arrivé hier au château. Il était mandaté par son roi pour me transmettre ses exigences.

Fearna, capitale des rois de Laigin, abritait également l'abbaye de Noé.

— Et comment expliques-tu que la nouvelle leur soit parvenue aussi rapidement ? s'étonna Fidelma.

Colgú leva les mains au ciel.

— Je suppose qu'un cavalier est aussitôt parti de Ros Ailithir pour prévenir Noé, le frère de Dacán.

— Évidemment. Et comment l'arrogant Forbassach a-t-il formulé sa requête ?

— Il s'est montré on ne peut plus explicite. Outre l'amende *éric*, il exige réparation pour la dette d'honneur. Son prix est la transmission de la suzeraineté d'Osraige à Laigin. Dans le cas contraire, Fianamail est bien décidé à nous déclarer la guerre. Tu connais la loi mieux que moi, Fidelma. Sont-ils dans leur droit ? Sans doute, car Forbassach n'est pas un imbécile.

Fidelma détourna légèrement la tête pour mieux se concentrer.

— Dans notre système juridique, un assassin, pour expier son crime, peut être condamné à des compensations. Tu as rappelé l'amende *éric* qui s'élève à sept *cumals*, la valeur de vingt et une vaches laitières. Mais quand la victime est une personne de haut rang dont on reconnaît l'influence, alors sa parentèle est habilitée à réclamer le *lóg n-enech*, le prix de l'honneur. C'est en s'inspirant de cette coutume que Conaire Mór a revendiqué Osraige au nom de Muman. Si le coupable n'est pas en mesure d'honorer cette dette, alors sa famille est sommée de le faire. Si elle refuse d'obtempérer, la famille de la victime est habilitée à se livrer à des représailles ou *dígal* afin d'obtenir satisfaction. Ce qui ne signifie pas que le roi de Laigin y soit autorisé. Il y a là des questions délicates qui méritent réflexion.

— Tes conseils sont les bienvenus, Fidelma, lança Colgú qui écoutait sa sœur avec attention.

— En ce qui concerne ce point précis, dans quelle position se trouve Fianamail ? Pour exiger réparation d'une dette d'honneur et énoncer la sanction envisagée, seule la parentèle est habilitée à déléguer un tiers.

— Fianamail, en tant que cousin de Dacán, s'exprime en parent. Et dans cette démarche, il a le soutien de Noé.

Fidelma poussa un soupir de mauvais augure.

— Alors cela autorise Fianamail à poser ses revendications. Mais est-on certain que l'abbé Noé l'appuie dans cette démarche qui entraînera fatalement une effusion de sang ? Noé est un défenseur de la foi, aimé et respecté pour ses enseignements sur la compassion et la conciliation. Il prêche le pardon. Crier vengeance ne lui ressemble pas.

Colgú fit claquer sa langue avec impatience.

— Dacán était avant tout le frère de Noé.

— Il n'empêche. Le comportement de Noé me surprend.

— Telle fut pourtant sa réaction, Fidelma. Mais n'as-tu pas laissé entendre que d'autres raisons seraient susceptibles d'empêcher Laigin d'exiger de Muman la rançon de l'honneur ?

— Tout à fait. Par exemple, c'est à la famille de la personne responsable de la mort de Dacán d'offrir des compensations. Pour que Laigin exige une rançon de Muman, il faut que la responsabilité du forfait soit imputée à un membre de la famille royale des Eóganachta, à laquelle nous appartenons.

Colgú eut un geste d'impuissance.

— Nous ignorons qui a tué Dacán, mais l'abbaye de Ros Ailithir est administrée par notre cousin Brocc. En tant que père abbé, il est tenu responsable de la mort de Dacán.

Fidelma avait de vagues souvenirs d'un cousin plus âgé qui s'était toujours montré distant et plutôt hostile à son égard et à celui de son frère.

— Pourquoi le roi de Laigin fait-il porter la responsabilité de la mort de Dacán à notre cousin ? s'étonna-t-elle. Je ne doute pas qu'il soit garant de la sécurité de ceux qui résident dans son abbaye, mais il y a fort à parier que nous ignorons les éléments les plus troubles et les plus tortueux de cette affaire.

— Je n'en sais pas plus, confessa Colgú. Mais cela m'étonnerait que Fianamail s'avance à la légère.

— L'enquête a-t-elle commencé ?

— Le représentant de Fianamail a simplement déclaré qu'il exposerait ses arguments, selon lui irréfutables, devant le haut roi et son brehon en chef à la grande assemblée de Tara, qui devra se prononcer sur la restitution d'Osraige.

Fidelma réfléchit quelques instants.

— Comment Fianamail peut-il être aussi sûr que la mort de Dacán est imputable à Muman ? Forbassach, son arrogant ambassadeur si imbu de sa personne, est un *ollamh* de la cour, peu susceptible de se laisser aveugler par son amitié pour son roi. Les informations qu'il garde secrètes sont à coup sûr suffisamment convaincantes pour qu'il se sente fondé à réclamer réparation devant la cour du haut roi. As-tu une vague idée de ces preuves ?

Colgú n'en avait aucune.

— Fidelma, dit-il d'une voix lasse, l'assemblée de Tara doit se réunir dans trois semaines. Cela nous laisse peu de temps pour résoudre ce mystère.

— Dans l'éventualité où l'assemblée se prononcerait en faveur de Laigin et où nous lui refuserions la suzeraineté sur Osraige, la loi impose un délai d'un mois avant que Fianamail ne soit autorisé à s'avancer sur Osraige à la tête d'une armée pour réclamer son dû.

— Il nous reste donc sept semaines avant que le sang ne soit versé sur ces terres.

Fidelma fronça les sourcils.

— À condition que Laigin gagne le procès. Mais les incertitudes demeurent. En l'état actuel des choses, le haut roi et son assemblée ne condamneront pas

Muman. Mais nous ignorons tout de la botte secrète de Forbassach.

Colgú remplit leurs verres.

— Avant que la fièvre ne trouble son esprit, Cathal partageait ton avis. Voilà pourquoi il désirait tant ta présence en ces lieux. Il s'est alité le matin même du départ du messager pour Kildare. Si les médecins ont raison, je serai proclamé roi avant la fin de la semaine et il m'incombera de faire la guerre.

— Ton règne commencerait sous de bien tristes augures, déclara Fidelma qui porta son verre à ses lèvres tout en étudiant le visage marqué par l'anxiété de son frère.

« Tu me donnes donc toute latitude pour enquêter sur la mort de Dacán et te rapporter le fruit de mes investigations ? lui demanda-t-elle après un temps de réflexion.

— Je te prie solennellement, en tant qu'avocate, de représenter Muman devant l'assemblée du haut roi.

Fidelma demeura longtemps silencieuse.

— Dis-moi, mon frère, que se passerait-il si les résultats de mon enquête venaient appuyer les prétentions de Laigin ? Imaginons que la mort de Dacán est imputable aux Eóganachta et que les exigences de Laigin sont justifiées. Accepterais-tu mon jugement et te soumettrais-tu aux conditions posées par Fianamail ?

Le visage tourmenté de Colgú trahissait des sentiments contradictoires.

— En mon nom personnel, Fidelma, je te répondrais par l'affirmative. Un roi doit respecter la loi de son pays. Mais il poursuit aussi les intérêts de son peuple, or, comme le rappelle très justement un vieux dicton, si le peuple sacre le roi, le roi obéit au peuple. Et je ne peux donc pas répondre pour les princes et les chefs de clan de ce royaume, et encore moins pour Osraige. Je crains qu'ils ne refusent une rançon de l'honneur aussi élevée.

Fidelma le regarda droit dans les yeux.

— Alors nous nous acheminerons vers une guerre sanglante, dit-elle à mi-voix.

Colgú lui adressa un sourire crispé.

— Il nous reste trois semaines avant l'assemblée, Fidelma. Et comme tu l'as très justement souligné, sept semaines avant l'application de la loi si le jugement nous est contraire. Alors que décides-tu ? Te rendras-tu à Ros Ailithir ?

— Quelle question, Colgú ! Ne suis-je point ta sœur ?

Il se détendit et poussa un soupir de soulagement tandis que Fidelma posait une main sur la sienne.

— N'oublie pas, Colgú, que Ros Ailithir est située à trois jours d'ici dans une région hostile. Tu espères que je m'y rende, résolve le mystère et revienne juste à temps pour plaider devant l'assemblée de Tara ? Pour cela, il faudrait rien de moins qu'un miracle.

Colgú hocha la tête.

— Oui, moi et le roi Cathal implorons le ciel de nous accorder sa grâce, car quand les hommes et les femmes montrent courage, ruse et intelligence, ils peuvent déplacer les montagnes.

— Tu m'octroies une très lourde responsabilité, déclara-t-elle avec gravité, mais je ferai tout mon possible. Ce soir, je dormirai à Cashel, en espérant que demain la tempête se sera calmée. Et au lever du jour, je partirai pour l'abbaye.

— Le voyage vers le sud-ouest promet d'être pénible et Dieu sait quels dangers t'attendent à Ros Ailithir, s'alarma Colgú qui ne parvenait pas à dissimuler son inquiétude. Pour cette raison, j'ai décidé de demander à un de mes guerriers de t'accompagner.

Fidelma haussa les épaules.

— Je suis parfaitement capable de me défendre seule. Tu oublies que j'ai étudié l'art du *troid-sciatha-*

gid, qui enseigne à contrer une attaque en utilisant la force de l'adversaire.

— Difficile de l'oublier, ironisa Colgú. Dans notre jeunesse, ne m'as-tu pas plus d'une fois surpassé lors de nos affrontements à mains nues ? Mais il ne faut pas confondre une lutte loyale et un combat pour la vie.

— Les missionnaires qui évangélisent les royaumes des Saxons et des Francs sont passés maîtres dans l'art de l'autodéfense, mon frère. Et cet entraînement m'a déjà beaucoup servi.

— J'insiste néanmoins pour qu'un de mes guerriers t'accompagne.

— Parfait. Tu es *tánaiste*, tu m'as confié cette mission et je respecterai ta décision.

— Alors voilà qui est arrangé, dit Colgú, visiblement soulagé. Je t'ai déjà choisi un compagnon.

— Je le connais ?

— Oui, c'est le jeune homme qui tout à l'heure nous a débarrassés de Forbassach. Il s'appelle Cass et appartient à la garde du roi.

— Ah, le garçon aux cheveux bouclés ?

— Lui-même. Il est de mes amis et je remettrais sans hésitation ma vie et la tienne entre ses mains.

Un sourire espiègle joua sur les lèvres de Fidelma.

— Oublie le conditionnel, il ne s'agit plus d'une expression courtoise mais de la dure réalité. Cass est-il au courant de ma mission ?

— Il en sait autant que nous.

— Tu as donc une entière confiance en lui ?

— Oui, et rien ne t'empêche de débattre de nos problèmes avec lui si tu le désires.

Elle étouffa un bâillement.

— Nous aurons tout le temps de bavarder durant nos trois jours de voyage. Et maintenant, si tu le permets, je vais prendre un bain chaud et me mettre au lit.

CHAPITRE III

Ils cheminaient dans les hautes montagnes et les vallées encaissées de Muman. Le deuxième jour, la tempête s'était calmée mais les pluies incessantes rendaient la progression des chevaux difficile, sur un sol boueux aspirant leurs sabots comme des mains suppliantes. Plus d'une fois ils faillirent s'embourber dans des prairies marécageuses et durent mettre pied à terre pour tirer les bêtes hors de ces pièges invisibles à l'œil nu. Le ciel, d'un gris maussade et menaçant, ne s'était jamais entrouvert sur la splendeur d'un ciel d'automne. Les nuages bas noyaient le ciel et la terre d'une même lumière blafarde. Le vent, qui gémissait dans la cime des arbres où les feuilles avaient presque disparu, ne parvenait pas à disperser les nappes de brouillard.

Fidelma était triste et transie. Malgré sa mante de laine rêche et sa capuche rabattue sur ses yeux, le froid la pénétrait jusqu'à la moelle des os et elle ne sentait plus ses doigts engourdis dans les gants de cuir crispés sur les rênes de son cheval.

Depuis leur départ de l'auberge où ils s'étaient arrêtés pour déjeuner, elle n'avait pas adressé la parole à son compagnon. Plus d'une heure s'était écoulée. Absorbée par le cours de ses pensées, tête baissée dans l'air glacial, elle surveillait le pas de l'alezan qui grimpait la côte d'une colline.

Devant elle, Cass, le jeune guerrier, lui aussi étroitement enveloppé dans une lourde cape à col de fourrure, montait avec une aisance étudiée. Un bref sourire passa sur les lèvres de Fidelma. Elle le soupçonnait de surveiller son allure pour faire bonne figure à ses yeux. Il n'aurait pas convenu à un membre de la garde du roi de Muman, un corps d'élite, de trahir des faiblesses devant la sœur de l'héritier présomptif. Elle ne ressentait pas de sympathie particulière pour le jeune homme, qui lui inspirait cependant une certaine compassion quand il s'autorisait à frissonner sous l'effet de la fatigue et du mauvais temps, mais uniquement quand il se croyait à l'abri des regards de sa compagne de voyage.

En arrivant au sommet de la colline rocheuse après une pénible ascension sur un chemin tortueux, le vent les frappa au visage. Fidelma respira à pleins poumons l'air iodé qui annonçait la proximité de l'océan.

Cass tira sur les rênes de sa monture et attendit que Fidelma le rejoigne. Puis il pointa du doigt les collines boisées et, au-delà, la plaine ondulante qui disparaissait dans les brumes. En Irlande, Dieu seul savait où finissait la terre et où commençait le ciel...

— Nous devrions atteindre l'abbaye de Ros Ailithir avant la nuit, annonça Cass. Devant vous s'étendent les terres des Corco Loígde.

Fidelma se figea. Son frère lui avait bien précisé que les rois d'Osraige venaient des Corco Loígde, mais elle n'avait pas réalisé que l'abbaye de Ros Ailithir se situait sur le territoire du clan. Simple coïncidence ? Elle ne savait pas grand-chose sur eux, sinon qu'ils comptaient parmi les clans les plus célèbres du royaume de Muman et avaient la réputation d'être un peuple fier et ombrageux.

— Comment s'appelle cette colline ? demanda-t-elle.

— Long Rock, répliqua Cass. Le point le plus haut avant la mer. Avez-vous déjà visité l'abbaye ?

Fidelma secoua la tête.

— C'est la première fois que je mets les pieds dans cette partie du royaume, mais on m'a raconté que l'abbaye avait été édifiée au bord d'un bras de mer.

— Oui, dans cette direction, Ros Ailithir est située au sud.

Il avait à peine terminé sa phrase qu'une rafale de vent lui coupa la respiration.

— Et maintenant, on ferait mieux de repartir, ma sœur, car ici nous sommes très exposés.

Il engagea son cheval dans le chemin et Fidelma lui laissa prendre une longueur d'avance avant de l'imiter.

Le temps défavorable avait rendu leur voyage fort pénible et Fidelma n'avait pas trouvé grand réconfort dans la compagnie de Cass. Il n'avait pas beaucoup de conversation et Fidelma s'en voulait de le comparer sans cesse au frère Eadulf de Seaxmund's Ham, dont elle avait tant apprécié la présence à Whitby et à Rome. Bien qu'il lui en coûtât, elle dut se rendre à l'évidence : elle éprouvait une curieuse impression d'isolement, qui lui rappelait étrangement la mélancolie qu'elle avait ressentie en se séparant d'Eadulf à Rome avant de regagner sa terre natale. Autant l'admettre, le moine saxon lui manquait. Ce n'était pas très charitable pour le pauvre Cass...

Le guerrier taciturne lui avait néanmoins appris qu'il était entré au service de Cathal de Cashel dès le jour où il avait atteint l'« âge du choix », et quitté la maison de son père pour se mettre au service du roi. Fidelma jugea que son savoir laissait à désirer. Avant de devenir un guerrier, ou *tren-fher*, il avait étudié dans l'une des académies militaires de Muman. Il s'était brillamment distingué lors de deux campagnes, et on lui avait confié le commandement d'un bataillon de trois mille hommes, ou *catha*, dans l'armée du roi en temps de guerre. Pourtant, Cass n'était pas le genre à se vanter de ses exploits. Une modestie qui plaidait en sa faveur. Avant de quitter Cashel, Fidelma avait mené sa petite enquête et découvert qu'il avait remporté sept combats singuliers au service de Muman. Cela expliquait son appartenance à l'ordre du Collier d'or et son titre de champion du roi.

Alors qu'elle guidait sa monture sur le sentier escarpé et tortueux, le vent semblait tourner autour d'elle, la prenant de plein fouet ou la poussant par-derrière. Le temps qu'ils arrivent au pied de la colline, les rafales s'étaient un peu calmées et, à l'ouest, Fidelma remarqua un rai de lumière dans le ciel.

Cass sourit en suivant son regard.

— Demain les nuages se seront dissipés, annonça-t-il d'un air confiant. Le vent du sud-ouest nous a apporté l'orage et, maintenant, le beau temps va revenir.

Fidelma allait répondre quand, dans la direction diamétralement opposée, un détail attira son attention. Elle crut d'abord qu'il s'agissait d'un reflet de la lumière du soleil perçant les nuages... mais dans quoi se réfléchissait-elle ? Il lui fallut quelques secondes pour comprendre.

— Regardez, Cass, un incendie ! s'écria-t-elle.

Cass se tourna vers les collines, le sourcil froncé.

— Il y a là un petit village — je m'y suis arrêté il y a six mois — qui s'appelle Rae na Scríne, le saint suaire de la rase terre. Il compte une douzaine de masures ainsi qu'une cellule religieuse, mais que signifie cet incendie ? Allons voir ce qui se passe.

Fidelma hésita, car sa mission exigeait qu'elle rallie Ros Ailithir au plus vite et, devant son indécision, Cass manifesta des signes d'impatience.

— Ce village est situé sur notre route, ma sœur. La cellule est occupée par une jeune religieuse du nom d'Eisten et elle est peut-être en danger.

Fidelma rougit. Elle connaissait ses devoirs. Seules ses obligations envers le royaume de Muman l'avaient un instant retenue. Piquée par les remontrances de Cass, elle enfonça sans un mot ses talons dans les flancs de son cheval.

Ils chevauchèrent en silence jusqu'à une colline boisée qui dominait le hameau de Rae na Scríne. Depuis la route, ils voyaient brûler les maisons. Les flammes s'élançaient vers le ciel et des débris étaient projetés dans les airs au milieu d'épaisses colonnes de fumée aspirées par le vent. Fidelma tira sur les rênes de l'alezan et Cass s'immobilisa près d'elle. Des hommes couraient çà et là, des épées et des torches à la main. Des incendiaires, selon toute évidence. Avant que les deux cavaliers aient eu le temps de réagir, un hurlement les avertit qu'ils avaient été repérés.

Fidelma se tournait vers Cass pour lui suggérer la fuite quand, derrière eux, deux hommes sortirent de la forêt en bordure de route. Ils étaient armés d'arcs et de flèches et les visaient directement. Aucune parole ne fut échangée. Cass croisa le regard de Fidelma et haussa les épaules. Il ne leur restait plus qu'à attendre tandis que trois des hommes qui avaient mis le feu au village grimpaient avec célérité la pente de la colline pour les rejoindre.

— Qui êtes-vous? hurla leur chef, un gros bonhomme au large visage cramoisi, barbouillé de boue et de charbon.

Excité, le casque de guerre de travers, il avait lâché sa torche et brandissait une épée. Vêtu d'une cape de laine fourrée, il arborait la chaîne en or de sa fonction et ses yeux d'un bleu délavé étincelaient du feu de la bataille.

— Qui êtes-vous ? beugla-t-il à nouveau. Que cherchez-vous ici ?

Dominant sa peur, Fidelma le toisa, imperturbable.

— Je suis Fidelma de Kildare, Fidelma des Eóganachta de Cashel. Et vous, qui êtes-vous donc pour arrêter ainsi des voyageurs et vous adresser à eux sur ce ton courroucé ?

Les yeux de l'homme s'agrandirent. Il avança d'un pas pour examiner la religieuse avec attention, puis se tourna vers Cass.

— Et vous ? Vous ne m'avez pas répondu !

Il avait posé la question d'un ton rogue, pour bien marquer que le titre de Fidelma ne l'impressionnait guère. Le jeune guerrier entrouvrit les pans de sa cape, mettant ainsi en évidence son collier d'or torsadé.

— Je suis Cass, champion du roi de Cashel, lança-t-il avec une arrogance dédaigneuse.

L'homme au visage rougeaud recula d'un pas et, d'un signe, ordonna à ses hommes d'abaisser leurs armes.

— Alors occupez-vous de vos affaires. Partez d'ici et ne vous retournez pas.

— Que se passe-t-il ? interrogea Fidelma avec autorité, désignant les maisons incendiées en contrebas.

— La malédiction de la peste jaune. Nous avons purifié cet endroit par le feu. Et maintenant, disparaissez.

— Où sont passés les habitants de ces lieux ? À quels ordres obéissez-vous ? Je suis *dálaigh* de la cour des brehons et sœur de l'héritier présomptif de Cashel. Parle, ou tu pourrais bien avoir à répondre de tes actes devant les brehons de Cashel.

L'homme cligna des yeux, surpris par la voix claire et coupante de la jeune femme. Il avala sa salive et la fixa comme s'il n'en croyait pas ses oreilles.

— Les rois de Cashel n'ont aucun ordre à donner

sur les terres des Corco Loígde. Nous obéissons à notre chef de clan, Salbach.

— Salbach est le vassal du roi de Cashel, intervint Cass.

— Nous sommes très loin de Cashel, répliqua l'homme, et je vous ai prévenus que la peste jaune avait contaminé cet endroit. Fichez-moi le camp avant que je donne l'ordre à mes hommes de tirer.

Il se tourna vers les archers qui levèrent leurs arcs, cordes tendues et flèches pointées sur les jeunes gens.

Le visage de Cass se ferma.

— Mieux vaut obéir, Fidelma, murmura-t-il. Il suffit que le doigt d'un de ces imbéciles glisse et la flèche trouvera sa cible. À quoi bon discuter avec ces hommes ?

Fidelma fit faire demi-tour à sa monture et suivit Cass à contrecœur, mais dès qu'ils eurent contourné la colline, elle le rattrapa et posa la main sur son bras.

— Retournons sur nos pas, l'adjura-t-elle avec fermeté. Le feu et l'épée pour traiter un village atteint de la peste ! Quel chef de clan approuverait un acte aussi barbare ? Je ne partirai pas d'ici avant de savoir ce qui est arrivé à ces gens.

Cass lui jeta un regard dubitatif.

— Je vous le déconseille, ma sœur. Nous courons un grand danger. Si j'avais un ou deux hommes avec moi, ou même si j'étais seul...

Fidelma poussa une exclamation de mépris.

— Ne laissez pas mon sexe ou mon habit de religieuse vous impressionner, Cass. Je suis prête à affronter tous les périls avec vous. À moins que la peste ne vous effraie ?

— J'étais inquiet pour vous et votre mission, répliqua-t-il avec un grand calme et une froideur marquée. Mais si vous l'exigez... Cependant, mieux vaut attendre un peu. Ces guerriers ont sûrement prévu notre réaction et ils m'inquiètent davantage que la peste. Repérons les lieux et cherchons un endroit qui nous permettra d'observer les alentours.

Fidelma se rendit à regret à ses raisons car cette stratégie était la plus raisonnable.

Une heure plus tard, ils se cachaient derrière un buisson en lisière des maisons qui brûlaient toujours. Les constructions en bois crépitaient, s'effondraient sur elles-mêmes dans des gerbes d'étincelles. Bientôt, le hameau serait réduit à un tas de braises. L'homme au visage apoplectique et ses acolytes avaient disparu. Dans le ronflement des flammes, on n'entendait pas un seul bruit trahissant une présence humaine.

Fidelma se redressa et tira sur le tissu de sa coiffe qu'elle se mit devant le visage afin de se protéger de la fumée.

— Où sont passés les habitants ? demanda-t-elle, sans attendre vraiment de réponse de la part de Cass, qui fixait d'un air perplexe ce qui restait de la douzaine de masures.

C'est alors qu'elle vit les corps entre les maisons. Des hommes, des femmes et des enfants. La plupart avaient été abattus avant la destruction de leurs foyers. Ils n'étaient certainement pas des victimes de l'épidémie.

— La chaumière de sœur Eisten était par ici, dit Cass d'une voix enrouée. Elle s'occupait aussi d'un orphelinat et d'une petite auberge pour les voyageurs. J'y ai passé la nuit quand je voyageais dans ces contrées, il y a environ six mois de cela.

Il la mena un peu à l'extérieur du village où ils tombèrent sur une construction édifiée près d'une source jaillissant d'un trou d'eau et ruisselant sur un rocher. L'auberge, construite en pierres, tenait encore debout, mais le toit de bois, les portes et les meubles avaient été consumés. Il n'en restait que des cendres brûlantes.

— Quelle horreur ! murmura Cass, les bras ballants. Des gens assassinés et aucun signe de peste, voilà une énigme peu ordinaire.

— Une vengeance ? hasarda Fidelma. Des représailles contre une action entreprise par ces agriculteurs ?

Cass haussa les épaules en signe d'ignorance.

— Quand nous arriverons à Ros Ailithir, nous enverrons, au nom de Cashel, un messager au chef de clan de ce pays pour qu'il s'explique sur cet abominable forfait.

Fidelma tomba d'accord avec lui. Puis elle regarda le ciel avec regret. S'ils ne repartaient pas immédiatement pour l'abbaye, ils ne parviendraient jamais à destination avant la nuit qui ne tarderait pas à tomber.

Les pleurs d'un nouveau-né les firent sursauter.

Fidelma jeta un bref coup d'œil autour d'elle pour tenter de localiser l'origine du bruit, mais Cass s'était déjà élancé, dévalant une pente qui menait à l'orée d'un bois, derrière l'auberge.

Fidelma le suivit.

Elle distingua un mouvement dans un buisson et vit Cass se pencher, et attraper un petit être humain qui se mit à hurler et à se tortiller sous la poigne du guerrier.

— Dieu nous vienne en aide ! murmura Fidelma.

L'enfant, sale et déguenillé, n'avait pas plus de huit ans.

Quelqu'un bougea dans un buisson un peu plus loin et une jeune femme émergea de la forêt. Son visage plein et rond était maculé de suie et de terre. Ses yeux exprimaient une terreur sans nom. Elle berçait contre elle un bébé tandis que deux petites filles aux cheveux cuivrés qui se ressemblaient comme deux sœurs s'accrochaient à ses jupes. Derrière elle se tenaient deux garçons aux cheveux noirs, visiblement choqués et terrorisés.

La jeune femme, revêtue d'un habit de religieuse, n'avait pas vingt ans et le bébé ne dissimulait pas tout à fait un grand crucifix assez particulier, plus romain qu'irlandais, incrusté de pierres semi-précieuses. Elle tremblait de tous ses membres.

— Sœur Eisten ! s'écria Cass. Ne craignez rien, c'est moi, Cass de Cashel. Je me suis arrêté à votre auberge il y a six mois. Vous vous rappelez ?

La jeune religieuse le regarda d'un air absent et secoua la tête. Puis elle se tourna vers Fidelma et, peu à peu, commença à respirer plus librement.

— Vous n'êtes pas avec Intat ? demanda-t-elle d'une voix brusque, fixant Fidelma de ses grands yeux sombres. Vous n'appartenez pas à sa bande ?

— J'ignore tout de cet ignoble Intat. Je suis sœur Fidelma de Kildare et je me rendais avec mon compagnon à l'abbaye de Ros Ailithir.

La jeune femme fondit en larmes.

— Ils... ils sont partis ? hoqueta-t-elle entre deux sanglots.

— Oui, ils ont disparu, la rassura Fidelma qui tendit les bras pour la soulager du bébé.

— Donnez-moi cet enfant et racontez-nous ce qui s'est passé.

Sœur Eisten recula brusquement, serrant le nourrisson contre elle.

— Non ! Surtout ne nous touchez pas !

— Pourquoi donc ? Nous ne pouvons pas vous aider si nous ne savons pas ce qui s'est passé.

Sœur Eisten la contempla de ses grands yeux expressifs.

— C'est la peste, ma sœur, murmura-t-elle. Nous avions la peste au village.

Inconsciemment, Cass, qui maintenait un des jeunes garçons contre lui, desserra son étreinte et il lui échappa.

— Donc ils ne mentaient pas. Il s'agissait bien d'une épidémie, murmura Fidelma.

— Plusieurs en sont morts au cours des dernières semaines. Grâce à Dieu, j'ai été épargnée, mais d'autres ont péri.

— Y en a-t-il parmi vous qui sont malades ? s'enquit Cass en étudiant les enfants avec anxiété.

Sœur Eisten secoua la tête.

— Mais Intat et ses hommes n'en avaient cure. Ils nous auraient tous tués si on ne s'était caché.

— Ils ont massacré même les gens bien portants ? s'écria Fidelma, horrifiée. Mais qui est cet Intat ?

Sœur Eisten, visiblement en état de choc et au bord de la crise de nerfs, répondit par un flot de larmes. Puis, à force d'encouragements et de paroles rassurantes, elle recouvra sa voix :

— Il y a trois semaines, la peste a fait son apparition. Quelques personnes sont mortes. Et maintenant, des trente âmes qui demeuraient ici il ne reste plus que nous.

Le regard de Fidelma passa du bébé, à peine âgé de quelques mois, aux deux fillettes rousses et au petit garçon blond qui s'était échappé des bras de Cass et se tenait maintenant derrière sœur Eisten. Ils devaient avoir environ neuf ans. Il y avait aussi deux garçons plus âgés, peut-être douze et quinze ans. Des frères, probablement. Puis Fidelma se concentra à nouveau sur la jeune religieuse dont on devinait la nature généreuse et maternelle, malgré les horribles tourments qu'elle traversait.

— Essayez de nous expliquer plus en détail ce qui s'est passé, ma sœur, insista gentiment Fidelma. Vous confirmez que cet homme, Intat, a tué des personnes en bonne santé et incendié le village ?

Sœur Eisten fit un violent effort pour se ressaisir.

— Nous n'avions pas de guerriers pour nous protéger, reprit-elle. Nous n'étions que de pauvres fermiers. J'ai d'abord cru que nos assaillants, effrayés par le mal qui risquait de s'étendre aux villages voisins, voulaient nous conduire dans les montagnes afin qu'on ne les contamine pas. Et là le massacre a commencé. Ces hommes ignobles semblaient prendre un plaisir particulier à tuer les jeunes enfants.

Elle poussa un gémissement à fendre l'âme.

— Tous les hommes du village étaient-ils morts ? demanda Cass. Personne n'a tenté de vous défendre ?

— Quelques-uns ont essayé, mais que pouvaient-ils contre une douzaine de guerriers armés jusqu'aux dents ? Ils ont été passés par l'épée. Intat et ses sbires...

— Ce nom revient sans cesse dans votre bouche. Qui est donc cet Intat ?

— Un chef local.

— Un chef local ! Et il a osé incendier un hameau et exterminer ses habitants ?

— Je suis parvenue à rassembler quelques enfants et à les entraîner dans la forêt, reprit sœur Eisten qui sanglotait à nouveau en revoyant le carnage.

Fidelma poussa un cri d'impuissance.

— Quel crime atroce a été commis ici, Cass ? dit-elle en contemplant les maisons qui continuaient de brûler.

— Pourquoi quelqu'un n'a-t-il pas été trouver le *bó-aire*, le magistrat local, pour demander protection ? s'étonna Cass, visiblement très ébranlé par le récit de la religieuse, dont le visage se tordit en une grimace de désespoir.

— Intat est le *bó-aire* de cet endroit ! Il siège au conseil de Salbach, le chef de clan des Corco Loígde.

Puis elle lança d'une voix lugubre :

— Et maintenant que vous avez entendu ce récit de l'enfer et que vous savez que nous avons été exposés à la peste, laissez-nous périr dans les montagnes et poursuivez votre chemin.

Fidelma secoua la tête.
— Notre destin est maintenant le vôtre. Vous allez nous accompagner à Ros Ailithir, puisque ces enfants n'ont plus de famille pour les nourrir.
— Oui, ils sont seuls au monde. Je les avais pris sous ma protection à l'orphelinat dont je m'occupais.
— Alors en route.
Cass parut soucieux.
— Ros Ailithir est encore loin.
Il baissa la voix.
— Et le père abbé vous en voudra peut-être d'exposer l'abbaye à la peste.
Fidelma leva les yeux au ciel.
— Nous y sommes tous exposés et on ne peut la réduire en cendres. Il ne sert à rien de se cacher, acceptons la volonté de Dieu. Et maintenant il se fait tard, pourquoi ne pas rester ici cette nuit? Au moins nous aurons chaud.
À cette suggestion, sœur Eisten protesta avec véhémence.
— Et si Intat et ses hommes revenaient? s'écria-t-elle.
Cass tomba d'accord avec elle.
— Elle a raison, Fidelma. Mieux vaut déguerpir de crainte qu'ils ne fassent une ronde dans les parages. Si ce bourreau réalise qu'il y a des survivants, il voudra achever le carnage.
Fidelma céda à ses objections.
— Alors ne tardons pas. Nous chevaucherons aussi loin que nous le pourrons.
— Mais Intat a emmené nos ânes, gémit Eisten, qui étaient nos seules montures.
— Très bien, les enfants iront à cheval et nous à pied. Nous tiendrons le bébé à tour de rôle. Pauvre ange, qu'est-il arrivé à sa mère?
— Elle me l'avait confié juste avant qu'Intat ne la tue.

— Il répondra de ses actes devant Salbach, le chef de clan. En tant que *bó-aire*, il sait très bien à quoi il s'expose. Il ne perd rien pour attendre, s'exclama Fidelma dont le regard reflétait une dureté inflexible et une détermination sans faille.

Tandis qu'elle organisait leur expédition, Cass observa Fidelma avec le plus grand respect. Elle aida les enfants à grimper sur les bêtes tout en les réconfortant avant de prendre le bébé contre elle afin de soulager sœur Eisten. Elle priait en silence pour que la religieuse recouvre ses esprits après une épreuve dont personne ne pouvait sortir indemne. Seul le plus jeune des deux adolescents aux cheveux noirs, frappé de stupeur, refusa de les suivre. Il semblait incapable de sortir du cauchemar qu'il venait de vivre. Son frère aîné le prit à part et parvint à le persuader de se joindre à la petite troupe. Puis il insista pour marcher aux côtés des adultes car, selon ses propres termes, il approchait de l'« âge du choix ». Fidelma accepta la décision de l'enfant au visage triste et grave. Enfin, ils se mirent en route pour l'abbaye. Cass implorait Dieu de leur épargner le retour d'Intat et de sa sinistre cohorte.

Cass comprenait néanmoins les raisons qui poussaient certains villageois à se retourner contre leurs semblables. La peste jaune dévastait des communautés entières, non seulement dans les cinq royaumes d'Éireann mais au-delà de ses rivages, d'où on racontait que la maladie était originaire. Cass savait aussi que, devant la loi, la terreur suscitée par ce mal incurable n'excusait en aucun cas le comportement d'Intat et de ses hommes. Brûler et assassiner par crainte de la contagion était impardonnable. Mais il savait aussi qu'Intat n'apprécierait guère, en tant que *bó-aire*, qu'un rapport sur ses exactions atteigne Cashel, car alors il devrait passer en jugement. Convaincu qu'ils seraient tenus dans l'ignorance de ses sinistres agissements, le forban l'avait laissé filer avec Fidelma. Mais si par malheur Intat comprenait qu'ils étaient revenus sur leurs pas et avaient découvert des survivants à son horrible massacre, il voudrait éliminer les témoins. Mieux valait fuir au plus vite.

Il admirait la témérité de la jeune sœur de Colgú. Sans elle, jamais il ne se serait approché d'aussi près des enfants. Pour faire bonne figure, il avait dominé sa peur et obéi à ses ordres.

Fidelma bavarda tout au long du chemin, parlant de tout et de rien, pour tenter de détourner les enfants des images qui les hantaient. Elle demanda à sœur Eisten d'où elle tenait le remarquable crucifix qu'elle portait, et sœur Eisten lui confia qu'elle avait effectué un pèlerinage de trois ans. Fidelma s'étonna, car elle la trouvait bien jeune pour avoir connu une telle expérience mais, à vingt-deux ans, Eisten était plus âgée qu'elle ne le paraissait. Elle avait voyagé avec un groupe de religieuses jusqu'à la ville de Bethléem et s'était rendue sur les lieux mêmes de la naissance du Seigneur. Afin de faire diversion, Fidelma l'encouragea à conter ses aventures.

Mais son esprit était ailleurs. Ils s'étaient lancés dans une expédition qui la préoccupait davantage que d'être entrée en contact avec des personnes peut-être contagieuses. Ces deux derniers jours, elle s'était plainte du froid et de l'humidité mais, au moins, elle avait les pieds au sec. Maintenant, elle pataugeait dans la boue et la neige à moitié fondue, prenant garde de ne pas tomber tout en serrant le bébé dans ses bras. Le nourrisson ne cessait de hurler et de se contorsionner. Dans le demi-jour, Fidelma avait constaté le jaunissement très net de sa peau et il avait le front brûlant, mais elle ne dit rien de crainte d'alarmer les autres. Plus d'une fois, elle trébucha sur des pierres et se rattrapa juste à temps.

— Sommes-nous encore loin de Ros Ailithir? demanda-t-elle alors qu'ils cheminaient péniblement depuis déjà deux bonnes heures.

— Il nous reste encore sept miles à parcourir, répondit sœur Eisten, mais la route est difficile.

Fidelma serra les dents. Le jour baissait, la nuit allait tomber et, pour comble de malchance, un épais brouillard se leva. Ils ne distinguaient plus rien. Le temps ne s'était pas amélioré, comme Cass l'avait pourtant prédit.

La mort dans l'âme, Fidelma proposa une halte.

— Nous n'y arriverons jamais, il faut trouver un abri avant la nuit, dit-elle à Cass.

Une horde de loups choisit cet instant pour hurler à l'unisson dans les collines. Une des petites filles se mit à pleurer, poussant des gémissements plaintifs qui bouleversèrent Fidelma. Les deux sœurs aux cheveux cuivrés s'appelaient Cera et Ciar, le petit blond, Tressach, et les deux adolescents, des frères comme elle l'avait tout d'abord supposé, Cétach et Cosrach.

Sans un mot, Cass tendit les rênes de son cheval à Cétach, le plus âgé des garçons. Fidelma entendit des brindilles qui craquaient sous les pas de Cass, qui jurait à mi-voix dans l'obscurité tout en cherchant du bois sec pour confectionner des torches.

— Connaissez-vous un endroit, près d'ici, où nous pourrions trouver refuge? demanda Fidelma à sœur Eisten.

La jeune religieuse secoua la tête.

— Nous allons chercher un lieu sûr dans la forêt et là nous allumerons un feu et essaierons de dormir un peu, dit Cass.

Fidelma hocha la tête en soupirant. Peut-être auraient-ils mieux fait de rester au village car la nuit glaciale risquait d'être fatale aux enfants mais, d'un autre côté, ils n'avaient pas vraiment eu le choix.

— Les enfants n'ont rien mangé depuis ce matin, fit remarquer sœur Eisten d'une petite voix.

Fidelma se lamenta intérieurement.

— Nous n'avons rien pris avec nous, répondit-elle d'un ton léger. Il nous faut d'abord nous sécher, nous penserons à la nourriture plus tard.

Le regard aiguisé de Cass repéra assez rapidement une petite clairière dissimulée au milieu de grands arbres, et un buisson qui, si on se glissait à l'intérieur, faisait pratiquement office de tente, protégeant de ses ramures un sol recouvert de brindilles et d'aiguilles de pin.

— On dirait que ce fourré nous attendait ! s'exclama Cass.

Fidelma crut le voir sourire dans l'obscurité.

— Je vais attacher les chevaux et faire une flambée. Avec mon *croccán*, ma bouilloire, nous pourrons même boire une tisane chaude. Vous et sœur Eisten, allez mettre les enfants à couvert.

Il marqua une pause et ajouta en haussant les épaules.

— C'est le mieux que nous puissions faire.

Fidelma acquiesça.

Une demi-heure plus tard, Cass avait allumé un feu et posé dessus son *croccán* rempli d'eau. Fidelma y ajouta des herbes qui, leur dit-elle, étaient souveraines contre les effets du froid. Elle se demanda si Cass ou Eisten savaient qu'une infusion de feuilles et de sommités fleuries de *drémire buí* était utilisée pour prévenir la peste jaune. Les enfants se plaignirent de l'amertume de la mixture mais personne ne fit d'autre commentaire tandis que le breuvage passait de main en main. Bientôt, ils s'endormirent d'un sommeil agité, recrus de fatigue.

Cass alimentait les flammes avec les branchages qu'il allait ramasser aux alentours. Trop humides, ils sifflaient et crachaient, mais diffusaient suffisamment de chaleur pour les réchauffer.

— Nous partirons aux premières lueurs de l'aube, annonça Fidelma. Si nous marchons à vive allure, alors nous arriverons à l'abbaye en milieu de matinée.

— Cette nuit, nous ferons des tours de garde, dit Cass. Intat et ses hommes rôdent peut-être encore dans les parages et puis il faut entretenir le feu. Je prendrai le premier tour.

— Et moi le second.

Elle resserra sa mante autour de ses épaules en frissonnant.

Ce fut une longue nuit mais, hormis les loups qui hurlaient au loin et des cris d'animaux nocturnes, rien ne vint troubler leur campement.

Quand ils se réveillèrent dans la lumière blême du petit matin, ce fut sœur Eisten qui découvrit le cadavre du bébé, mort pendant la nuit. Personne ne fit allusion à son teint jaune.

Cass creusa une tombe peu profonde avec son épée, et, entourées des enfants éplorés, sœur Fidelma et sœur Eisten psalmodièrent une prière tandis qu'ils enterraient le petit corps. Sœur Eisten avait oublié le nom du nourrisson et, malgré tous ses efforts, elle ne put se le rappeler.

Le temps que s'achève cette triste cérémonie, les nuages s'étaient dissipés dans le ciel d'un bleu de cristal. Il faisait toujours très froid mais les prédictions de Cass s'étaient réalisées.

CHAPITRE IV

L'angélus sonnait quand l'abbaye de Ros Ailithir se profila à l'horizon. Le voyage avait pris plus longtemps que prévu car, s'il faisait maintenant grand beau, le sol détrempé rendait la route difficilement praticable.

L'abbaye, plus grande que Fidelma ne l'avait imaginée, s'élevait à flanc de colline, au bord d'un bras de mer où quelques bateaux avaient jeté l'ancre. Composée de plusieurs bâtiments de pierre grise, elle était protégée par un haut mur de granit ovale. Au centre s'élevait une église imposante. La plupart des églises des cinq royaumes étaient rondes, mais celle-là, avec sa longue nef et son transept, avait la forme d'un crucifix. Ce style était très apprécié des nouveaux bâtisseurs. À côté se trouvait la *cloictheach*, la tour des cloches, et les carillons solennels résonnaient dans la petite vallée.

Un des adolescents, saisi de tremblements, poussa un gémissement à fendre l'âme. Son frère aîné lui parla avec une tranquille autorité.

— Que lui arrive-t-il ? demanda Cass en levant les yeux sur le plus jeune, grimpé sur son cheval.

— Il a peur des adultes. Il pense que si on

s'approche d'eux, ils vont nous faire du mal, répliqua le plus âgé d'un air grave.

Cass sourit à Cosrach.

— Ne crains rien, fils. Bientôt nous serons sous la haute protection de cette sainte abbaye et de ses moines.

Cétach rassura son petit frère à voix basse puis se tourna à nouveau vers Cass.

— Maintenant, ça va aller.

Les enfants, sous l'emprise de la fatigue physique et d'un violent choc émotionnel, se tenaient là, hébétés. Au campement, leur sommeil troublé ne les avait pas reposés et ils n'en pouvaient plus.

— J'ignorais que l'abbaye était si grande, dit Fidelma d'un ton léger pour tenter de faire diversion, mais les enfants lui jetèrent un regard morne.

— On m'a dit que des centaines de prosélytes étudiaient ici, répliqua Cass d'un air impassible.

Les cloches cessèrent brusquement de sonner.

Fidelma surmonta son malaise passager à l'idée de manquer la messe et reprit la tête du petit groupe placé sous sa garde. Elle aurait tout le temps de prier plus tard, quand ils se retrouveraient tous sous la protection des murs de l'abbaye. Elle jeta un regard anxieux à sœur Eisten. La petite femme boulotte semblait choquée, perdue dans ses pensées. L'enterrement du bébé le matin l'avait profondément affectée. Peu de temps après qu'ils étaient repartis, elle avait été saisie d'un malaise, elle ne reconnaissait plus rien autour d'elle. Puis elle avait marché tête baissée, plongée dans un profond mutisme. Elle n'avait même pas pris la peine de relever la tête quand ils étaient arrivés en vue de Ros Ailithir et que les cloches s'étaient mises à carillonner. Oui, il fallait tout de suite mettre la sœur et les enfants à l'abri, les prières attendraient.

Alors qu'ils approchaient de l'enceinte, Fidelma vit

quelques religieux qui coupaient des choux dans les champs environnants. Sans doute pour nourrir du bétail. Quelques-uns leur jetèrent des regards curieux, les autres restèrent courbés sur leur travail.

Les grilles de l'abbaye s'ouvrirent. Fidelma fronça les sourcils en remarquant un faisceau de branches d'osier et de tremble entremêlées accroché à l'un des battants de la grille. Cela lui rappelait quelque chose... mais elle fouilla en vain sa mémoire pour tenter de retrouver le symbolisme de cet étrange bouquet. Puis elle alla à la rencontre du moine qui se tenait devant eux et les attendait de pied ferme. Vêtu de la bure, trapu, robuste, l'avant de la tête rasé, il portait des cheveux longs et grisonnants sur la nuque et dégageait l'autorité de celui qui ne s'en laissait pas conter.

— *Bene vobis*[1], entonna-t-il d'une voix grave de baryton.

— *Deus vobiscum*[2], répondit sœur Fidelma qui écourta aussitôt les politesses et annonça sans autre préambule : Ces enfants ont besoin de nourriture et de repos.

Les yeux de l'homme s'agrandirent sous l'effet de la surprise.

— Et aussi la sœur qui m'accompagne, ajouta-t-elle. Ils ont été exposés à la peste jaune et vos médecins doivent les examiner sur-le-champ. Pendant ce temps, je vous demanderai de nous conduire, moi et mon compagnon, auprès de l'abbé Brocc.

En entendant une jeune cénobite donner des ordres avant même d'avoir reçu officiellement l'hospitalité de l'abbaye, l'homme fronça les sourcils, prêt à protester, mais Fidelma le devança.

— Je suis Fidelma de Cashel. Brocc m'attend, dit-elle d'un ton ferme.

1. Que Dieu vous garde en bonne santé. *(N.d.T.)*
2. Que Dieu soit avec vous. *(N.d.T.)*

L'homme en resta bouche bée et recouvra ses esprits à l'instant où Fidelma passait les grilles au pas de charge, entraînant ses protégés avec elle. Le moine la rattrapa alors qu'elle s'engageait dans la grande cour pavée.

— Sœur Fidelma... nous, enfin...

Il était visiblement contrarié par cette arrivée intempestive.

— Nous vous attendions hier. Nous étions avertis de votre visite... Je suis le frère Conghus, l'*aistreóir* de l'abbaye. Que s'est-il passé ? Qui sont ces enfants ?

Fidelma se tourna vers le portier.

— Des survivants de Rae na Scríne, incendié par des vandales, répliqua-t-elle d'un ton sec.

Le religieux, atterré, fixa les enfants dont l'état lamentable crevait les yeux, puis tourna son attention vers la jeune femme boulotte.

— Sœur Eisten ! Que s'est-il passé ? s'exclama-t-il en la reconnaissant.

La religieuse, qui regardait droit devant elle, ne broncha pas.

Déconcerté, le moine s'adressa alors à Fidelma.

— Nous savons tous ici que sœur Eisten dirige une mission à Rae na Scríne... qui aurait été incendié par des vandales, dites-vous ?

Bref hochement de tête de Fidelma.

— Le village a été attaqué par un groupe d'hommes, le meneur s'appelle Intat. Seuls sœur Eisten et ces enfants ont survécu. Je demande asile pour eux.

— Vous avez aussi mentionné la peste ?

Le frère Conghus semblait perdu.

— D'après ce que j'ai cru comprendre, la peste a servi de prétexte à cette abomination. Il serait donc souhaitable d'envoyer quérir le médecin de l'abbaye. Craignez-vous la peste en cette enceinte ?

Le frère Conghus secoua la tête.

— Nous sommes protégés par la main de Dieu. Nous avons connu quatre épidémies au cours de cette année, mais elle n'a prélevé qu'une dîme négligeable, juste quelques écoliers. Nous ne craignons plus la maladie. Quelqu'un va mener la pauvre sœur Eisten et ses orphelins jusqu'à l'hôtellerie où l'on va s'occuper d'eux.

Il fit signe à une jeune novice qui passait par là, une grande fille aux épaules carrées et à la démarche maladroite.

— Sœur Necht, emmenez la sœur et ces enfants à l'hôtellerie. Dites au frère Rumann d'appeler le frère Midach qui les examinera. Et veillez à ce qu'ils se reposent et soient bien nourris. J'irai rejoindre Midach dans quelques instants.

La jeune fille hésita, fixa sœur Eisten d'un air ébahi, comme si elle aussi la reconnaissait, puis elle se ressaisit et se précipita vers les enfants pour les escorter jusqu'à l'hôtellerie, ainsi qu'Eisten qui s'était remise à gémir. Le frère Conghus s'assura qu'on exécutait ses ordres, puis il rejoignit Fidelma.

— Avec frère Midach, notre médecin-chef, et Rumann, notre hôtelier, vos protégés sont en de bonnes mains. Et maintenant je vais vous conduire chez le père abbé. Vous êtes venus directement de Cashel ?

— Oui, confirma Cass, qui en profita pour attirer l'attention du moine sur un point qui avait échappé à Fidelma : Il faudrait aussi nourrir nos chevaux et les étriller, mon frère.

— Je m'en chargerai à mon retour, répliqua Conghus.

Le portier se mit soudain à accélérer le pas, les entraînant dans un dédale de cours, d'allées et de couloirs. Il s'arrêtait de temps à autre pour attendre Cass et Fidelma, épuisés par leur équipée, et qui traînaient les pieds derrière lui. Le parcours leur sembla interminable ; enfin, après avoir grimpé les marches d'un grand bâtiment un peu à l'écart, l'*aistreóir* s'arrêta devant une porte en chêne. Il leur fit signe d'attendre, frappa, s'éclipsa et réapparut pour les inviter à entrer.

Ils se retrouvèrent dans une grande salle voûtée aux murs de pierre grise, rehaussés par de magnifiques tapisseries dont chacune illustrait un épisode de la vie du Christ. Un feu flambait dans la cheminée et une odeur d'encens imprégnait les lieux. Le sol était recouvert d'épais tapis de laine, l'ameublement confortable et la décoration d'une somptuosité extravagante. Apparemment, l'abbé de Ros Ailithir avait oublié ses vœux de pauvreté.

— Fidelma !

Un grand homme mince se leva de derrière une table au plateau marqueté. Il avait un nez busqué, des yeux bleus perçants et des cheveux roux coupés à la mode de l'Église irlandaise : rasés sur le devant et longs par-derrière. Pour un œil observateur, l'air de famille avec Fidelma était frappant.

— Je suis votre cousin, Brocc, annonça-t-il d'une voix de basse aux intonations charmeuses. Cela fait si longtemps...

L'accueil se voulait cordial et pourtant quelque chose sonnait faux. Comme si l'abbé, absorbé par ses pensées, se forçait à leur souhaiter la bienvenue.

Quand il prit les mains de Fidelma dans les siennes, elle les trouva froides et molles, tel un démenti désagréable à ses paroles chaleureuses. Fidelma avait peu de souvenirs de son cousin, de dix ou quinze ans son aîné, et ils remontaient à son enfance heureuse, alors qu'elle n'était qu'une fillette exubérante et pleine de vie.

Elle lui retourna ses amabilités en marquant cependant une certaine distance et en usant de manières plus cérémonieuses que son parent. Puis elle lui présenta Cass.

— Il a été désigné par mon frère Colgú pour m'assister dans ma mission, précisa-t-elle.

Brocc étudia Cass d'un air un peu gêné, et son regard s'attarda sur le collier d'or torsadé de sa fonction, car le guerrier avait ouvert sa cape pour le mettre en évidence. Ils échangèrent une poignée de main et Fidelma vit les muscles du visage de Brocc tressaillir sous la poigne du guerrier.

— Asseyez-vous, cousine. Et vous aussi, Cass. Mon portier, le frère Conghus, me dit que vous êtes arrivés en ces lieux accompagnés par sœur Eisten et des enfants de Rae na Scríne. La mission d'Eisten étant placée sous la juridiction de cette abbaye, nous sommes très préoccupés par ce qui s'est passé. Racontez-moi ce que vous savez.

Fidelma jeta un coup d'œil à Cass qui s'était affalé sur une chaise, ravi de se détendre un peu. Mais comprenant ce que Fidelma attendait de lui, il se redressa pour conter rapidement leur aventure.

En entendant son récit, le visage de Brocc se crispa sous l'effet de la fureur et il se tapota le nez en un geste qui ressemblait fort à un tic.

— Voilà une vilaine affaire et je vais immédiatement envoyer un messager à Salbach, le chef de clan des Corco Loígde. Intat et sa bande paieront pour leur forfait, vous pouvez en être assurés.

— Que comptez-vous faire de sœur Eisten et de ses protégés ? s'inquiéta Fidelma.

— Ne craignez rien. Nous avons une excellente infirmerie. Frère Midach, notre médecin, a déjà soigné une dizaine de pestiférés au cours de l'année qui vient de s'écouler et il en a sauvé trois. Dieu nous tient en sa sainte garde. Ici, nous ne craignons pas la peste, puisque nous appartenons à la foi, et considérons que notre sort dépend de Lui.

— Je suis ravie et soulagée que vous envisagiez les choses sous cet angle, répliqua Fidelma d'un air grave. Je n'en attendais pas moins de vous.

Cass se demanda un instant si ses paroles ne trahissaient pas une certaine ironie devant la pieuse attitude de Brocc.

— Et maintenant, poursuivit ce dernier en l'examinant attentivement de son regard froid, venons-en à la principale raison de votre visite en ces lieux.

Fidelma étouffa une plainte. Avant de traiter d'affaires aussi sérieuses, elle aurait préféré se restaurer. Elle rêvait d'un bon repas, d'un verre de vin chaud pour se réchauffer et d'un lit bien sec, aussi dur soit-il. Mais Brocc avait probablement raison. Mieux valait en finir avec les préliminaires.

Alors qu'elle réfléchissait à la meilleure façon de présenter sa mission, Brocc alla se poster à une fenêtre qui donnait sur le bras de mer. Les mains derrière le dos, il contemplait le paysage.

— Je suis conscient que nous sommes pressés par le temps, cousine, dit-il en choisissant soigneusement ses mots. Et en tant qu'abbé, je suis tenu responsable de la mort du vénérable Dacán. Au cas où je l'oublierais, le roi de Laigin m'a envoyé un cadeau chargé de me rafraîchir la mémoire.

Fidelma ouvrit de grands yeux.

— Que voulez-vous dire ? demanda Cass, qui avait posé la question qui brûlait les lèvres de la religieuse.

Brocc leur fit signe.

— Venez voir.

Fidelma et Cass se levèrent d'un même mouvement et rejoignirent l'abbé, regardant par-dessus son épaule dans la direction qu'il indiquait. Plusieurs bateaux étaient au mouillage, dont deux vaisseaux au long cours. Brocc désigna celui qui se tenait à l'entrée de la crique.

— Vous êtes un guerrier, Cass, lança Brocc de sa voix de basse aux accents tragiques. Pouvez-vous identifier cette embarcation ? Je ne parle pas du bateau de commerce franc mais de l'autre.

Cass plissa les yeux tout en étudiant attentivement les lignes du navire.

— Il bat pavillon de Fianamail, roi de Laigin, répliqua-t-il, stupéfait. Et c'est un bateau de guerre.

— Exactement, soupira Brocc tandis que chacun d'eux regagnait son siège. Il est apparu voilà une semaine afin de me rappeler que Laigin me tient responsable de la mort de Dacán. Depuis lors, pas un seul passager de ce navire, qui nous guette comme le chat la souris, ne s'est montré à l'abbaye. S'ils avaient l'intention de troubler ma tranquillité d'esprit, ils y sont parvenus. Je suppose qu'ils attendent que l'assemblée du haut roi ait pris une décision.

Cass s'empourpra de colère.

— C'est un outrage à la justice ! s'écria-t-il avec fureur. Une intimidation. Une menace physique.

— Apparemment, Laigin exige l'application de la sentence biblique, « œil pour œil, dent pour dent », fit observer Brocc d'un ton mélancolique. Les Écritures ne disent-elles pas que si un homme en éborgne un autre, il doit subir le même sort ?

— Il s'agit de la loi des israélites, fit observer Fidelma, contraire à celle des cinq royaumes.

— Cela se discute, cousine. Si nous croyons que les israélites sont les élus de Dieu, alors nous devons suivre leurs lois ainsi que leur religion.

— Remettons les débats théologiques à plus tard, intervint Cass qui commençait à s'énerver. Pourquoi diable vous en veulent-ils, Brocc ? Auriez-vous tué le vénérable Dacán ?

— Bien sûr que non !

— Alors Laigin n'a aucune raison de vous menacer.

Pour Cass, les choses étaient toujours simples.

Fidelma se tourna vers lui d'un air fâché.

— Laigin s'en tient à la loi. Elle stipule que Brocc, en tant qu'abbé de cette abbaye, est jugé responsable de tout ce qui arrive à ses invités. S'il n'est pas en mesure de payer les amendes et compensations prévues, sa famille doit s'en acquitter à sa place. Comme il appartient aux Eóganachta qui règnent sur Muman, alors c'est toute la famille régnante de Muman et son royaume qui sont retenus en otage pour le crime. Vous me suivez, Cass ?

— Je ne vois pas où est la justice, s'obstina Cass.

— Loi et justice ne sont pas toujours synonymes, intervint Brocc avec amertume. Mais vous avez raison d'exposer l'affaire du point de vue de Laigin, Fidelma. Malheureusement, il ne nous reste pas beaucoup de temps pour préparer notre défense devant l'assemblée du haut roi qui doit se réunir à Tara.

— Peut-être, alors, feriez-vous mieux de m'exposer les faits dans les grandes lignes, afin que j'établisse un plan pour mener mon enquête, dit Fidelma en étouffant un bâillement.

Ignorant sa fatigue, Brocc écarta les mains en un geste éloquent.

— Les faits se résument à peu de chose, cousine. Le vénérable Dacán est venu dans cette abbaye, muni d'une autorisation du roi de Cathal pour étudier notre collection d'ouvrages anciens. Nous disposons aussi d'un grand nombre de « bâtons de poète ». Nous nous enorgueillissons à juste titre de cette collection de traités généalogiques, la plus belle des cinq royaumes. Elle surpasse même celle de Tara.

Fidelma comprenait la fierté de Brocc. Elle-même avait été initiée à l'alphabet de ses ancêtres, dont la légende disait qu'il avait été accordé aux Irlandais par le dieu païen de la littérature, Ogma. Il se présentait sous la forme de traits et d'encoches disposés de part et d'autre d'une ligne. Il était tombé en désuétude depuis l'utilisation de l'alphabet latin, apparu avec la nouvelle foi.

— Nous sommes particulièrement fiers de notre *tech screptra*, notre grande bibliothèque, poursuivit Brocc. Nos érudits ont démontré que le royaume de Muman avait été le premier à initier les peuples des cinq royaumes à l'art de l'ogham. Comme vous le savez sans doute, cette abbaye a été fondée il y a environ un siècle par le bienheureux Fachtna Mac Mongaig, élève d'Ita. Il a fait de cet endroit un lieu de culte et le réceptacle des livres de la connaissance. On y venait des quatre coins de la terre pour y recevoir un enseignement. Depuis lors, un défilé incessant de pèlerins se succède ici en quête du savoir. Notre fondation de Ros Ailithir est réputée dans les cinq royaumes et même au-delà.

Fidelma ne put réprimer son amusement devant l'éloge enthousiaste de l'abbé pour vanter les mérites de sa congrégation. Même chez les religieux supposés s'adonner à l'humilité, l'orgueil n'était jamais bien loin, il suffisait de gratter un peu.

— Et voilà pourquoi l'abbaye est appelée le promontoire des pèlerins, ajouta Cass aimablement.

L'abbé eut un hochement de tête approbateur.

— Exactement, guerrier. Ros Ailithir ou le promontoire des pèlerins. Ceux de la foi mais aussi ceux de la vérité et de l'érudition.

Fidelma commençait à s'impatienter et elle recentra les débats :

— Donc le vénérable Dacán est venu ici pour étudier avec l'autorisation du roi Cathal, rappela-t-elle.

— Oui, et il devait aussi prodiguer quelque enseignement en compensation de son accès à notre bibliothèque, précisa Brocc. Il s'intéressait essentiellement au déchiffrage des « bâtons de poète » et passait le plus clair de son temps dans la *tech screptra*.

— Il est resté ici longtemps ?

— Deux mois.

— Pouvez-vous me donner des détails sur les circonstances de sa mort ?

Brocc s'appuya des deux mains sur la table.

— Cela s'est passé il y a deux semaines, juste avant que les cloches ne sonnent la tierce.

Il se tourna vers Cass.

— Le travail à l'abbaye commence avec la tierce et se termine avec les vêpres, expliqua-t-il d'un ton pédant.

— La tierce est la prière de la troisième heure canoniale, précisa Fidelma devant l'air éberlué de Cass.

— Certains d'entre nous étudient et d'autres travaillent dans les champs, car nous cultivons la terre, nous avons du bétail et sommes rompus à l'art de la pêche.

— Poursuivez, le pressa Fidelma, qui tombait de sommeil.

Ses yeux la brûlaient et elle aurait tout donné pour s'allonger.

— Comme je le disais donc, juste avant que les cloches ne sonnent la tierce, frère Conghus, mon *aistreóir*, le portier de l'abbaye qui est aussi sonneur, a fait irruption dans mes appartements. Naturellement, j'étais outré, vous oubliez, lui ai-je dit...

— Et il vous a annoncé que Dacán était mort, l'interrompit Fidelma qui n'en pouvait plus des digressions de son cousin.

Brocc cligna des yeux, peu accoutumé à une telle désinvolture.

— Oui, il s'était rendu dans le *cubiculum*[1] de Dacán, à l'hôtellerie. Et nous avons appris que Dacán n'était pas apparu au *jentaculum*.

Il marqua une pause et se tourna avec condescendance vers Cass.

— C'est le repas du matin par lequel nous rompons notre jeûne.

Cette fois, Fidelma bâilla ouvertement. Vaguement vexé, le père abbé accéléra son récit.

— Le frère Conghus a trouvé le corps du vénérable Dacán allongé sur sa couche, les mains et les pieds attachés. On l'avait poignardé à plusieurs reprises. On a aussitôt appelé le médecin qui constata que la lame avait visé le cœur. J'ai chargé mon *fer-tighis*, le frère hôtelier, de mener une enquête. Mais personne n'avait rien vu ni entendu. Nous n'avons pas la moindre idée de l'identité du meurtrier et des raisons qui ont motivé son acte. Vu la réputation de notre hôte, j'ai aussitôt envoyé un messager au roi Cathal à Cashel.

— Avez-vous prévenu Laigin ?

Brocc secoua la tête.

— Ce jour-là, nous avions un marchand de Laigin dans nos murs. Ici, nous sommes situés sur une route maritime très fréquentée qui mène directement à Laigin. Je suppose que le marchand a colporté la nouvelle à Fearna, et le père abbé Noé a été aussitôt prévenu.

Fidelma se pencha en avant, brusquement intéressée.

— Comment s'appelait ce marchand ?

— Assíd, je crois. Mon *fer-tighis*, le frère Rumann, vous le précisera.

— Quand ce marchand est-il parti pour Laigin ?

— Le jour même de la découverte du corps de Dacán, il me semble. Frère Rumann est mieux renseigné que moi sur ces détails.

1. Cellule. *(N.d.T.)*

— Mais frère Rumann n'a rien trouvé qui puisse expliquer la mort de Dacán ? demanda Cass.

— Rien.

— Quand avez-vous appris que Laigin vous tenait pour responsable de son décès et exigeait réparation du roi de Muman ?

Le visage de Brocc s'allongea.

— Quand ce navire de guerre est arrivé. Son capitaine est venu m'annoncer qu'en tant qu'abbé je devrais rendre des comptes. Puis un messager de Cashel m'a informé que le nouveau roi de Laigin exigeait les terres d'Osraige pour prix de l'honneur et que le roi Cathal vous avait fait mander pour mener une enquête sur les événements.

Fidelma se renversa sur sa chaise, croisa les doigts et réfléchit un instant.

— Vous n'avez rien oublié, Brocc ?

— Je vous ai tout rapporté très fidèlement, affirma Brocc avec solennité.

— En somme, notre seule certitude, c'est que le vénérable Dacán a été assassiné et que le crime a été commis dans l'abbaye, résuma Cass d'un air morose. Il n'y a donc aucun moyen d'échapper à la réparation.

Fidelma lui adressa un regard amusé.

— Voilà effectivement notre point de départ. Cela ne nous dit pas qui doit payer ce dédommagement. Et nous sommes ici pour étudier la question.

Brusquement, elle sauta sur ses pieds et Cass l'imita.

— Eh bien, cousine ? interrogea impatiemment Brocc en fixant sa jeune parente.

— Eh bien, cousin, je crois qu'avec Cass nous aimerions bien nous restaurer. Nous n'avons rien mangé depuis hier midi et avons dormi à peine deux ou trois heures dans une forêt humide et glaciale. Nous commencerons notre enquête après les vêpres.

Brocc écarquilla les yeux.

— Mais pour quoi faire ? Vous n'apprendrez rien de plus que ce que je viens de vous narrer.

Fidelma réprima un sourire.

— Vous êtes apparemment peu instruit du déroulement des investigations d'un brehon, Brocc. Ne vous préoccupez de rien, nous découvrirons qui a tué Dacán et nous mettrons au jour ses motivations.

— Vous croyez cela possible ? demanda Brocc, tandis qu'une lueur de curiosité s'allumait dans son regard.

Un cénobite sans âge et tout en rondeurs fit irruption dans la pièce, l'air préoccupé. Il semblait possédé par une énergie qui se traduisait dans chacun de ses gestes. Cet homme ne tenait pas en place et, passé la première surprise, sa nervosité devenait vite difficile à supporter.

— Je vous présente mon *fer-tighis*, l'hôtelier de l'abbaye, intervint Brocc. Frère Rumann est là pour satisfaire à tous vos désirs. Si vous avez besoin de quoi que ce soit, adressez-vous à lui. Je vous reverrai pour les vêpres.

Le frère Rumann les entraîna hors des appartements du père abbé avec un empressement qui semblait propulser ses hôtes devant lui.

— Le frère Conghus m'a prévenu de votre arrivée, ma sœur, et je vous ai préparé des chambres dans le *tech-óiged*. Vous y serez très bien installés.

— Et vous avez songé à la nourriture ? demanda Cass qui mourait de faim.

La tête de frère Rumann rebondit de haut en bas, faisant trembloter ses grosses joues. Son visage lunaire était tellement ridé qu'on avait du mal à y distinguer un sourire d'un froncement de sourcils.

— J'ai fait préparer un repas. Je vous emmène à l'hôtellerie.

— Celle-là même où logeait le vénérable Dacán ? s'enquit Fidelma.

Frère Rumann acquiesça et elle ne fit aucun commentaire.

Ils le suivirent dans d'interminables couloirs de pierre grise, traversèrent des cours et enfilèrent à nouveau de sombres corridors.

— Comment vont sœur Eisten et les enfants ? demanda Fidelma pour briser le silence.

Le frère Rumann émit un claquement de langue et une exclamation qui rappelait irrésistiblement les gloussements d'une mère poule inquiète pour sa couvée. En le voyant battre des bras et se dandiner devant elle, elle ne put réprimer un élan de sympathie.

— Sœur Eisten est très choquée par son expérience. Les enfants dorment. Il leur faudra beaucoup de soins, de chaleur et de nourriture saine mais, d'après notre médecin, ils sont apparemment en bonne santé.

Le frère Rumann s'arrêta devant une porte ouvrant sur un bâtiment à un étage, construit près du mur d'enceinte et séparé de l'imposante église par une cour pavée avec un puits en son centre.

— Voilà notre *tech-óiged*, ma sœur. Nous en sommes très fiers. L'été, nous recevons de nombreux visiteurs, dont certains viennent de fort loin.

Il ouvrit la porte avec emphase, comme un forain exécutant quelque tour devant un public fasciné, puis les fit pénétrer dans le bâtiment. Ils se retrouvèrent dans un vaste hall décoré d'icônes et de tapisseries. Un escalier en bois permettait d'accéder à l'étage où l'hôtelier leur montra des chambres adjacentes. Fidelma remarqua que sa sacoche avait été déposée sur son lit.

— J'espère que votre logement vous conviendra, lança frère Rumann avant de se précipiter dans une autre pièce. Exceptionnellement, s'écria-t-il d'une voix forte pour les inviter à le rejoindre, je vous ai fait monter une collation mais, à partir de ce soir, vous vous joindrez à nous dans le réfectoire qui se trouve dans le bâtiment mitoyen à celui-ci. C'est là que nous recevons nos invités.

Sur une table étaient posés deux bols de soupe, du fromage, du pain et un pichet de vin avec des gobelets en terre.

Fidelma en eut l'eau à la bouche.

— Merci infiniment, tout cela semble très appétissant, dit-elle avec reconnaissance.

— Ma cellule se trouve à l'autre bout de cet édifice, précisa le frère Rumann. Si vous désirez quelque chose, venez frapper à ma porte ou sonnez sœur Necht.

Il désigna la cloche de bronze posée sur la table.

— Elle viendra s'enquérir de ce que vous souhaitez. Cette jeune novice travaille avec moi et elle est au service de nos invités.

— Avant que vous partiez... lança Fidelma alors que frère Rumann s'éloignait déjà d'un air affairé.

Le petit homme rond se retourna.

— Combien de personnes comptez-vous dans cette hôtellerie ?

Il fronça les sourcils.

— Seulement vous. Et aussi sœur Eisten et les enfants.

— Je croyais que des centaines d'écoliers logeaient dans l'abbaye ?

Le frère eut un petit rire essoufflé, à cause de sa respiration difficile.

— Ne vous inquiétez pas pour eux. Leurs dortoirs sont situés de l'autre côté de notre enceinte. Bien sûr, comme la plupart des abbayes rattachées à notre ordre, nous sommes une communauté mixte mais à prédominance masculine en ce qui nous concerne. Autre chose, ma sœur ?

— Pas pour l'instant.

L'homme fit à nouveau claquer sa langue et disparut. Il était à peine sorti de la pièce que Cass, oubliant toute retenue, se précipitait vers la table et attirait à lui un bol de soupe.

— Plusieurs centaines d'étudiants et de religieux, dit-il d'un air sombre à Fidelma qui s'était attablée à son tour. Vu la tâche qui nous attend, autant chercher une aiguille dans une meule de foin.

Fidelma fit la grimace et trempa sa cuiller de bois dans son potage qu'elle trouva délicieux.

— En admettant que le meurtrier soit encore dans ces murs, nous avons toutes nos chances, dit-elle enfin. Mais d'après ce que Brocc nous a confié, il y a eu pas mal d'allées et venues depuis le meurtre. Si j'avais assassiné le vénérable Dacán, je suppose que je me serais empressée de fuir. Mais bien sûr, tout dépendrait de mon identité et des buts que je poursuis.

Cass nettoya son bol d'un bout de pain qu'il avala avec une satisfaction non dissimulée.

— Le meurtrier est peut-être persuadé qu'il est à l'abri de tout soupçon, suggéra-t-il.

— Ou la meurtrière, le corrigea Fidelma. Ce qui me frappe dans cette affaire, si je la compare aux autres enquêtes que j'ai menées, c'est que les motivations du coupable n'apparaissent pas clairement.

— Qu'entendez-vous par là ?

— Eh bien, la plupart du temps, il s'agit d'un vol, ou alors la victime a cristallisé sur elle des haines farouches, à moins que sa mort ne bénéficie à un certain nombre de personnes. Or là, nous sommes confrontés à un vieil érudit qui est supprimé dans des circonstances particulièrement barbares mais, à première vue, aucun mobile ne vient à l'esprit.

— C'est peut-être l'œuvre d'un fou ?

— Mais la folie est en elle-même un mobile très valable, fit gentiment observer Fidelma.

Cass adressa un regard plein de regrets à son bol vide.

— Ça m'a bien plu, commenta-t-il en soupirant. À mon avis, du lait, des poireaux et de l'avoine. Quelle merveille... à moins que la faim qui me tenaillait n'ait ajouté de la saveur à la nourriture ?

Fidelma goûta fort ce brusque changement de conversation et le désir irrépressible de Cass d'exprimer sa satisfaction.

— On dit que cette soupe était un des plats favoris du bienheureux Colum-Cille et vous avez raison en ce qui concerne les ingrédients. Quant à la faim... elle donne du goût aux plats les plus fades.

Cass coupait déjà le pain et le fromage. Ils se servirent puis Cass remplit leurs gobelets et, tout en mâchant et en buvant avec ardeur, il entreprit de réfléchir à la tâche qui les attendait.

— Sérieusement, ma sœur, comment espérez-vous résoudre cette énigme ? Le meurtre s'est produit il y a plus de quinze jours et le coupable a dû prendre la fuite. Sans compter que nous n'avons pas de témoin, rien qui puisse nous mettre sur la piste de l'assassin.

Fidelma avala une gorgée de vin.

— Que feriez-vous à ma place, Cass ? l'interrogea-t-elle.

Cass s'arrêta de mastiquer et cligna des yeux.

— J'essaierais de rassembler autant d'indices que possible, je noterais jusqu'au moindre petit détail et je rapporterais le fruit de mes investigations à Cashel.

— Parfait, répliqua Fidelma avec un sérieux imperturbable. Au moins, nous sommes d'accord sur ce point. D'autres remarques, Cass ?

Le jeune guerrier rougit.

Fidelma était *dálaigh*. Il ne l'avait pas oublié. Pourtant, elle se moquait de lui et le jugeait présomptueux parce qu'il lui prodiguait des conseils.

— Surtout ne vous méprenez pas... commença-t-il.

Elle l'arrêta d'un sourire malicieux.

— Ne vous inquiétez pas, Cass. Si j'estimais que vous me manquez de respect, je saurais bien vous faire ravaler vos paroles. J'apprécie que vous ne me flattiez point. En toute franchise, je connais mes qualités mais aussi mes faiblesses, car seuls les idiots s'attribuent la considération qui est due à leur office.

Mal à l'aise, Cass plongea un regard hésitant dans les yeux verts de sa compagne, qui brûlaient d'un feu glacé, et il déglutit avec difficulté.

— Mais de même que je ne m'aviserais pas d'intervenir quant à la manière dont vous maniez une épée au combat, abstenez-vous de me proposer des stratégies pour l'art auquel j'ai été formée.

Le jeune homme lui adressa une grimace boudeuse.

— Je voulais simplement vous signaler que les difficultés de votre mission me semblent insurmontables.

— D'après mon expérience, dans un premier temps toute mission difficile donne cette impression, mais pour la mener à bien, il faut d'abord modifier cet état d'esprit. Si vous changez de point de vue, votre vision évoluera.

— Que proposez-vous pour commencer ? dit-il très vite pour apaiser Fidelma, dont les paroles trahissaient une nuance d'agacement.

— Nous allons questionner le frère Conghus, qui a découvert le corps, puis le médecin qui l'a examiné et, pour finir, notre hôtelier assez exalté, frère Rumann, qui a conduit l'enquête initiale. Chacun d'eux possède des pièces du puzzle. Quand nous les aurons toutes rassemblées, jusqu'à la plus petite, nous les étudierons avec attention et tenterons de les ordonner pour obtenir une image lisible.

— Telle que vous décrivez la marche des opérations, cela semble assez simple.

— Certainement pas, s'empressa-t-elle de préciser. Aucune information ne doit nous échapper, même la plus anodine doit être mise en réserve jusqu'à ce que nous en ayons l'usage. Maintenant, je crois qu'il est temps de prendre un peu de repos avant de...

Alors qu'elle se levait, un cri perçant brisa le profond silence de l'hôtellerie de l'abbaye.

CHAPITRE V

Quand le second hurlement de terreur résonna dans l'édifice, Fidelma se précipitait déjà dans le couloir, le jeune guerrier sur les talons. Cela venait du rez-de-chaussée, une plainte haut perchée, comme celle d'une femme dans les douleurs de l'enfantement.

Au pied de l'escalier, Fidelma faillit se heurter à frère Rumann. Sans un mot, Fidelma et Cass lui emboîtèrent le pas tandis que le corpulent hôtelier dévalait les marches et s'élançait dans un couloir où donnaient plusieurs portes.

Tous trois s'immobilisèrent brusquement quand une berceuse chantée d'une voix douce leur parvint aux oreilles.

Puis frère Rumann se dirigea vers une porte et l'ouvrit tandis que Fidelma et Cass se haussaient sur la pointe des pieds derrière lui pour mieux voir ce qui se passait à l'intérieur.

Sœur Eisten se tenait au bord d'un lit, serrant dans ses bras un des garçons aux cheveux noirs de Rae na Scríne. Fidelma reconnut Cosrach, le plus jeune des deux. La sœur le berçait en lui fredonnant un chant rassurant et mélancolique. L'enfant pleurait, blotti contre son épaule. Maintenant, les sanglots s'étaient apaisés et sa poitrine se soulevait à intervalles réguliers, laissant échapper de grands soupirs tremblés. Sœur Eisten ne leur prêta aucune attention, entièrement absorbée par le chagrin de son protégé, mais Cétach, qui se tenait près de la religieuse, réagit à leur présence. Il les rejoignit en quelques pas et, l'air de rien, les repoussa dans le couloir en refermant la porte derrière lui. Puis il les affronta, le menton dressé et l'air sévère comme s'il leur reprochait leur intrusion.

— Nous avons entendu des cris, mon garçon, souffla frère Rumann qui respirait péniblement.

— C'était mon frère, répondit l'autre d'un air maussade. Il a fait un cauchemar. Maintenant tout va bien. Sœur Eisten l'a entendu et elle est venue le consoler.

Fidelma lui adressa un sourire rassurant.

— Alors nous voilà tranquillisés... Tu t'appelles Cétach, c'est bien cela ?

— Oui, répliqua l'enfant, sur la défensive.

— Eh bien, Cétach, ton frère et toi avez traversé une expérience très éprouvante mais maintenant, c'est fini. Surtout, ne t'inquiète pas.

— Je ne m'inquiète pas, répliqua l'autre d'un ton sec. Mais mon frère est plus jeune que moi. Et puis on ne commande pas aux cauchemars.

Fidelma avait la sensation de parler non pas à un adolescent, mais à un homme. Ce petit paysan était plus sage que ses années ne l'auraient laissé supposer.

— Je comprends, répondit-elle sur un ton conciliant. Tu dois persuader ton frère que vous êtes maintenant entourés d'amis qui s'occuperont de vous.

Le garçon ne fit aucun commentaire.

— Je peux retourner auprès de mon frère ? dit-il enfin, après un silence hautain.

Fidelma, qui savait bien qu'ils n'étaient pas au bout de leurs peines, lui sourit un peu maladroitement et hocha la tête en signe d'assentiment.

Tandis que la porte se refermait sur l'adolescent, frère Rumann émit un claquement de langue plein de compassion et retourna à ses occupations en se dandinant.

Fidelma prit le chemin de sa chambre à pas lents, suivie de Cass.

— Pauvres enfants, dit Cass. Ils n'ont pas encore surmonté la terrible tourmente qu'ils ont traversée. J'espère bien que Salbach retrouvera Intat et ses hommes et les mettra hors d'état de nuire.

Fidelma acquiesça d'un air absent.

— La bonne nouvelle, c'est que les cris de détresse du garçon ont provoqué une réponse positive chez sœur Eisten, qui semblait complètement prostrée. Elle m'inquiétait. Les enfants, eux, oublient vite, tandis qu'Eisten a très mal pris la mort du bébé, ce matin.

— Elle ne pouvait rien faire de plus, dit Cass, très terre à terre car, comme beaucoup d'hommes, il se méfiait des émotions. Même si nous n'avions pas été forcés de camper en plein air, l'enfant serait mort. Il présentait tous les symptômes de la peste.

— *Deus vult*, c'est la volonté de Dieu, répliqua Fidelma avec un fatalisme qui ne lui ressemblait guère.

Elle fut tirée d'un profond sommeil par les cloches des vêpres, la sixième heure canoniale, et, tout en les écoutant carillonner, elle comprit qu'il était trop tard pour rejoindre les frères dans l'église de l'abbaye. Elle sortit de son lit à regret et dit la prière des vêpres. Dans les cinq royaumes, la plupart des rituels étaient encore célébrés en grec, la langue qui avait servi à rédiger les Saintes Écritures[1]. Mais les religieux se tournaient

1. Le Nouveau Testament, l'Ancien Testament ayant été écrit en hébreu et en araméen. *(N.d.T.)*

maintenant vers le latin, la langue de Rome qui se substituait peu à peu au grec. Fidelma passait indifféremment de l'une à l'autre et, en plus de sa langue maternelle, elle parlait aussi un peu celles des Bretons d'Angleterre et des Saxons, et lisait l'hébreu.

Ses dévotions terminées, Fidelma se dirigea vers une cuvette d'eau glacée posée sur une table dans sa cellule et se lava de la tête aux pieds. Puis elle se frotta vigoureusement avec une serviette et s'habilla. Une fois prête, elle sortit et constata que la porte de la chambre de Cass était grande ouverte et qu'il avait disparu. Elle s'engagea dans le couloir, maintenant éclairé de bougies à la flamme vacillante, fichées dans des supports fixés dans la pierre.

— Ah, sœur Fidelma...

Le frère Rumann, respirant bruyamment selon son habitude, s'avançait à sa rencontre.

— Je venais vous chercher. Vous avez manqué les vêpres ?

— J'ai été réveillée par les cloches et j'ai invoqué le Seigneur dans ma chambre.

Elle se mordit la lèvre, contrariée que sa réponse sonne comme une justification car elle avait cru percevoir une nuance de reproche dans la voix du frère hôtelier.

Le large visage du religieux se plissa en un sourire qu'elle eut du mal à interpréter.

— À l'église, j'ai aperçu le jeune guerrier, Cass. Je suppose qu'il s'est rendu directement au *praintech* pour le dîner, c'est ainsi que nous appelons le réfectoire. Je vous y conduis ?

— Je vous serais reconnaissante d'y guider mes pas, merci, mon frère.

Le religieux aux formes rebondies décrocha une lanterne du mur. Une fois dehors, ils traversèrent une cour sombre pour rejoindre l'entrée de l'édifice adjacent, où s'engouffraient des files interminables d'hommes et de femmes.

— Ne vous inquiétez pas, ma sœur, intervint frère Rumann, le père abbé a donné des ordres pour que vous et le guerrier soyez assis à sa table pendant votre séjour.

— Pourquoi devrais-je m'inquiéter? s'étonna Fidelma.

— Cette abbaye contient tellement de gens que nous avons trois services pour les repas. Au troisième, les plats sont froids, ce qui ne manque pas de susciter des protestations. Voilà pourquoi bon nombre de religieux s'emploient à l'heure actuelle à la construction d'une salle à manger à l'extrémité est de l'abbaye. Le nouveau *praintech* nous contiendra tous.

À cette nouvelle, Fidelma manifesta un certain scepticisme.

— Un réfectoire qui réunirait plusieurs centaines d'âmes sous un même toit?

— Le bâtiment, une audacieuse réalisation, sera bientôt terminé, ma sœur, *le cunamh Dé*.

Son « avec l'aide de Dieu » aux pieuses inflexions venait corriger la pointe d'orgueil qu'il exprimait devant cette prouesse architecturale.

Ils s'arrêtèrent dans le hall d'entrée et, tandis qu'ils se déchaussaient, un assistant s'avança pour aller ranger leurs chaussures et leurs sandales, car, dans la plupart des communautés monastiques, la coutume voulait que l'on s'asseye pieds nus à la table du repas. Rumann se fraya un chemin dans la salle bondée, le long de tables où se pressaient des religieux des deux sexes. Le réfectoire était éclairé de nombreuses lampes à huile crachotantes dont l'odeur âcre se mêlait à celle du feu de tourbe dans l'énorme cheminée qui dégageait une épaisse fumée, à l'autre bout de la salle. Ces senteurs piquantes se mêlaient au parfum de l'encens qui se consumait dans des cassolettes placées à différents endroits. Par cette soirée d'automne, il faisait froid. Seul le rassemblement de deux cents personnes finissait à la longue par produire une certaine chaleur.

Quand frère Rumann conduisit avec empressement Fidelma à la place qui lui était réservée aux côtés de Cass qui lui adressa un sourire amusé, l'abbé Brocc avait déjà commencé à dire les grâces.

— *Benedic nobis, Domine Deus...*

Fidelma fit une rapide génuflexion.

— Vous ne vous êtes pas réveillée ? murmura Cass en se penchant vers elle d'un air réjoui.

Devant l'ironie de la question, Fidelma renifla dédaigneusement.

Après les grâces, le bruit des bancs que l'on déplace sur le dallage emplit la salle.

Malgré la collation qu'on leur avait servie quatre heures auparavant, Fidelma et Cass firent honneur au poisson grillé à l'ail sauvage, servi avec du *duilesc*, une plante marine ramassée sur les rochers non loin de là. Le plat, accompagné de pain d'orge et arrosé de bière, fut suivi d'un plat de pommes et de quelques gâteaux au miel.

Ils mangeaient en silence car la règle du bienheureux Fachtna interdisait les conversations pendant les repas. Mais à une extrémité de la pièce, un *lector* lisait des passages des Écritures dans un ouvrage posé sur un lutrin en bois. Fidelma l'écouta déclamer un extrait de l'Ecclésiaste : « Il n'y a de bonheur pour l'homme que dans le manger et le boire et dans le bonheur qu'il trouve dans son travail, et je vois que cela aussi vient de la main de Dieu[1]. »

Au son d'une cloche frappée une seule fois et réson-

1. Ecclésiaste, 2, 24. Les citations bibliques sont celles de *La Bible de Jérusalem* (Éditions du Cerf, 1998). *(N.d.T.)*

nant comme un gong, le père abbé Brocc se leva pour entonner de nouvelles grâces marquant la fin du repas.

Alors qu'ils récupéraient leurs chaussures avant de quitter la salle, Brocc s'approcha d'eux, suivi de frère Rumann, toujours essoufflé.

— Vous vous êtes bien reposée, cousine ? dit Brocc en guise de salut.

— Bien, je vous remercie, répliqua Fidelma. Et maintenant il me faut votre permission et votre bénédiction pour entreprendre mon travail.

— Je suis à votre disposition. Que voulez-vous ?

— Un assistant pour me rendre de menus services et aller quérir les gens que je désire questionner. Cette personne doit connaître l'abbaye par cœur et me conduire où je désire aller.

— L'assistante de frère Rumann, sœur Necht, vous secondera, dit l'abbé en se tournant vers l'hôtelier ventru qui hocha vigoureusement la tête en signe d'assentiment. Autre chose, cousine ?

— Il me faut une pièce pour y conduire mes investigations. Celle qui se trouve près de ma chambre dans l'hôtellerie me conviendrait parfaitement.

— Accordé.

— Je m'occupe de tout, intervint frère Rumann, désireux de plaire à son abbé.

— Alors inutile d'attendre plus longtemps, mon père, je vais me mettre au travail immédiatement, dit Fidelma.

— Puissiez-vous réussir avec l'aide de Dieu, conclut l'abbé d'un ton solennel. Tenez-moi informé de vos découvertes.

Il quitta le réfectoire, suivi de frère Rumann qui claqua la langue sur ses talons.

Sœur Necht, la jeune fille massive et un peu maladroite que frère Conghus avait chargée de s'occuper de sœur Eisten et des enfants lors de leur arrivée à l'abbaye, avait un visage frais comme la rose, des cheveux d'un roux éclatant qui tombaient en boucles autour de sa coiffe, des épaules larges et un menton carré. Prompte à sourire et trop facilement bouleversée, elle était à l'évidence ravie à l'idée d'accomplir un travail qui la changerait de sa routine quotidienne dans l'ombre de frère Rumann.

Sœur Necht semblait aussi fort impressionnée par Fidelma. On l'avait visiblement informée qu'elle était la sœur de l'héritier présomptif du royaume, la cousine du père supérieur et un *dálaigh* réputé des cours de justice, qui avait siégé comme juge devant le haut roi et même à Rome, à la demande du Saint-Père en personne. La jeune sœur Necht appartenait clairement à la catégorie des adorateurs de héros.

Fidelma lui pardonnait volontiers sa nervosité et son admiration sans bornes. L'âge de l'innocence lui passerait vite. Fidelma regrettait que les enfants accèdent trop rapidement au statut d'adulte. Que disait déjà Publilius Syrus[1] ? « Si vous voulez vivre dans l'innocence, ne perdez pas votre cœur et votre esprit d'enfant. »

Ils entrèrent dans la pièce où Fidelma avait pris son premier repas à l'abbaye et elle envoya Necht quérir frère Conghus, l'*aistreóir*. Puis elle se tourna vers Cass.

— Conghus a été le premier à découvrir le corps du vénérable Dacán, expliqua-t-elle.

Intimidé, Cass, qui ne connaissait rien au droit et n'avait jamais vu un *dálaigh* en action, prit un siège dans un coin de la pièce et laissa Fidelma s'installer à la table éclairée par une lanterne.

Sœur Necht ne mit pas longtemps à revenir, légère-

1. Auteur de maximes qui enseignait la morale aux jeunes Romains. *(N.d.T.)*

ment essoufflée, en compagnie de frère Conghus, le portier trapu.

— Je l'ai ramené, dit la religieuse de sa voix grave et un peu rauque, juste comme vous l'aviez demandé.

Fidelma réprima un sourire et invita la jeune novice à aller s'asseoir auprès de Cass.

— Vous pouvez assister à l'entretien, sœur Necht, mais vous ne parlerez pas à moins que je ne sollicite votre intervention, et vous êtes tenue de garder le silence sur ce que vous entendrez. Pour demeurer mon assistante, vous devez maintenant jurer de respecter les règles de votre fonction.

La novice jura avec enthousiasme et alla rejoindre Cass.

Fidelma se tourna alors vers Conghus qui se tenait dans l'embrasure de la porte.

— Entrez, mon frère, fermez la porte et prenez un siège, lui lança-t-elle avec fermeté.

Le portier s'exécuta.

— En quoi puis-je vous être utile ? demanda-t-il aussitôt.

— Je vais vous poser quelques questions. Tout d'abord, connaissez-vous le but de ma visite ?

Conghus haussa les épaules.

— Comme tout le monde.

— Très bien. On m'a dit que c'est vous qui aviez découvert le corps du vénérable Dacán.

À ce souvenir, Conghus fit la grimace.

— C'est exact.

— Décrivez les circonstances de cette découverte, s'il vous plaît.

Conghus marqua une pause pour mettre de l'ordre dans ses idées.

— Dacán était un homme d'habitudes immuables. Au cours des deux mois qu'il a passés à l'abbaye, j'ai observé que sa journée se déroulait toujours selon le même rituel. On pouvait presque imaginer chacun de ses mouvements au fur et à mesure que s'égrenaient les heures.

Il s'arrêta, réfléchit et reprit le fil de son récit.

— En tant que portier, j'occupe également la fonction de sonneur. Le carillon des matines annonce le début de la journée, puis je sonne le *jentaculum*, le premier repas. Comme nous sommes une importante communauté, les dimensions de notre réfectoire nous obligent à trois services. Dacán venait toujours au deuxième, et moi aussi. J'y suis contraint par mon office. Après le troisième service du *jentaculum*, je sonne la prière de tierce, avant que la communauté ne se mette au travail.

— Je comprends, dit Fidelma quand il s'arrêta pour s'assurer qu'elle le suivait.

— Eh bien, ce matin-là, il y a deux semaines, le jour de Luan, je n'ai pas vu Dacán à sa place habituelle pour la rupture du jeûne. Je me renseignai, car il était tellement inhabituel qu'il saute un repas ! Vous comprenez...

— Vous nous avez déjà expliqué à quel point il était ponctuel, le coupa Fidelma.

— Exactement. Donc je pris mon repas, m'assurai qu'il n'était pas venu au premier service et décidai de me rendre à l'hôtellerie.

— Où se trouvait sa chambre ?

— Au premier étage.

Conghus fit mine de se lever.

— Si vous voulez, je peux vous y conduire.

Fidelma lui fit signe de se rasseoir.

— Nous nous y rendrons dans un instant. Continuons. Donc vous partez à la recherche de Dacán.

— Oui. Et il n'y a pas grand-chose à ajouter. J'ai frappé à sa porte et, comme personne ne répondait, je l'ai ouverte...

— Qu'est-ce qui vous a poussé à l'ouvrir ? l'interrompit Fidelma. Il ne vous a pas effleuré que le vénérable Dacán n'était pas dans sa chambre ?

Conghus fronça les sourcils.

— Eh bien... sous la porte brillait un rai de lumière, que l'on distinguait très bien dans le couloir sombre, et j'ai craint que Dacán n'ait laissé brûler une lampe ou une bougie. Mon devoir était donc de l'éteindre, car la frugalité est une des règles du bienheureux Fachtna, ajouta-t-il d'un air de piété plein de suffisance.

— Je comprends. Donc vous êtes entré.

— Oui, et une lampe à huile était effectivement allumée.

— Poursuivez, le pressa Fidelma alors qu'il marquait un temps d'arrêt.

— Dacán gisait sur son lit. C'est tout.

Fidelma réprima un soupir d'impatience.

— Frère Conghus, imaginez-vous sur le seuil de la chambre et décrivez-moi ce que vous avez vu dans les moindres détails.

Conghus resta un instant silencieux, perdu dans ses pensées.

— La lampe posée sur la table de chevet éclairait la cellule, dit-il enfin. Dacán était tout habillé, étendu sur le dos, pieds et poings liés.

— Avec des cordes ?

Conghus secoua la tête.

— Avec des bandelettes de toile de lin, rouge et bleu. Un morceau de la même toile lui avait été enfoncé dans la bouche pour le bâillonner. Puis j'ai vu les taches de sang sur sa poitrine et j'ai compris qu'il était mort assassiné.

— Très bien. Avez-vous remarqué un couteau qui aurait pu servir à infliger ces blessures ?

— Non.

— Par la suite, en a-t-on retrouvé un ?

— Pas à ma connaissance.

— Comment avez-vous jugé le visage de Dacán ?

— Je ne comprends pas votre question, répliqua Conghus.

— Reflétait-il la paix ou l'angoisse ? Les yeux étaient-ils ouverts ou fermés ?

— Il semblait calme et reposé, ses traits ne reflétaient aucune souffrance. Cela répond-il à votre question ?

— Parfaitement, répliqua Fidelma d'un air peu commode. Et donc vous comprenez que Dacán a été tué. Autre chose vous a-t-il frappé dans la pièce ? L'avait-on fouillée ? Était-elle bien rangée ? Si on s'en tient à votre description du personnage, Dacán devait aimer l'ordre.

— Autant que je m'en souvienne, l'ordre régnait dans la pièce. Et bien entendu, Dacán était d'une méticulosité extrême. Mais la sœur Necht en sait plus long que moi sur ce sujet.

Fidelma entendit un bruissement et se tourna vers la jeune novice qu'elle fusilla du regard au cas où il lui aurait pris la fantaisie d'intervenir. Puis elle se concentra à nouveau sur le portier.

— Nous commençons à y voir plus clair. Quand vous comprenez que Dacán a été tué, comment réagissez-vous ?

— Je me rends tout de suite chez le père abbé et je lui fais part de ma découverte. Il envoie chercher l'assistant de notre médecin, frère Tóla, qui examine le corps et confirme le décès. L'abbé place alors l'affaire entre les mains de frère Rumann car, en tant qu'hôtelier de cette abbaye, il lui revenait de mener l'enquête.

— Vous dites que l'abbé a envoyé chercher l'assistant du médecin, frère Tóla. Pourquoi n'a-t-il pas fait appeler le médecin-chef ? Après tout, le vénérable Dacán était un hôte de marque.

— Frère Midach, notre médecin-chef, s'était absenté de l'abbaye.

— Vous dites que le séjour de Dacán ici s'est étalé sur deux mois. L'avez-vous bien connu ? Quelles relations entreteniez-vous avec lui ?

Frère Conghus haussa les sourcils.

— Le vénérable Dacán n'était pas très liant. Réservé, austère, il était arrivé ici précédé d'une grande réputation de piété et d'érudition. Mais son emploi du temps était très rempli et ne laissait aucune place au hasard ou aux bavardages. Il ne sortait de sa chambre qu'avec des objectifs bien précis et je ne l'ai jamais entendu échanger des propos aimables ou futiles avec qui que ce soit.

— Votre portrait est très parlant, frère Conghus, dit Fidelma.

Conghus prit un petit air satisfait.

— En tant que portier, il m'appartient d'évaluer les gens ainsi que leur comportement.

— Physiquement, comment se présentait-il ?

— Vieux. Autour de soixante-dix ans. Grand et droit malgré son âge. Maigre. De longs cheveux blancs, des yeux sombres, une peau maladive et un gros nez qui ressortait dans son visage émacié. Et puis il dégageait un air de mélancolie.

— On m'a dit qu'il était venu ici pour étudier. Connaissiez-vous le but de ses recherches ?

Frère Conghus fit la moue.

— Pas vraiment. Sœur Grella, notre bibliothécaire, est sûrement mieux renseignée que moi sur ce chapitre.

— On m'a aussi raconté que le vénérable Dacán donnait des cours. Qu'enseignait-il exactement ?

Conghus haussa les épaules.

— L'histoire, je crois. Pour de plus amples renseignements, adressez-vous à frère Ségán, notre professeur principal.

Fidelma resta un instant silencieuse avant de reprendre :

— Je suis troublée par l'une de vos remarques. Vous m'avez présenté Dacán comme un homme austère. C'est bien là le terme que vous avez employé ?

Conghus acquiesça.

— Pourtant, d'après sa réputation, les gens l'adoraient. Or je ne qualifierais pas d'attachant un homme ascétique, sévère et peu porté sur la compassion, car ces traits de caractère sont contenus dans le terme austère.

— Je vous ai exposé mon point de vue, ma sœur. Après tout, sa réputation, qui nous venait sans nul doute de Laigin, était peut-être usurpée.

— Mais dans ce cas, pourquoi cette inquiétude en constatant qu'il avait manqué un seul repas ? On ne se préoccupe pas tant d'un homme aussi peu sympathique. Pourquoi son absence vous a-t-elle à ce point bouleversé ?

Conghus parut mal à l'aise.

— Je ne suis pas certain de vous suivre, ma sœur, déclara-t-il avec raideur.

— C'est pourtant simple, répliqua Fidelma en détachant ses mots. Il me semble que vous étiez très concerné par le sort d'un homme qui ne vous plaisait guère, au point que vous vous êtes déplacé pour prendre de ses nouvelles pour la simple raison qu'il avait manqué le repas. Vous avez des explications ?

Le portier pinça les lèvres, la regarda fixement et haussa les épaules.

— Une semaine avant la mort de Dacán, le père supérieur m'a fait appeler et m'a demandé de veiller sur Dacán. Voilà pourquoi je suis allé frapper à sa porte.

Fidelma ouvrit de grands yeux.

— L'abbé vous a-t-il donné des raisons justifiant qu'on accorde une attention particulière à Dacán ? Craignait-il qu'il lui arrive quelque chose ?

Conghus eut un geste fataliste.

— Je ne suis qu'*astreóir*, ma sœur. Ici, je garde les grilles et je sonne les cloches. Quand mon abbé me donne un ordre qui n'est pas contraire aux lois de Dieu et des brehons, j'obéis sans poser de questions. En d'autres termes, je ne juge pas les motivations du père supérieur tant qu'elles ne portent pas préjudice à mon prochain.

Fidelma l'observa d'un air pensif.

— Voilà une philosophie intéressante, Conghus. Et un excellent sujet de débat. Mais laissez-moi éclaircir un point. C'est très exactement une semaine avant le meurtre de Dacán que l'abbé vous a demandé de garder l'œil sur Dacán et il n'a pas donné de raisons à cette requête ?

— Aucune.

Fidelma se leva brusquement, ce qui surprit tout le monde.

— Très bien. Nous allons maintenant nous rendre dans la chambre de Dacán.

Conghus se leva, un peu abasourdi, et les conduisit jusqu'à l'escalier.

Cass et sœur Necht suivaient Fidelma. Le visage de Necht brillait d'une excitation enthousiaste et celui de Cass reflétait la stupéfaction.

Arrivé au rez-de-chaussée, Conghus s'arrêta devant une porte, à l'autre bout du couloir qui menait aux chambres de sœur Eisten et des enfants.

— Quelqu'un occupe-t-il la cellule de Dacán ? demanda Fidelma.

— Non, ma sœur, répondit Conghus. Elle a été laissée inoccupée depuis sa mort et personne n'a touché à ses possessions, sur ordre de l'abbé. Je crois que les représentants du frère de Dacán, l'abbé Noé de Fearna, ont demandé qu'on leur renvoie ses effets personnels.

— Alors pourquoi les a-t-on gardés ? demanda Cass qui prenait pour la première fois la parole depuis le début de l'interrogatoire de Conghus.

— Je suppose que l'abbé a décidé que tout devait rester en l'état jusqu'à l'arrivée du *dálaigh* et la conclusion de ses investigations, dit Conghus qui se baissa, ouvrit la porte et s'apprêtait à pénétrer dans la pièce quand Fidelma le retint.

— Donnez-moi une lanterne.

— Il y en a une sur la table près du lit que je peux allumer.

— Non, insista Fidelma. Si vraiment rien n'a été déplacé, dans un premier temps je veux qu'on ne touche à rien. Sœur Necht, donnez-moi cette lampe à huile, juste derrière vous.

La jeune religieuse s'empressa de décrocher la lanterne, la tendit à Fidelma qui la leva et jeta un regard circulaire, debout sur le seuil.

La chambre se présentait à peu près comme elle l'imaginait.

Dans un coin, un lit en bois avec une paillasse en paille et des couvertures. À côté, une lampe à huile posée sur une table de chevet. Sur le sol, une paire de sandales usées. Au mur, une rangée de portemanteaux où étaient accrochées trois grandes sacoches en cuir. Au pied du lit, une table où s'étalaient des tablettes en bois recouvertes de cire, un *graib*, ou stylet métallique employé pour écrire, une pile de parchemins, une corne de vache, ou *adircín*, utilisée pour y verser le *dubh*, l'encre à base de charbon, ainsi que des plumes de corbeau et un petit couteau pour les aiguiser. Fidelma comprit que Dacán, comme la plupart des scribes, prenait des notes sur des tablettes en cire avant de transcrire son texte définitif sur des feuilles de vélin, qui seraient ensuite reliées.

Elle s'attarda un instant pour s'assurer que rien ne lui avait échappé au cours de ce premier examen. Puis elle s'avança vers la table et se pencha sur les tablettes. Elle ne put cacher sa déception en constatant que la surface en était lisse.

Elle se tourna vers Conghus.

— Je suppose que vous n'avez pas remarqué si ces tablettes étaient gravées quand on a découvert le corps ?

Conghus secoua la tête.

Fidelma poussa un soupir et examina les feuilles de vélin. Elles étaient vierges.

En se retournant, elle remarqua des taches sombres sur les couvertures jetées en travers du lit. Des taches de sang séché. Puis elle se dirigea vers les sacoches et examina leur contenu. Des sous-vêtements, des chemises, encore des vêtements, une cape, et aussi des instruments pour se raser et des objets de toilette. Elle remballa le tout et raccrocha les sacoches aux portemanteaux.

Elle se tint là un instant, absorbée dans ses pensées, puis, à la surprise de ses compagnons, elle s'agenouilla pour examiner le sol, sa lanterne à la main. Il était recouvert d'une fine couche de poussière. Le frère Conghus disait sans doute vrai quand il affirmait que personne n'était entré dans cette pièce depuis le meurtre. Brusquement, Fidelma tendit la main et tira de dessous le lit une baguette de coudrier. Elle lui arrivait à la taille et était gravée d'encoches. Invisible si on ne prenait pas la peine de se baisser, elle avait facilement pu passer inaperçue.

En entendant une exclamation étouffée, elle se retourna vers sœur Necht qui l'observait depuis le seuil.

— Vous reconnaissez cet objet ? demanda-t-elle en l'éclairant de sa lampe.

Necht secoua vivement la tête.

— Non... je... j'ai cru que c'était... je ne l'ai jamais vu auparavant.

Fidelma fit passer sa trouvaille dans sa main gauche qui tenait la lanterne, et se dirigea alors vers la lampe à huile posée sur la table de chevet et la soupesa. Elle était pleine.

Puis elle regagna le seuil où ses trois compagnons semblaient suspendus à ses lèvres, comme s'ils attendaient quelque déclaration de la plus haute importance. Fidelma se tapota la jambe avec la baguette, l'air absorbé. Puis elle retourna au centre de la pièce, leva sa lanterne et regarda une dernière fois autour d'elle.

La cellule très sombre ne possédait qu'une haute fenêtre étroite au-dessus du lit, orientée vers le nord. Fidelma en déduisit que la pièce recevait une lumière grise et froide. Pour pouvoir y travailler, il fallait l'éclairer en permanence. Elle se tourna et examina la porte. Pas de verrou ni de cadenas. Un simple loquet.

— Vous avez encore besoin de moi, ma sœur? demanda frère Conghus alors que le silence se prolongeait. Il va bientôt falloir que je sonne les complies.

Les complies étaient le septième et dernier service religieux de la journée.

Fidelma s'arracha à contrecœur à la contemplation de la cellule et revint à Conghus avec un petit soupir.

— J'aimerais vous poser une dernière question avant de vous libérer. Les bandelettes de drap qui ont servi à attacher Dacán, qu'en a-t-on fait?

Conghus haussa les épaules.

— Aucune idée. Je suppose que le médecin les a jetées.

— Merci, maintenant vous pouvez partir. Mais il est possible que je fasse à nouveau appel à vous au cours de l'enquête.

Conghus s'éclipsa, visiblement soulagé.

Fidelma s'adressa alors à sœur Necht.

— Savez-vous où loge le médecin, frère Tóla, je crois ?

— Oui, bien sûr, répliqua la novice qui s'éloignait déjà.

— Attendez, s'écria Fidelma, riant devant l'empressement de la jeune fille. Quand vous le trouverez, amenez-le ici. Je vous attends.

La novice décampa et Fidelma examina avec attention les encoches taillées sur la baguette de coudrier.

— Vous savez lire ces anciens caractères ? demanda Cass, plein de curiosité.

— Oui. Et vous, connaissez-vous l'ogham ?

Cass secoua la tête d'un air de regret.

— Non, on ne m'a jamais appris l'art de l'ancien alphabet.

— Cette verge appartient à un faisceau de « bâtons de poète », comme on a coutume de les appeler. Il semblerait que ce soit un genre de testament qui pour l'instant demeure assez obscur. Tenez, cette phrase dit : « Laissez à mon bienveillant cousin le soin de s'occuper de mes fils sur le rocher de Michael de la façon dont mon honorable cousin l'entendra. » Curieux.

— Qu'est-ce que cela signifie ? demanda Cass, perplexe.

— Cass, je vous l'ai déjà dit, la quête des indices, c'est comme confectionner un plat. Vous ramassez un ingrédient ici, un autre là, et quand vous avez collecté tout ce dont vous avez besoin pour votre recette, vous allumez le feu. Hélas, nous n'avons pas encore rassemblé tous les éléments. Mais nous avançons. Nous savons maintenant qu'il s'agit d'un meurtre soigneusement planifié.

Cass la dévisagea avec stupéfaction.

— Pourtant, la violence de l'attaque laisserait plutôt supposer un assassin saisi d'une rage subite. Personnellement, je pencherais pour la pulsion meurtrière.

— Vous oubliez que le vieillard s'est laissé attacher sans lutter. Sans compter qu'une personne qui tue par accident n'est pas possédée par une furie aveugle. Pour ma part, j'opterais pour la préméditation.

Elle s'interrompit, le front soucieux.

— À quoi pensez-vous ? la pressa Cass.

Elle semblait maintenant à mille lieues du guerrier. Puis elle alla poser sa lanterne sur la grande table afin d'illuminer la pièce qu'elle étudia attentivement.

— J'aimerais bien le savoir, confessa-t-elle enfin. Quelque chose me gêne, mais la raison m'en échappe.

CHAPITRE VI

Frère Tóla, l'assistant du médecin de l'abbaye, un homme aux cheveux argentés et au visage plaisant, arborait un perpétuel sourire, comme si l'existence était une bonne plaisanterie. Fidelma se fit la réflexion que la plupart des médecins qu'elle avait rencontrés, hommes ou femmes, exprimaient un grand amour de la vie, à croire qu'ils considéraient avec humour les tragédies dont ils étaient les témoins. Peut-être était-ce une façon de se prémunir contre la douleur et la mort auxquelles ils étaient constamment exposés. À moins que leur commerce avec le malheur ne les amène à se forger une philosophie, dont le précepte essentiel se résumerait à « tant qu'on a la santé, vivons intensément ».

— J'aimerais vous poser quelques questions, dit Fidelma une fois les présentations terminées.

Ils se tenaient sur le seuil de la cellule qui avait été occupée par Dacán.

— Je vous en prie, ma sœur, répliqua Tóla dont les yeux pétillaient de malice. Mais je ne vous serai que de peu d'utilité, je le crains.

— Peu après la découverte du corps du vénérable Dacán, l'abbé Brocc vous a envoyé chercher pour examiner le corps.

— C'est exact.

— Vous êtes l'assistant du médecin-chef de l'abbaye ?

— De frère Midach, oui.

— Excusez-moi, mais pourquoi l'abbé a-t-il fait appel à vous plutôt qu'à frère Midach ?

Fidelma voulait confronter sa réponse à celle de Conghus.

— Frère Midach avait quitté l'abbaye la veille au soir et il n'était pas attendu avant six jours. On fait souvent appel à nous dans les villages avoisinants pour dispenser des soins aux malades.

— Très bien. Pouvez-vous me décrire ce que vous avez découvert ?

— Volontiers. Ça se passait juste après tierce. Frère Martan, l'apothicaire, avait remarqué que les cloches n'avaient pas sonné la prière...

Fidelma dressa l'oreille.

— Si les cloches n'avaient pas sonné, comment l'apothicaire savait-il que c'était juste après tierce ?

Tóla eut un petit rire.

— Aucun mystère là-dedans. Martan s'intéresse à la mesure du temps et la communauté possède une clepsydre. Nous l'avons fabriquée il y a bien des années de cela, au retour d'un de nos frères de la Terre sainte. Il avait rapporté un plan. Une clepsydre...

— Je connais cet instrument. Donc l'apothicaire avait consulté cette pendule à eau ?

— Du tout. Martan compare souvent la clepsydre à un appareil de mesure dans son officine qui, malgré son ancienneté, fonctionne de façon assez satisfaisante. Il s'agit d'un mécanisme composé de deux boules creuses qui communiquent par un petit trou où coule le sable. Pour compter exactement le temps il faut, dès que la boule supérieure est vide, opérer un retournement pour que l'autre boule se vide à son tour.

— Un sablier ? dit Cass, très content de lui. J'en ai déjà vu un.

— Cela fonctionne sur le même principe, enchaîna Tóla avec sa bonne humeur communicative. Mais celui de Martan, qui a été construit il y a cinquante ans par un artisan de cette abbaye, mesure non pas une heure mais un *cadar*.

Fidelma marqua sa surprise, car un *cadar* correspondait au quart d'une journée.

— Si j'ai le temps, j'aimerais bien aller jeter un coup d'œil à cette merveilleuse machine, confessa-t-elle. Mais je crois que nous nous écartons du sujet qui nous préoccupe.

— Frère Martan m'a informé que nous avions largement dépassé tierce et c'est alors que l'abbé Brocc m'a fait mander. Je me suis rendu dans ses appartements et il m'a annoncé que le vénérable Dacán avait été découvert sans vie. Il voulait que j'examine le cadavre.

— Vous connaissiez Dacán ?

Tóla hocha la tête d'un air pensif.

— Nous sommes une grande communauté, ma sœur, mais pas si grande que nous ne remarquions un homme comme lui.

— Aviez-vous des contacts ?

— Je partageais ses repas puisque nous occupions la même table, mais nous n'avons jamais échangé plus de quelques mots. Il n'était pas du genre à encourager les liens d'amitié, il était froid et... assez froid, oui, et...

— Austère ? proposa Fidelma.

— Exactement, acquiesça Tóla.

— Donc vous vous rendez à l'hôtellerie, reprit Fidelma, et vous entrez dans la cellule. Qu'avez-vous découvert ? Pouvez-vous nous décrire la scène ?

— Certainement. Dacán gisait sur son lit, allongé sur le dos, les mains attachées derrière lui et les chevilles entravées. On lui avait enfoncé un bâillon dans la bouche. Le sang sur sa poitrine révélait qu'il avait reçu plusieurs coups de poignard.

— Combien à votre avis ?

— Sept. Je les ai comptés.

— Vous souvenez-vous de la position de la couverture ? Elle le recouvrait ou il était étendu dessus ?

Tóla parut un peu surpris par la question.

— Il gisait tout habillé sur la couverture.

— Était-elle éclaboussée de sang ?

— Non. De telles blessures saignent abondamment mais, vu la position de Dacán, le sang s'était figé sur sa poitrine.

— Donc on n'a pas utilisé la couverture pour l'essuyer ou pour transporter le corps ?

— Pas que je sache. Pourquoi vous intéresser à ce détail ?

Fidelma ignora la question et l'encouragea à poursuivre.

— Je fis alors transférer le cadavre à la morgue et, après qu'il fut lavé, je vérifiai mes premières hypothèses. Sept coups de poignard, dont quatre mortels, avaient été portés dans la région du cœur et dans l'organe même.

— Est-ce que vous qualifieriez l'attaque de brutale ?

Tóla lui jeta un regard teinté de respect.

— Pour l'assassinat de sang-froid d'un vieillard pieds et poings liés, un seul coup dans le cœur aurait suffi.

Fidelma se mordit la lèvre en hochant la tête.

— Et avez-vous une idée de l'heure à laquelle le meurtre a eu lieu ?

— Quand j'ai examiné le corps, j'en ai déduit que l'assassinat remontait à un certain temps déjà car il était pratiquement froid.

— Avez-vous vu l'arme ?

— Non.

— Et maintenant, cela vous dérangerait-il de me montrer exactement dans quelle position le corps reposait sur le lit ?

Tóla haussa les épaules, pénétra dans la chambre alors que Fidelma restait sur le seuil, brandissant la lampe, et se coucha sur le lit. Fidelma remarqua avec intérêt que ses jambes pendaient. Seul son torse reposait sur la paillasse. Ses pieds touchaient le sol. Il avait le menton relevé, les yeux fermés et les bras derrière le dos pour suggérer qu'il était entravé. La posture laissait supposer que Dacán avait été attaqué alors qu'il se tenait debout, puis renversé sur le lit.

— Merci infiniment, frère Tóla, vous êtes un excellent témoin.

Tóla se releva.

— J'ai déjà travaillé avec un *dálaigh*, ma sœur, dit-il simplement.

— Quand vous êtes entré dans cette cellule, avez-vous remarqué l'état de la pièce ?

— Pas particulièrement, reconnut-il. J'étais obnubilé par le cadavre de Dacán.

— Essayez de vous rappeler. La chambre était-elle rangée ou en désordre ?

Il regarda autour de lui.

— Je dirais rangée, aussi ordonnée que maintenant. La lampe sur la table brûlait toujours. D'après ce qu'on m'a raconté, le vénérable Dacán était soigneux jusqu'à l'excès.

— Qui vous a dit cela ?

Il eut une moue dubitative.

— Le frère Rumann, il me semble. Il a été chargé de l'enquête.

— Bon, je crois que notre entretien touche à sa fin. Donc vous avez fait enlever la dépouille et vous l'avez examinée. Avez-vous touché à la lampe ? L'avez-vous remplie d'huile ?

— Pas du tout. Je l'ai juste éteinte quand nous avons emmené le cadavre.

— Je suppose que Dacán a été enterré ici ?

À sa grande surprise, Tóla secoua la tête.

— Non, il a été expédié à l'abbaye de Fearna, à la requête de l'abbé Noé.

Il fallut quelques secondes à Fidelma pour se remettre du choc de cette nouvelle.

— Je croyais que, pour les besoins de l'enquête, l'abbé Brocc avait refusé de rendre les effets personnels de Dacán à Laigin, dit-elle d'un ton brusque. Et puis il renvoie le corps. Cela manque de cohérence.

Tóla prit un air distant.

— Un cadavre se conserve difficilement, ce qui explique peut-être l'empressement de l'abbé Brocc. Et comme à ce moment-là notre médecin-chef, frère Midach, était rentré de voyage, c'est lui qui s'est chargé de tous les arrangements et a autorisé l'enlèvement du corps.

— Midach est bien rentré six jours après le décès ?

— Exactement. Un navire de Laigin est arrivé pour exiger la restitution de la dépouille. Bien sûr, nous l'avions déjà placée dans notre crypte, une grotte dans la colline juste derrière nous où les abbés du monastère sont enterrés. Nous avons donc fait transporter le corps à bord du bateau de Laigin et, à l'heure qu'il est, je suppose que les reliques du vénérable Dacán reposent à Fearna.

La stupéfaction de Fidelma s'accrut.

— N'est-ce pas bizarre que Laigin ait appris la mort de Dacán aussi rapidement et exige la remise du corps ? Vous dites que le navire de Laigin a fait son apparition six jours après le meurtre ?

Tóla haussa les épaules.

— Nous sommes une colonie côtière, en contact permanent avec différentes régions du pays, nos bateaux naviguent jusqu'en Gaule, avec laquelle nous entretenons des relations commerciales. Par exemple, le vin de l'abbaye nous en arrive tout droit. Avec un vent et une marée favorables, une *barc* peut très bien rejoindre l'embouchure du fleuve Breacán en deux jours. Et de là, Fearna n'est qu'à quelques heures à cheval. Moi-même, je m'y suis souvent rendu en bateau et je connais bien la côte sud.

Fidelma était parfaitement renseignée sur les prouesses des *barca*, ces embarcations légères qui faisaient du commerce sur les côtes des cinq royaumes.

— Comme vous l'avez souligné, pour se déplacer aussi rapidement il faut bénéficier de vents particulièrement favorables, Tóla. Et il n'en demeure pas moins que l'abbé Noé a été prévenu avec une surprenante célérité. Mais je vous accorde que l'exploit n'est pas impossible. Et le bateau de guerre de Laigin qui n'a toujours pas bougé d'ici, quand a-t-il mouillé l'ancre à l'entrée de la crique ?

— Environ trois jours après que le navire chargé de la dépouille de Dacán a repris la mer.

— Alors il est clair que les deux bateaux ont été dépêchés de Laigin quelques jours après le meurtre de Dacán. Le roi de Laigin a monté sa conjuration dès qu'il a appris la nouvelle.

Elle semblait se parler à elle-même, comme pour mettre de l'ordre dans ses pensées, et Tóla demeura silencieux. Puis elle soupira devant les difficultés de sa mission.

— Quand vous avez examiné le corps de Dacán, dit-elle enfin, des indices dont vous n'avez pas fait mention vous auraient-ils frappé ?

— Non, je n'ai remarqué que les blessures qui ont provoqué la mort.

— On est en droit de supposer qu'il s'est débattu quand il a été ligoté. Vous n'avez pas noté de bleus, de meurtrissures ? Pas de marques signalant qu'il aurait été assommé ?

Tóla changea de visage.

— Vous vous demandez comment son ennemi a pu le bâillonner sans lutte ?

Fidelma eut un petit sourire.

— Exactement, Tóla.

Le médecin devint sérieux pour la première fois depuis le début de leur entretien.

— Je n'ai rien constaté de particulier. Il ne m'est pas venu à l'esprit...

— Quoi donc ?

— J'ai manqué de réflexes, soupira Tóla.

— De quoi parlez-vous ?

— Sur le moment, j'aurais dû me poser cette question. Je suis néanmoins certain de n'avoir pas relevé de meurtrissures sur les poignets et les chevilles, pourtant étroitement attachés.

— De quoi étaient fabriqués les liens ? demanda Fidelma, pour s'assurer que les informations qu'elle tenait de Conghus recoupaient celles du médecin.

— Des bandelettes de drap de couleur.

— Quelles couleurs ?

— Rouge et bleu, il me semble.

Fidelma hocha la tête.

— Je suppose qu'on les a jetées ? interrogea Fidelma par acquit de conscience.

À sa grande surprise, Tóla secoua la tête.

— Il se trouve que non. Frère Martan, notre apothicaire, un homme entreprenant s'il en fut, a un goût bizarre pour les reliques et il a pensé que les liens de Dacán risquaient fort de se convertir un jour en espèces sonnantes et trébuchantes, surtout s'il est reconnu comme un saint homme par la foi.

— Donc frère Martan a gardé ces bouts de tissu ?

— Oui.

— Eh bien, voilà une excellente nouvelle! s'exclama Fidelma. Dans la mesure où ils représentent des éléments de preuve, je vais me les approprier pour les besoins de mon enquête. Dites au frère Martan que je les lui rendrai dès qu'ils ne me seront plus d'aucune utilité.

Tóla hocha la tête d'un air pensif.

— Mais pourquoi diable Dacán s'est-il laissé attacher par ses ennemis sans lutter?

Fidelma paraissait aussi perplexe que lui.

— Peut-être ignorait-il qu'on lui voulait du mal. Je voudrais clarifier un point avant que nous nous quittions. Vous avez constaté que le corps était froid. À votre avis, le meurtre remontait à combien de temps?

— Difficile de juger. Au moins plusieurs heures. J'ignore quand on a vu Dacán pour la dernière fois, mais je dirais qu'il a trépassé autour de minuit. En tout cas, l'assassinat s'est produit pendant la nuit et pas au matin.

Les yeux de Fidelma tombèrent sur la lampe à huile posée sur la table de chevet.

— Dacán a été tué vers minuit et quand on l'a découvert au matin, la lampe à huile brûlait.

Cass, qui était demeuré silencieux, l'observait avec intérêt.

— Pourquoi dites-vous cela? s'étonna-t-il.

Fidelma alla chercher la lampe et la souleva précautionneusement, puis la lui tendit. Quand il la prit, la stupéfaction se peignit sur son visage.

— Je ne comprends pas! s'exclama-t-il.

— Donc, vous aussi, vous avez remarqué quelque chose de bizarre?

— Mais oui, elle est encore pleine. S'il s'agit de la même lampe, elle n'avait pas brûlé plus d'une heure quand frère Conghus a découvert le corps.

Assise sur son lit, les mains croisées derrière la tête, sœur Fidelma fixait le vide. Après avoir remercié frère Tóla pour son aide, sans manquer de lui rappeler que, le lendemain matin, frère Martan devrait lui remettre les bandelettes de tissu qui avaient servi à ligoter Dacán, elle avait souhaité « une bonne nuit de repos » à sœur Necht, sa jeune adoratrice, en lui intimant l'ordre de se présenter devant elle le matin suivant en compagnie de frère Rumann.

Puis elle s'était retirée dans sa chambre et Cass l'avait imitée. Maintenant, trop excitée pour trouver le sommeil, elle réfléchissait, sans se résoudre à éteindre sa lampe qui brûlait inconsidérément.

Tout d'abord, elle réalisait que son cousin, l'abbé Brocc, s'était montré assez sélectif dans les informations qu'il lui avait fournies. Pourquoi avait-il demandé à frère Conghus de veiller sur Dacán une semaine seulement avant la mort de ce dernier ? Elle exigerait des explications.

À cet instant, quelqu'un frappa doucement à la porte.

Elle alla ouvrir et se trouva nez à nez avec Cass.

— J'ai vu de la lumière. J'espère que je ne vous dérange pas ?

Fidelma secoua la tête et s'effaça pour le laisser entrer. Il s'assit sur l'unique siège de la cellule tandis qu'elle retournait sur son lit. Pour des raisons de bienséance, elle avait laissé la porte entrouverte. Dans certaines communautés, les codes moraux évoluaient rapidement. De nombreux dirigeants de la foi, tel Ultan d'Armagh, s'étaient prononcés contre les communautés mixtes et prônaient même le célibat, un concept peu populaire dans les principales religions qui avaient cours dans les cinq royaumes.

Il circulait une encyclique, attribuée à Patrick, qui répertoriait trente-cinq règles destinées aux adeptes de la foi. La neuvième interdisait à un prêtre et à une nonne célibataires qui ne venaient pas du même village ou de la même communauté de séjourner dans la même hôtellerie ou dans la même maison. De plus, il leur était défendu de voyager ensemble dans un char et de bavarder librement. Et d'après la dix-septième règle, une femme qui faisait vœu de chasteté puis se mariait était excommuniée à moins qu'elle ne quitte son mari et ne fasse pénitence. La circulation de ce document qui se réclamait de Patrick et de ses évêques, Auxilius et Iserninus, avait mis Fidelma dans une grande colère, car ces préceptes étaient contraires aux lois des cinq royaumes. Elle entretenait de sérieux doutes quant à l'authenticité de cette encyclique car, d'après la première règle, tout membre de la religion qui faisait appel aux lois séculières était excommunié. Or, deux siècles auparavant, Patrick lui-même appartenait à la commission de neuf hommes réunie par le haut roi Laoghaire, qui était chargée d'inscrire les nouveaux textes dans les lois civiles et criminelles en cours.

Pour Fidelma, ces « règles du premier concile de Patrick » n'étaient rien d'autre que de la propagande de la faction qui souhaitait que la foi dans les cinq royaumes d'Éireann soit gouvernée depuis Rome.

Elle revint brusquement à la réalité, consciente qu'elle n'avait pas écouté le discours de Cass.

— Excusez-moi, dit-elle maladroitement, mais mon esprit était ailleurs. Que disiez-vous ?

Le jeune guerrier, mal installé sur sa petite chaise, allongea les jambes.

— Je disais que j'avais ma petite idée sur la lampe.

— Ah ?

— Il est évident que quelqu'un l'a remplie quand on a découvert le corps de Dacán.

Fidelma croisa son regard franc et candide.

— Si Dacán a été tué autour de minuit, la lanterne n'a pas pu brûler toute la nuit, à moins...

Elle lui adressa un sourire espiègle et termina la phrase à sa place :

— ... à moins que nous ne soyons les témoins d'un miracle, celui de la lampe qui ne se vide jamais ?

Cass fronça les sourcils, désarçonné par son insouciance.

— Donc il n'y a pas d'autre solution que celle que je vous ai donnée, conclut-il.

— Peut-être. Pourtant, quand Conghus a découvert le corps, la lampe brûlait et il ne l'a pas manipulée. Elle brûlait toujours quand frère Tóla est intervenu et il jure qu'il ne l'a pas remplie. Il nous a cependant précisé qu'il l'a éteinte quand lui et son assistant, frère Martan, ont transporté le corps à la morgue pour qu'il y soit examiné.

Cass réfléchit un instant.

— Alors elle a été remplie juste avant la découverte du corps, ou après sa levée. Vous-même avez signalé que cette lanterne, si on considérait la quantité d'huile qu'elle contenait, n'avait pas pu se consumer plus d'une heure. Une tierce personne est donc nécessairement intervenue.

Une lueur amusée dansa dans les prunelles de Fidelma.

— Félicitations, Cass, vous commencez à manifester des dispositions pour la fonction de *dálaigh*.

Devant les moqueries de Fidelma, Cass fit mine de se lever.

— Bon, eh bien... lança-t-il d'un air irrité.

Elle leva la main.

— Ne vous fâchez pas, Cass, je parlais sérieusement, vous avez soulevé un point que je n'avais pas remarqué. Tout compte fait, je pense que la lampe a été remplie juste avant que Conghus ait découvert le corps.

Cass se renversa sur sa chaise d'un air satisfait.

— Eh bien, j'aurai au moins résolu ce mystère mineur.

— Ce mystère mineur ? s'exclama Fidelma d'un ton scandalisé.

— Qu'est-ce que ça peut fiche qu'une lanterne soit vide ou pleine ? s'étonna Cass en levant les mains au ciel. L'important est de découvrir qui a tué Dacán.

Fidelma le toisa d'un air vaguement déçu.

— Quand on cherche la vérité, aucun détail n'est à rejeter. Souvenez-vous du puzzle dont je vous ai parlé. Il faut ramasser les petites pièces, même si elles ne semblent pas s'ajuster. Puis vous les rangez dans un coin de votre tête. Cela s'applique tout spécialement aux éléments qui peuvent vous paraître bizarres de prime abord.

— Mais quel est le lien entre la lampe et notre énigme ?

— Nous le trouverons, à condition de se poser les bonnes questions.

— Votre art me semble très compliqué, ma sœur.

Fidelma fit la moue.

— Le vôtre me semble bien plus difficile, surtout quand il faut prendre des décisions.

Cass se redressa.

— Vous vous trompez, je ne suis qu'un simple guerrier au service de mon roi. J'adhère au code de l'honneur et me contente d'obéir.

— Ne choisissez-vous pas d'occire, de mutiler ou de gracier ? Sans compter que votre foi vous interdit de tuer. Comment vous arrangez-vous avec vous-même ?

Cass rougit.

— Je ne tue que les méchants, les ennemis de mon peuple.

Fidelma fronça le nez.

— On dirait que, pour vous, les ennemis ne forment qu'une seule et même personne. Que faites-vous du commandement « Tu ne tueras point » ? Quand nous tuons, même s'il s'agit de mettre les méchants hors d'état de nuire, cet acte nous rabaisse au même rang que ceux que nous supprimons.

Cass renifla d'un air dédaigneux.

— Vous préféreriez qu'ils vous tuent ? demanda-t-il avec cynisme.

— Si nous en croyons les enseignements de notre foi, c'est l'exemple que le Christ nous a donné. Selon les paroles mêmes de Jésus telles qu'elles sont rapportées par Matthieu, « Ceux qui prennent le glaive périront par le glaive[1]. »

— Cet exemple me paraît peu réaliste, répliqua Cass avec ironie.

Sa réaction intéressait Fidelma au plus haut point, car elle se débattait depuis longtemps avec la théologie de la foi, et elle rencontrait des difficultés à défendre certains de ses principes fondamentaux. Elle exprimait souvent ses doutes au cours de joutes oratoires avec ses interlocuteurs, jouant l'avocat du diable pour mieux clarifier ses propres positions.

— Pourquoi donc ? insista-t-elle.

— En tant que *dálaigh*, vous croyez à la loi. Vous vous êtes spécialisée dans la recherche des assassins afin de les traîner en justice. Vous croyez à la punition des assassins et n'hésitez pas à lever l'épée contre eux. Vous ne restez pas les bras croisés en disant : « C'est la volonté de Dieu. » J'ai entendu un adepte de la foi dénoncer les brehons, en usant lui aussi des préceptes de Matthieu. « Ne jugez pas, afin de n'être pas jugés[2]. » Les défenseurs de la loi ne tiennent pas compte des paroles de Matthieu, et moi j'ignore ce qu'il dit sur les soldats.

1. Matthieu, 26, 52. *(N.d.T.)*
2. Matthieu, 7, 1. *(N.d.T.)*

Fidelma poussa un soupir de contrition.

— Vous avez raison, il est bien difficile de tendre l'autre joue. Nous ne sommes que des êtres humains.

Elle ne s'était jamais sentie vraiment à l'aise avec le prêche de Jésus rapporté par Luc : « À qui t'enlève ton manteau, ne refuse pas ta tunique[1]. » Or encourager l'oppression en tendant l'autre joue signifie que l'on a sa part de culpabilité puisqu'on invite le délinquant à un nouveau vol et à une nouvelle violence. Pourtant, d'après Matthieu, Jésus aurait déclaré : « N'allez pas croire que je sois venu apporter la paix sur la terre ; je ne suis pas venu apporter la paix mais le glaive. Car je suis venu opposer l'homme à son père, la fille à sa mère et la bru à sa belle-mère : on aura pour ennemis les gens de sa famille[2]. » Troublée, Fidelma consacrait beaucoup de temps à réfléchir à ces impératifs apparemment contradictoires.

— Peut-être la foi attend-elle trop de nous ? dit Cass.

— Peut-être. Mais l'humanité devrait toujours viser au-delà de ce qu'elle peut saisir, sinon, nous ne progresserions jamais.

Brusquement, le visage de Fidelma refléta une détresse enfantine.

— Excusez-moi, Cass. Il arrive que je mette ma foi à l'épreuve.

Le jeune guerrier affecta l'indifférence.

— Personnellement, je n'ai aucun souci de ce genre.

— Alors votre foi est grande, répliqua Fidelma avec une pointe de sarcasme.

— Pourquoi devrais-je mettre en doute ce que prêchent les prélats ? Je suis une personne simple.

1. Luc, 6, 29. *(N.d.T.)*
2. Matthieu, 10, 34-36. *(N.d.T.)*

Voilà des siècles qu'ils se penchent sur ces problèmes. S'ils disent que c'est comme ça, je les crois.

Fidelma secoua la tête avec tristesse. Dans des moments pareils, elle regrettait ses discussions passionnées avec frère Eadulf de Seaxmund's Ham.

— Le Christ est le fils de Dieu, dit-elle avec fermeté. Il approuverait l'hommage de la raison, car le doute est également garant de la foi.

— Vous philosophez, Fidelma de Kildare. Je ne m'attendais pas à ce qu'une religieuse questionne sa foi.

— Mon scepticisme est né de trop de mauvaises expériences en ce monde, Cass de Cashel. L'incertitude est un bon guide, surtout quand nous faisons notre examen de conscience. Mais maintenant que nous avons épuisé le sujet, allons dormir car, demain, une rude journée nous attend.

Cass se leva à regret.

Dès qu'il eut quitté la chambre, elle s'allongea sur son lit et, cette fois, elle éteignit la lampe.

Alors que les événements de la journée qui se rattachaient à la mort du vénérable Dacán lui sortaient de l'esprit, d'autres images vinrent la troubler. Eadulf de Seaxmund's Ham la hantait. En songeant à lui, elle ressentit à nouveau un curieux sentiment de solitude qui ressemblait étrangement au mal du pays.

Leurs différends lui manquaient. Elle adorait taquiner Eadulf sur leurs divergences d'opinions et leurs points de vue contradictoires. Il mordait à l'hameçon avec une bonne humeur communicative. Et jamais l'inimitié de se mêlait à leurs débats. Ils sortaient toujours grandis de leurs controverses.

L'absence d'Eadulf se faisait cruellement sentir. Inutile de le nier.

Cass, un homme simple et d'un commerce agréable, obéissait à un code de l'honneur des plus stricts. Mais pour elle, il manquait de l'humour qui lui plaisait tant et faisait le sel de l'existence. Ils ne pouvaient confronter leurs perspectives intellectuelles au sens le plus large du terme. En y repensant, Cass lui rappelait une personne responsable d'un épisode douloureux de sa vie. À l'âge de dix-sept ans, elle était tombée amoureuse d'un jeune guerrier du nom de Cian. Il appartenait à l'élite des gardes du corps du haut roi, à l'époque le monarque s'appelait Cellach. Elle était jeune, insouciante et amoureuse, mais Cian ne comprenait rien à sa quête spirituelle et il avait fini par la quitter pour une autre. Rejetée, privée de ses illusions, cette aventure lui avait laissé un goût amer, même si les années avaient tempéré ses sentiments. Seulement voilà, elle ne s'était jamais vraiment remise de cette déception. Se l'était-elle seulement autorisé ?

Avec Eadulf de Seaxmund's Ham, le seul homme de son âge auprès duquel elle s'exprimait librement, elle respirait mieux.

Peut-être avait-elle entamé cette discussion sur la foi avec Cass pour le mettre à l'épreuve ? Oui, mais dans quel but ? Ne serait-elle pas en train de l'utiliser comme substitut à Eadulf ?

Scandalisée par sa sottise, elle soupira dans l'obscurité. Après tout, elle avait passé plusieurs jours en compagnie de Cass sans que cela pose de problème majeur.

Mais où était Eadulf, son cher ami qui ne reculait devant aucune hypothèse, même la plus audacieuse ?

Quelle idée saugrenue de chercher Eadulf dans un autre !

Elle se tourna et se retourna dans son lit, mais le sommeil la fuyait, et elle enfouit avec colère son visage dans l'oreiller.

CHAPITRE VII

Le temps avait à nouveau changé avec une surprenante rapidité, comme souvent dans les îles et sur les péninsules situées au sud-ouest de Muman. Dans le ciel clair d'un bleu translucide, le soleil brillait au beau milieu de l'automne avec une intensité qui rappelait la douceur des jours d'été. Les vents violents s'étaient calmés et il soufflait une brise marine qui faisait écumer la mer et danser les navires au mouillage dans la crique. Des cormorans au plumage gris les survolaient, tournoyant et plongeant sur les poissons au milieu d'une nuée de mouettes aux cris plaintifs qui défendaient leur territoire. Ici et là, des pétrels tempête, noirs au croupion blanc, emmenés au large par les orages, revenaient maintenant vers les côtes.

Fidelma était perchée sur le chemin de ronde qui courait sur les murs épais du monastère, construit comme une forteresse. Elle contemplait la crique d'un air pensif. Il y avait là quelques bateaux de pêche d'habitants de la région, deux vaisseaux côtiers ou *barca*, et un navire de haute mer qui commerçait avec la Bretagne ou la Gaule. Celui d'un marchand franc, d'après ses renseignements. Mais son attention était surtout focalisée sur le bateau de guerre du roi de

Laigin qui menaçait l'entrée du port, malveillant et superbe.

Fidelma resta là un long moment, les bras croisés, étudiant le navire avec curiosité. Elle se demandait ce que Fianamail, le jeune roi de Laigin, espérait gagner par de tels agissements. Exiger la restitution d'Osraige comme prix de l'honneur était une grossière manœuvre politique pour récupérer un territoire perdu mais, ainsi, il se montrait fort peu diplomate. Qui jugerait de bonne foi que la mort du vénérable Dacán, cousin ou non du roi de Laigin, méritait la restitution d'une terre qui avait prêté allégeance à Cashel il y avait plus de cinq siècles ? Pourquoi Fianamail menaçait-il de déclarer la guerre sur des bases aussi aléatoires ?

Elle regarda flotter l'étendard soyeux des rois de Laigin. Il ondulait fièrement en haut du grand mât. Sur le pont, des guerriers s'exerçaient à leurs arts martiaux. Un spectacle ostentatoire donné pour le seul bénéfice des observateurs, sur la terre ferme.

Fidelma regrettait de ne pas avoir prêté plus d'attention au chapitre traitant des *muir-bretha*, les lois de la mer, quand elle étudiait le *Livre d'Acaill*, le grand traité juridique. Elle n'aurait pas été autrement surprise que ce genre d'intimidation soit interdit. Dans son souvenir, il lui semblait bien que le faisceau de tiges d'osier et de tremble accroché au portail renvoyait à cette question. Elle se promit de se rendre à la *tech screptra* qui possédait peut-être des copies de ces documents, qu'elle pourrait consulter sur place.

Puis on sonna les cloches qui annonçaient tierce.

Fidelma s'arracha à la vision fascinante qui s'offrait à elle et revint sur ses pas sur le chemin de ronde en bois couvert d'une charpente. Elle tomba sur une figure familière qui se tenait face à la mer, perdue dans ses pensées : sœur Eisten, qui n'avait pas vu Fidelma s'approcher d'elle.

— Belle matinée, n'est-ce pas ? lança Fidelma.

Sœur Eisten sursauta, battit des paupières et inclina lentement la tête.

— Oui, sœur Fidelma, une magnifique journée s'annonce, dit-elle d'une voix monocorde.

— Comment allez-vous aujourd'hui ?

— Bien, merci.

— Tant mieux. Et le petit garçon ? Il s'est calmé ?

Sœur Eisten paraissait perdue.

— Le petit garçon ?

— Oui. Il n'a plus fait de cauchemar ?

La jeune religieuse la fixait d'un air absent.

— Il répond au nom de Cosrach, il pleurait et vous le consoliez en le berçant dans vos bras, hier après-midi !

Eisten écarquilla les yeux.

— Ah... oui, dit-elle d'un ton peu convaincu.

— Sœur Fidelma !

Fidelma se retourna et vit sœur Necht qui grimpait à toute allure l'escalier de bois menant au chemin de ronde. Elle semblait bouleversée et Fidelma eut la désagréable impression que sa rencontre avec sœur Eisten la contrariait.

— Frère Rumann vous attend à l'hôtellerie, annonça Necht. Il s'impatiente.

Fidelma posa une main sur le bras d'Eisten.

— Vous êtes sûre que tout va bien ?

— Tout à fait, répliqua l'autre d'une voix sourde.

— Je vous en prie, si vous avez besoin d'une âme sœur, venez me trouver.

Dans l'Église irlandaise, contrairement à la coutume romaine qui veut que l'on confesse ses péchés à un prêtre, on se choisissait une *anamchara* en qui l'on avait toute confiance. Cette personne s'apparentait à un confident, un guide spirituel qui agissait en accord avec les principes de la foi des cinq royaumes. L'âme sœur de Fidelma, depuis qu'elle avait atteint l'âge du choix, était Liadin d'Uí Drόna, qu'elle connaissait depuis l'enfance. Mais il n'était pas nécessaire que cette personne soit du même sexe. Colum-Cille et d'autres dirigeants de la foi avaient choisi des *anamchara* du sexe opposé.

Eisten secoua vivement la tête.

— J'ai déjà une âme sœur dans cette abbaye, dit-elle d'un ton sans réplique.

Dépitée, Fidelma s'apprêtait à rejoindre sœur Necht quand Eisten la retint.

— Dites-moi, ma sœur...

Fidelma se retourna vers la jeune ascète qui continuait de contempler les flots comme pour y noyer sa peine.

— ... une âme sœur peut-elle trahir vos confidences ?

— Si elle agit ainsi, elle ne mérite plus votre confiance. Mais encore faut-il étudier les circonstances d'une telle trahison et...

— Ma sœur !

Necht s'agitait au pied de l'escalier.

— Nous en reparlerons plus tard, suggéra Fidelma.

Eisten demeura silencieuse et Fidelma l'abandonna à contrecœur à ses méditations.

Dans la pièce que Fidelma s'était réservée pour la conduite de son enquête, frère Rumann, le corpulent *fer-tighis*, l'attendait en tambourinant nerveusement sur la table.

Fidelma s'assit en face de lui, vit que Cass avait déjà réintégré sa place, dans un coin de la pièce, et se tourna vers sœur Necht. Elle avait longuement réfléchi et décidé que ce n'était pas très raisonnable de la laisser assister aux entrevues. La novice saurait-elle tenir sa langue ? Rien de moins sûr. Mieux valait ne pas la tenter.

— Je n'ai pas besoin de vous pour l'instant, dit-elle à la jeune religieuse dont la mine s'allongea. Je ne doute pas que d'autres tâches vous attendent.

Frère Rumann approuva avec chaleur.

— Absolument. Elle doit faire le ménage dans les chambres.

Sœur Necht sortit de la pièce en traînant les pieds.

— Bien, depuis combien de temps travaillez-vous comme hôtelier dans l'abbaye, frère Rumann? demanda Fidelma.

Le visage joufflu de celui-ci refléta son agacement.

— Deux ans, pourquoi?

— Ne le prenez pas mal, répliqua Fidelma d'un ton léger, mais j'aime bien connaître l'histoire personnelle des témoins, même si cela ne me sert pas directement, cela m'aide à mettre des couleurs au tableau.

Rumann leva le nez au plafond d'un air d'ennui.

— Alors sachez que je suis arrivé dans cette abbaye à l'âge du choix, il y a trente ans.

Il récita son parcours d'un ton mécanique et irrité, comme si elle se mêlait de ce qui ne la regardait pas.

— Donc vous avez quarante-sept ans, dit Fidelma d'une voix douce tout en enregistrant le moindre détail de ce qu'il lui avait raconté.

— En effet.

— Et vous êtes bien informé sur la fondation de Ros Ailithir.

— C'est exact, répliqua l'autre avec suffisance.

— Vous m'en voyez ravie.

Réalisant qu'elle se moquait de lui, Rumann fronça les sourcils.

— Qu'est-ce que vous voulez savoir? demanda-t-il d'un ton peu amène tandis qu'elle l'observait en silence.

— L'abbé Brocc vous a chargé de l'enquête après la mort de Dacán. Quelles sont vos conclusions?

— Il a été assassiné par un inconnu, voilà tout, répliqua l'hôtelier, mal à l'aise.

— Reprenons depuis l'instant où l'abbé vous a informé de la mort de Dacán.

— C'est frère Conghus qui m'a averti, pas l'abbé.

— Cela se passait quand ?

— Peu de temps après qu'il eut prévenu l'abbé de sa découverte. Il se rendait auprès de frère Tóla, l'assistant de notre médecin.

— Et vous, qu'avez-vous fait ?

— Je me suis rendu chez l'abbé.

— Vous n'êtes pas allé dans la chambre de Dacán ?

Rumann secoua la tête.

— Il fallait d'abord que Tóla examine le corps. L'abbé m'a alors prié de mener une enquête. Là, je me suis précipité dans la cellule de Dacán. Frère Tóla m'a annoncé que la victime avait été ligotée et poignardée à plusieurs reprises dans la poitrine. Avec son assistant Martan, ils ont emmené le cadavre pour de plus amples examens.

— J'ai cru comprendre que la chambre était en ordre et que la lampe sur la table de chevet brûlait.

Rumann confirma d'un hochement de tête.

— Tóla a éteint la lampe en partant, précisa Fidelma. Cela implique qu'à la levée du corps vous aviez déjà quitté la pièce.

Rumann parut impressionné.

— Vous avez l'esprit vif, ma sœur. Pendant que Tóla terminait sa besogne, j'ai jeté un rapide coup d'œil autour de moi, en quête d'une arme ou d'un indice qui puisse identifier l'assaillant, mais je n'ai rien trouvé, et suis parti avant que Tóla ait emporté le cadavre.

— Êtes-vous retourné dans la chambre ?

— Non. Sur les ordres de l'abbé, je l'ai fait condamner en l'état. Je n'avais cependant rien remarqué qui puisse aider à découvrir le coupable. Mais l'abbé a estimé qu'on mènerait sans doute une nouvelle enquête.

— Vous n'avez pas rempli la lampe sur la table de chevet ?

Rumann haussa les sourcils.

— Dans quel but ?

— Aucune importance, dit très vite Fidelma. Et ensuite, comment avez-vous procédé dans vos investigations ?

Rumann se frotta le menton d'un air pensif.

— À l'hôtellerie, sœur Necht et moi-même avions dormi du sommeil du juste jusqu'à ce que les cloches nous réveillent. Et tout comme nous, le seul pensionnaire qui logeait dans cet édifice n'avait rien vu ni entendu.

— Qui était cet invité ? Séjourne-t-il toujours au monastère ?

— Non. Il s'appelle Assíd d'UíDego, c'est un voyageur.

— Ah oui.

Elle se rappela que Brocc avait mentionné ce nom.

— Corrigez-moi si je me trompe, Rumann, mais UíDego est bien situé à Laigin, et plus précisément au nord de Fearna ?

Gêné, Rumann se tortilla sur sa chaise.

— C'est possible. Frère Midach vous en dira davantage sur le sujet.

— Pourquoi frère Midach ?

— Eh bien, il a pas mal voyagé sur ces terres, d'ailleurs, il est né pas loin, marmonna Rumann, sur la défensive.

Fidelma poussa une exclamation agacée. Laigin occupait décidément une position centrale dans cette enquête.

— Parlez-moi de ce voyageur.

— Ce que j'en sais se résume à peu de chose.

Assíd, un marchand, je crois, est arrivé en *barc* et il est reparti avec la marée, le jour de la mort de Dacán. J'ai néanmoins pris le temps de lui faire subir un interrogatoire approfondi.

Petit sourire de Fidelma.

— Et il vous a assuré qu'il n'avait rien vu ni entendu.

— Oui.

— Assíd étant originaire de Laigin et Laigin jouant maintenant un rôle essentiel dans cette affaire, peut-être eût-il mieux valu qu'il soit détenu ici pour un interrogatoire ultérieur ?

Rumann secoua la tête.

— À ce moment-là, on ne se doutait de rien. Pour quel motif allais-je retenir cet homme ? Suggérez-vous qu'il aurait tué son compatriote ? Et puis, en dehors de Midach, les frères et les sœurs de notre communauté originaires de Laigin ne manquent pas.

— Je ne suggère rien du tout, Rumann, répondit Fidelma avec rudesse, irritée par la suffisance de l'hôtelier. J'accomplis ma mission.

Le religieux se renversa sur son siège, faisant trembler son double menton, et avala sa salive avec difficulté. Il n'avait pas l'habitude d'être bousculé.

De son côté, Fidelma regretta son mouvement d'humeur. En son for intérieur, elle reconnaissait que l'hôtelier aurait eu quelques difficultés à agir différemment. Sous quel prétexte pouvait-il retenir Assíd d'UíDego ? Aucun. Mais inutile, maintenant, de chercher qui avait annoncé la mort de Dacán à Fearna...

— Cet Assíd, reprit Fidelma sur un ton plus conciliant, vous êtes certain que c'est un marchand ?

Le visage de Rumann se contracta en une grimace saugrenue.

— Qui d'autre sinon des marchands voyagent le long de nos côtes dans des *barca* et nous demandent l'hospitalité ? Nous en hébergeons régulièrement.

— Son équipage est resté à bord de la *barc* ?

— En tout cas, les marins ne sont pas venus ici.

— On se demande pourquoi il a passé la nuit à l'abbaye alors que les autres restaient à bord. Quelle chambre occupait-il ?

— Celle où nous avons logé sœur Eisten.

— Il connaissait Dacán ?

— Oui, je me rappelle qu'ils se sont cordialement salués, le soir de l'arrivée d'Assíd. Je suppose que c'est assez naturel pour des compatriotes.

Fidelma s'efforça de dissimuler son mécontentement. Comment allait-elle résoudre ce mystère maintenant que le principal témoin avait quitté les lieux ? Un violent sentiment de frustration l'envahit.

— Avez-vous interrogé Assíd sur ses relations avec Dacán ?

Rumann parut peiné.

— En quoi ses relations avec Dacán m'auraient-elles concerné ?

— Mais si, comme vous l'affirmez, ils se sont cordialement salués, cela signifie qu'ils se connaissaient et pas seulement de réputation.

— Je n'ai pas vu l'intérêt de demander à Assíd s'il était un ami de Dacán.

— C'est pourtant par ce type de question que l'on retrouve un assassin, déclara Fidelma d'une voix coupante.

— Je ne suis pas *dálaigh,* rétorqua Rumann, indigné. On m'avait chargé d'éclaircir les conditions de la mort de Dacán dans notre hôtellerie, pas de mener une enquête judiciaire.

Effectivement, Rumann n'avait pas été formé au travail d'investigation.

— Excusez-moi, murmura Fidelma. Dites-moi simplement ce que vous savez sur cet homme, Assíd.

— Eh bien, comme je vous l'ai déjà dit, il est arrivé

ici la veille du meurtre de Dacán et il est reparti le lendemain matin. Il cherchait un logis pour la nuit, sa *barc* était ancrée dans la crique et il faisait sans doute du commerce. C'est tout ce que je sais.

— Très bien. Et il n'y avait personne d'autre dans cet édifice ?

— Non.

— On accède facilement à l'hôtellerie ?

— Comme vous l'avez vu, ma sœur, on circule librement dans les murs de cette abbaye.

— Chacun des centaines d'étudiants et de religieux vivant ici aurait pu pénétrer dans la cellule de Dacán pour le tuer ?

— Mais oui, reconnut Rumann sans aucune hésitation.

— Dacán ne s'était pas fait d'amis chez les écoliers ou les religieux ? On ne lui connaissait vraiment aucun proche ?

— Non, pas même l'abbé. Cet homme tenait tout le monde à distance. Ascétique et indifférent aux choses de ce monde. Certains soirs, pour me détendre, j'apprécie de disputer une partie de *brandubh* ou de *fidchell*. Je l'ai invité à m'accompagner, mais il m'a toisé comme si j'étais possédé du diable.

Tout le monde s'accordait sur un point, se dit Fidelma : le vénérable Dacán était un homme parfaitement antipathique.

— Donc il ne s'entretenait avec personne ?

Rumann haussa les épaules.

— À l'exception de sœur Grella. Pour la raison, je suppose, qu'il faisait beaucoup de recherches dans la bibliothèque.

Songeuse, Fidelma hocha la tête.

— Oui... on m'a informée qu'il était venu à Ros Ailithir pour étudier certains textes. Je verrai sœur Grella plus tard.

— Et il enseignait l'histoire, ajouta Rumann.
— Auriez-vous la liste de ses étudiants ?
— Non. Pour cela, il vous faudra consulter frère Ségán, qui supervise les études. Sous l'autorité de l'abbé Brocc, naturellement.
— En temps normal, un homme qui fait des recherches écrit beaucoup, non ?
— Sans doute. Je l'ai souvent vu transporter des manuscrits et il ne se déplaçait jamais sans ses tablettes de cire.
— Mais alors...
Fidelma marqua une pause pour donner plus de poids à sa question.
— ... pourquoi n'a-t-on pas trouvé de parchemins ni de tablettes utilisés dans sa chambre ?
Frère Rumann la fixa d'un air idiot.
— Ah bon ? Mais je croyais...
— Les feuilles de vélin étaient vierges et les inscriptions sur les tablettes effacées.
Nouveau haussement d'épaules de Rumann, un geste qui chez lui ressemblait fort à un tic.
— Cela m'étonne. Peut-être rangeait-il ses manuscrits dans notre bibliothèque. Cependant, je ne vois pas très bien en quoi cela concerne l'enquête.
— Et vous ignoriez dans quelle période exactement il était spécialisé ? demanda Fidelma sans prendre la peine de lui répondre. Quelqu'un sait-il pourquoi il avait choisi Ros Ailithir pour ses recherches ?
— Ce n'est pas mon travail de mettre mon nez dans les affaires des gens. Dacán était recommandé par le roi de Cashel et sa présence approuvée par mon abbé, ce qui me suffisait amplement. Ici, personne ne l'aimait et on ne l'a pas beaucoup pleuré quand il est passé dans l'autre monde.
Fidelma se pencha en avant, soudain intéressée.
— On m'avait raconté que, malgré son austérité, Dacán était adulé et révéré comme un saint homme.

Frère Rumann pinça les lèvres.

— Peut-être à Laigin ! En tout cas, nous l'avons accueilli avec chaleur, mais nous n'avons reçu que mépris en retour. On l'a donc laissé à ses occupations. Même la petite sœur Necht le craignait.

— Ah bon ? Et pourquoi donc ?

— Sans doute parce que sa froideur suscitait l'appréhension.

— Je croyais que sa réputation d'homme pieux et érudit s'étendait bien au-delà de Laigin. Partout, lui et son frère Noé sont révérés à l'image de Colum-Cille, Brendan ou Enda.

— Chacun ne peut parler que de ce qu'il connaît, ma sœur. Parfois, les réputations sont usurpées.

— Dites-moi, cette aversion pour Dacán...

— Cette indifférence, ma sœur, cette indifférence, l'interrompit aussitôt Rumann. Il n'y avait pas motif à des sentiments aussi affirmés que l'aversion.

Fidelma inclina la tête pour marquer qu'elle tenait compte de sa remarque.

— Et donc, selon vous, cette indifférence n'était pas de nature à faire naître ici le désir de le supprimer ?

Les yeux de frère Rumann se rétrécirent jusqu'à former deux fentes dans son visage joufflu.

— Suggérez-vous que quelqu'un de notre communauté ait pu l'assassiner ?

— Peut-être un de ses étudiants qui se serait pris pour lui d'une haine farouche ? Cela s'est déjà vu.

— Je n'ai jamais entendu rien de tel ! Un écolier respecte son maître.

— En temps ordinaire, oui, mais nous sommes ici confrontés à des circonstances inhabituelles. Le meurtre est un crime contre nature. Quelle que soit notre hypothèse, nous sommes bien obligés d'admettre que quelqu'un de cette communauté a commis cet acte. Ici même, ajouta-t-elle avec emphase.

Rumann afficha un visage solennel.

— Je ne peux pas vous en dire plus. J'ai fait une enquête sur les circonstances de la mort de Dacán comme on me l'avait demandé. Pour le reste... je n'ai pas l'expérience d'un *dálaigh*.

Fidelma tendit les mains en un geste de conciliation.

— Je ne vous critique pas. Vous avez accompli votre tâche et moi je fais mon travail. Nous sommes confrontés à une situation délicate, car il nous faut non seulement résoudre l'énigme de ce crime mais aussi prévenir une guerre.

Frère Rumann renifla bruyamment.

— Si vous voulez mon opinion, il n'est pas impossible que Laigin ait manigancé toute l'affaire. Ils n'ont cessé d'en appeler à l'assemblée du haut roi de Tara pour qu'on leur restitue Osraige. À chaque fois, la suzeraineté de Muman sur Osraige a été confirmée. Et maintenant...

Il fit le geste de poignarder dans le vide.

Fidelma l'observait avec curiosité.

— Depuis quand en êtes-vous arrivé à cette conclusion, frère Rumann ?

— Je suis des Corco Loígde, un homme de Muman. Quand j'ai entendu en quoi consistait le prix de l'honneur exigé par le jeune Fianamail, j'ai soupçonné un complot. Vous avez raison, ma sœur.

Fidelma haussa les sourcils devant la colère du religieux.

— De quoi parlez-vous ?

— Du marchand, Assíd. J'aurais dû me douter qu'il était l'assassin et je l'ai laissé filer !

Elle le contempla un instant en silence.

— Un dernier point, mon frère. Comment avez-vous été informé des exigences de Laigin ?

Rumann battit des cils.

— L'abbé n'a parlé que de cela pendant des jours !

Après le départ de Rumann, Fidelma resta immobile, sans prononcer un seul mot. Puis, relevant la tête, elle croisa le regard de Cass qui lui sourit. Elle semblait épuisée.

— Appelez sœur Necht, Cass.

Un instant plus tard, la novice enthousiaste faisait irruption dans la pièce, sa robe de bure protégée par un tablier. Elle avait été interrompue dans ses tâches ménagères et se montrait visiblement ravie de cet intermède.

— On m'a dit que le vénérable Dacán vous inspirait quelque crainte, commença Fidelma sans autre préambule.

La jeune religieuse pâlit et se mit à frissonner.

— C'est exact, admit-elle.

— Pourquoi donc ?

— Ici, je veille dans la mesure du possible à satisfaire les désirs de nos invités. Mais le vénérable Dacán me traitait comme une esclave. J'ai même demandé au frère Rumann à être relevée de mes fonctions à l'hôtellerie, le temps du séjour de Dacán.

— Je suppose que vous le détestiez.

Sœur Necht baissa la tête.

— C'est contre les préceptes des Écritures mais, en vérité, je ne l'aimais pas, mais alors pas du tout.

— Vous a-t-on dispensée de vous occuper de Dacán ?

Necht secoua la tête.

— Frère Rumann m'a dit que je devais accepter la volonté de Dieu. La foi se renforce dans l'adversité et l'accomplissement des projets du Seigneur.

— Vous n'avez pas l'air convaincue, remarqua Fidelma.

— Plus je priais, plus mon aversion s'intensifiait. Le vénérable Dacán n'arrêtait pas de me critiquer. À la fin, je ne faisais même plus le ménage dans sa cellule.

Et puis il m'envoyait faire des courses à toute heure du jour et de la nuit. Je n'en pouvais plus.

— Quand il est mort, je parierais que vous n'avez pas versé beaucoup de larmes.

— Ah ça non ! s'exclama la sœur avec véhémence.

Puis elle s'empourpra.

— Comprenez-moi, je n'ai pas voulu dire...

— Je l'avais bien compris, la rassura Fidelma. Mais dites-moi, la nuit où Dacán a été tué, étiez-vous en service à l'hôtellerie ?

— Comme toutes les nuits. Frère Rumann vous l'aura sûrement précisé.

— Avez-vous vu Dacán, cette nuit-là ?

— Bien sûr. Lui et le marchand Assíd étaient nos seuls hôtes.

— Je crois qu'ils se connaissaient, non ?

Sœur Necht hocha la tête.

— Mais je ne pense pas qu'ils étaient amis. J'ai entendu Assíd se disputer avec Dacán après le repas du soir.

— Ah bon ?

— Oui. Dacán s'était retiré dans sa chambre. Généralement, il lisait toujours un livre avant les complies, le dernier service du jour. Quand je suis passée devant sa porte, j'ai entendu des éclats de voix.

— Êtes-vous certaine qu'il s'agissait d'Assíd ?

— Il n'y avait personne dans l'édifice à part lui.

— Quel était l'objet de leur controverse ?

— Je l'ignore. Ils étaient en colère mais ne parlaient pas très fort.

— Et quel ouvrage étudiait Dacán ce soir-là ? interrogea Fidelma d'un air soucieux. On m'a dit qu'on n'avait rien pris dans sa chambre, or nous n'avons retrouvé ni livre ni écrits de sa main.

— Aucune idée.

— Quand avez-vous vu Dacán pour la dernière fois ?

— Je revenais des complies et il m'a demandé d'aller lui chercher un pichet d'eau fraîche.

— Vous êtes-vous rendue dans sa cellule après cela ?

— Non. Je l'évitais. Pardonnez-moi, je sais que c'est un péché, mais je le détestais.

Sœur Fidelma se renversa sur son siège et étudia un instant la jeune novice.

— Vous pouvez retourner vaquer à vos occupations, sœur Necht. Je vous appellerai si j'ai besoin de vos services.

— Vous ne parlerez pas au frère Rumann des sentiments que m'inspirait le vénérable Dacán ? demanda-t-elle avec anxiété.

— Non. La haine que vous éprouviez pour lui naissait de votre peur. Pour haïr, il faut craindre. C'est la protection dont usent les personnes intimidées. Mais, ma sœur, rappelez-vous ceci : ce sentiment violent est ennemi de la justice. Essayez de pardonner à Dacán ses attitudes tyranniques et n'oubliez pas de faire un examen de conscience. Et maintenant, allez en paix.

— Vous êtes sûre que vous n'avez besoin de rien ? demanda Necht avant de refermer la porte.

Elle semblait à nouveau pleine d'enthousiasme, comme soulagée par sa confession.

Fidelma secoua la tête.

— Je vous ferai appeler si nécessaire, lui assura-t-elle.

Quand elle fut partie, Cass se leva et s'assit sur le siège laissé vacant par Necht. Fidelma lut la sympathie dans le regard qu'il posait sur elle.

— Ça ne va pas trop bien, hein ? murmura-t-il. Nous nageons en pleine confusion.

Fidelma lui fit une grimace mutine.

— Allons marcher un instant au bord de la mer, Cass. Le vent me rafraîchira les idées.

Ils traversèrent l'abbaye et découvrirent un portail dans un mur latéral ouvrant sur un étroit sentier sablonneux qui descendait jusqu'à la mer. Le soleil brillait toujours, les bateaux dansaient au mouillage et les vagues roulaient sur les galets. Fidelma aspira l'air marin avec délices sous le regard amusé de Cass.

— Cela va déjà mieux, lança-t-elle. Je dois admettre que c'est l'enquête la plus pénible que j'aie jamais eu à affronter. D'habitude, les témoins et les suspects sont tous rassemblés dans un même endroit. Et je me trouve sur les lieux du crime quelques heures tout au plus après les événements. Les preuves ne s'évanouissent pas dans la nature.

Cass ralentit le pas pour adapter son rythme à celui de Fidelma tandis qu'ils marchaient le long de la mer.

— Je commence à comprendre les difficultés que rencontre un *dálaigh*. En vérité, jusqu'à présent je n'en avais aucune idée. Je m'imaginais qu'il lui suffisait de connaître la loi.

Fidelma demeura silencieuse.

Ils croisèrent des hommes sur la rive, déchargeant leur pêche de la matinée des *naomhóg*, des embarcations à l'ossature d'osier recouvertes de *codal*, des peaux tannées à l'écorce de chêne et cousues ensemble avec des lanières de cuir. Légères — trois hommes suffisaient à porter les plus grandes —, elles chevauchaient hardiment les plus hautes lames et ne craignaient pas de sortir par gros temps.

Fidelma s'arrêta pour regarder deux d'entre elles accoster sur le rivage. Elles remorquaient un monstre des mers.

Une seule et unique fois dans sa vie, elle avait vu de ses yeux un requin pèlerin, et elle supposa que la prise de ces hommes appartenait à la même famille.

Cass, qui n'avait jamais rien observé de tel, courut pour aller examiner la bête.

— Connaissez-vous l'histoire du bienheureux Brendan qui, au cours de son voyage en mer, avait une fois atterri sur le dos d'un de ces monstres ? Il pensait que c'était une île ! Pourtant, cette créature, aussi énorme soit-elle, ne peut se confondre avec un îlot rocheux, cria-t-il par-dessus son épaule à l'adresse de Fidelma, qui elle aussi semblait très excitée par cette découverte.

— Le poisson « accosté » par Brendan était d'une tout autre dimension. Quand le saint et ses compagnons entreprirent de faire un feu pour y cuisiner leur repas, l'animal, incommodé par la chaleur, s'enfonça dans les flots et ils rejoignirent leur bateau à la nage, sauvant leur vie de justesse.

Un vieux pêcheur qui l'avait entendue hocha la tête d'un air docte.

— Et c'est une histoire vraie, ma sœur. Mais connaissez-vous celle du grand poisson Rosault, qui vivait au temps de Colum-Cille ?

Fidelma secoua la tête en souriant, car elle savait que les vieux pêcheurs étaient férus d'histoires que l'on contait à la veillée, au coin du feu.

— Quand j'étais gamin, je pêchais du côté du Connacht, dit le vieil homme, ravi de cette diversion. Les hommes du Connacht m'avaient rapporté qu'il existait une montagne sacrée à l'intérieur des terres baptisée Croagh Patrick, pour honorer le saint. Au pied de la montagne s'étendait la plaine de Muir-iasc, qui signifie « poisson de mer ». Savez-vous pourquoi elle a reçu ce nom ?

— Dites-le-nous, répondit Cass, entrant dans le jeu du vieil homme.

— On l'appelait ainsi parce qu'elle était formée du corps gigantesque de Rosault, rejeté par les flots au cours d'une formidable tempête. L'animal, en se décomposant dans la plaine, provoqua une puanteur abominable dont les vapeurs fétides flottaient sur tout le pays, asphyxiant les hommes et les bêtes. La mer recèle toutes sortes de secrets, ma sœur. Et des menaces terrifiantes.

Fidelma jeta un bref coup d'œil au navire de guerre de Laigin.

— Elles ne sortent pas toutes des abysses, dit-elle d'une voix douce.

Le vieillard suivit la direction de son regard et se mit à rire.

— Je crois que vous avez raison. Il se pourrait bien que les pêcheurs des Corco Loígde essayent leurs harpons sur des créatures plus mauvaises que ce malheureux pèlerin.

Puis il plongea avec délectation la lame de son couteau dans le requin pour le dépecer.

Fidelma se remit en marche le long du rivage.

Cass la rejoignit.

— L'air que nous respirons est déjà empoisonné par la guerre, dit-il après quelques instants de silence. Cela ne présage rien de bon.

— J'en ai parfaitement conscience, répliqua-t-elle. Pour contrer la menace, il me faudrait accomplir des miracles, comme me l'a demandé mon frère.

— Acceptons notre destin plutôt que de nous bercer d'illusions en imaginant que la guerre n'aura pas lieu.

— Le destin ! s'exclama Fidelma avec colère. Contrairement à certains de nos dévots, je ne crois pas à la prédestination. Ce n'est que l'excuse du tyran pour ses crimes, et le prétexte invoqué par l'idiot pour ne pas lui résister !

— Mais comment détourner son cours fatal ?

— En affirmant qu'il n'est pas fatal et en se démenant pour le démontrer.

C'était bien le moment de lui parler de ces fadaises ! Selon Sophocle, ce que les dieux avaient provoqué, on devait le supporter avec courage. Se servir de cette noble maxime pour s'enfermer dans ses propres limites et prétendre que Dieu l'avait voulu ainsi justifiait toutes les faiblesses et vous épargnait de faire des choix.

Cass leva la main en un geste las.

— Voilà une philosophie admirable, Fidelma, n'empêche...

— Assez !

Au ton de sa voix, le jeune guerrier comprit qu'il valait mieux en rester là. Il réalisait à quel point cette jeune femme, *dálaigh* de la cour, était vulnérable. Sur ses épaules, Colgú de Cashel avait déposé un fardeau bien lourd. Pour Cass, le mystère de la mort de Dacán ne serait jamais résolu. Mieux valait se préparer à la guerre avec Laigin plutôt que de se perdre dans les méandres d'une énigme impossible à élucider.

Fidelma s'assit sur un rocher et resta là, le regard perdu au loin, tandis que Cass faisait les cent pas. Elle se rappela ce que son vieux maître, le brehon Morann de Tara, lui avait dit un jour qu'elle avait échoué à un exercice mental faute d'avoir compris les données du problème :

« Mieux vaut demander son chemin deux fois plutôt que de le perdre, mon enfant. »

Quelle question n'avait-elle pas posée ? Quelle réponse n'avait-elle pas saisie ?

Brusquement, à la grande surprise de Cass, elle sauta sur ses pieds en poussant une exclamation de dépit.

— Non mais quelle idiote je fais !

— Pourquoi donc ? lui demanda-t-il tandis qu'elle reprenait à grandes enjambées le chemin de l'abbaye.

— Je suis là à gémir sur les difficultés de ma tâche avant même d'avoir commencé le travail.

— Je trouvais pourtant que vous aviez pris un très bon départ.

— Je n'ai fait qu'effleurer la surface. Je n'étais pas vraiment en quête de la vérité. Venez.

Ils rebroussèrent chemin, passèrent le portail et traversèrent les cours pavées. Ici et là, de petits groupes d'érudits et des religieux chargés d'enseignement lui jetaient des coups d'œil à la dérobée. Tous étaient au courant de sa mission. Elle les ignora, se pressant de rejoindre les grilles de l'entrée principale et, là, trouva celle qu'elle cherchait : Necht, la novice enthousiaste.

Elle s'apprêtait à la héler quand Necht l'aperçut et, oubliant toute retenue, vint en courant à sa rencontre.

— Sœur Fidelma, dit-elle sur un ton exalté, j'allais partir à votre recherche. Frère Tóla m'a demandé de vous remettre ceci. De la part de frère Martan.

Elle lui tendit un paquet de grosse toile que Fidelma entreprit de déplier. À l'intérieur se trouvaient de la charpie découpée dans un tissu à rayures rouges et bleues. Les lanières effrangées et maculées de taches brunes — du sang, supposa Fidelma — semblaient fragiles. Fidelma en prit une, tira dessus et elle se déchira facilement.

— Ces liens ne sont pas très solides, fit remarquer Cass.

— Non, répliqua Fidelma d'un air pensif en remballant le tout qu'elle glissa dans sa sacoche. Et maintenant, sœur Necht, j'aimerais que vous me conduisiez à la bibliothèque de sœur Grella.

À sa grande surprise, la jeune fille secoua la tête.

— C'est impossible.

— Qu'est-ce qui vous prend ? s'énerva Fidelma.

— Rien, mais l'abbé veut vous voir immédiatement.

— Ah !... dans ce cas, je ne le ferai pas attendre. Mais pourquoi cette précipitation ?

— Il y a un court instant, Salbach, le chef des Corco Loídge, est arrivé suite à un message que Brocc lui avait envoyé. Il paraissait très en colère.

CHAPITRE VIII

Fidelma et Cass emboîtèrent le pas à sœur Necht qui les menait aux appartements de l'abbé. À un moment donné, la jeune novice s'aperçut de la présence de Cass et elle s'arrêta, l'air embarrassé.

— Qu'avez-vous ? lui demanda Fidelma.

— Vous seule êtes attendue, expliqua-t-elle en jetant un regard en biais à Cass.

— Très bien, soupira Fidelma. Cass, nous nous retrouverons à l'hôtellerie.

Déçu, le grand guerrier fit la grimace et s'éloigna à regret tandis que les deux femmes poursuivaient leur chemin. La sœur aux larges épaules, très agitée, avançait à grandes enjambées, prenait de l'avance puis s'arrêtait, attendait que Fidelma la rejoigne et repartait comme une flèche. Fidelma refusait qu'on la bouscule et l'idée d'arriver hors d'haleine devant l'abbé et le chef des Corco Loídge lui déplaisait fortement.

— Merci, Necht, dit-elle enfin, irritée par la surexcitation de sa compagne. D'ici, je sais comment rejoindre les appartements de l'abbé, vous pouvez disposer.

La jeune fille s'arrêta, prête à protester avec véhémence, mais, devant les sourcils froncés de la sœur, elle baissa la tête en signe de soumission et quitta Fidelma, qui traversa une cour avant de pénétrer dans un édifice en granit. Elle s'avança dans un hall sombre et s'apprêtait à grimper à l'étage où se trouvait la salle de réception de l'abbé quand une ombre bougea dans l'obscurité au pied des marches.

— Ma sœur !

Fidelma s'arrêta et scruta la silhouette familière qui s'était dressée devant elle.

— Cétach, c'est toi ?

L'adolescent, visiblement tendu, s'avança dans la lumière blafarde, le cou rentré dans les épaules.

— Il faut que je vous parle, murmura le jeune garçon aux cheveux noirs.

Fidelma était perplexe.

— Volontiers, mais remettons cela à plus tard, veux-tu ? J'ai rendez-vous avec l'abbé.

— Non, attendez ! s'écria l'enfant d'une voix implorante qui trahissait une angoisse indicible.

Il s'accrocha à la manche de la religieuse.

— Que se passe-t-il ? De quoi as-tu peur ?

— Salbach, le chef des Corco Loídge, est en compagnie de l'abbé.

— Je sais, Cétach, mais pourquoi cette inquiétude ?

— Quand vous vous entretiendrez avec lui, surtout ne parlez ni de moi ni de mon frère.

Son visage était indéchiffrable dans la pénombre.

— On dirait que Salbach te terrifie.

— C'est une histoire trop longue à raconter, je n'ai pas le temps, mais n'oubliez pas, surtout ne mentionnez jamais nos noms.

— Mais de quoi s'agit-il ?

La main du garçon se crispa sur son bras.

— Pour l'amour du ciel, ma sœur !

Sa voix était remplie d'une telle épouvante qu'elle lui caressa les cheveux pour le rassurer.

— Très bien, je te donne ma parole. Quand j'en aurai fini avec Salbach et l'abbé, tu m'expliqueras tout ce que cela signifie.

L'enfant hocha la tête et disparut comme il était venu, laissant une Fidelma figée sur place par la surprise.

Puis, poussant un profond soupir, elle entama l'ascension des marches.

L'abbé Brocc l'attendait avec impatience. Il marchait de long en large devant sa table et s'arrêta en la voyant entrer. Fidelma remarqua immédiatement l'homme devant le feu, affalé dans le fauteuil en bois sculpté réservé à l'usage de l'abbé, une jambe pendant sur un accoudoir et un grand gobelet de vin à la main. C'était un bel homme, qui avait passé la trentaine, aux cheveux noirs comme jais contrastant avec sa peau blanche et ses yeux d'un bleu glacé. Son visage aux traits réguliers respirait quelque chose de sinistre. Vêtu des étoffes les plus riches, tissées de lin et de soie, il portait une petite fortune en bijoux et arborait une épée et un poignard, les attributs du *ceile*, l'homme libre d'un clan du royaume. Un coup d'œil avait suffi à Fidelma pour enregistrer ces informations mais ce qui la frappa le plus, c'étaient les yeux pâles du chef, rusés, trop proches du nez, qu'il avait droit et aristocratique.

— Ah ! Fidelma ! s'exclama l'abbé, soulagé par son arrivée.

— On m'a dit que vous désiriez me voir, Brocc, dit-elle en refermant la porte derrière elle.

— Absolument. Je vous présente Salbach, le chef des Corco Loígde.

L'homme resta vautré sur son siège, continuant de boire son vin comme si elle n'existait pas, et Fidelma se rembrunit.

— Sœur Fidelma de Kildare est ma cousine, Salbach, s'empressa de faire remarquer l'abbé.

Salbach la contempla d'un air absent, le nez dans son gobelet.

— Alors comme ça vous êtes *dálaigh* ? lança-t-il sur un ton amusé.

— Permettez-moi de me présenter : Fidelma des Eóganachta de Cashel, sœur de Colgú, héritier présomptif de Muman, répliqua-t-elle d'une voix sèche. Et quant à mes qualifications juridiques, je suis *anruth.*

Ils se défièrent du regard, puis Salbach reposa tranquillement son gobelet et, avec une lenteur exagérée, se mit sur ses pieds et s'inclina avec raideur.

Si elle avait rappelé la considération que l'on devait à son rang et précisé ses titres — celui d'*anruth* venait juste au-dessous de la plus haute distinction des cinq royaumes dans le domaine des compétences juridiques —, ce n'était point par vanité, mais pour faire respecter sa condition de femme et ce qu'elle représentait. Elle n'en gardait pas moins à l'esprit ce que son mentor, le brehon Morann, lui avait souvent répété : « La considération qu'inspire la peur n'est pas authentique. Le loup est respecté mais personne ne l'aime. » D'une manière générale, Fidelma ignorait les conventions à la condition que les gens lui manifestent suffisamment de courtoisie mais, dans le cas présent, il s'agissait bel et bien d'une épreuve de force.

— Excusez-moi, Fidelma de Cashel, mais j'ignorais que vous étiez apparentée à Colgú, dit Salbach d'un ton qui démentait ses propos.

Fidelma prit un siège, affichant un visage serein.

— Je m'étonne, cependant, que ce soit à mon parent de rappeler les bonnes manières, dit-elle d'une voix douce.

L'abbé Brocc toussa d'un air embarrassé.

— Fidelma, Salbach s'est déplacé en personne en réponse au message que je lui avais envoyé.

Salbach s'affala à nouveau dans son fauteuil, son gobelet à la main, l'observant de ses yeux mi-clos qui ne clignaient jamais, comme les busards quand ils s'apprêtent à fondre sur une proie.

— Parfait, répliqua Fidelma. Plus tôt nous en aurons

fini avec le crime commis à Rae na Scríne, mieux ce sera.

— Le crime ? On m'a rapporté que des paysans superstitieux, effrayés par la peste qui s'était déclarée à Rae na Scríne, s'étaient attaqués au village afin de faire fuir ses habitants dans les montagnes. Puis ils auraient mis le feu aux maisons afin que la peste ne s'étende pas. Rien que de très ordinaire. Des désordres créés par une peur somme toute assez compréhensible.

— Il s'agissait d'une attaque de sang-froid et parfaitement délibérée.

La bouche de Salbach accusa un pli mauvais.

— Si je suis venu jusqu'ici, ma sœur, c'est parce que vous avez mis en cause un de mes *bó-aire*, un magistrat que j'ai nommé récemment. Je suppose qu'il s'agit d'une erreur.

— Sans doute vous référez-vous au dénommé Intat ? Dans ce cas, il n'y a pas d'erreur.

— Il paraîtrait que, selon vous, Intat, à la tête de ses guerriers, aurait détruit tout un hameau ? D'après mes informations, ce sont des gens d'une localité voisine, poussés par la panique, qui ont incendié Rae na Scríne.

— Vous aurez mal entendu.

— Vous portez là de très graves accusations.

— Pour un crime très grave, déclara Fidelma, imperturbable.

— Avant d'amener cette affaire devant la justice, j'aurai besoin de preuves, s'obstina Salbach.

— Les ruines calcinées de Rae na Scríne ne vous suffisent-elles pas ?

— En quoi Intat en est-il responsable ?

— Avec Cass, un guerrier qui appartient à la garde du roi de Cashel, nous avons chevauché jusqu'à ce village tandis que s'accomplissait le forfait. Nous avons parlementé avec un homme du nom d'Intat. Il nous a chassés en menaçant de nous tuer.

Les yeux de Salbach s'agrandirent une fraction de seconde. On y lisait l'incrédulité.

— Il vous a laissés partir ? Mais s'il avait commis un tel crime, vous ne seriez pas ici pour en parler.

Fidelma se demanda pourquoi Salbach tenait absolument à protéger son *bó-aire*.

— Intat n'a pas vu que nous l'avions surpris. Et surtout nous sommes retournés au village après l'avoir quitté sur la route. Il ignorait qu'il y avait des survivants qui porteront témoignage sur ce qui s'est passé.

Salbach n'avait-il pas dégluti un peu trop vite ? Une ombre n'était-elle pas passée sur son visage ?

— Il y avait des survivants ?

— Oui, intervint l'abbé Brocc. Une demi-douzaine de personnes. Des enfants...

— Ils ne peuvent pas témoigner devant un tribunal avant l'âge du choix, dit Salbach avec un empressement suspect.

— Un adulte les accompagnait, répliqua Fidelma d'une voix douce. Et si nécessaire, Cass et moi-même témoignerons que nous avons vu Intat et ses hommes brandissant des épées et des torches tout en menaçant nos vies.

— Comment avez-vous pu identifier Intat ? interrogea Salbach d'un air renfrogné.

— Il a été reconnu par sœur Eisten.

— Ah, voilà la survivante dont vous parliez.

Son visage était un masque, et Fidelma aurait donné cher pour connaître les pensées qui se bousculaient en ce moment dans sa tête.

— Je suis abasourdi, soupira brusquement Salbach en reposant son gobelet vide, comme s'il était finalement convaincu par ses arguments. Je n'aurais jamais cru Intat capable d'une telle barbarie. Cela m'attriste. Sœur Eisten et les enfants logent ici, à Ros Ailithir ?

Brocc répondit avant que Fidelma ait eu le temps d'intervenir.

— Oui. Nous allons sans doute les envoyer à l'orphelinat que dirige Molua.

— J'aimerais bien les rencontrer, avança Salbach.

— Pour cela, il faudra attendre quelques jours, intervint Fidelma avec un regard appuyé à Brocc. L'abbé a ordonné qu'ils soient placés en quarantaine en attendant de savoir s'ils ont attrapé la peste jaune.

— Mais... commença Brocc, qui se ravisa et se tut.

— Je reviendrai interroger sœur Eisten et les enfants quand ils seront pleinement rétablis, dit Salbach. Vu les graves accusations portées contre un de mes magistrats, je me suis empressé de venir vous trouver. Maintenant, je vais contacter Intat et voir ce qu'il a à dire pour sa défense. S'il est coupable, il répondra de son forfait devant mon brehon. Vous pouvez en être assurée, sœur Fidelma.

— Cashel n'en attend pas moins de vous, répliqua Fidelma avec solennité.

Salbach la fixa un instant, cherchant le sens caché de cette dernière réplique, tandis que Fidelma lui rendait son regard sans ciller.

— Ici, nous sommes un peuple fier, sœur Fidelma, reprit Salbach d'une voix pleine de sous-entendus. Les Corco Loígde descendent de la famille de Míl Easpain, qui a mené les ancêtres des Gaëls jusqu'à cette terre, à l'origine des temps. Remettre en cause l'honneur de l'un d'entre nous, c'est jeter une ombre sur celui de tous. Et si l'un de nous trahit, il nous trompe tous, et il est aussitôt châtié.

Il hésita un instant, comme s'il allait ajouter quelque chose, puis se ravisa.

— Bien, mon père, je vais vous quitter...

— Je pense que vous pourriez nous aider sur un autre chapitre, l'interrompit Fidelma.

La stupéfaction se peignit sur les traits de Salbach. Comment osait-elle le retenir alors qu'il avait décidé que l'entretien était clos ?

— Excusez-moi, mais je suis pressé...

— Cela concerne le vénérable Dacán et je suis mandatée par le roi de Cashel pour enquêter sur son assassinat, insista Fidelma.

Salbach domina sa colère et haussa les épaules d'un air d'indifférence.

— L'affaire est sérieuse, je vous le concède, mais je ne sais rien sur la mort de ce vieillard. En quoi puis-je vous aider ?

— Vous le connaissiez ?

— Il jouissait d'une grande réputation.

— Mais vous l'avez déjà rencontré, si je ne me trompe ?

L'instinct l'avait poussée à poser cette question et elle comprit qu'elle avait touché juste, car le sang était monté au visage de Salbach.

— Quelques fois, admit-il.

— Ici, à Ros Ailithir ?

Fidelma dissimula sa surprise quand il secoua la tête.

— Non, à Cealla, une des résidences des chefs d'Osraige.

— Cela se passait quand ?

— Il y a un an.

— Et que faisiez-vous à Osraige ?

— Je rendais visite au roi de ce pays, mon cousin Scandlán, répliqua-t-il avec morgue.

Fidelma se rappela que son frère, Colgú, lui avait dit que les rois d'Osraige étaient apparentés aux chefs des Corco Loígde.

— Et vous n'avez pas rendu visite au vénérable Dacán quand il est venu à Ros Ailithir ?

— Non.

Fidelma mit aussitôt sa parole en doute, mais il lui opposait son regard de busard et elle n'était guère en mesure de s'aventurer plus avant. Elle n'aimait pas du tout ce Salbach, et rougit en se rappelant le sermon qu'elle avait adressé à sœur Necht, affirmant que ce chef de clan saurait mettre bon ordre aux exactions d'Intat. Mais dans ses yeux bleu pâle d'oiseau de proie luisait quelque chose de dur et de mauvais.

— Mais vous avez dansrencontré Assíd de Laigin ?

Elle avait posé la question sans réfléchir.

Les coins de la bouche de Salbach s'abaissèrent et une lueur dangereuse s'alluma dans son regard.

— Oui, admit-il à contrecœur. Il est venu à ma forteresse de Cuan Dóir pour y faire du commerce.

— Il voyage le long des côtes pour ses affaires ?

— Oui, il nous a apporté du vin gaulois qui venait d'être débarqué à Laigin et nous l'avons échangé contre du cuivre de nos mines.

— Donc vous connaissez Assíd depuis longtemps... en tant que marchand, j'entends.

Salbach nia.

— J'ai dit que je l'avais rencontré, point final. Il a fait du commerce dans la région cet été et l'été précédent. En quoi cela vous concerne-t-il ?

— Cela fait partie de mon travail, chef des Corco Loígde, répliqua-t-elle avec un grand sourire.

— Suis-je libre de partir ? demanda-t-il d'un ton ironique et condescendant.

— Mais certainement. Et n'oubliez pas que nous attendons des nouvelles d'Intat.

— Je ne manquerai pas de vous informer de l'évolution de cette affaire, répliqua Salbach d'un ton sec.

Il s'inclina devant elle avec ostentation, salua l'abbé d'un mouvement de tête et quitta la pièce.

L'abbé Brocc semblait anxieux.

— Perdre la face n'est pas dans les habitudes de Salbach, cousine. J'ai eu l'impression d'assister à un combat de coqs.

— Dommage pour lui qu'il se soit mis dans une position qui rendait la confrontation inévitable, répliqua

Fidelma. Tout son comportement est teinté d'arrogance et de mépris.

Les cloches de l'angélus de midi sonnèrent et Fidelma se sentit obligée de s'agenouiller aux côtés de l'abbé pour la prière.

Ses dévotions terminées, Brocc se releva et la contempla sans mot dire pendant quelques secondes.

— J'ai une autre nouvelle pour vous, commença-t-il d'une voix hésitante. Je n'en ai pas parlé devant Salbach car vous deviez être avertie avant lui.

Le visage de Brocc était devenu étrangement solennel.

— Juste avant l'arrivée de Salbach, j'ai reçu ici un messager de Cashel. Le roi, Cathal mac Cathail, est mort il y a trois jours. Votre frère Colgú est maintenant roi de Muman.

Fidelma demeura impassible. À la mention du messager de Cashel, elle avait tout de suite compris.

Elle se releva à son tour et fit une génuflexion.

— *Sic transit gloria mundi.* Que notre cousin repose en paix. Et puisse Dieu accorder à Colgú la force nécessaire pour les dures épreuves qui l'attendent.

— Ce soir, nous dirons une messe pour le repos de Cathal, Fidelma. Bientôt, la cloche sonnera le repas de midi. Je vous offre une tasse de vin avant que nous nous rendions au réfectoire ?

Fidelma secoua la tête et il parut déçu.

— Désolée, cousin, j'ai une ou deux choses à régler avant le déjeuner. Mais il y a une question que j'aimerais vous poser. Frère Conghus m'a dit que, la semaine précédant le meurtre, vous lui aviez demandé d'accorder une attention particulière à Dacán. Pourquoi donc ?

— Aucun mystère à cela, répondit aussitôt l'abbé. Le vénérable Dacán n'était pas très apprécié. En réalité, on m'avait rapporté qu'il avait choqué plusieurs de nos écoliers par ses propos, et j'avais donc pris la précaution de demander à frère Conghus de veiller à ce qu'il ne soit pas mis en difficulté à cause de... comment dire... sa regrettable personnalité.

— Merci, Brocc. Nous nous verrons au repas de midi.

Fidelma quitta les appartements de son cousin et ses pensées revinrent aussitôt au jeune Cétach. Pourquoi tenait-il tellement à ce que l'on taise sa présence et celle de son frère Cosrach à Salbach ?

Mais cela ne concernait pas le meurtre de Dacán, le temps était compté, et bientôt elle devrait plaider la cause de Muman devant l'assemblée du haut roi, à Tara.

Elle se rendit à l'hôtellerie pour s'entretenir avec Cétach et sœur Eisten mais ils n'étaient pas dans leurs chambres. Elle rencontra cependant l'une des deux sœurs aux cheveux cuivrés, Cera. L'enfant jouait avec une poupée de chiffons et refusa de répondre aux questions de Fidelma.

Après avoir vainement tenté de convaincre l'enfant de lui parler, Fidelma se rendit à l'étage où elle visita les cellules mais sans résultat. Alors qu'elle redescendait l'escalier, elle entendit un bruit de conversation dans l'*officium* de frère Rumann et elle se hâta d'aller frapper à sa porte. Là, elle le trouva en compagnie de Cass. Ils disputaient une partie de « corbeau noir », le *brandubh,* un jeu très populaire qui se jouait sur un échiquier. Rumann était apparemment un joueur expérimenté car il venait de prendre deux des pièces représentant des rois de province, laissant Cass avec seulement son haut roi et deux autres rois de province pour se défendre, tandis que les huit pièces attaquantes de Rumann n'avaient pas encore été délogées. Cass essayait vainement, pour se protéger, de gagner le bord de l'échiquier divisé en quarante-neuf carrés (sept d'un côté et sept de l'autre). Fidelma assista à l'offensive de Rumann qui plaça habilement ses pièces pour faire opposition au haut roi qui n'avait plus de carré où battre en retraite. Cass s'inclina de mauvaise grâce devant le frère à l'imposant tour de taille.

Quand l'hôtelier leva les yeux sur Fidelma, il souriait de toutes ses dents.

— Connaissez-vous ce jeu, ma sœur ?

Fidelma répondit par un bref hochement de tête. Tous les enfants de rois ou de chefs apprenaient à maîtriser le *brandubh* ainsi que d'autres jeux de société utilisant un damier. Cela faisait partie de leur éducation. Le « corbeau noir » prenait une signification particulière puisqu'il mettait en scène le haut roi de Tara défendu par les quatre rois des provinces d'Ulaidh, Laigin, Muman et Connacht. Les huit pièces attaquantes étaient contrôlées par les quatre rois provinciaux, ce qui permettait aux pièces du centre de résister ou, si elles étaient menacées, de s'échapper vers le bord de l'échiquier, bien que le joueur ne se résolve à leur fuite qu'en dernier recours, quand il n'avait plus d'autre option.

— J'espère que nous aurons l'occasion de nous affronter, dit Rumann d'un air réjoui.

— Moi aussi, répondit poliment Fidelma, mais pour l'instant, je n'ai pas le temps.

Elle adressa un regard appuyé à Cass qui la suivit dans le corridor où elle lui annonça la nouvelle de la mort de Cathal. Ce n'était pas une surprise pour Cass, lui aussi s'y attendait depuis qu'ils avaient quitté Cashel.

— Votre frère hérite d'une lourde charge, observa Cass. Mais en ce qui nous concerne, je suppose que cela ne change pas grand-chose.

— Non. Mais le succès de notre tâche n'en est que plus pressant.

Puis Fidelma lui demanda s'il avait croisé Cétach ou Cosrach.

Cass secoua la tête.

— Comme si je n'avais pas assez de problèmes comme ça, s'énerva Fidelma. D'abord le mystère de la mort de Dacán et maintenant une énigme supplémentaire avec ces enfants.

Devant la perplexité de Cass, elle entreprit de lui conter sa rencontre avec Cétach et son entrevue plutôt désagréable avec Salbach.

— J'avais déjà entendu dire que Salbach était prétentieux, arrogant et coléreux, confessa Cass. J'aurais dû vous mettre en garde.

— Mieux valait que je me fasse une opinion par moi-même.

— D'après votre récit, il semblerait qu'il cherche à protéger Intat.

— Peut-être attend-il des preuves. Après tout, il vient de nommer Intat magistrat et cela le place dans une position difficile.

Ils furent interrompus par le tintement de la cloche pour le repas de midi.

— Laissons là ces intrigues pour l'instant, proposa Cass. Et allons retrouver les enfants qui iront sûrement au réfectoire. Je n'ai jamais connu un enfant qui refusait de manger. Et s'ils sont absents, je fouillerai l'abbaye cet après-midi.

— Voilà une excellente suggestion, Cass. Il faut que j'interroge la bibliothécaire et le professeur principal, responsable de l'enseignement à l'abbaye, sur le rôle du vénérable Dacán à Ros Ailithir.

Quand ils pénétrèrent dans le réfectoire, Fidelma jeta un coup d'œil circulaire mais Cétach et Cosrach n'étaient pas là. Pas plus que sœur Eisten. Après le déjeuner, Cass se lança aussitôt à leur recherche.

Alors que Fidelma sortait du réfectoire, elle entendit quelques étudiants qui hélaient un homme âgé de haute taille par son nom. Elle s'arrêta et observa attentivement frère Ségán, le *fer-leginn* du collège. Au premier abord, cet homme famélique semblait triste et ombrageux, mais il accueillit les salutations des écoliers avec un plaisir évident et entama avec eux une discussion animée, ponctuée d'éclats de rire.

Fidelma attendit que le petit groupe se sépare avant de l'aborder.

— Ah, vous êtes Fidelma de Kildare ? s'exclama frère Ségán avec un grand sourire.

Il lui tendit une main qu'elle serra dans la sienne.

— L'abbé Brocc m'avait prévenu de votre arrivée. Votre jugement en matière de droit criminel vous vaut une réputation enviable.

— Justement, j'aurais aimé vous entretenir du vénérable Dacán.

— Je m'en doutais un peu, figurez-vous. Venez avec moi.

Elle suivit le professeur dégingandé qui passa sous une arche et la mena jusqu'au *lúbgort*, de *lúb*, herbes aromatiques, et *gort*, lopin de terre cultivé entouré de clôtures. Même en cette saison tardive, la terre dégageait des senteurs délicieuses. Elle aimait les jardins clos, surtout ceux où l'on cultivait les simples, car elle s'y sentait en paix. Ils étaient seuls et frère Ségán la mena à un banc de pierre dans un petit *arboretum*. De l'autre côté de l'*arboretum* coulait une source, protégée par un petit mur de pierre rond tandis qu'à une poutre en bois supportée par des piliers venait s'accrocher une corde où l'on pouvait suspendre un seau.

— Voici la source miraculeuse de Fachtna, expliqua Ségán qui avait suivi le regard de Fidelma. C'est la source à l'origine de la communauté et la raison qui poussa le saint à choisir ce site. Aujourd'hui, nous disposons d'autres puits mais, pour nous, cette eau sacrée est celle de Fachtna.

Il croisa les jambes.

— Et maintenant, dit-il d'un ton brusque, posez-moi vos questions.

— Connaissiez-vous Dacán avant qu'il arrive à Ros Ailithir ? demanda-t-elle aussitôt.

Ségán secoua la tête.

— Seulement de réputation. C'était un érudit, un *ollamh* également *staruidhe*. Mais je ne l'avais jamais rencontré personnellement.

— Donc il enseignait l'histoire ?

Avant d'arriver à l'abbaye, Fidelma n'avait été informée que de ses compétences en théologie.

— Absolument, il s'agissait de son sujet de prédilection, confirma Ségán.

— Pour quelles raisons Dacán est-il venu à Ros Ailithir ?

Le professeur principal sourit.

— Mais nous jouissons d'une excellente réputation, ma sœur. Parmi nos nombreux étudiants et en plus des Bretons d'Angleterre et des natifs des cinq royaumes d'Éireann, nous comptons des Saxons et des Francs.

— Cela m'étonnerait que ce soit la renommée de Ros Ailithir qui ait motivé Dacán, fit observer Fidelma. Je crois qu'il a été attiré ici pour des raisons bien spécifiques.

Ségán réfléchit un instant.

— Vous avez peut-être raison, admit-il. Excusez ma vanité, j'avoue que cela m'aurait flatté qu'il se soit déplacé pour notre seule notoriété. Mais plus probablement désirait-il consulter les trésors de notre bibliothèque et il s'intéressait assez peu à nos études. En quoi consistaient ses recherches ? Je l'ignore. Pour cela, il vous faudra consulter notre bibliothécaire, sœur Grella.

— Vous appréciiez Dacán ?

Ségán prit son temps pour répondre.

— Je ne pense pas que ce soit le terme qui convient.

Il inclina un peu la tête et se mit à rire en silence.

— Il ne me déplaisait pas et, sur un plan intellectuel, nous nous entendions plutôt bien.

Fidelma pinça les lèvres.

— Voilà qui est inhabituel, lança-t-elle.

— Et pourquoi donc ?

— Parce que tous ceux que j'ai interrogés m'ont affirmé que Dacán était unanimement honni. Et je me demande si cela peut être un motif de meurtre. J'ai cru comprendre qu'il était austère, froid, ascétique et peu aimable.

Ségán riait maintenant à gorge déployée et sa gaieté était communicative.

— Ces qualificatifs sont fort insuffisants pour condamner un homme aux flammes de l'enfer. Si on se débarrassait de tous ceux qui nous déplaisent, la terre serait vite dépeuplée. Certes, Dacán n'avait rien d'un joyeux drille, il n'était pas vraiment réputé pour son sens de l'humour mais je le respectais en tant qu'érudit. Il ne m'inspirait pas de tendresse particulière mais de l'estime, certainement. Voilà qui résume mon attitude à son égard.

— En même temps qu'il étudiait, je crois qu'il enseignait l'histoire ?

— Oui, il s'intéressait à la période qui retrace l'arrivée de notre ancêtre Míl Easpain en Éireann, accompagné des enfants de Gaël et de son frère Amergin, celui qui promit à la déesse Éire que cette terre serait rebaptisée d'après son nom.

Fidelma s'arma de patience.

— Tout cela me semble parfaitement inoffensif, commenta-t-elle.

Nouveaux éclats de rire de Ségán.

— Franchement, ma sœur, vous ne vous imaginiez tout de même pas que Dacán ait pu être assassiné parce que quelqu'un n'appréciait pas sa personnalité ou son interprétation d'un chapitre de l'histoire ?

— Cela s'est déjà vu, répliqua Fidelma avec solennité. Les lettrés, quand ils s'affrontent, sont parfois pires que des bêtes sauvages.

Ségán hocha la tête.

— Je vous accorde que la barbarie fait aussi partie de notre lot, ma sœur. Certains historiens sont d'autant plus prisonniers de l'histoire qu'ils la retiennent prisonnière en eux-mêmes. Dacán se définissait avant tout comme un homme de son peuple...

— Que voulez-vous dire ? intervint Fidelma avec vivacité.

— Eh bien, il se montrait très fier de Laigin. Je me souviens qu'un jour lui et notre médecin-chef, frère Midach...

Il s'interrompit brusquement, l'air gêné.

— Poursuivez, l'adjura Fidelma. Pour composer la toile de fond sur laquelle se détache le crime, chaque détail est essentiel.

— Je ne voudrais pas faire une montagne d'une anecdote sans importance.

— La vérité est toujours bonne à dire, professeur. Et donc Dacán et frère Midach...

— ... se sont un jour disputés et ils en sont presque venus aux mains.

Fidelma écarquilla les yeux. Enfin un élément positif.

— Et sur quoi portait leur querelle ?

— Selon son habitude, Dacán chantait les louanges de Laigin et, apparemment, Midach a traité les habitants de Laigin d'étrangers, de Gaulois débarqués dans la province alors appelée Galles, des mercenaires venus aider le banni Labraid Loinseach à s'emparer du trône de son oncle Cobhthach. Midach affirmait que ces Gaulois étaient armés d'épées d'acier bleuté appelées *laigin*, et une fois Labraid installé sur le trône du pays de Galles, le royaume prit le nom des épées qui avaient valu sa victoire au nouveau souverain.

— J'ai déjà entendu cette version, dit Fidelma. Mais je croyais que Midach était originaire de Laigin ?

— Midach ? Mais qui vous a raconté cela ? Midach, né à la frontière de Laigin, méprise ce pays. Peut-être cela explique-t-il ses préjugés. Oui, je me souviens maintenant qu'il est natif d'Osraige.

— Osraige ?

Dans quelque direction qu'elle se tourne, Osraige et Laigin revenaient la hanter, comme s'ils faisaient corps avec le mystère qu'elle était chargée de résoudre.

— Mais pourquoi ne pas lui poser la question vous-même ? dit le professeur principal.

— Donc Midach a insulté Laigin devant Dacán, poursuivit Fidelma sans répondre à la question. Comment Dacán a-t-il réagi ?

— Il a traité Midach d'abruti ignorant et de coquin. Il a clamé que le royaume de Laigin était plus vieux que celui de Muman et qu'il tenait son nom d'un Mède, le descendant de Magog et Japhet, arrivé de Scythie avec trente-deux navires. Il jurait ses grands dieux que Liath, fils de Laigin, était le héros qui avait fondé le royaume.

— Comment expliquez-vous qu'une discussion aussi anodine ait pu ainsi dégénérer ?

— Chacun exposait son point de vue avec une extrême volubilité et refusait de céder, et la controverse tourna aux injures personnelles. Frère Rumann dut intervenir. Il les persuada de regagner leurs cellules et leur fit jurer de ne plus aborder ce sujet.

Fidelma se mordit la lèvre d'un air pensif.

— Et vous-même, vous êtes-vous querellé avec Dacán ?

Ségán secoua la tête.

— Non, je respectais cet homme et je l'ai laissé conduire ses cours comme il l'entendait. Je pense que la plupart de ses écoliers appréciaient son érudition, bien qu'il y ait eu des rumeurs de désaccords avec certains d'entre eux. Ce sont ces antagonismes qui ont poussé l'abbé Brocc à prendre le problème au sérieux. Il avait même demandé à frère Conghus de veiller à ce que Dacán ne provoque pas de dissensions trop violentes.

Fidelma se leva à regret.

— Vous m'avez beaucoup aidée, professeur.

Frère Ségán lui adressa un large sourire.

— Ma contribution se résume pourtant à bien peu de chose. Si vous avez encore besoin de moi, on vous indiquera où se trouvent mes appartements au collège.

Fidelma prit la direction de l'hôtellerie et, en traversant la cour pavée, elle tomba sur Cass. Le guerrier avait les traits tirés.

— J'ai cherché partout sœur Eisten et les deux garçons, annonça-t-il d'un air inquiet. Personne ne les a vus. Soit ils nous fuient pour d'obscures raisons, soit ils ont quitté l'enceinte de cette abbaye.

CHAPITRE IX

La bibliothécaire recevait ses sujets, trônant dans un fauteuil en bois sculpté, tout au fond d'une salle magnifique dont l'étendue et les voûtes étaient presque aussi impressionnantes que celles de l'église. L'édifice en imposa à Fidelma qui avait pourtant visité bon nombre de bibliothèques dans les cinq royaumes d'Éireann.

La plupart des livres n'étaient pas conservés sur des étagères. Chaque ouvrage, étiqueté et protégé par un *taig liubhair*, une sorte de sacoche en cuir, était pendu à l'une des patères qui s'alignaient le long des murs. En contemplant cette collection impressionnante, Fidelma se rappela l'histoire de la mort du très saint Longargán, un érudit des plus éminents, contemporain de Colum-Cille. La nuit où le bienheureux Longargán était tombé sans vie, toutes les sacoches d'Irlande contenant des livres étaient tombées avec lui, marquant ainsi symboliquement la perte immense pour le savoir et la spiritualité que représentait le décès de Longargán.

Les livres contenus dans les sacoches étaient souvent des ouvrages de référence, fréquemment consultés par les lettrés. Mais ici et là étaient entreposés des recueils d'une grande valeur, avec des couvertures magnifiquement enluminées, rehaussées d'émaux, d'or, d'argent, et même incrustées de pierres précieuses. On disait qu'Assicos, le chaudronnier de Patrick, avait fabriqué des reliures rectangulaires en cuivre pour mieux protéger les livres du saint homme. Certains de ces volumes étaient aussi placés dans des coffrets de bois ou de métal.

Quant aux baguettes d'orme et de coudrier où étaient gravés les textes en alphabet ogham, elles étaient rangées dans des coffres sculptés. Malheureusement, ces œuvres disparaissaient peu à peu car elles tombaient en poussière. Avant leur destruction, on les retranscrivait souvent sur des parchemins dans le nouvel alphabet.

Plusieurs personnes travaillaient dans la sombre *tech screptra* qui sentait le renfermé. Le jour filtrant par de hautes fenêtres étant insuffisant, des chandelles géantes brûlaient dans des supports en fer forgé, dégageant une odeur qui vous prenait à la gorge. Fidelma se disait qu'étudier à la lumière vacillante de ces bougies de suif devait être très pénible. Des scribes, assis à des tables spécialement étudiées pour leur tâche, se penchaient sur des feuilles de vélin. À la plume d'oie ou de cygne, le poignet reposant sur un appui-main, ils traçaient des lettres d'un dessin admirable, recopiant une œuvre ancienne pour la postérité. D'autres lisaient dans un silence traversé de soupirs et de bruissements de pages.

Fidelma s'avança dans les allées où s'alignaient les sacoches et passa près des tables où étudiaient des érudits. Personne ne leva la tête.

Elle arriva à l'extrémité de la *tech screptra* où la bibliothécaire, assise derrière un bureau posé sur une estrade, surveillait les lieux.

Fidelma n'imaginait pas Grella sous les traits d'une femme séduisante qui n'avait pas encore atteint la quarantaine. Petite et portée à l'embonpoint, elle avait l'esprit vif, de beaux cheveux bruns et des yeux sombres où brillait l'ironie. Cependant, au goût de Fidelma, sa bouche boudeuse et voluptueuse gâchait un peu son charme. À première vue, elle ne semblait pas vraiment à sa place dans une abbaye, et encore moins dans un lieu aussi austère. Elle était pourtant la bibliothécaire en chef de la congrégation. Et son physique sensuel n'empêchait pas sœur Grella d'arborer le maintien et les manières d'une reine.

L'attention qu'elle porta à Fidelma, la lueur de curiosité qui s'était allumée dans ses yeux, montrait qu'elle l'avait vue arriver de loin.

— Sœur Grella ? Je suis...

La dame leva sa jolie main, puis posa un doigt sur ses lèvres, se leva de son siège et lui fit signe de la suivre en direction d'une porte latérale.

De l'autre côté de la porte, Fidelma se retrouva dans une pièce remplie d'étagères où s'entassaient des livres. Sur une table entourée de sièges étaient posés des feuilles de vélin, un encrier conique et fermé ou *adirícín*, et des plumes accompagnées d'un petit couteau pour les tailler. Il s'agissait à l'évidence d'un cabinet de travail privé.

Sœur Grella referma la porte. D'un geste altier, elle désigna une chaise à Fidelma et s'assit en face d'elle en prenant une pose très étudiée.

— Je sais pourquoi vous êtes venue, dit sœur Grella d'une voix mélodieuse de soprano.

— Parfait, cela simplifiera ma tâche, répliqua Fidelma avec un sourire railleur.

La bibliothécaire haussa les sourcils sans mot dire.

— Vous occupez cet office à Ros Ailithir depuis longtemps, ma sœur ?

Visiblement, Grella ne s'attendait pas à pareille entrée en matière.

— Voilà huit ans que je suis *leabhar coimedach*, répondit-elle après une seconde d'hésitation.

— Et avant cela ?

— Je vivais dans une autre communauté.

Il s'agissait d'une question de routine mais Fidelma nota une certaine méfiance dans l'attitude de son interlocutrice, et elle se demanda ce qui la justifiait.

— Vous avez dû bénéficier de chaudes recommandations pour obtenir un poste aussi important que celui de bibliothécaire à Ros Ailithir si vous n'avez pas été formée dans ce monastère.

Sœur Grella eut un geste agacé.

— J'ai le grade de *sai*. Cela vous suffit-il ?

Fidelma savait que pour acquérir un tel degré de connaissance, il fallait étudier dans une école ecclésiastique pendant six ans, maîtriser les Saintes Écritures et posséder une excellente culture générale.

— Où avez-vous été éduquée ? demanda Fidelma, sincèrement intéressée.

Une fois encore, sœur Grella marqua un temps d'hésitation. Puis elle prit sa décision.

— Au monastère du bienheureux Colum-Cille, à Cealla.

Fidelma la regarda, abasourdie.

— Cealla en Osraige ?

— Je n'en connais pas d'autre, répliqua Grella d'un ton méprisant.

— Donc vous êtes originaire d'Osraige ?

Ce petit royaume pris entre Muman et Laigin surgissait à chaque détour de son enquête. Fidelma n'en revenait pas du nombre de connexions qui unissaient Ros Ailithir et Osraige.

— Oui. Cependant, permettez-moi de m'étonner. L'abbé Brocc m'a informée que vous étiez un *dálaigh* venu enquêter sur la mort de Dacán de Fearna. En quoi mon lieu de naissance et mon niveau d'instruction concernent-ils cette affaire ?

Fidelma l'observa d'un air pensif.

Cette femme était tendue. On distinguait par transparence les veines bleues sur son front blanc, sa bouche tremblait légèrement et ses muscles faciaux semblaient tétanisés.

Sa jolie main jouait nerveusement avec le crucifix en argent accroché autour de son cou.

— On m'a dit que le vénérable Dacán passait la majeure partie de son temps dans la bibliothèque, enchaîna Fidelma sans prendre la peine de répondre aux doléances de sœur Grella.

— En tant qu'érudit, cela me semble assez normal, non ?

— Depuis combien de temps résidait-il ici ?

— L'abbé vous a sûrement renseignée sur cette question.

— Exact, son arrivée remontait à deux mois.

La bibliothécaire à l'esprit vif n'était pas très coopérative, songea Fidelma. Elle avait donc intérêt à formuler ses questions avec soin si elle voulait en tirer des informations intéressantes.

— Et au cours de cette période, poursuivit Fidelma, il a passé le plus clair de son temps à faire des recherches. Sur quoi travaillait-il ?

— L'histoire.

— Je sais que son immense savoir inspirait le plus grand respect, répliqua Fidelma en s'armant de patience. Mais à quels ouvrages s'intéressait-il plus particulièrement ?

— Les ouvrages consultés ne concernent que le lettré et la bibliothécaire, répliqua sœur Grella d'un ton cassant.

Fidelma estima qu'il était grand temps qu'elle asseye son autorité.

— Sœur Grella, dit-elle d'une voix si douce que la bibliothécaire dut se pencher vers elle pour saisir ses paroles. Je suis un *dálaigh* chargé d'enquêter sur un meurtre, et j'ai atteint le niveau d'*anruth*. Toute personne que je désire interroger est tenue de m'obliger. Je suis certaine qu'en tant que *sai* vous êtes parfaitement consciente de cette astreinte. Et maintenant je vous prierai de me répondre sans tergiverser davantage.

Fidelma avait élevé peu à peu la voix et sœur Grella ouvrait de grands yeux remplis d'une colère mal contrôlée devant cette femme plus jeune qu'elle qui se permettait de la traiter comme une subalterne. Elle était visiblement peu habituée à être ainsi rudoyée : le rouge lui monta aux joues, elle avala sa salive et s'éclaircit la voix.

— Quels livres étudiait-il ? répéta Fidelma.

— Il... il s'intéressait à nos ouvrages qui traitent de... l'histoire d'Osraige.

Encore ! Fidelma fixait la bibliothécaire qui s'était de nouveau retranchée derrière une froideur de bon aloi.

— Osraige ? Mais pourquoi une abbaye située sur les terres des Corco Loígde posséderait-elle des ouvrages sur un royaume situé à des miles d'ici ?

Un petit sourire supérieur passa sur les lèvres de sœur Grella. Brusquement, elle parut ordinaire.

— En dépit de vos qualifications juridiques, Fidelma de Kildare, je constate que vous avez des lacunes.

Fidelma haussa les épaules d'un air détaché.

— Tout le monde est un débutant dans le commerce d'un autre. La loi me suffit et je laisse l'histoire aux historiens. Ayez la bonté d'éclairer mon ignorance.

— Il y a deux siècles, un chef d'Osraige du nom de Lugne se rendit dans les terres des Corco Loígde et fit la connaissance de la fille du chef, Liadán. Ils vécurent quelque temps non loin d'ici et eurent un fils qu'ils appelèrent Ciarán. Il devint l'un des grands apôtres de la foi en Irlande.

Fidelma avait suivi son récit avec attention.

— J'ai lu l'histoire de la naissance du bienheureux Ciarán qui raconte comment sa mère Liadán, alors qu'elle dormait, reçut dans la bouche une étoile tombée du ciel. C'est ainsi qu'elle serait tombée enceinte.

La bibliothécaire faillit s'étrangler d'indignation.

— Les conteurs aiment embellir les faits à leur fantaisie mais la vérité, c'est que le père de Ciarán était Lugne d'Osraige.

— Je vous crois volontiers, dit aussitôt Fidelma d'un ton conciliant, mais avouez que les biographies des grands apôtres d'Irlande varient souvent.

— Je vous parlais des liens qui unissent Osraige et les Corco Loígde, répliqua la bibliothécaire avec aigreur. Vous êtes sûre que cela vous intéresse ?

— Oui, continuez.

— À cette époque, il y a deux siècles, la majorité des gens n'avaient pas encore entendu la parole du Christ et quand Ciarán atteignit l'âge adulte, après la mort de son père, il partit convertir le peuple du royaume d'Osraige à la nouvelle foi. Il en devint le saint patron, même s'il avait choisi d'installer sa communauté à Saighir, juste au nord de ses frontières. Voilà pourquoi on le connaît sous le nom de Ciarán de Saighir.

Fidelma connaissait tout cela par cœur mais, cette fois, elle tint sa langue.

— J'accepte volontiers que le père de Ciarán ait été originaire d'Osraige et sa mère des Corco Loígde. Dacán travaillait-il à une biographie de Ciarán ?

— Quand Ciarán s'en alla porter la bonne parole aux Osraige, il emmena avec lui des fidèles des Corco Loígde dont sa mère, Liadán, qui fonda une communauté de religieuses non loin de Saighir. Son parent et plus proche ami, Cúcraide mac Duí, comptait parmi ces fidèles et, après la victoire de Ciarán sur le roi païen d'Osraige, il lui succéda sur le trône.

Fidelma dressa l'oreille.

— Ce qui expliquerait le choix des chefs des Corco Loígde pour gouverner Osraige.

— Exactement. Pendant deux siècles, la famille des chefs des Corco Loígde a régné sur Osraige, ce qui a parfois soulevé des protestations. Au cours du siècle dernier, plusieurs rois d'Osraige, originaires des Corco Loígde, ont été tués par des hommes de leur peuple. Je pense à Feradach, assassiné dans son lit.

— Scandlán, le cousin de Salbach, vient aussi des Corco Loígde ?

— Oui.

— Et les luttes n'ont pas cessé autour de la couronne ?

— Tant que la lignée d'origine des rois d'Osraige ne sera pas rétablie dans son droit, les conflits se poursuivront.

La véhémence de Grella n'échappa point à Fidelma.

— Cela explique-t-il l'intérêt que Dacán portait aux relations entre Osraige et les Corco Loígde ?

Grella fut immédiatement sur ses gardes.

— Il étudiait nos textes sur l'histoire d'Osraige, c'est tout ce que je sais.

Fidelma poussa un soupir d'exaspération.

— Mais enfin cela tombe sous le sens. Dacán était originaire de Laigin. Laigin revendique depuis longtemps la suzeraineté sur Osraige. Imaginons que Laigin désire remettre les rois natifs d'Osraige sur le trône à condition qu'ils prêtent allégeance à Laigin et non à Cashel. Dans cette perspective, on charge Dacán d'effectuer certaines recherches. Cela se tient, qu'en pensez-vous ?

Grella rougit, pinça les lèvres, et Fidelma comprit

qu'elle avait touché juste. La bibliothécaire savait exactement sur quoi travaillait le vieil érudit.

— Avouez que Dacán a été envoyé ici par Fianamail ou Noé de Fearna, qui est le conseiller du nouveau roi, afin de retracer l'histoire de la royauté d'Osraige pour présenter une requête contre les Corco Loígde devant l'assemblée du haut roi. N'ai-je pas raison ?

Grella demeura silencieuse, défiant Fidelma du regard. Le visage de Fidelma se détendit en un large sourire.

— Vous voilà placée dans une position difficile, Grella. En tant que femme d'Osraige, vous semblez appuyer la lignée d'origine qui a été renversée. Et de mon point de vue, les motivations de Dacán pour venir à Ros Ailithir sont maintenant claires. Alors pourquoi a-t-il été tué ? Pour empêcher qu'il informe Laigin de ses découvertes ?

Sœur Grella ne broncha pas.

— Je vous écoute, Grella, insista Fidelma. Chacun est libre de ses opinions et si vous soutenez les rois natifs de votre pays, cela signifie également que vous n'aviez pas de mobile pour tuer Dacán.

Les yeux de Grella étincelaient de colère.

— Moi ? Tuer Dacán ? Comment osez-vous suggérer...

Elle se mordit la lèvre puis reprit d'une voix plus calme :

— J'ai mes convictions, comme tout le monde, et pour moi le legs de Ciarán pèse comme une pierre autour de notre cou. Mais je ne suis pas une révolutionnaire et ne cherche pas à infléchir le cours de l'histoire.

Fidelma se renversa sur son siège. Elle venait de faire un grand pas en avant. Manque de chance, il soulevait plus de mystères qu'il n'en résolvait.

— Donc vous procurez à Dacán des textes anciens afin qu'il rassemble une documentation destinée au nouveau roi de Laigin. Ces textes auraient sans doute permis à Fianamail de déposer une nouvelle requête devant le haut roi pour la restitution d'Osraige.

Sœur Grella restait muette.

— Dacán prenait des notes pour préparer une étude qu'il rapporterait à Laigin, insista Fidelma.

— Oui, je vous l'ai déjà dit, lâcha Grella, exaspérée.

— Mais alors, où entreposait-il ses écrits ?

Sœur Grella fit la grimace.

— Dans sa cellule, je suppose.

— Cela vous surprendrait-il si je vous apprenais que nous n'y avons découvert que des plumes, de l'encre... et des feuilles de vélin vierges ? Et j'oubliais ceci.

Elle sortit des plis de sa robe la baguette de coudrier trouvée dans la chambre de Dacán.

Grella s'en saisit et examina l'inscription qui y était gravée.

— Ce texte appartient à la *Chanson de Mugain*, la fille de Cúcraide mac Duí, le premier Corco Loígde à être monté sur le trône d'Osraige. Il retrace une partie de la généalogie des rois originaires d'Osraige. Je ne savais même pas que ce « bâton de poète » était sorti de la bibliothèque.

Elle se rendit dans un coin de la pièce, ouvrit plusieurs coffres et trouva celui qu'elle cherchait.

— Oui, il s'agit d'un bâton de cette collection.

— C'est écrit dans un style curieux, plus proche d'un testament que d'une généalogie, fit remarquer Fidelma.

Grella plissa les yeux.

— Vous comprenez l'ogham ? demanda-t-elle d'un ton brusque.

— Oui.

— Eh bien, apprenez que le symbolisme de ce texte est d'ordre poétique.

— Il semblerait que Dacán ait emporté ces baguettes dans sa cellule pour en retranscrire les inscriptions et, quand il les a rapportées, il en a oublié une, tombée du lot. C'était dans ses habitudes d'emprunter des ouvrages à la bibliothèque ?

Grella secoua la tête.

— Pas du tout. Il gardait ses recherches secrètes et étudiait ici, dans mon bureau personnel, et rien n'est jamais sorti de cette pièce.

— Alors quelqu'un aura subtilisé un ou plusieurs bâtons de la *Chanson de Mugain*. Sinon, comment cette baguette serait-elle arrivée dans la chambre de Dacán ?

— Je n'ai pas de réponse à cette question.

— Et il n'a jamais rien entreposé ici ?

Sœur Grella réintégra son siège.

— Si tel est le cas, je n'en ai jamais été informée, répondit-elle avec raideur.

— Connaissiez-vous Assíd, le marchand ?

Le changement de sujet était tellement abrupt que sœur Grella lui demanda de répéter sa question.

— Je l'ai rencontré au repas du soir, la nuit de la mort de Dacán, répondit la bibliothécaire. En quoi cela concerne-t-il notre affaire ?

— Selon vous, Dacán connaissait-il Assíd ?

— Assíd était originaire de Laigin. La plupart des habitants du royaume connaissaient Dacán de nom.

— Je pense que c'est Assíd qui a colporté la nouvelle de la mort de Dacán à Fearna, poursuivit Fidelma. Seule une *barc* pouvait atteindre Laigin avec une telle rapidité.

— Sans doute, mais je ne peux rien affirmer.

— Croyez-vous possible qu'Assíd ait emporté les notes de Dacán ?

— Selon vous il les aurait volées ? interrogea Grella qui ne semblait pas particulièrement surprise à cette idée.

— Pourquoi pas ?

— Donc vous soupçonnez Assíd d'avoir tué Dacán ?

— Je n'ai pas encore atteint une telle conclusion, répliqua Fidelma en se levant.

Sœur Grella l'observait d'un air impassible.

— Une telle explication permettrait au roi de Cashel de trouver une échappatoire.

L'ombre d'un sourire passa sur les lèvres de Fidelma.

— Comment cela ?

— Eh bien, si Dacán a été tué par un homme de Laigin, exiger la restitution d'Osraige comme prix de l'honneur n'aurait plus de sens.

— Exactement, répliqua Fidelma avec une désinvolture provocante.

Puis elle tourna le dos à sœur Grella et regagna la *tech screptra* où régnait un silence que seuls venaient troubler les soupirs, les grincements de plumes et les bruissements des feuilles de vélin.

Une personne attira son regard au milieu des porte-livres, pour la bonne raison qu'elle s'appliquait tellement à passer inaperçue qu'on ne voyait plus qu'elle. Aurait-elle examiné les sacoches avec plus de naturel, songea Fidelma, qu'elle n'y aurait pas prêté attention. Mais après tout, si la jeune et enthousiaste sœur Necht ne voulait pas être vue, pourquoi la contrarier ?

En sortant de la bibliothèque à l'air confiné, Fidelma respira l'air frais avec plaisir et resserra sa mante autour d'elle. Mais le temps avait tourné à l'orage et une pluie fine se mit à tomber. Elle accéléra le pas en direction de l'hôtellerie.

Dans le hall d'entrée, frère Rumann avait fait allumer un grand feu que la religieuse accueillit avec gratitude, car le mauvais temps la rendait mélancolique. Elle se demanda si sœur Eisten et les enfants avaient réapparu. En se rendant dans leurs chambres, elle trouva les portes ouvertes et les pièces vides. Non seulement cela, mais elles donnaient l'impression de n'avoir jamais été occupées.

Inquiète, Fidelma se précipita à l'*officium* de frère Rumann. Le corpulent cénobite était assis devant son *brandubh*, apparemment affairé à élaborer de nouvelles stratégies.

Il releva la tête d'un air ahuri quand Fidelma fit irruption dans la pièce après un coup bref frappé à la porte.

— Ah, c'est vous, ma sœur.

Son visage se plissa en un sourire enfantin.

— Vous êtes venue me défier ?

— Pas maintenant, frère Rumann. J'aimerais savoir ce qu'il est advenu aux enfants.

— Les enfants ?

— Les enfants de Rae na Scríne.

Son visage joufflu refléta la perplexité.

— Ils ont été envoyés chez frère Midach après le repas de midi. Vous vouliez les voir avant qu'ils s'en aillent ?

— Ils sont partis ?

— Frère Midach devait s'assurer qu'ils étaient bien rétablis afin que cette bonne sœur Aíbnat puisse les emmener à l'orphelinat près de la côte, qu'elle dirige avec frère Molua. À mon avis, ils sont déjà loin.

— Tous ?

— Je le crois, oui. Frère Midach vous renseignera.

Fidelma courut d'une traite jusqu'à l'hôpital, sous les regards étonnés ou réprobateurs des religieux qu'elle croisait.

Elle pénétra directement dans l'officine du médecin

qui était seul, et travaillait à broyer des plantes médicinales au moyen d'un mortier et d'un pilon.

Il releva la tête, interloqué.

Frère Midach, un homme au visage rond et avenant, confirma Fidelma dans sa conviction que tous les médecins avaient un solide sens de l'humour. Des rides d'expression plissaient le coin de ses yeux et on ne distinguait plus très bien où commençait sa tonsure et où sa calvitie, car il était presque chauve. Ses lèvres étaient minces, ses yeux bruns chaleureux et il portait une barbe de plusieurs jours.

— Je suis Fidelma de Kildare, lança la religieuse d'une voix essoufflée.

Le médecin l'examina attentivement sans pour autant interrompre sa tâche.

— Je sais que vous avez parlé à mon collègue, frère Tóla, grommela-t-il. C'est lui que vous cherchez ?

— Non. On m'a dit que vous aviez examiné les enfants de Rae na Scríne.

Le médecin haussa des sourcils broussailleux.

— C'est exact. L'abbé a pensé qu'il valait mieux les adresser à frère Molua, qui dirige un petit orphelinat près de la côte. Sœur Aíbnat les a emmenés là-bas.

Fidelma ne put cacher sa déception.

— Donc ils sont déjà loin ?

Midach hocha distraitement la tête.

— Ici, nous ne disposons d'aucune installation pour les enfants. Les deux petites filles sont en excellente santé et plus vite le jeune Tressach rejoindra des camarades de son âge, mieux il se portera. Je vous assure qu'ils seront beaucoup plus heureux chez Molua.

Fidelma, qui s'apprêtait à sortir, se figea.

— Vous n'avez rien dit des deux frères, Cétach et Cosrach.

Midach l'observa de ses yeux sombres devenus brusquement insondables.

— Quels frères ? Je n'ai vu que deux sœurs.

— Les garçons aux cheveux noirs ! s'exclama Fidelma qui ne parvenait plus à contenir son angoisse.

Midach interrompit sa tâche.

— Je ne connais pas ces garçons. On m'a demandé d'examiner deux petites filles et un gamin de huit ans.

— Mais si ! Un adolescent de quatorze ans et un autre d'une dizaine d'années !

Perplexe, Midach secoua la tête.

— Frère Rumann aurait-il commis une erreur ? En tout cas...

Fidelma ne l'écoutait déjà plus.

Quand elle pénétra en trombe dans l'*officium* de frère Rumann, il sursauta, envoyant promener les pièces de son damier sous l'effet de la surprise.

— Les deux garçons aux cheveux noirs, Cétach et Cosrach, où sont-ils ? lança-t-elle d'une voix entrecoupée.

Frère Rumann la considéra d'un air désolé et baissa la tête sur son *brandubh*.

— Franchement, ma sœur, quelle impatience ! J'étais presque arrivé à mettre au point un nouveau stratagème. Une merveilleuse façon de...

Il s'arrêta brusquement en voyant son visage bouleversé.

— Mais enfin que se passe-t-il ?

— Je cherche Cétach et Cosrach.

Frère Rumann commença à remettre les pièces éparpillées en place.

— Je vous ai déjà expliqué qu'ils avaient été confiés à la garde de sœur Aíbnat.

— Frère Midach affirme qu'il n'a vu que les deux filles, Ciar et Cera, et le petit blond, Tressach. Où sont passés les deux autres ?

Frère Rumann se mit lentement sur ses pieds, l'air très ennuyé, serrant convulsivement dans ses mains un haut roi et un roi de Muman.

— Vous êtes certaine qu'ils ne sont pas partis chez Molua ? demanda-t-il d'une voix où perçait l'incrédulité.

— Frère Midach ne les a jamais vus, répliqua Fidelma avec une patience exagérée.

— Où ont-ils bien pu se cacher ? Satanés enfants ! Ils devaient absolument se joindre aux autres. Maintenant, il va falloir organiser un second voyage.

— Quand les avez-vous rencontrés pour la dernière fois ?

— Je ne me souviens pas. Peut-être quand Salbach est arrivé ici. Je les ai aperçus alors qu'ils bavardaient avec sœur Necht dans leur chambre. L'ordre de l'abbé Brocc de les envoyer à l'orphelinat m'est parvenu peu de temps après.

— Connaissez-vous des endroits où ils auraient pu aller se réfugier ? demanda Fidelma qui se rappelait à quel point Cétach était terrorisé par Salbach.

Et s'ils avaient disparu en attendant que Salbach quitte l'abbaye ? Peut-être n'osaient-ils pas réapparaître, persuadés qu'il était toujours dans la place ?

— Ici, les cachettes sont innombrables, objecta Rumann. Mais ne vous inquiétez pas, ma sœur. Les vêpres vont bientôt sonner et la cloche du repas les fera sortir de leur trou.

Fidelma ne semblait pas convaincue.

— Déjà à midi, mon attente a été déçue. Si vous croisez sœur Eisten, dites-lui que j'aimerais la voir.

Frère Rumann acquiesça d'un air absent et se concentra à nouveau sur son *brandubh*.

De retour dans sa chambre, Fidelma, épuisée, s'allongea sur son lit. Elle regrettait amèrement de ne pas avoir précisé à Brocc de garder les enfants de Rae na Scríne à l'abbaye, le temps qu'elle comprenne de quoi il retournait. Il ne lui était pas venu à l'idée qu'il les ferait transférer aussi rapidement chez frère Molua.

À croire que chaque énigme résolue multipliait les mystères.

Les mains croisées derrière la tête, absorbée dans la contemplation du plafond, elle s'interrogeait sans relâche. Que signifiait la prière que lui avait adressée Cétach au pied de l'escalier qui menait chez l'abbé ? Pour quelles raisons ces enfants s'étaient-ils évanouis dans la nature ? Pourquoi Salbach émettait-il des doutes sur les accusations qu'elle portait contre Intat ? Et si ces événements étaient liés à la mort de Dacán ?

Elle poussa une exclamation de dépit.

Jusqu'à présent, difficile de donner un sens à cette succession d'événements. Elle avait bien élaboré une ou deux théories, mais le vieux brehon Morann ne l'avait-il pas mise en garde contre les hypothèses dénuées de fondement ? « Pour faire du fromage, il faut d'abord traire les vaches », disait-il en agitant un doigt moqueur. Mais, en l'occurrence, le temps qui s'écoulait, inexorable, jouait contre elle.

Elle se demanda ce que ressentait Colgú maintenant qu'il avait été couronné roi de Muman. La situation difficile qu'il devait affronter redoublait ses angoisses.

Avec cette guerre qui menaçait le royaume, le temps du deuil pour Cathal mac Cathail serait bref. Accablée par ses responsabilités, elle regretta une fois de plus l'intelligence et la présence réconfortante d'Eadulf de Seaxmund's Ham, puis sentit une vague de culpabilité l'envahir sans qu'elle en saisisse bien la portée.

Soudain, une porte claqua et elle se redressa. Maintenant, quelqu'un courait dans le hall du rez-de-chaussée et grimpait les escaliers quatre à quatre. Des pas aussi précipités n'auguraient rien de bon. Elle sauta de son lit, ouvrit sa porte et se retrouva nez à nez avec Cass qui se tenait sur le seuil, pantelant et le visage altéré.

Il s'avança jusqu'au milieu de la pièce et se retourna vers elle, les bras ballants.

— Sœur Fidelma !

Il s'interrompit pour reprendre sa respiration tandis qu'elle le fixait, interdite, se demandant ce qui avait bien pu bouleverser à ce point le jeune guerrier. Elle déduisit à son essoufflement qu'il avait parcouru une certaine distance. Un homme comme lui, en parfaite forme physique, ne suffoquait pas aisément.

— Eh bien, Cass ? demanda-t-elle sur un ton apaisant. Que se passe-t-il ?

— On a retrouvé sœur Eisten.

Elle lut dans ses yeux ce qu'il avait tant de peine à lui dire.

— Elle est morte ? demanda-t-elle d'une voix douce.

— Oui, confirma Cass, accablé.

CHAPITRE X

Le corps était étendu au bord de l'eau sur la plage sablonneuse, juste sous les murs de l'abbaye. La nuit tombait, mais un groupe de pêcheurs, d'écoliers et de religieux s'était rassemblé autour de la jeune femme, poussé par une curiosité morbide. Certains brandissaient des torches pour éclairer la scène. Fidelma suivit Cass et nota que frère Midach était déjà présent sur les lieux, occupé à examiner le cadavre. Un frère d'un certain âge, secoué par une toux irrépressible, tenait une lanterne afin de permettre à Midach d'accomplir sa sinistre tâche. Ceux qui avaient découvert la jeune cénobite sans vie l'avaient certainement envoyé chercher. Dans la lumière vacillante, Fidelma remarqua qu'il semblait choqué.

— Faites reculer ces gens, murmura Fidelma à l'attention de Cass, et veillez à ce que ceux qui ont trouvé le corps ne s'éloignent pas.

Elle rejoignit frère Midach et se pencha sur sœur Eisten.

Ses vêtements étaient imbibés d'eau, ses cheveux plaqués par mèches sur son visage blafard et ses traits tordus par l'angoisse d'une mort violente. Autour de son cou rond et meurtri, elle portait toujours sa magnifique croix incrustée de pierres semi-précieuses.

— Un spectacle plutôt désagréable, grommela Midach en remarquant la présence de Fidelma. Levez bien la lanterne, Martan, ajouta-t-il d'une voix forte à l'adresse de l'apothicaire.

— Pensez-vous qu'elle se soit suicidée ?

Midach fixa pensivement Fidelma.

— Qu'est-ce qui vous amène à poser cette question ?

— Elle a reçu un choc terrible quand Rae na Scríne a été incendié et elle aurait pu s'accuser de n'avoir pas su empêcher ce drame. Quand le bébé qu'elle avait sauvé est mort, quelques heures après notre départ du village détruit, elle a été prise de malaise. Je l'ai croisée ce matin et elle semblait très déprimée. Et puis, le vol n'était pas le motif de l'agression qu'elle aurait subie puisque son précieux crucifix est intact.

— Votre logique ne manque pas d'intérêt mais non, elle ne s'est pas suicidée.

Fidelma jeta un bref coup d'œil au médecin.

— Sur quoi vous appuyez-vous ?

Frère Midach demanda à frère Martan d'approcher sa lanterne et il tourna légèrement la tête d'Eisten.

Fidelma constata une plaie béante à la base du crâne que même son immersion dans la mer n'avait pas lavée du sang coagulé.

— Elle a été attaquée par-derrière ?

— Oui, confirma Midach. On l'a assommée, puis on l'a jetée à l'eau.

— Donc il s'agit d'un meurtre ?

Frère Midach poussa un profond soupir.

— La conclusion s'impose. Malheureusement, ce n'est pas tout. Si vous avez l'estomac solide, ma sœur, regardez donc ses mains et ses bras.

Fidelma s'exécuta. Les blessures et les brûlures parlaient d'elles-mêmes.

— Elle ne se les est sûrement pas infligées toute seule, murmura Fidelma.

— Non, elle a été attachée et torturée avant son exécution. Regardez ces marques autour des poignets. On distingue bien la trace d'une corde. Et après l'avoir tuée, le meurtrier a défait les liens et l'a jetée à la mer.

Pétrifiée, Fidelma ne pouvait s'arracher à la contemplation de la jeune femme qui avait connu un sort si tragique.

— Avec votre permission, mon frère...

Elle se pencha et saisit les mains glacées de la morte dont elle examina attentivement les doigts et les ongles. Frère Midach la regardait faire avec curiosité. Fidelma grimaça, apparemment déçue.

— J'espérais qu'elle aurait lutté avec son agresseur et arraché un élément qui nous aurait fourni un indice, expliqua-t-elle.

— Malheureusement, le coup fatal lui a été porté par-derrière alors qu'elle ne s'y attendait pas. Probablement par un homme.

— Vous croyez ? dit brusquement Fidelma.

Midach haussa les épaules.

— J'imagine mal une femme agissant de la sorte, mais je peux me tromper.

Fidelma se mordit la lèvre et ne répondit rien.

Frère Midach se leva, épousseta le sable de sa robe de bure, fit signe à deux frères qui se tenaient dans l'ombre de s'avancer et leur demanda de transporter le corps jusqu'au *mortuarium*.

— Je vais de ce pas informer l'abbé des événements, déclara-t-il.

— Dites-lui que je m'entretiendrai avec lui de cette affaire dans quelques instants, dit Fidelma en se redressant à son tour.

Puis elle regarda en direction du petit groupe qui se tenait un peu à l'écart sous la surveillance de Cass.

— Croyez-vous que ce meurtre soit lié à celui du vénérable Dacán ? s'enquit Midach.

— C'est ce que j'espère bien découvrir, murmura Fidelma.

Midach hocha la tête et s'éloigna à grands pas, suivi de frère Martan qui tenait haut sa lanterne pour éclairer le chemin.

Fidelma rejoignit les badauds. Peu désireux d'être impliqués dans ce drame, ils étaient brusquement pressés de partir, cela se lisait dans leurs yeux éclairés par la lampe que Cass s'était procurée.

— Qui a découvert le corps ? demanda Fidelma en les dévisageant à tour de rôle.

Deux vieux pêcheurs qui tenaient des torches échangèrent des regards inquiets.

— Vous n'avez nulle raison de vous alarmer, les rassura Fidelma. Tout ce que je veux savoir, c'est où et comment vous avez trouvé cette femme.

Un des pêcheurs, au visage buriné par les embruns, s'avança d'un pas traînant.

— Eh bien, j'étais avec mon frère, commença-t-il d'une voix hésitante, puis il s'arrêta.

— Je vous en prie, poursuivez, l'encouragea Fidelma d'une voix douce.

— On naviguait près du bateau de guerre de Laigin, la lumière commençait à baisser et on avait décidé de jeter une dernière fois nos filets avant de rentrer. En les ramenant dans la barque on a cru qu'on avait fait une grosse prise et puis...

Il fit le signe de croix.

— On a vu le corps de la sœur.

— Vous étiez très éloignés du navire de Laigin ?

— Il se tient à l'entrée de la crique mais dans des eaux profondes. En hiver, les aiglefins y trouvent plein de vers et de mollusques. Ils apprécient bien ces fonds.

Le pêcheur cracha d'un air dégoûté.

— Et voilà que ce maudit navire s'amène et il se plante juste sur la pêcherie.

Fidelma afficha un air navré.

— Je comprends. Donc, avec votre frère, vous vous en êtes approchés le plus près possible ?

— Exactement. On a repêché cette pauvre religieuse à quelques mètres de la coque. Et puis on l'a tout de suite ramenée sur la plage et on a donné l'alarme.

Cass, qui se tenait près de Fidelma, se pencha vers elle.

— Serait-il imaginable qu'elle ait été jetée du bateau de Laigin ? chuchota-t-il.

Fidelma l'écouta sans répondre et tourna à nouveau son attention vers les pêcheurs qui se balançaient d'un pied sur l'autre, visiblement mal à l'aise.

— Expliquez-moi comment circulent les courants dans la baie, leur demanda-t-elle.

L'un des deux se frotta pensivement le menton.

— En ce moment, la marée pousse à la côte, ça tourbillonne autour du cap et des rochers.

— Donc le corps aurait pu être jeté à la mer de n'importe quel point de la côte ?

— De ce côté-ci de la péninsule et aussi de l'autre côté, ma sœur. Il a très bien pu faire le tour avant d'arriver jusqu'à la crique.

— À cette heure, un corps est forcément ramené vers le rivage et ne peut pas être entraîné au large, c'est bien cela ?

— Tout à fait, confirma le pêcheur.

— Très bien, je n'ai plus besoin de vous.

Puis elle ajouta d'une voix forte à l'adresse des badauds :

— Rentrez chez vous !

Maintenant, le petit groupe de curieux serait bien resté et il se dispersa à regret.

Cass scrutait la baie d'un œil plein de suspicion. Fidelma suivit son regard. Des lumières scintillaient sur le bateau de guerre.

— Vous savez ramer, Cass ? demanda abruptement Fidelma.

— Bien sûr. Mais...

— Je crois qu'il est grand temps que nous rendions une petite visite à nos amis de Laigin.

— Est-ce bien raisonnable ? Et si sœur Eisten avait été assassinée sur ce navire ?

— Nous n'avons pas le moindre élément de preuve qui nous permette de nous orienter vers cette hypothèse, répliqua calmement Fidelma. Venez, on va emprunter une barque.

Les cloches des vêpres carillonnèrent et elle s'immobilisa.

Cass leva sa lanterne et la lumière éclaira son visage. Il semblait profondément désolé.

— Nous allons manquer le dîner, protesta-t-il.

Fidelma eut un petit rire moqueur.

— À notre retour, nous trouverons bien quelques restes pour vous rassasier.

Fidelma, assise à la poupe de la barque, tenait la lanterne tandis que Cass ramait d'un mouvement ample et sûr, propulsant l'embarcation vers le vaisseau dans les eaux sombres et grondantes du bras de mer. En s'approchant, ils virent des lanternes qui illuminaient le pont du navire, et des hommes qui s'agitaient dans l'ombre.

Alors qu'ils n'étaient plus qu'à quelques mètres, une voix les interpella.

— Répondez, souffla Fidelma tandis que Cass suspendait les rames au-dessus de l'eau.

— Ohé, Laigin ! cria le guerrier. Un *dálaigh* de la cour des brehons demande à monter à bord.

Il y eut quelques secondes de silence avant que la voix ne réponde :

— Permission accordée, soyez les bienvenus !

On jeta un cordage à Cass pour qu'il assure la barque tandis que Fidelma grimpait avec agilité à l'échelle de corde et enjambait le bastingage.

Elle se retrouva face à six marins à la mine patibulaire qui la fixaient d'un air perplexe.

Cass la rejoignit. Un homme dont elle ne distinguait pas les traits s'avança d'une démarche chaloupée, toisa Fidelma et s'adressa à Cass.

— Que voulez-vous, *dálaigh* ? demanda-t-il d'un ton rogue.

— Vous vous trompez d'interlocuteur, lança Fidelma d'un ton cassant. Je suis la sœur Fidelma de Kildare, *dálaigh* de la cour des brehons.

L'homme eut tôt fait de réprimer un mouvement de surprise.

— De Kildare, hein ? Vous représentez Laigin ?

Pour compliquer les choses, le monastère de Kildare était effectivement situé sur les terres de Laigin.

— Non, répliqua Fidelma, j'appartiens à la communauté de Kildare mais, dans l'affaire qui nous intéresse, je représente le royaume de Muman.

Le marin se balança d'un pied sur l'autre.

— Écoutez, ma sœur, je ne voudrais pas paraître inhospitalier, mais vous êtes sur un bateau de guerre du roi de Laigin et, par là même, soumis à sa juridiction. Vous n'avez donc rien à faire ici.

— Laissez-moi vous rappeler les lois de la mer, répliqua Fidelma en détachant ses mots.

Elle aurait vivement souhaité en connaître davantage sur le sujet, mais décida de parier sur l'ignorance du marin.

— Premièrement, je suis un *dálaigh* enquêtant sur un assassinat. Deuxièmement, votre bateau, même s'il bat pavillon de Laigin, est ancré dans une crique de Muman. Or il n'a pas sollicité d'autorisation pour jouir de son hospitalité.

— Détrompez-vous, ma sœur, déclara le marin sur un ton triomphant. Nous avons mouillé dans cette crique en plein accord avec Salbach, le chef des Corco Loígde.

Fidelma remercia le ciel qu'aucune lanterne n'éclaire en ce moment son visage pétrifié par la stupeur. Était-il possible que Salbach ait donné toute latitude à ce navire de guerre pour intimider l'abbaye de Ros Ailithir ? Qu'est-ce que cela signifiait ? Si elle s'avouait vaincue et reprenait la mer sous les quolibets de ces hommes, elle n'en saurait jamais rien. Il ne lui restait plus que la ruse. Comme le disait le brehon Morann, « sans un certain degré de mystification, toute grande entreprise est vouée à l'échec ».

— Je veux bien croire que le chef des Corco Loígde vous a donné son aval, mais il demeure inopérant sans celui du roi de Cashel.

— Cashel est bien loin, ma sœur, ricana le marin. Et ce que le roi de Cashel ignore, il ne peut le gouverner.

— En tant que sœur de Colgú, roi de Cashel, je suis habilitée à parler en son nom.

Il y eut un silence et elle entendit le marin souffler bruyamment.

— Très bien, madame, répondit-il d'un ton tout de suite plus respectueux. En quoi puis-je vous être utile ?

— Je voudrais m'entretenir en privé avec le capitaine de ce navire.

— Je suis le capitaine. Suivez-moi.

Fidelma se tourna vers son compagnon.

— Attendez-moi ici, Cass. Je n'en aurai pas pour longtemps.

À la lumière des lanternes qui se balançaient dans la nuit, le guerrier parut contrarié.

L'officier la conduisit jusqu'à la poupe du vaisseau, d'où ils accédèrent à une cabine sous le pont. Étroite et encombrée, elle dégageait une odeur d'homme peu soigné vivant dans un espace confiné. Les effluves corporels se mêlaient à la puanteur des lampes à huile et à d'autres parfums musqués qu'elle aurait été bien en peine d'identifier. Fidelma regretta un instant de ne pas avoir mené cet entretien sur le pont mais, d'un autre côté, elle tenait à ce que personne n'assiste à leur conversation.

— Je vous en prie, lança le capitaine en lui indiquant la seule chaise de la cabine tandis qu'il prenait place sur sa couchette.

Fidelma s'assit précautionneusement sur le siège étriqué en disant :

— Vous avez un avantage sur moi, capitaine, vous savez mon nom et j'ignore le vôtre.

Le marin lui sourit.

— Mugrón. Un nom tout indiqué pour un marin.

Fidelma sourit à son tour, car Mugrón signifiait « le garçon aux phoques ».

— Eh bien, Mugrón, pour commencer j'aimerais bien connaître la raison de votre présence dans la crique de Ros Ailithir.

L'homme eut un geste large de la main englobant le bras de mer.

— Je suis ici pour délivrer un message à Brocc, abbé de Ros Ailithir. Mon roi le tient pour responsable de la mort de son cousin, le vénérable Dacán.

— Vous avez délivré le message. Et maintenant, que cherchez-vous en ce lieu ?

— On m'a demandé de m'assurer qu'en temps utile Brocc assumerait ses responsabilités. Mon souverain n'aimerait pas qu'il disparaisse avant la réunion de l'assemblée du haut roi à Tara. Le brehon de Fianamail nous a expliqué que cela relevait de la loi de saisie préventive. Sans compter que nous agissons en accord avec Salbach.

Fidelma, qui venait de se rappeler cette loi enfouie

tout au fond de sa mémoire, comprit que le vaisseau agissait en toute légalité. D'un point de vue juridique, le navire avait jeté l'ancre devant l'abbaye pour forcer Brocc à assumer son rôle dans la mort de Dacán, même si le meurtre n'avait pas été commis de sa main. Tant qu'on n'avait pas fourni des preuves de son innocence, le bateau de guerre était habilité à demeurer sur place. La loi autorisait également le plus proche parent de Dacán, en l'occurrence l'abbé Noé, à entamer un jeûne rituel contre Brocc jusqu'à ce que sa culpabilité soit reconnue.

— Vous avez dû remettre un message à Brocc lors de votre arrivée. Était-ce l'*apad* officiel — la notification de l'édit ?

Mugrón acquiesça.

— Je n'ai fait que suivre les instructions du brehon de mon roi.

Fidelma serra les dents.

Elle aurait dû comprendre plus tôt en voyant le faisceau de branches d'osier et de tremble accroché aux grilles de l'abbaye, signe d'une gagerie contre un supérieur monastique. Cela faisait bien longtemps qu'elle n'avait pas consulté le *Di Chetharshlicht Athgabála*, qui exposait les rituels complexes des mainmises symboliques. Mais elle se souvenait aussi, Dieu soit loué, qu'elle était autorisée à commettre trois erreurs sans amende, à cause, justement, de la complexité de ces procédures de droit coutumier.

Le visage buriné du marin exprimait une satisfaction sans borne devant la déconvenue de son interlocutrice.

— Le roi de Laigin s'est toujours montré infiniment respectueux des règles, madame, lança-t-il d'un ton plein de componction.

— Je vous remercie de m'avoir si bien renseignée et, à ce propos, je suis justement venue vous entretenir d'un problème de droit criminel, répliqua-t-elle avec humeur.

— Un homme simple comme moi n'est pas un spécialiste, il obéit aux ordres.

— Vous avez pourtant admis que vous étiez un instrument de la loi entre les mains du brehon de votre souverain. J'en déduis donc que vous êtes mieux informé que vous ne le prétendez.

Mugrón sourit devant la fougue de cette religieuse qui refusait de se laisser intimider.

— Je vous écoute.

— Il y a à peine quelques instants, le cadavre d'une sœur de la foi a été retiré de l'eau, près de votre navire.

— Un de mes hommes m'a rapporté cet incident, reconnut aussitôt Mugrón. Cela s'est passé au crépuscule. Deux pêcheurs ont ramené le corps d'une femme dans leurs filets, puis ils ont accosté.

— Félicitations pour la garde très vigilante que vous montez sur ce navire, capitaine. Quelqu'un de votre équipage a-t-il remarqué quelque chose de suspect ? Par exemple un corps jeté à la mer depuis les rochers ?

— On ne m'a rien signalé. On ne se rend à terre que pour se procurer des légumes et de la viande fraîche auprès des gens du pays. Avec l'approbation de Salbach, bien entendu.

— Et la sœur n'est jamais montée sur ce bateau ?

Le rouge monta au visage de Mugrón.

— Sœur Eisten n'est jamais montée sur ce bateau ! Celui qui dit le contraire est un fieffé menteur !

Fidelma tressaillit.

— Et comment savez-vous qu'elle s'appelait Eisten ? Je ne l'ai pas mentionné, dit-elle d'une voix coupante.

Mugrón cligna des yeux.

— Vous...

— Ne jouez pas au plus fin avec moi, Mugrón. Comment avez-vous appris son nom ? Je veux la vérité.

Il leva les mains au ciel en un geste fataliste.

— Très bien. Vous l'aurez. Mais je refuse de mettre ma vie et ce bateau en péril. Et donc ce que je vais vous confier doit rester entre nous.

— Tant que vous direz la vérité, vous serez protégé du danger, promit Fidelma.

Mugrón se leva de sa couchette et passa la tête par la porte de sa cabine.

— Midnat !

Puis il retourna s'asseoir et un vieillard barbu pénétra dans l'espace confiné. Il porta sa main à son front en guise de salut et gratta ses cheveux gris et sales dont les mèches retombaient par paquets autour de son visage marqué par les ans.

— Donne ton nom à la sœur, ordonna Mugrón, explique à quoi on t'emploie sur ce bateau et raconte ce qu'il t'est arrivé sur la côte aujourd'hui.

Le vieil homme édenté se tourna vers Fidelma et hocha la tête.

— Bonsoir, demoiselle, commença-t-il d'une voix chuintante, je m'appelle Midnat et je suis cuisinier. Je me suis rendu à terre pour acheter des légumes et de l'avoine pour l'équipage.

— À quel moment de la journée ?

— Juste après que la cloche pour le repas de midi a sonné à l'abbaye.

— Décris à sœur Fidelma ce que tu as vu. Exactement comme tu me l'as rapporté.

Le vieillard s'essuya la bouche d'un revers de main.

— Eh bien, j'avais acheté les légumes et l'avoine et je m'apprêtais à rentrer, et cette sœur m'interpelle et me demande si mon capitaine serait prêt à prendre deux passagers à bord.

— Elle a bien précisé *deux* passagers ? intervint Fidelma. Répétez très précisément ce qu'elle vous a dit.

— « Hé, matelot, tu viens de ce navire qui navigue en haute mer ? » qu'elle me dit. Je hoche la tête. « Et combien prendrait ton capitaine pour emmener deux personnes en Bretagne ou en Gaule ? » Là, je comprends qu'elle m'a pris pour un marin du bateau franc, au mouillage un peu plus loin. Le gros bateau de commerce. Et elle propose de me payer deux *screpall.*

Fidelma le fixa d'un air incrédule.

— La sœur t'a offert deux pièces d'argent ? C'est beaucoup !

Midnat hocha vigoureusement la tête.

— Alors je lui dis : « J'aimerais bien les prendre, ma sœur, mais je suis que le cuisinier du bateau de guerre de Laigin. Pour une traversée, il faut s'adresser au bateau de commerce franc, là en face. »

« J'avais pas plus tôt fini qu'elle recule en portant la main à sa bouche avec des yeux agrandis par la peur, à croire que j'étais le diable en personne.

L'homme marqua une pause pour juger de l'effet de ses paroles sur la religieuse.

— C'est tout ?

Elle était déçue.

— Ça vous suffit pas ? s'étonna Midnat.

— Elle a disparu et vous ne l'avez plus revue ?

— Si. Je retourne à mes affaires et peu de temps après, juste avant le crépuscule, j'entends du bruit. Je monte sur le pont et je vois deux pêcheurs du coin qui sortent un corps de l'eau. C'est la même religieuse qui m'a proposé de l'argent pour la traversée.

— Il faisait presque nuit ! s'exclama Fidelma. Comment pouvez-vous être sûr qu'il s'agissait de la même nonne ?

— On y voyait encore suffisamment, grommela le vieux cuisinier, et elle portait un grand crucifix autour du cou. J'en avais jamais vu de pareil avant la sœur qui cherchait une embarcation pour aller en Gaule.

Le cœur de Fidelma se mit à battre plus vite.

— Pourquoi vous a-t-il paru bizarre ? demanda-t-elle.

— C'est une croix sans cercle.

— Une croix romaine ?

— Si vous le dites, répondit l'autre d'un air embarrassé. En tout cas, incrustée de pierres précieuses qui valent la rançon d'un roi.

Les pierres semi-précieuses avaient amené le vieux matelot à croire qu'il s'agissait d'un joyau d'un grand prix. L'indice était suffisamment convaincant pour Fidelma.

— Tu peux partir, Midnat, intervint Mugrón.

Le vieux cuisinier porta à nouveau la main à son front pour prendre congé de l'invitée du capitaine et disparut.

— Ce témoignage vous suffit-il ? demanda Mugrón.

— Non, répliqua calmement Fidelma. Cela n'explique pas que connaissiez le nom de cette infortunée religieuse.

Mugrón haussa négligemment les épaules.

— Pas de grand mystère là-dedans. Je vous ai précisé que Salbach nous avait autorisés à jeter l'ancre dans ces eaux et à poursuivre notre gagerie contre l'abbé Brocc.

Elle hocha la tête.

— Quand on est arrivés il y a une semaine, et suivant en cela l'injonction du brehon de notre roi, nous nous sommes rendus directement à la forteresse de Salbach, à Cuan Dóir, pour qu'il nous donne l'autorisation de mouiller devant l'abbaye.

— Et alors ?

Fidelma ne voyait toujours pas où il voulait en venir.

— À Cuan Dóir, j'ai été présenté à sœur Eisten. Quand Midnat m'a décrit la sœur et son étrange crucifix, j'ai tout de suite fait le rapprochement et je me suis souvenu de son nom.

— Vous êtes certain de ce que vous avancez ?

Fidelma n'en croyait pas ses oreilles. Les tours et les détours que suivait son enquête lui donnaient le vertige.

— Absolument. La forteresse n'est pas loin, elle donne sur la baie qui succède à celle-là. Pourquoi cela vous surprend-il ?

Fidelma ne prit pas la peine de lui fournir des explications.

— Puis-je vous demander une faveur, Mugrón ? J'aimerais que vous m'accompagniez à l'abbaye pour me confirmer que la femme sortie de l'eau est bien celle que vous avez rencontrée à la forteresse de Salbach.

Mugrón hésitait.

— Eh bien, je suppose qu'une petite expédition à terre me changera les idées. En vérité, j'en ai assez d'être bloqué sur ce rafiot ballotté par les flots. Mais je ne vois pas en quoi la mort tragique de cette jeune femme et l'assassinat de Dacán sont liés. Par les temps qui courent, j'aurais cru que vous aviez d'autres soucis.

Une lueur dangereuse s'alluma dans les yeux de Fidelma et il leva une main conciliante.

— D'accord, je viendrai avec vous, mais en tant que *dálaigh*, vous devez m'assurer que je ne subirai aucun affront de la part des partisans de l'abbé Brocc.

— Cela, je vous le garantis.

Mugrón fit mine de se lever mais elle l'arrêta.

— Une dernière question...

— Oui ?

— Pour quelle raison avez-vous été présenté à sœur Eisten ?

— Eh bien, nous attendions l'arrivée de Salbach dans la salle des banquets quand j'ai remarqué cette jeune religieuse. La croix qu'elle portait a attiré mon attention car je n'en avais jamais vu de semblable. À Laigin, j'aurais pu en tirer un bon prix.

— Effectivement, confirma Fidelma. Sœur Eisten en avait fait l'acquisition lors d'un pèlerinage de trois ans à Bethléem, le lieu de naissance de Notre-Seigneur.

— C'est très exactement ce qu'elle m'a raconté. Et aussi que tout le monde s'intéressait à ce crucifix. J'avais demandé à la compagne de sœur Eisten de me la présenter afin qu'elle se porte garante de mon honnêteté. Malheureusement, la sœur accordait une grande valeur sentimentale à cet objet et refusait de s'en défaire.

— Cette compagne de sœur Eisten, vous la connaissiez bien ? s'enquit aussitôt Fidelma.

— Tout à fait, répondit Mugrón sans la moindre gêne. J'avais fait sa connaissance quand je m'étais rendu à Fearna, à l'époque où je servais le vieux roi. Elle m'a tout de suite reconnu. Je dois avouer que j'ai été surpris de trouver une dame de Laigin à la forteresse du chef des Corco Loígde, surtout qu'il s'agit de l'ancienne épouse de Dacán.

De toutes les surprises qui attendaient Fidelma au cours de ses investigations, celle-là lui causa le plus grand choc.

— L'ancienne épouse du vénérable Dacán ? balbutia-t-elle. Vous êtes sûr ?

— Absolument certain. Je savais que Dacán avait été marié. Cela se passait il y a quatorze ans, mais je me souvenais parfaitement de cette séduisante jeune femme. Ils ne sont pas restés longtemps ensemble car elle a divorcé pour entrer dans les ordres. Je croyais qu'elle demeurait à Cealla.

— Et je suppose que cette dame a un nom ? demanda Fidelma d'une voix très calme.

— Bien sûr. Elle s'appelle Grella.

CHAPITRE XI

Après que Mugrón eut identifié le corps de sœur Eisten comme étant celui de la religieuse qu'il avait rencontrée à la forteresse de Salbach, il s'en retourna comme il était venu. De leur côté, Fidelma et Cass se hasardèrent jusqu'aux cuisines de l'abbaye car ils mouraient de faim. Fidelma dut user de toute son autorité, faire valoir ses titres et ses relations de parenté avec l'abbé pour persuader la sœur renfrognée qui veillait sur les provisions de leur préparer une collation. Bientôt, ils mangeaient avec voracité et en silence, sur un coin de table du réfectoire maintenant déserté, un repas froid composé de *larac* ou cuisse de bœuf, de pain d'orge et de pommes, le tout arrosé de bière.

Comme on pouvait s'y attendre, Mugrón avait reconnu le corps de sœur Eisten. En réalité, Fidelma tenait surtout à s'assurer qu'elle était bien la femme que Mugrón avait rencontrée à la forteresse. Par un lien encore ténu, ce nouveau mystère semblait mener directement au meurtre de Dacán. Le plus excitant dans cette affaire, c'était la rencontre fortuite de Grella chez Salbach. Pourquoi avait-elle omis de mentionner la nature de ses relations avec Dacán ? Selon toute vraisemblance, elle avait quelque chose à se reprocher.

Et comment expliquer la présence des deux femmes

à la forteresse ? Sans compter la tentative d'Eisten de régler le prix d'une traversée pour deux personnes sur un navire en partance pour la Gaule. Avec qui avait-elle l'intention de fuir ? Grella ? Et qui avait torturé et tué Eisten ?

Tout en tournant et retournant ces questions dans sa tête, Fidelma savait qu'elle ne disposait pas de suffisamment d'éléments pour trouver les réponses.

Elle jeta un coup d'œil à Cass, frustrée de ne pouvoir partager ses angoisses avec lui. Une fois de plus, elle regretta la présence de frère Eadulf, leurs querelles fraternelles, les attaques et les parades que permettait l'esprit aiguisé comme une épée du religieux. Avec lui, d'analyses en conjectures, on finissait toujours par cerner la vérité. Et brusquement, Fidelma se sentit à nouveau envahie par la culpabilité.

Cass lui adressa un sourire narquois.

— Et maintenant ? lui lança-t-il en reposant son gobelet de bière et en se renversant sur son siège, visiblement satisfait de son repas.

— Pardon ?

— Votre esprit travaille comme la pendule à eau dans la tour des cloches. À un moment donné, j'ai même cru entendre le bruit de ses rouages grincer dans votre tête.

Fidelma fit la grimace.

— Je crains que nous ne soyons dans l'obligation d'aller déranger sœur Grella. Elle devra justifier ses mensonges, ou plutôt sa dissimulation de la vérité.

Elle se leva et Cass l'imita.

— Je vous accompagne, déclara-t-il. D'après ce que vous m'avez conté, de lourds soupçons pèsent sur elle et je refuse de vous laisser seule.

Cette fois, Fidelma n'y vit pas d'objection.

Ils circulèrent dans l'abbaye à peine éclairée et rejoignirent la bibliothèque désertée. À cette heure, personne ne travaillait dans la salle glaciale et sinistre. Les sièges étaient vides, les livres soigneusement rangés dans leurs sacoches et les chandelles éteintes.

Fidelma se rendit aussitôt au cabinet de travail de sœur Grella, qu'elle avait mis à la disposition de Dacán. À sa grande surprise, des braises rougeoyaient dans la cheminée. Cass alla y allumer une chandelle et Fidelma se pencha pour saisir un objet qui avait attiré son attention.

— Regardez ! s'exclama-t-elle en brandissant un petit bout de bois.

Il haussa les épaules.

— Oui, on s'en est servi pour allumer le feu.

Elle claqua la langue avec impatience.

— On n'allume pas du feu avec ça. Approchez-vous.

Cass s'exécuta et vit qu'il s'agissait d'une branche de tremble avec des encoches. De l'ogham.

— Vous parvenez à déchiffrer quelque chose ? demanda-t-il.

— Malheureusement, le sens s'est perdu. L'extrait dit : « ... la résolution de l'homme honorable détermine l'éducation de mes enfants. »

Fidelma plaça le morceau noirci de « bâton de poète » dans son *marsupium*[1] et étudia avec intérêt les cendres dans la cheminée.

— À l'évidence, quelqu'un a décidé de brûler un ouvrage entier, murmura-t-elle.

Puis elle se dirigea vers les coffres que Grella avait ouverts plus tôt dans la journée et ses soupçons furent aussitôt confirmés.

— Il s'agit bien du faisceau de baguettes que Dacán étudiait. Vous vous souvenez de celle que j'avais repérée sous le lit ? Je l'ai apportée ici pour la montrer à

1. Bourse. *(N.d.T.)*

sœur Grella, qui l'a identifiée comme partie d'un ensemble composant un poème.

— Croyez-vous que cela faisait partie d'un testament ?

Fidelma fit une moue dubitative.

— Je l'ignore. En tout cas, quelqu'un a jugé que ce texte était suffisamment compromettant pour être détruit, commenta Fidelma à mi-voix.

Puis elle se dirigea en soupirant vers la sortie de la bibliothèque, suivie de Cass.

Dans le corridor, ils croisèrent un cénobite qui leur jeta un regard rempli de curiosité.

— Vous cherchez sœur Grella ? demanda-t-il poliment.

Fidelma acquiesça.

— Si elle n'est pas dans la *tech screptra*, vous la trouverez sûrement dans sa cellule.

— Pouvez-vous nous en indiquer le chemin ? s'enquit le guerrier.

Le cénobite s'exécuta en leur donnant un itinéraire très détaillé qui leur permit de s'orienter sans difficultés.

La chambre de la bibliothécaire était vide. Après avoir frappé en vain, Fidelma tourna la poignée et la porte s'ouvrit, confirmant ainsi ses prévisions.

— Entrons vite, murmura la religieuse.

Cass la suivit à contrecœur et, d'un geste vif, elle referma derrière eux.

— Ce que nous faisons est sûrement interdit, grommela Cass. Nous ne sommes pas autorisés à entrer dans un appartement privé sans y avoir été invités.

Fidelma, qui était occupée à allumer une chandelle, se tourna avec vivacité vers lui.

— En tant que *dálaigh* de la cour, si j'ai des présomptions raisonnables de conduites illicites, je suis habilitée à fouiller une personne ou un local.

— Donc vous croyez que sœur Grella a tué son ancien époux ainsi que sœur Eisten ?

Fidelma posa un doigt sur ses lèvres et entreprit d'inventorier les objets de la pièce. Pour quelqu'un qui avait passé huit ans à l'abbaye, la cellule de sœur Grella était des plus spartiates. Un livre de prières traînait près du lit, sur une table s'étalaient quelques objets de toilette et dans un coin était posé un pichet que Fidelma renifla avec suspicion. L'ombre d'un sourire passa sur ses lèvres : c'était du *cuirm*, de l'hydromel particulièrement alcoolisé qui s'obtenait à partir d'orge malté. Ainsi sœur Grella buvait en solitaire...

Elle passa ensuite aux quelques vêtements accrochés à une rangée de patères. Ils ne présentaient pas grand intérêt. Sous les vêtements pendait une sacoche qui contenait du linge qu'elle examina à la lumière de la chandelle, par acquit de conscience.

— Cass ! Regardez un peu ! s'exclama-t-elle brusquement.

Le guerrier se pencha pour examiner la trouvaille de sa compagne.

— Une jupe de lin à rayures. Et alors ? Je ne...

Il s'interrompit, les yeux écarquillés.

— Rouge et bleu, balbutia-t-il. Les couleurs des lanières qui ont servi à attacher Dacán.

Fidelma examina l'ourlet de la jupe : une longue bande de tissu avait été déchirée dans le bas. Elle arrondit les lèvres et émit un léger sifflement.

— C'est Grella l'assassin ! s'exclama Cass. Vous en tenez la preuve.

Fidelma, très excitée par sa découverte, s'obligea néanmoins à tempérer son enthousiasme. Son esprit, rompu aux arcanes juridiques, la poussait à la prudence.

— Je ne tiens que la preuve de la provenance des liens de Dacán. Sans compter que cette pièce de tissu ne ressemble guère à un vêtement de religieuse. Cependant, vous serez peut-être appelé comme témoin pour attester de l'endroit où je l'ai déniché, Cass, et je vous serais reconnaissante...

— Ne craignez rien, je rapporterai très exactement les circonstances de votre investigation. Grella vous a menti sur ses relations avec Dacán et maintenant vous découvrez ce vêtement dans sa garde-robe. Cela ne vous suffit pas ?

Fidelma s'abstint de répondre, replaça le linge dans la besace en cuir et garda la jupe qu'elle rangea dans son *marsupium*. Puis elle se dirigea vers le lit pour une dernière inspection. Ce faisant, elle trébucha sur une dalle du sol pavé et grimaça de douleur. Elle s'aperçut alors que le carreau était descellé et bougeait quand on appuyait dessus. Elle tenta de le soulever mais sans succès.

— Cass, aidez-moi.

Le guerrier prit le grand couteau qu'il portait toujours à sa ceinture, l'utilisa comme levier, déplaça la dalle et révéla une cavité. Fidelma leva sa chandelle, examina l'intérieur, puis y plongea la main et en retira un rouleau de feuilles de vélin.

Elle le déroula et en scruta la calligraphie soignée.

— Les écrits de Dacán, murmura-t-elle. Grella les a toujours eus en sa possession.

— Alors son compte est bon, elle a bien tué Dacán ! conclut Cass avec satisfaction.

Fidelma était trop occupée à lire les documents pour commenter les certitudes de Cass.

— Très intéressant, une lettre de Dacán à son frère Noé... ou plutôt un brouillon, car il a renversé de l'encre sur le document. Il y parle de ses recherches pour retrouver les héritiers des rois originaires d'Osraige. Écoutez ça, Cass... « Le fils d'Illan, d'après le registre, vient d'atteindre l'âge du choix. On peut donc envisager de le couronner. J'ai découvert que mon gibier se cachait au monastère de Fínán à Sceilig Mhichil sous la protection de son cousin. J'ai décidé de m'y rendre dès demain. »

Elle mit le texte sous le nez de Cass.

— D'après la date, cette lettre a été rédigée quelques heures avant sa mort.

— De quel gibier parle-t-il ? s'étonna Cass. Quel terme étrange ! À croire que Dacán partait à la chasse.

— Connaissez-vous le monastère de Sceilig Mhichil ?

— Je n'y suis jamais allé mais je sais qu'il s'agit d'une petite communauté installée sur un îlot rocheux, à l'ouest.

— Dacán n'est jamais parti pour Sceilig Mhichil, dit-elle dans un souffle. Il est mort très peu de temps après avoir rédigé cette missive.

Fidelma glissa le rouleau de feuilles de vélin dans son *marsupium*, puis elle remit la dalle en place.

— Sœur Grella devra se justifier sur de nombreux points, conclut-elle.

Elle jeta un dernier coup d'œil circulaire à la cellule et éteignit la chandelle avant d'entrouvrir précautionneusement la porte. La voie était libre. Elle fit signe à Cass de la suivre et à peine avait-elle refermé la porte qu'elle s'élançait dans le corridor.

— Et maintenant, que faisons-nous ? demanda Cass, un peu contrarié d'être toujours obligé de poser la même question.

— Nous cherchons sœur Grella, répondit Fidelma avec brusquerie.

Ils commencèrent par interroger frère Rumann, l'hôtelier, mais il n'avait pas vu la bibliothécaire. Une heure plus tard, elle n'avait toujours pas donné signe de vie.

— Peut-être a-t-elle quitté l'abbaye ? suggéra Cass.

— N'y a-t-il pas d'*aistreóir* dans cette abbaye ? soupira Fidelma.

— Le portier est frère Conghus, répondit Cass sans réfléchir.

— Ma question était toute rhétorique, répliqua Fidelma qui le toisa avec une irritation grandissante.

Ses yeux verts jetaient des étincelles.

— Il semblerait que, dans ces murs, les gens meurent et disparaissent à volonté, poursuivit-elle. D'abord Eisten, puis les deux garçons de Rae na Scríne et maintenant la bibliothécaire...

Frère Conghus, lui, ne s'était pas évanoui dans la nature. Il se tenait dans son petit *officium*, près des grilles de l'abbaye, prenant des notes sur des tablettes de cire. Fidelma entra sans frapper dans son bureau et il leva la tête d'un air surpris.

— Ma sœur ? Je peux vous aider ?

Il se leva en prenant son temps.

— Je cherche sœur Grella.

Le portier haussa les épaules et les laissa retomber en un geste qui manifestait sa totale ignorance quant aux allées et venues de la religieuse.

— Je suppose que vous avez essayé la bibliothèque ? demanda-t-il sans grande conviction.

— Oui, ce qui explique ma présence ici. Elle n'est pas non plus dans sa cellule. Aurait-elle quitté l'abbaye ?

Frère Conghus secoua la tête.

— Mes fonctions consistent à contrôler les entrées et les sorties. Or mes registres ne mentionnent pas l'absence de sœur Grella.

— Sont-ils quotidiennement mis à jour ?

— Bien sûr.

— Je vous ferai remarquer que cette entrée principale n'est pas la seule.

— La règle veut que toute personne me signale ses

déplacements afin que nous sachions qui se trouve en ces murs.

— Imaginons qu'elle soit sortie par une autre issue ?

— Elle m'en aurait informé. C'est la règle, s'obstina Conghus.

— Plus tôt dans la soirée, j'ai quitté l'abbaye par une entrée latérale d'où part un chemin qui mène au rivage. Puis je suis revenue accompagnée du capitaine du bateau de guerre de Laigin. Il est resté un instant à l'abbaye avant de regagner son navire. Vos registres le mentionnent-ils ?

Conghus s'empourpra.

— Vous auriez dû m'en informer.

Fidelma poussa un profond soupir.

— Votre registre n'est fiable que dans la mesure où les gens obéissent à la règle, Conghus.

— Sœur Grella la connaît et ne manque jamais de s'y conformer, s'entêta-t-il.

— Peut-être ne voulait-elle pas que l'on apprenne qu'elle quittait le monastère, intervint Cass pour participer à la conversation.

Conghus répondit par un grognement irrité.

— Que savez-vous de sœur Grella ? demanda brusquement Fidelma.

Il la regarda d'un air interdit.

— Eh bien, elle est bibliothécaire de l'abbaye depuis que je la connais.

— Mais à part ça ?

— Elle arrivait de Cealla et elle est tout à fait qualifiée pour son emploi. Le reste m'importe peu.

— A-t-elle déjà été mariée ?

— Elle ne l'a jamais dit.

— Elle connaissait bien sœur Eisten ?

La question destinée à le mettre dans l'embarras laissa frère Conghus imperturbable.

— Sûrement, répondit-il, puisque, au cours de l'année, sœur Eisten a passé quelque temps à étudier dans la bibliothèque. Je suppose que sœur Grella l'avait rencontrée à cette occasion.

— Parleriez-vous de liens d'amitié ?

— Non, sœur Eisten n'entretenait pas de relation particulièrement étroite avec sœur Grella.

— Il y a environ une semaine, sœur Grella s'est rendue à la forteresse de Salbach à Cuan Dóir. Vous a-t-on informé des raisons de cette visite ?

— Il y a une semaine ? répéta Conghus. Alors nous devrions retrouver la trace de cette expédition.

Il se leva et se dirigea vers une étagère où s'entassaient des tablettes de cire qu'il consulta à grand renfort de hochements de tête et de claquements de langue.

— Auriez-vous une idée du but de sa visite ? s'obstina Fidelma tandis que le portier parcourait consciencieusement ses textes.

— Aucune. Peut-être Salbach avait-il l'intention de faire un don à la bibliothèque ? Il arrive parfois qu'un chef découvre qu'il possède des « bâtons de poète » et veuille nous les transmettre. Ces ouvrages en ogham sont devenus très rares, même ici à Muman. L'abbaye offre des récompenses à qui nous en apporte. Mais si Grella était allée chez Salbach, elle m'en aurait informé. Or je n'ai rien noté.

Il se retourna vers Fidelma.

— Je ne trouve aucune référence à une visite de sœur Grella à Cuan Dóir. Par contre, il y a une semaine, elle s'est rendue à Rae na Scríne.

— Rae na Scríne ? s'écria Fidelma.

— Pour apporter des remèdes à sœur Eisten et récupérer un ouvrage qui était en sa possession, c'est écrit ici, répliqua frère Conghus avec un petit air supérieur.

Un sentiment d'intense frustration envahit Fidelma.

— Rien ne l'empêchait de prendre la direction opposée et de chevaucher jusqu'à Cuan Dóir. À moins qu'à Rae na Scríne elle n'ait convaincu sœur Eisten de l'accompagner à la forteresse.

— Elle nous l'aurait signalé, répliqua Conghus qui n'en démordait pas. Et je ne vois aucune référence à un tel voyage.

— En admettant qu'il ait été noté.

— Il serait nécessairement consigné. Pour rendre visite à Salbach au nom de l'abbaye, il faut la permission et la bénédiction de l'abbé.

— Qui vous dit que sœur Grella agissait au nom de l'abbaye ?

— Pour quelle autre raison une bibliothécaire rendrait-elle visite à un chef local ?

— Oui, je vous demande un peu, répliqua Fidelma qui commençait à perdre patience. Merci pour votre aide, Conghus.

Une fois dehors, Cass vit bien qu'elle était contrariée.

— Le moins qu'on puisse dire, c'est qu'il ne s'est pas montré très coopératif, soupira-t-il. Vous pensez qu'il nous cache quelque chose ?

— Peut-être bien que oui, peut-être bien que non. J'aurais tendance à croire que frère Conghus suit aveuglément la règle. À tel point qu'il ne parvient même pas à concevoir que les autres agissent différemment.

Alors qu'ils se tenaient là, fatigués et hésitants, Conghus sortit en courant de son *officium* et, avec un bref hochement de tête dans leur direction, traversa la cour pavée pour rejoindre la tour des cloches.

— Il va sonner les complies, murmura Cass.

Ils attendirent en silence et bientôt le carillon appelait les frères à la prière.

La dernière fois que Fidelma avait assisté à une

messe aussi grandiose, c'était à Rome, dans la basilique ronde de Saint-Jean-de-Latran où reposait le corps de Wighard, qui aurait dû être le prochain archevêque de Cantorbéry. Le service avait été célébré par le Saint-Père en personne accompagné d'une douzaine d'évêques.

L'église ne pouvait rivaliser avec la splendeur de la basilique romaine, mais elle n'en était pas moins impressionnante. Des tapisseries couvraient les hauts murs de granit et d'innombrables bougies donnaient de la lumière, de la chaleur et diffusaient différents parfums. Fidelma et Cass prirent place sur un banc réservé aux hôtes de marque. Autour d'eux, des religieux et des écoliers se pressaient pour rendre un dernier hommage à Cathal de Cashel, dont l'âme était passée dans l'autre monde. Fidelma eut beau scruter la foule, elle ne vit pas trace de Grella.

Les chœurs de l'abbaye entonnèrent un chant pour le Sanctus.

Is Naofa, Naofa, Naofa Tú, a Thiarna. Dia na Slua...
Tu es saint, saint, saint, ô Seigneur des armées...

À cet instant, poussée par un sixième sens, Fidelma tourna la tête.

De l'autre côté de l'allée centrale, sœur Necht la fixait avec intensité. Surprise par le geste brusque de Fidelma, elle baissa aussitôt les yeux. Fidelma allait se détourner de la novice quand elle surprit les regards insistants de Rumann et de Midach posés sur la jeune fille. Elle fut frappée par le visage sévère du médecin qui avait perdu toute trace de jovialité. « Si des prunelles pouvaient tuer, songea Fidelma, cet homme serait aussitôt accusé de meurtre sur la personne de la religieuse. » À ce moment, Midach croisa le regard de Fidelma, lui adressa un sourire forcé et se concentra sur le service religieux. Quand elle revint à frère

Rumann, l'hôtelier au visage lunaire affichait la même attitude dévote.

De multiples explications à un tel comportement se présentèrent à l'esprit de Fidelma qui s'abîma dans ses pensées, et le temps qu'elle reprenne conscience de son environnement, les choristes attaquaient l'*Agnus Dei*.

À l'instant où les chanteurs marquaient une pause avant d'entamer *A Rí an Domhnaigh* — Dieu tout-puissant —, on entendit un son pour le moins inhabituel. Les voix des choristes moururent et les sanglots d'un enfant se détachèrent distinctement dans le silence tandis qu'un murmure d'appréhension parcourait l'assistance.

Tout le monde chercha l'enfant des yeux, mais personne ne fut en mesure d'identifier l'origine des plaintes. On aurait juré qu'elles tournoyaient dans l'église et rebondissaient d'un mur à l'autre.

Des frères, plus superstitieux que croyants, plièrent le genou en une génuflexion apeurée et l'abbé Brocc échangea des regards contrariés avec les ecclésiastiques de haut rang qui l'entouraient.

Fidelma sentit la main de Cass se poser sur son bras tandis qu'il lui signalait d'un geste du menton la fuite de frère Midach qui se dirigeait en hâte vers la sortie. Les pleurs cessèrent brusquement. Il régnait maintenant un silence mortel. Une porte claqua derrière Midach, faisant sursauter toute la congrégation.

Puis le maître de chœur tapota avec sa baguette sur son pupitre et *A Rí an Domhnaigh* s'éleva à nouveau, un peu hésitant avant que les chanteurs retrouvent leur assurance.

Le service se poursuivit sans autre incident. L'abbé Brocc discourut avec éloquence sur l'immense perte que représentait le décès du vieux monarque emporté par la peste jaune, mais aussi sur la joie qui accompagnait l'inauguration d'un nouveau règne. Il appela la bénédiction du Christ, de ses apôtres et de tous les saints des cinq royaumes sur Muman, afin que le pays connaisse la prospérité et que Colgú, le nouveau souverain, gouverne avec sagesse et discernement.

Alors que la congrégation commençait à se disperser après le « Allez en paix », Fidelma dit à Cass qu'elle le rejoindrait plus tard et se fraya un chemin dans la foule pour gagner le siège où se tenait la jeune sœur Necht. Malheureusement, elle avait déjà disparu.

Contrariée, Fidelma se dirigea vers la porte la plus proche et se retrouva dehors, juste en face des magasins où étaient entreposées les réserves de l'abbaye. Il faisait nuit noire mais des lanternes accrochées çà et là diffusaient une lumière suffisante pour permettre aux fidèles de retrouver leur chemin jusqu'à leurs cellules et leurs dortoirs.

Plongée dans ses pensées, Fidelma, plutôt que de rentrer à l'hôtellerie, décida d'aller méditer dans le jardin clos où elle avait bavardé avec frère Ségán. Les senteurs des fleurs et des plantes lui rafraîchiraient les idées.

Alors qu'elle arrivait devant la grille, elle entendit un cri étouffé et s'avança à pas de loup.

Deux ombres se tenaient dans l'*arboretum* près de la source. Une silhouette élancée semblait prisonnière d'une autre, plus robuste.

— Misérable jeune...

La voix coléreuse et vindicative appartenait sans aucun doute possible à frère Midach.

Fidelma le vit lever une main et l'abattre sur la nuque de son vis-à-vis, qui réagit par un gémissement de douleur.

— Comment osez-vous me frapper ! s'exclama une voix rauque vaguement familière aux oreilles de Fidelma.

Elle s'apprêtait à s'avancer pour demander des explications à un tel comportement mais ce qu'elle entendit la figea sur place.

— Vous allez suivre très exactement mes instructions. Un tel incident peut causer notre perte à tous ! Le sépulcre est très sonore, une vraie chambre d'échos. Si nous sommes découverts, tous les espoirs que nous entretenons pour Osraige seront perdus.

Les ombres bougèrent et tout redevint tranquille dans l'*arboretum.*

Fidelma ne distinguait plus rien. Elle attendit un instant, l'oreille aux aguets, puis elle s'avança sans bruit. À croire que le sol s'était entrouvert sous leurs pieds. Désorientée — il n'y avait pas d'autre accès au jardin que la grille qu'elle avait franchie —, elle inspecta les lieux, mais Midach et la personne qui l'accompagnait avaient bel et bien disparu. Et elle ne trouva aucun passage secret. Elle se pencha sur la source entourée d'un muret de pierre du bienheureux Fachtna, qu'elle avait déjà observée en plein jour : à cet endroit, elle était d'un noir d'encre et on n'en voyait pas le fond.

Une demi-heure plus tard, elle abandonnait la partie et retournait à pas lents vers l'hôtellerie où Cass l'attendait avec une impatience mal dissimulée.

— J'étais sur le point de donner l'alarme, lança-t-il d'un ton fâché. Avec tous ces gens qui se volatilisent dans la nature, j'ai cru que vous aviez suivi le même chemin.

— Qu'y a-t-il de si urgent ? répliqua-t-elle, sans lui confier qu'elle avait été le témoin d'une nouvelle disparition des plus stupéfiantes. Les frères ont-ils commenté les pleurs de cet enfant pendant la messe ?

La mine de Cass s'allongea.

— Ils sont très effrayés. Même votre cousin incline à penser qu'il s'agit d'une âme égarée.

Fidelma eut un petit rire méprisant.

— Les érudits partagent-ils cette opinion ?

— Je n'ai recueilli que le témoignage de frère Rumann, qui penche pour une distorsion du bruit de l'eau de la source qui coule sous l'abbaye.

— Laissons-les à leurs fables et leur ignorance. Mais cela n'explique pas que vous vous soyez inquiété pour moi.

Cass se mordit la lèvre.

— Après le service, frère Martan m'a raccompagné. Il s'agit de...

— ... l'homme fasciné par les reliques. Celui qui grâce à Dieu a gardé les lanières de tissu ayant servi à attacher Dacán. Nous l'avons aperçu sur le rivage alors qu'il examinait le corps de sœur Eisten en compagnie de frère Midach.

— Exactement.

— Eh bien ? le pressa Fidelma.

— Nous discutions des suspects éventuels dans le meurtre de Dacán et Martan ne cessait de répéter que cet homme était profondément antipathique.

— Voilà au moins un point qui met tout le monde d'accord, murmura Fidelma d'une voix lasse.

— Midach aurait une fois confié à l'apothicaire que certaines personnes ne méritaient pas de vivre. Et il aurait cité Dacán comme faisant partie du nombre.

Fidelma redressa la tête.

— Ah bon ? Et pourquoi a-t-il tenu de tels propos ?

— Apparemment, Martan a été le témoin d'une violente altercation entre Midach et Dacán.

— Oui, je sais, Midach a insulté Laigin et Dacán l'a très mal pris.

— Il ne s'agit pas de cela.

Cass semblait embarrassé.

— Mais plutôt d'une querelle au sujet de sœur Necht.

Fidelma parut soudain très intéressée.

— Dacán accusait Midach d'entretenir une liaison... enfin...

Fidelma leva les yeux au ciel.

— Pourquoi cette gêne, Cass ? Dacán accusait Midach d'avoir des relations sexuelles avec la petite Necht. Croyez-vous que le témoignage de Martan soit fiable ? Non, ne répondez pas, mieux vaut que je m'en assure moi-même.

Un large sourire fendit le visage de Cass.

— Voilà pourquoi je l'ai retenu ici. Il vous attend dans votre bureau, à l'étage.

Frère Martan, maintenant qu'elle distinguait mieux ses traits, présentait toutes les caractéristiques d'un homme en mauvaise santé. La cinquantaine, le teint pâle, il avait de mauvaises dents, le souffle court et sa toux trahissait un phtisique. Quand Fidelma entra dans la pièce, il voulut se lever mais elle lui fit signe de rester assis.

— Tout d'abord, frère Martan, je voudrais vous remercier d'avoir gardé ces bandes de tissu. Elles nous ont été d'un grand secours.

L'apothicaire demeura impassible.

— Vous avez rapporté à mon collègue...

Elle désigna Cass.

— ... que Midach avait eu un différend avec Dacán.

Le visage de Martan exprimait une angoisse sourde.

— Le médecin-chef s'est toujours montré avec moi d'une extrême gentillesse, commença-t-il d'une voix entrecoupée, et je ne voudrais pas porter des accusations qui pourraient lui nuire.

Fidelma leva une main apaisante.

— Vous avez simplement rapporté un certain nombre de faits objectifs. Parlez-moi de cette dispute. La vérité, Martan, est toujours la voie la plus facile.

Elle venait tout juste de réaliser les implications de la scène dont Martan avait été le témoin.

— Je ne veux pas porter ombrage à frère Midach, s'obstina Martan.

— Se sont-ils querellés, oui ou non ? s'énerva Fidelma.

Il hocha la tête à contrecœur.

— Alors je vous écoute.

— Cela s'est passé la veille du jour où l'on a découvert le cadavre de Dacán. Je passais dans le couloir qui mène à la bibliothèque car je désirais me procurer une copie des *Aphorismes* d'Hippocrate, qui compte parmi les ouvrages disponibles, fit-il remarquer avec une pointe de fierté. C'est alors que j'entendis des voix venant d'une petite pièce qui sert de cabinet privé à sœur Grella et dont une porte donne sur le corridor.

Fidelma patienta tandis que le frère marquait une pause pour rassembler ses idées.

— Je m'arrêtai en reconnaissant Midach, qui semblait très irrité, et m'étonnai de sa présence en ces lieux. Et puis le courroux n'est pas dans les habitudes de cet homme, d'un naturel gai et heureux.

Il s'arrêta, l'air gêné.

— Donc vous vous arrêtez devant la porte entrouverte, l'encouragea Fidelma.

— Oui, vous comprenez, c'était tellement étrange d'imaginer Midach en proie à une telle colère.

Martan se répétait, comme pour s'exonérer du péché d'espionnage, mais le visage agacé de Fidelma l'arrêta net.

— Et j'ai compris qu'il se querellait avec le vénérable Dacán, dit-il très vite.

— Le motif de la dispute ?

— Il semblerait que Dacán accusait Midach de fouiller dans ses papiers et de lire des documents qui ne lui étaient pas destinés. Midach niait avec la dernière énergie. Hors de lui, Dacán menaça de se plaindre de sa conduite auprès de l'abbé.

« Midach répondit que lui-même dénoncerait son comportement à l'hôtellerie où il traitait les gens comme des esclaves, et tout particulièrement sœur Necht. Là, les choses s'envenimèrent au point que Dacán accusa Midach d'entretenir des relations illicites avec Necht. Midach prit cette accusation très au sérieux et protesta que les liens qui l'unissaient à la petite étaient purement filiaux, car il agissait auprès d'elle en tant que père nourricier. “Et, de toute façon, ajouta Midach, en quoi cela vous regarde-t-il et de quoi vous mêlez-vous ?”

Fidelma ne fut pas surprise du rôle que jouait Midach auprès de Necht. Il était courant que, dès l'âge de sept ans, des enfants soient envoyés loin de chez eux pour leur éducation. Lors de ce parrainage, on attendait des parents nourriciers qu'ils éduquent leurs filleuls et les entretiennent selon le niveau de vie convenant à leur rang. Même si certaines jeunes filles, comme Fidelma, poursuivaient leurs études jusqu'à l'âge de dix-sept ans, elles s'arrêtaient souvent plus tôt car l'âge du choix et de la maturité était de quatorze ans pour les filles. Les contrats de parrainage — il en existait de deux sortes — comprenaient des avantages pour les deux parties. Dans le premier, purement « affectif », aucune somme d'argent n'était échangée. Dans l'autre, les parents naturels payaient pour le parrainage de l'enfant. Dans les cinq royaumes, il s'agissait de la méthode d'éducation la plus courante.

— Vous êtes certain qu'il s'est présenté comme le père nourricier de Necht ?

— Le terme de *datán* ne laisse aucun doute.

Il s'agissait de la dénomination juridique.

— Midach vous avait-il informé de ses liens privilégiés avec sœur Necht ?

Martan secoua la tête.

— Comment auriez-vous qualifié leurs relations ?

— Eh bien, je savais que Midach était l'*anamchara*, l'âme sœur, de Necht. Ce qui pour moi expliquait qu'ils entretiennent des rapports affectueux.

— Donc Midach se sentait responsable de Necht ?

— Sans doute.

— Avez-vous été surpris que Dacán accuse Midach d'avoir des rapports sexuels avec elle ? Selon vous, pourquoi cet homme à la réputation de sérénité hautaine a-t-il incriminé le médecin-chef avec une telle violence ?

— Il n'avait rien d'un saint. Cet homme étrange et mal embouché a provoqué Midach de façon sans conteste intolérable. En tout cas, Midach a vivement réagi, il lui a conseillé de se mêler de ses affaires, et il a dit que si Dacán continuait de l'insulter de la sorte...

Martan s'arrêta net devant l'énormité de ce qu'il s'apprêtait à révéler.

— Poursuivez, le pressa Fidelma. Il l'a, à l'évidence, menacé de violences physiques.

— Il a dit qu'il le tuerait, avoua Martan.

Un grand silence s'abattit sur la pièce.

— Vous croyez qu'il le pensait ?

— Nullement ! protesta l'apothicaire. Je ne m'érige pas en juge quant à la façon dont les gens mènent leur existence et Midach est incapable de faire du mal à une mouche.

— Ses paroles laissaient supposer le contraire, fit observer Fidelma d'un ton ironique. Quand vous avez appris la mort de Dacán le lendemain de cette querelle, cela ne vous a-t-il pas contrarié ? En avez-vous parlé à frère Rumann, qui était chargé de l'enquête ?

Le visage de Martan se colora.

— Je ne l'ai pas signalé car cela me semblait inapproprié. Vous oubliez que Midach était absent quand on a découvert le corps de Dacán. Et si vous me demandez si je soupçonne Midach de meurtre, je vous répondrai que non. Le médecin-chef aime la vie. Il ne songerait pas plus à supprimer quelqu'un qu'à se supprimer lui-même.

— Mais alors, qu'est-ce qui vous a poussé à parler ?

Martan s'empourpra.

— Je le regrette. Je voulais simplement vous convaincre que Dacán n'était pas le saint homme qu'on s'est plu à décrire. Il lui arrivait de porter des accusations très injustes.

— Et tout cela a commencé parce que Dacán accusait Midach de parcourir ses notes et ses écrits à la bibliothèque ?

— Ce qu'il a aussitôt réfuté, lui rappela Martan.

— Autre chose. Vous dites que Midach a quitté l'abbaye le soir où Dacán a été assassiné. D'après ce que l'on m'a rapporté, il est revenu six jours plus tard. Savez-vous où il est allé et ce qui l'a amené à s'absenter ?

Martan secoua la tête.

— Ce voyage n'était pas prévu. Il est parti en bateau. Il avait probablement été appelé pour une urgence médicale dans l'un des villages. Cela arrive souvent.

— Pourquoi pensez-vous que cette absence était improvisée ?

— Parce qu'il n'a prévenu personne à l'exception de sœur Necht, qui est venue en informer frère Tóla après son départ.

— Cela s'est passé quand ?

— Juste avant les complies. Il a dû partir avec la marée du soir, sinon il n'aurait pas pu quitter Ros Ailithir avant le lendemain en milieu de matinée.

Fidelma plissa les yeux.

— Vous êtes certain du cycle des marées ?

— Certes.

— Très bien.

Fidelma se renversa sur son siège.

— Vous nous avez apporté une aide appréciable, frère Martan, et je ne vous retiendrai pas plus longtemps. Une dernière chose : gardez pour vous notre entretien et, surtout, pas un mot à frère Midach, d'accord ?

Martan se leva en titubant.

— Oui, ma sœur. J'espère seulement que je n'ai pas mal agi.

— La révélation de la vérité est toujours salutaire, conclut Fidelma d'un ton solennel.

CHAPITRE XII

Le lendemain matin, alors que sœur Fidelma rejoignait la bibliothèque pour voir si sœur Grella était rentrée, elle fut priée de se rendre dans les appartements de l'abbé Brocc.

— Cousine, j'ai un messager qui part pour Cashel cet après-midi. Voulez-vous saisir cette opportunité pour envoyer un message à votre frère ?

Fidelma allait décliner l'offre quand il lui vint une idée.

— Oui. J'aimerais que Colgú contacte le chef brehon afin qu'il ordonne la comparution du marchand de Laigin, Assíd d'UíDego, à l'assemblée devant se réunir pour statuer sur la mort de Dacán. Il est essentiel qu'il réponde à un certain nombre de questions.

— Assíd ? Le marchand qui a passé la nuit ici quand Dacán a été assassiné ?

Une lueur d'espoir s'alluma dans les yeux de Brocc.

— Pensez-vous possible qu'Assíd d'UíDego...

Elle secoua la tête et Brocc retomba dans sa morosité.

— Je m'imaginais que peut-être un des mystères qui nous entourent avait été résolu.

— L'un d'eux vous préoccupe-t-il plus particulièrement ? répliqua aussitôt Fidelma.

— On m'a rapporté qu'hier soir vous cherchiez sœur Grella.

— C'est exact. Que lui est-il arrivé ? demanda-t-elle, soudain inquiète.

— J'aimerais bien le savoir. Elle a disparu hier, peu de temps après les vêpres. Ce matin, la bibliothèque est restée fermée et frère Rumann m'a rapporté qu'apparemment sœur Grella n'avait pas dormi dans sa cellule. Il s'est renseigné auprès de frère Conghus, qui lui a confié qu'hier vous aviez mené une enquête sur elle.

Fidelma s'assit à la table de l'abbé.

— Lui est-il déjà arrivé de quitter soudain l'abbaye ?

— Pas à ma connaissance. Tout cela est des plus alarmants, cousine. D'abord la mort de Dacán, puis le meurtre de sœur Eisten et maintenant sœur Grella qui s'est évanouie dans la nature. Vous me voyez complètement désemparé.

Fidelma ressentit une vague de compassion pour son cousin, d'habitude si imbu de sa personne. On aurait dit un enfant perdu ne sachant plus à quel saint se vouer.

— J'aimerais beaucoup vous aider, Brocc, mais pour l'instant je suis moi aussi très perplexe. En attendant, j'ai quelques questions à vous poser auxquelles j'aimerais que vous me répondiez sous le sceau de la confidentialité la plus stricte.

L'abbé hocha la tête.

— Pouvez-vous m'éclairer sur le parcours de frère Midach ?

— Frère Midach ? s'exclama l'abbé, surpris. Mais c'est un excellent médecin qui réside à Ros Ailithir depuis environ quatre ans et... attendez... il arrivait de l'abbaye de Cealla.

— Et sœur Necht ?

— Elle nous a rejoints il y a six mois.

— Elle venait elle aussi de Cealla ?

— Non, d'un village des environs. Pourquoi donc ?

— Une idée comme ça. Je m'étais imaginé que Midach et Necht se connaissaient.

— Vous aviez raison puisque c'est lui qui l'a présentée à l'abbaye. Il soignait son père, non loin d'ici. Quand il mourut, Necht se retrouva orpheline et Midach proposa son admission à l'abbaye comme novice. Il me semble, d'ailleurs, qu'il est également son âme sœur.

Fidelma réprima une exclamation de dépit car elle cherchait un lien avec Osraige. Lequel exactement, elle l'ignorait, mais Osraige était situé au cœur du mystère.

— Où tout cela va-t-il bien nous mener et quelles mesures puis-je donc prendre ? se lamenta l'abbé, à nouveau saisi par l'angoisse.

Fidelma elle-même ne savait plus très bien à quel saint se vouer. En l'absence de sœur Grella, elle devait chercher de nouvelles pistes. Elle hésita un instant et, dans une tentative de débloquer la situation, se décida à utiliser comme appât certaines des informations qu'elle avait rassemblées.

— Saviez-vous que sœur Grella avait été l'épouse du vénérable Dacán ? lança-t-elle d'un air innocent.

L'abbé Brocc en resta bouche bée.

— Mais que dites-vous, cousine ? De qui tenez-vous cette information ?

— D'une personne qui la connaissait à Laigin. Donc vous l'ignoriez ?

— Je savais qu'elle venait de Cealla et avait obtenu le grade de *sai*. Mais pour le reste... vous êtes certaine de ce que vous avancez ?

— J'ai un témoin. J'ai fouillé sa cellule hier soir. Inutile de vous formaliser, j'en ai parfaitement le droit, ajouta-t-elle devant le froncement de sourcils de Brocc. Dacán a été attaché avant d'être tué. Grâce à

Dieu, votre apothicaire, frère Martan, avait conservé ses liens. Hier soir, j'ai découvert qu'ils provenaient d'une jupe dont on avait déchiré l'ourlet. Le vêtement était dissimulé dans une sacoche accrochée à une patère dans la chambre de sœur Grella.

En entendant ces révélations, l'abbé Brocc se couvrit le visage de ses mains et se mit à geindre.

Fidelma le toisa d'un œil méprisant.

— La réputation de l'abbaye est à jamais salie, balbutia-t-il. Que faire ? Grella serait-elle la meurtrière et le mobile de ce scandale une sordide histoire passionnelle ?

— Oubliez donc la réputation de l'abbaye pour l'instant, cousin, railla Fidelma. Commençons par essayer de compléter ce puzzle.

— De telles allégations me font monter le rouge au front, se plaignit Brocc.

— Alors rappelez-vous ce qu'a écrit Diogène : « Le sang qui monte au visage a la couleur de la vertu. » La seule honte est de n'en ressentir aucune.

Brocc se reprit, piqué dans son orgueil.

— Je ne m'inquiète pas pour moi, renifla-t-il d'un air contrit, mais pour l'abbaye, une institution vénérable et respectée. Donc vous pensez que Grella a tué Dacán ?

Fidelma ne fit aucun commentaire.

— Saviez-vous, mon père, qu'il y a une semaine sœur Grella a rendu visite à Salbach dans sa forteresse de Cuan Dóir ? Avait-elle sollicité votre permission pour quitter l'abbaye ?

L'abbé la fixa d'un air ahuri.

— Oui, mais pour rendre visite à Eisten, à Rae na Scríne. Elle devait récupérer un livre et apporter à la sœur des plantes et des remèdes contre la peste que frère Martan avait préparés. La forteresse de Salbach est située dans la direction opposée.

— Peut-être est-elle d'abord allée chez sœur Eisten avant de l'emmener chez Salbach ?

— Mais dans quel but ?

Il vint brusquement à l'idée de Fidelma que si Eisten avait cherché à passer en Gaule avec sœur Grella, alors peut-être que sœur Grella s'était réfugiée à bord du bateau franc ?

Elle se leva et se rendit à la fenêtre.

Le peu élégant navire de commerce était toujours au mouillage, formant un contraste frappant avec le bateau de guerre de Mugrón, juste à côté.

— Qu'est-ce qui vous préoccupe, cousine ? demanda l'abbé qui l'avait rejointe.

— Je craignais que le bateau de commerce franc ait levé l'ancre.

Brocc fronça les sourcils.

— Je crois bien qu'il part demain avec la marée, en milieu de matinée.

— Alors j'aimerais que vous autorisiez Cass à monter à bord et à fouiller le vaisseau avant qu'il prenne la mer.

— Le fouiller ?

— Oui. De fond en comble, insista Fidelma. C'est un ordre, Brocc, j'en prends la responsabilité en tant que *dálaigh*.

Elle quitta son poste d'observation et ajouta :

— Il est possible que sœur Grella soit à bord.

Brocc parut choqué mais ne répondit rien. Puis il agita une clochette pour convoquer le *scriptor* et donna des instructions afin que l'on informe Cass de la mission que Fidelma lui confiait.

— Si jamais le capitaine proteste, précisa la religieuse, Cass doit l'informer qu'il se trouve dans les eaux de Muman et qu'il est tenu de se conformer aux lois de ce royaume.

Le *scriptor* s'inclina respectueusement et se retira.

— Et maintenant, cousine, expliquez-vous, l'exhorta Brocc. Grella se serait-elle enfuie en comprenant que vous aviez percé son secret ?

— J'aimerais vous en dire plus mais certains éléments me font défaut. Que savez-vous sur les relations de sœur Eisten et de votre bibliothécaire ?

La main de Brocc balaya l'air en un geste dramatique.

— Pauvre Eisten ! Sa vie se résume à peu de chose. Elle a étudié ici et devait initialement assister notre médecin, frère Midach. Mais elle préféra se spécialiser dans les soins administrés aux enfants. Elle nous avait rejoints dès l'âge de quatorze ans et ne nous avait plus quittés, à l'exception de ses trois années de pèlerinage.

— Frère Conghus m'a dit qu'elle fréquentait la bibliothèque.

— Eisten n'était pas une érudite, mais elle avait effectivement entrepris des travaux en début d'année.

— Et pour quelles raisons l'a-t-on envoyée à Rae na Scríne ?

— Autant que je m'en souvienne, nous avions ouvert là-bas une auberge pour voyageurs et, il y a environ six mois, sœur Eisten s'était portée volontaire pour s'en occuper. Elle avait aussi fondé un petit orphelinat pour donner asile aux enfants livrés à eux-mêmes. Elle y a d'ailleurs accompli un travail remarquable.

Il prit deux gobelets qu'il remplit d'eau, en proposa un à Fidelma qui refusa et vida le sien.

— Poursuivez, lui dit-elle.

— Eh bien, nous savions que la peste jaune avait atteint ce village au début de l'été. Cette maladie ne cesse de nous étonner, car il est impossible de comprendre pourquoi elle touche celui-là et épargne cet autre. Par exemple, moi et frère Midach, qui en avons été atteints, nous sommes rapidement remis. De même que sœur Grella. Mais sœur Eisten ne l'a jamais contractée.

— Cette affection est en effet imprévisible, déclara Fidelma avec solennité. Continuez.

— L'épidémie se répandait avec une grande rapidité mais Eisten insistait pour demeurer au village. Au cours de la dernière semaine qu'elle passa là-bas, Midach alla lui rendre visite à plusieurs reprises. Puis vous nous avez apporté la terrible nouvelle de l'incendie du village et du massacre des habitants qui avaient survécu par Intat et ses hommes.

— Vous connaissez Intat ?

— Pas personnellement, mais je sais qu'il est un des bras droits de Salbach. Vous avez vous-même été le témoin de la colère du chef quand je lui ai rapporté votre récit. Tout d'abord, il a refusé d'y ajouter foi et il n'y a souscrit que quand vous lui avez révélé votre identité. Dès cet instant, il n'était plus en mesure de contester votre autorité.

Fidelma se pencha vers Brocc.

— Il n'accepte la vérité que de la bouche de celui dont les pouvoirs sont plus élevés que les siens. Il ne vous est jamais venu à l'esprit qu'Intat pouvait agir avec son consentement ?

Brocc était horrifié.

— Comment cela ? Salbach appartient à une très ancienne lignée de chefs des Corco Loígde. Sa maison remonte à...

Fidelma se montra ouvertement sarcastique.

— ... Míl Easpain, qui donna naissance à la race des enfants des Gaëls. Il ne serait pourtant pas le premier chef au lignage très distingué à enfreindre les lois de Dieu et des hommes. N'oubliez pas que les racines du drame que nous vivons remontent à loin. Nous sommes prisonniers de l'histoire. Si je ne m'abuse, c'était bien un monarque de Laigin, descendant d'une très grande famille, qui avait donné l'ordre d'assassiner le haut roi Edirsceál ?

— Nous parlons là d'histoire ancienne où la légende se mêle à la réalité.

— Dans mille ans, il en sera ainsi de ce que nous vivons.

Brocc se renversa sur son siège en secouant doucement la tête.

— De tels agissements de la part de Salbach... je ne puis le croire. De plus, quels bénéfices espérait-il en tirer ?

Fidelma esquissa un sourire moqueur.

— Hypothétiques ou non, ces bénéfices, comme vous le soulignez très justement, motivent toutes nos entreprises. Que gagnons-nous par nos actions ? Si je le savais, j'aurais résolu bien des problèmes. Je suppose que vous connaissez Salbach depuis longtemps ?

— Depuis mon arrivée dans cette abbaye, il y a dix-huit ans. Nos rapports sont plus étroits depuis que mes frères m'ont élu père abbé du monastère.

— Que savez-vous de lui ?

— Il est considéré comme un bon chef, fier de ses ancêtres et parfois un peu trop autocratique. Mais dans l'ensemble, je crois qu'il gouverne de façon juste et équitable.

— On lui prête beaucoup d'ambition.

— Que reprochez-vous à l'ambition ? Elle est l'instigatrice de nobles projets.

— Et si elle l'amenait à viser au-delà des frontières des Corco Loígde ?

— Rien ne l'interdit. N'oubliez pas qu'il descend de la lignée d'Ir, apparentée à Míl Easpain qui a conquis cette terre à l'aube des temps et l'a peuplée des enfants des Gaëls.

Une grimace douloureuse déforma les traits de Fidelma.

— Épargnez-moi les généalogies, c'est d'un ennui... Je tolère l'ambition tant que la grenouille ne vise pas à devenir aussi grosse que le bœuf. Salbach connaissait-il sœur Eisten ?

— Pas que je sache.

— Et si je vous disais qu'il y a tout juste une semaine Eisten se trouvait chez Salbach en compagnie de sœur Grella ?

L'étonnement se peignit sur le visage de Brocc.

— Vous croyez donc qu'il y a un lien entre la mort de la pauvre sœur Eisten et celle du vénérable Dacán ?

— Sûrement. Peut-être mineur, je vous l'accorde, mais je suis bien décidée à en découvrir la nature.

Devant la complexité croissante de la situation, Brocc était submergé par l'accablement.

— Vous êtes loin d'avoir résolu le mystère de la mort de Dacán, cousine. Et le temps presse, il s'écoule à une vitesse vertigineuse.

— J'en suis bien consciente, dit Fidelma d'une voix douce.

— Rappelez-vous qu'on me tient légalement responsable de ce meurtre et je ne suis pas en mesure de payer la compensation et les amendes.

— Tranquillisez-vous, Brocc, le rassura Fidelma. Laigin ne s'intéresse pas aux sept *cumals* de l'amende *éric*. Ce pays est motivé par le prix de l'honneur et les yeux de ses dirigeants sont fixés sur les terres d'Osraige.

— Leur bateau de guerre ne partira donc jamais d'ici ! s'écria l'abbé avec un grand geste de la main en direction de la fenêtre.

— Vous ne pouvez en tenir rigueur à Laigin, cousin. Après tout, ils agissent dans le cadre de la loi. Ce navire n'entreprendra rien. Il est là pour vous rappeler vos responsabilités en tant qu'abbé de l'abbaye où Dacán a trouvé la mort.

On frappa à la porte et, sur l'injonction de Brocc, Cass pénétra dans la salle de réception.

À sa mine déconfite, Fidelma comprit qu'il avait échoué.

— Rien, confirma-t-il. Aucune trace de sœur Grella. Le capitaine était furieux mais il ne s'est pas opposé à la fouille. J'ai exploré les recoins les plus malodorants du vaisseau et je vous donne ma parole d'honneur qu'elle n'est pas à bord.

Les épaules de Fidelma s'affaissèrent puis elle retourna à la fenêtre.

Les voiles de l'embarcation du marchand franc avaient été déployées. Elles claquaient au vent, les mâts craquaient, les cris des matelots à la manœuvre se mêlaient à ceux des mouettes tournoyant autour du navire en partance qui se balançait doucement dans la crique.

— Encore une fausse piste, soupira-t-elle à mi-voix. Et pourtant je sais qu'il existe une issue à cette confusion, ajouta-t-elle avec véhémence.

— Et maintenant, dans quelle direction allez-vous vous orienter ? s'inquiéta Brocc.

Elle se détournait de la baie quand elle repéra une *barc* glissant dans le bras de mer, toutes voiles dehors. Elle négociait sa route, tel un dauphin espiègle, autour du lourd navire de commerce. Et il lui vint une idée dont elle se demanda comment elle ne l'avait pas eue plus tôt. En un clin d'œil, sa décision fut prise.

— Je vais quitter l'abbaye quelque temps, Brocc, annonça-t-elle. Mon chemin me mène hors de ces murs.

— Où partez-vous ? demanda l'abbé, stupéfait.

— J'aurai besoin d'une *barc* rapide, répliqua Fidelma, ignorant la question de l'abbé. Où puis-je en louer une ?

— La meilleure *barc* de la région est la propriété

d'un matelot du nom de Ross, dit aussitôt Brocc. Mais il profite de son avantage et son prix est élevé. N'importe quel pêcheur vous indiquera où il demeure.

— Parfait. Pendant mon absence, je vais confier à votre garde quelques éléments de preuve que je ne peux emporter avec moi, et qui seront essentiels pour la reconstitution des faits.

Brocc pointa du doigt un cabinet en chêne, à l'autre bout de la salle.

— Il est équipé de deux serrures et contient les objets de valeur de ce monastère.

De son épaule, Fidelma fit glisser son *marsupium* qu'elle emportait partout avec elle. Sans un mot, l'abbé passa la main sous la table et en retira un trousseau de clés, tenues ensemble par un anneau, et dont Fidelma supposa qu'il était suspendu à un crochet dont seul l'abbé connaissait l'existence. Puis Brocc se dirigea vers le petit buffet, l'ouvrit et fit signe à Fidelma de venir y déposer le *marsupium* avant de le refermer et de remettre les clés en place.

— Si sœur Grella réapparaît, je veux qu'on la place sous bonne garde jusqu'à mon retour. Vous m'avez bien comprise ?

L'abbé acquiesça.

Rassurée, Fidelma se tourna vers Cass.

— Le temps est venu de partir à la recherche de ce Ross et d'aller discuter le prix du voyage.

Plongé dans les affres de l'incertitude, Brocc arpentait la pièce en se tordant les mains.

— Mais où allez-vous, cousine ? Et combien de temps serez-vous absents ? Si je dois emprisonner sœur Grella, éclairez-moi. Quels chefs d'accusation dois-je invoquer ?

Fidelma, qui avait déjà ouvert la porte, se retourna vers lui. Il avait l'air tellement perdu qu'il lui fit pitié.

— Mieux vaut que personne ne connaisse le but de

notre expédition. Quant à sœur Grella, dites-lui qu'elle est retenue comme témoin principal pour le procès touchant au meurtre de son ancien époux, le vénérable Dacán. Avec l'aide de Dieu, nous serons de retour d'ici à une semaine.

Brocc s'arrêta net et la fixa avec de grands yeux.

— Toute une semaine ? balbutia-t-il.

Mais Fidelma avait déjà quitté la salle, escortée par Cass.

CHAPITRE XIII

— Voilà Na Sceilig, là devant nous ! s'exclama Ross qui se tenait à la poupe de son bateau, le doigt pointé sur l'horizon.

Ses yeux d'un vert profond, qui reflétaient les changements des flots, ne formaient plus qu'une fente. C'était un homme de petite taille, robuste, avec des cheveux grisonnants coupés court, un vétéran de la mer endurci par quarante années de navigation. Son visage buriné par les vents et le soleil était aussi brun qu'une amande grillée. D'humeur grincheuse, il poussait régulièrement des beuglements sonores quand on le contrariait.

Sa *barc* avait quitté Ros Ailithir deux jours auparavant. Fidelma avait négocié, pour un prix exorbitant, un aller-retour pour le monastère de Fínán à Sceilig Mhichil. L'embarcation avait suivi les routes de navigation côtières, poussée par un petit vent qui soufflait du nord-est, et les avait menés jusqu'aux frontières sud de Muman. Ensuite, Ross avait manœuvré son vaisseau dans les courants de la marée montante qui les avait propulsés vers le nord.

Fidelma mit une main en visière devant ses yeux et eut le souffle coupé à la vue des rochers spectaculaires qui s'avançaient dans la mer. Les deux îles — des pyramides nues, fissurées, avec des écueils et des affleurements déchiquetés — s'élevaient, terrifiantes et maléfiques dans les eaux sombres. Elles étaient situées à huit milles marins du continent et leur beauté sauvage fit battre le cœur de Fidelma.

Le nom de Sceilig laissait bien supposer la présence de rochers mais elle n'était pas préparée à de tels promontoires dont les falaises tombaient à pic dans les flots.

— Sur quelle île se trouve le monastère ? demanda Fidelma.

— La plus grande, répondit Ross en pointant du doigt la masse qui s'élevait à plus de sept cent cinquante pieds.

— Mais je ne vois pas où nous pouvons accoster, et il n'y a pas le moindre endroit où construire des habitations, protesta Fidelma, effarée devant les parois abruptes.

D'un doigt noueux, Ross tapota sa narine droite d'un air entendu.

— Ne vous inquiétez pas, je connais les lieux et si vous aimez l'escalade, vous n'aurez plus qu'à grimper jusqu'au monastère, juste entre les deux pics.

Il désigna le sommet de l'île.

— Les moines l'appellent « la selle du Christ ».

Des fous de Bassan aux ailes de six pieds d'envergure tournoyaient en criaillant, s'élevaient, tanguaient et se laissaient brusquement tomber comme des pierres, plongeant de soixante pieds en quête de poisson.

La deuxième île était couronnée par une multitude d'oiseaux. Tout d'abord, Fidelma crut que, par un miracle inexplicable, le sommet en était enneigé. Mais Ross lui expliqua que c'était un effet des excréments des volatiles, accumulés au cours des siècles.

— Sur Little Sceilig, et en dehors des fous de Bassan, nichent aussi des mouettes, des mouettes tridactyles, des cormorans, des guillemots, des petits pingouins, des puffins cendrés, des sternes fuligineuses, des pétrels glacials et j'en oublie.

Cass, qui était resté silencieux, se réveilla soudain.

— Voilà un endroit effrayant pour éprouver une âme.

Fidelma lui sourit, étonnée qu'un esprit habituellement aussi flegmatique exprime une telle émotion.

— Voilà un endroit propice à l'élévation de l'âme, le corrigea-t-elle, car il montre à quel point nous comptons pour peu de chose dans le grand dessein de la Création.

— Je ne comprends toujours pas ce que nous faisons dans un endroit aussi isolé, grommela Cass, levant la tête pour contempler les escarpements.

Fidelma décida qu'il était temps de soulever le voile sur le but de leur expédition.

— Vous vous souvenez du rouleau de feuilles de vélin que nous avons découvert dans la cellule de Grella, et de la lettre que Dacán a écrite à son frère Noé ? Il l'a rédigée la veille de sa mort et il y racontait qu'il avait retrouvé la trace de son « gibier », c'est le terme qu'il a employé, au monastère de Sceilig Mhichil. Il cherchait l'héritier de la lignée des rois originaires d'Osraige. Et je pense qu'on l'a assassiné à cause de ce qu'il avait découvert. Voilà pourquoi l'étape suivante de la résolution du mystère nous a conduits jusqu'à cette île imprenable qui se dresse devant nous.

Cass s'arracha à la contemplation de l'île pour reporter son attention sur Fidelma.

— Vous espérez trouver ici l'individu que « chassait » Dacán ?

— Disons plutôt que je suis la même piste que le vénérable.

Ross et son équipage, comme la plupart des marins de la côte, étaient des navigateurs aguerris. Ils le prouvèrent au cours des instants qui suivirent tandis qu'ils contournaient les écueils pour rejoindre le seul point de ce site sauvage où l'on pouvait accoster, qui ne se découvrait que quand on allait l'atteindre. Le ressac menaçait à tout moment de projeter le bateau contre les rochers tandis que les flots écumaient alentour, et tout le monde fut bientôt trempé par les embruns. Il leur fallut un certain temps avant de parvenir à jeter l'ancre suffisamment près de la côte afin que Fidelma et Cass puissent débarquer.

— Nous ne pouvons pas rester ici, c'est trop dangereux, hurla Ross pour dominer le fracas des vagues et les cris des oiseaux. Dès que vous aurez débarqué, nous repartirons au large et reviendrons ensuite vous chercher.

Fidelma hocha la tête.

Cass sauta hardiment sur la plate-forme granitique qui constituait un quai naturel, puis ce fut au tour de Fidelma. Elle se lança et il l'attrapa par la taille avant de la déposer sur le sol.

Puis ils suivirent l'unique sentier qui s'offrait à eux. Bientôt, ils aperçurent un anachorète en robe de bure qui descendait à leur rencontre. Il fronçait les sourcils et semblait fâché de les voir.

— *Bene vobis*, lança Fidelma.

Le moine s'arrêta brusquement.

— Nous avons repéré votre bateau. Cet endroit est interdit aux femmes, ma sœur, dit-il avec une irritation croissante.

Fidelma demeura impassible.

— Comment se nomme le père supérieur ? demanda-t-elle.

Le moine hésita, mais, sous le feu glacé du regard de la religieuse, il marmonna :

— Père Mel. Mais je répète que les frères résidant ici s'isolent de la compagnie des femmes, suivant ainsi les préceptes du bienheureux Fínán.

Fidelma connaissait l'existence de ces monastères qui excluaient la gent féminine. Des cénobites comme Fínán de Clonard ou Enda d'Aran avaient interprété les Écritures à leur façon. Ils fuyaient les femmes comme la peste et les traitaient de créatures du diable. De telles hérésies insupportaient Fidelma au plus haut point, surtout qu'elles recevaient le soutien de Rome, qui voyait là une bonne occasion d'imposer le célibat et la séparation des sexes. Selon l'argument avancé par Augustin d'Hippone, seul l'homme était créé à l'image de Dieu.

— Je suis Fidelma de Kildare, sœur de Colgú, roi de Muman, mandatée par mon frère en tant que *dálaigh* à la cour.

Une telle entrée en matière n'était pas dans les habitudes de Fidelma mais, en l'occurrence, c'était le plus sûr moyen d'affronter l'hostilité du moine.

— Je suis venue ici dans le cadre d'une enquête sur une mort illégitime. Et maintenant, conduisez-moi sur-le-champ au père Mel.

Horrifié, l'anachorète cligna des yeux.

— Je n'ose pas.

Cass tira son épée de son fourreau et contempla le sentier que le moine venait de dévaler.

— À votre place, j'oserais, déclara-t-il d'un ton résolu.

Le moine pinça les lèvres, puis son regard alla de Cass à Fidelma et il eut un geste résigné qui dissimulait mal sa colère.

— Très bien, suivez-moi... si vous en êtes capables, ajouta-t-il en ricanant. Et je vous présenterai au père Mel.

Puis, tournant brusquement les talons, il repartit

comme il était venu. Au départ, l'ascension se révéla plutôt facile, puis le chemin se rétrécit jusqu'à disparaître. Ils grimpaient collés à la paroi, sautant d'une saillie à une autre, tombant de temps en temps sur des marches creusées dans le roc par les moines. C'était une escalade ardue. Le vent leur soufflait au visage, menaçant de les précipiter dans les flots blanchis par l'écume. À plusieurs reprises, Fidelma, les cheveux flottant au vent et la coiffe de travers, trébucha et se retrouva à quatre pattes, se raccrochant comme elle le pouvait aux aspérités rocheuses.

L'anachorète, rompu aux ascensions, accéléra le pas et Fidelma, furieuse, refusa de se laisser distancer. Cass, qui la suivait, la rattrapa plusieurs fois alors qu'elle perdait l'équilibre. Puis ils finirent par déboucher sur un grand plateau, un endroit très vert suspendu entre deux pics où s'élevaient deux croix de granit. Une volée de marches menait à un second plateau où un mur de pierre, qui courait d'un seul côté, présentait l'unique protection contre la falaise à pic.

Fidelma s'arrêta devant le spectacle grandiose de Little Sceilig, couronnée de blanc. Le continent, au loin, se réduisait à une ligne brumeuse.

Puis elle contempla le monastère, construit il y avait tout juste un siècle par Fínán. Il comportait six *clocháns*, ou maisonnettes de pierre rondes en forme de ruche, et un oratoire rectangulaire. Au-delà, des maisonnettes et un oratoire ordonnancés sur le même modèle. À sa grande surprise, Fidelma vit aussi un petit cimetière avec des dalles et des croix. Elle se demanda comment on pouvait enterrer des corps dans un lieu où la terre était aussi peu profonde, et jugea l'endroit bien cruel et sauvage pour envisager d'y mener une existence quelconque.

Plusieurs frères travaillaient à l'entretien d'un petit jardin abrité par un mur de pierres et d'ardoises imbriquées. Par miracle, deux sources coulaient sur ce site désolé.

— Quel endroit insensé ! murmura Fidelma à Cass. Pas étonnant que les frères tiennent à le garder secret.

L'anachorète qui les avait escortés s'était éclipsé, pour pénétrer sans doute dans l'une des constructions. Les jardiniers, délaissant leurs cultures, discutaient à voix basse, visiblement mal à l'aise.

— Ces gens vous apprécient peu, Fidelma, murmura Cass, la main sur la poignée de son épée.

Le moine réapparut aussi soudainement qu'il s'était volatilisé.

— Par ici. Le père Mel va vous recevoir.

Ils pénétrèrent dans une des maisons rondes où les attendait un vieil homme au visage parcheminé et creusé de rides, assis en tailleur. Vu la structure de l'habitation qui ne permettait pas de se tenir debout, ils furent obligés de l'imiter et Fidelma s'installa face au vieil homme, sur des peaux de mouton posées à même le sol.

Mel observa pensivement la jeune femme de ses yeux bleus brillant dans un visage qui semblait taillé dans le roc.

— *In hoc loco non ero, ubi enim ovis, ibi mulier... ubi mulier... ibi peccatum*, entonna-t-il d'un air morne.

— J'entends bien que vous n'avez aucun désir de fréquenter des femmes qui pour vous représentent le péché, répliqua Fidelma, et je n'aurais jamais songé à enfreindre votre règle si des intérêts supérieurs ne m'y avaient poussée.

— Quels intérêts supérieurs ? L'association des sexes dans la foi est contraire à la discipline de la foi, grommela le père Mel.

— Il me semble, au contraire, que si les deux sexes renonçaient l'un à l'autre, il n'y aurait bientôt plus de foi, plus d'Église et plus de fidèles, railla Fidelma avec une pointe de cynisme.

— *Abnegabant mulierum administrationem separantes eas a monasteriis*, répliqua le père Mel avec componction.

— J'ai bien compris que la présence dans les monastères des hommes et des femmes vous déplaisait et nous pouvons continuer à discourir en latin si vous le désirez, soupira Fidelma. Mais je suis venue ici pour des motifs de la plus haute importance. Je ne tiens nullement à imposer ma présence ici contre votre volonté, même si je suis meurtrie qu'au cœur des cinq royaumes naissent des communautés comme celle-là, où nos lois et nos coutumes sont malheureusement rejetées. Et plus tôt j'obtiendrai les réponses aux questions qui m'amènent ici, plus vite je m'en retournerai.

Une ombre passa sur le visage du père Mel.

— Que désirez-vous au juste ? dit-il d'un ton peu amène. Mon disciple m'a dit que vous étiez un *dálaigh* commissionné par le roi temporel de ce pays.

— C'est vrai.

— Comment vous aider à remplir votre mission afin que vous repartiez le plus vite possible ?

— Abritez-vous des gens d'Osraige dans ce monastère ?

— Nous accueillons tout le monde dans notre communauté.

Fidelma se força à respirer profondément pour ne pas perdre son calme.

— Vous n'avez pas répondu.

— Parfait, je suis moi-même originaire d'Osraige, répliqua le père Mel qui la défiait ouvertement. Que me voulez-vous ?

— Il y a quelque temps, je pense qu'un descendant des rois originaires d'Osraige a trouvé refuge ici. Un héritier d'Illan. Si c'est exact, alors je dois le voir car je crains que sa vie ne soit en danger.

Le visage du père Mel se détendit en ce qui ressemblait à un sourire.

— Alors peut-être désirez-vous me parler ? Cet Illan auquel vous faites allusion était mon cousin, mais permettez-moi de préciser que je ne me considère pas comme l'héritier d'une charge temporelle.

— Vraiment ?

Selon Dacán, l'héritier d'Illan était bien protégé par son cousin, mais elle ne s'attendait pas à ce que ce parent lui apparaisse sous les traits d'un vieillard.

— Je n'ai pas l'habitude de mentir, femme, jeta le père Mel d'un ton cassant. Et maintenant, croyez-vous toujours que je cours un danger ?

Fidelma hocha la tête. Le père Mel ne mettait nullement en péril les petits rois assis sur le trône d'Osraige, et il ne pouvait servir de point de ralliement pour une insurrection ultérieure.

— Non, vous ne craignez rien, mais on m'avait néanmoins parlé d'un jeune héritier d'Illan, confié à la garde de son cousin : vous-même à l'évidence.

Le visage du père Mel était aussi inexpressif qu'une pierre.

— Il n'y a pas de jeune héritier d'Illan sur cette île, déclara-t-il avec fermeté. Je vous en donne ma parole de religieux.

Avaient-ils entrepris ce pénible voyage pour rien ? Dacán se serait-il trompé ?

— Autre chose ? demanda le père Mel d'un ton sec.

Fidelma se leva pour tenter de cacher sa déception.

— Non, j'aurais mauvaise grâce de ne pas ajouter foi à votre parole.

Elle hésita.

— Avez-vous reçu la visite d'un marchand du nom d'Assíd de Laigin ?

Le père Mel croisa son regard sans ciller.

— Il y a tant de marchands sur cette terre... et je me souviens rarement de leurs noms.

— Mais vous connaissez le vénérable Dacán de réputation ?

— Oui, il est célèbre en tant qu'érudit de la foi, répondit aussitôt le père supérieur.

— Rien d'autre ?

— Non.

— C'est tout ? demanda Cass quand ils se retrouvèrent à l'air libre.

Un profond étonnement se reflétait sur ses traits.

— On n'a quand même pas fait tout ce chemin pour ça ?

— Le père Mel dit nécessairement la vérité, lui fit remarquer Fidelma.

— On a déjà connu des religieux qui mentaient, répliqua Cass d'un air sombre.

Alors qu'ils s'apprêtaient à entreprendre la descente vers la mer, ils levèrent soudain les yeux sur un anachorète, un homme d'un certain âge, au visage plat et lugubre, qui leur barrait la route.

— Je... je vous ai entendus, commença l'homme. Vous avez demandé s'il y avait ici quelqu'un d'Osraige. Un réfugié.

Il était à l'évidence en proie à des sentiments contradictoires.

— C'est exact, lui confirma Fidelma. Comment vous appelez-vous ?

— Frère Febal. Ici, je travaille comme jardinier.

Il sortit brusquement de dessous sa robe une poupée de paille en piteux état, dont le rembourrage sortait par les jointures brisées, et il la tendit avec solennité à Fidelma.

— Qu'est-ce que c'est ? demanda Cass.

Fidelma tourna et retourna l'objet dans ses mains.

— Qu'avez-vous à nous dire au sujet de cette poupée, mon frère ?

Frère Febal hésita, jeta un regard en direction de la maisonnette du père supérieur, et leur fit signe d'avancer sur le chemin afin de fuir les regards qui pouvaient les épier depuis les bâtiments de la communauté.

— Le père Mel ne vous a pas dit toute la vérité, confessa-t-il. Le bon père ne craint pas pour lui-même mais pour ceux dont il a la charge.

— Le père Mel s'est montré avare de commentaires, répliqua Fidelma avec gravité, mais je ne parviens pas à croire qu'il mentait effrontément en affirmant que l'héritier d'Illan ne se trouve pas sur cette île.

— Sur ce point, vous avez raison, il n'est pas là. Cependant, il y a six mois, Mel a amené ici deux garçons. Il nous a confié que leur père, un de ses cousins, était mort et qu'il prendrait soin d'eux pendant quelques mois, le temps qu'on leur trouve un nouveau foyer. Comme le plus jeune des deux enfants s'ennuyait, ce qui est bien normal dans un tel cadre, son frère aîné lui a fabriqué une poupée pour le distraire. Quand ils sont partis, le plus jeune l'a oubliée.

Fidelma parut perplexe.

— Quel âge avaient ces deux garçons ?

— Le premier neuf ans et le second, quelques années de plus.

— Pas d'adolescent approchant l'âge du choix ?

À sa grande déception, frère Febal secoua la tête.

— Pourquoi nous racontez-vous cela, s'enquit Cass, tout à coup soupçonneux, alors que votre père supérieur n'a pas cru bon de nous faire confiance ?

— Parce que j'ai reconnu sur vous l'emblème des gardes du corps du roi de Cashel. Quant à vous, ma sœur, j'ai entendu que vous étiez *dálaigh* à la cour. Je ne pense pas que vous vouliez du mal à ces enfants. Et surtout, je crains qu'un grand danger ne les menace et j'espère que vous leur viendrez en aide.

— Qu'est-ce qui vous fait croire qu'ils sont en péril ? demanda Fidelma.

— Il y a tout juste deux semaines, un bateau est arrivé ici avec un religieux qui a emmené avec lui les deux garçons. J'ai entendu le père Mel s'adresser à lui en utilisant les termes d'« honorable cousin ». Et puis, quelques jours plus tard, un second navire a accosté et un homme a débarqué qui a posé les mêmes questions que vous.

— Pouvez-vous nous le décrire ?

— Trapu, le visage rougeaud, vêtu d'une pelisse fourrée et coiffé d'un casque en acier. Il affirmait qu'il était chef et il portait la chaîne d'or de sa fonction.

Fidelma en eut le souffle coupé.

— Intat ! s'écria Cass sur un ton triomphant.

Frère Febal battit des cils d'un air anxieux.

— Vous le connaissez ?

— Il est le mal personnifié, résuma Fidelma. Que lui a-t-on raconté ?

— La même histoire qu'à vous. Mais un des frères, alors que cet homme s'apprêtait à repartir, mentionna les deux garçons par inadvertance en précisant qu'un religieux les avait emmenés peu de temps auparavant.

— Et Intat s'en est retourné ?

— Oui. Mel était outré. Et il nous a demandé d'oublier cette histoire. Mais j'ai le sentiment que, contrairement à cette brute, vous agissez dans l'intérêt de ces petits. Si jamais il les trouve...

Il conclut sa phrase par un haussement d'épaules qui en disait long.

— Nous sommes en effet chargés de les protéger, mon frère, le rassura Fidelma. Et ils sont gravement menacés par cet homme, Intat. Savez-vous qui ils sont et où ils sont allés ?

— Hélas, même le père Mel ne les appelait pas par leurs noms mais par les formes latines de Primus et Victor. Regardez la poupée, on y lit encore l'inscription « *Hic est meum, Victor* », ce qui signifie « Ceci est à moi, Victor ».

— Pouvez-vous me les décrire ?

— Ils ont tous les deux des cheveux cuivrés et pas de signes distinctifs particuliers.

— Ils sont roux ?

Cela ne correspondait pas à Cétach et Cosrach, et Fidelma sentit le découragement la gagner.

— Savez-vous où on les a envoyés ?

— Le religieux qui les a emmenés venait d'une abbaye du sud. Le plus jeune, Victor, était un enfant très attachant. Rapportez-lui cette poupée en souvenir d'ici et je prierai pour que Michel Archange, gardien de notre petit monastère, le tienne en sa sainte garde.

— Et le religieux ? À quoi ressemblait-il ?

— Je ne saurais le dire. Sa mante dissimulait son corps et sa capuche était rabattue sur ses yeux. Je l'ai à peine entraperçu. Il n'était pas jeune, pas vieux non plus... Désolé de vous donner une description aussi vague.

— Merci, mon frère, votre aide nous a été très utile.

— Je vais vous raccompagner jusqu'au rivage. Maintenant que j'ai soulagé ma conscience, je me sens plus léger.

Cass saisit Fidelma par le bras.

— Pourquoi n'allons-nous pas affronter ce vieux bouc pour lui faire avouer où ce cousin a emmené les enfants ?

Fidelma secoua la tête.

— Nous n'obtiendrons rien de plus d'un homme comme le père Mel et Ros Ailithir nous appelle.

Une fois remontés à bord de la *barc* de Ross, ils prirent la direction du sud, venant au vent pour longer les presqu'îles et les péninsules.

— Un long voyage pour peu de résultats, se plaignit Cass tandis que Fidelma tournait et retournait la poupée de paille dans ses mains.

— Il arrive qu'un mot, une phrase résolve le puzzle le plus compliqué et permette à toutes les pièces de se mettre en place, répliqua Fidelma.

— Qu'avons-nous appris au cours de cette pénible

expédition à Sceilig Mhichil que nous ne soupçonnions déjà ? Si seulement on avait bousculé ce vieux moine...

— Parfois, obtenir une confirmation de la connaissance est aussi important que la connaissance elle-même, l'interrompit Fidelma. Et nous avons relié Intat à l'énigme du meurtre de Dacán. Dacán recherchait le fils d'Illan dont il pensait qu'il approchait l'âge du choix. Maintenant, nous savons qu'Illan avait deux jeunes fils qui n'avaient pas atteint l'âge du choix. Intat arrive ici en quête des rejetons d'Illan. Or Dacán travaillait pour Laigin, mais Intat était un homme de Salbach des Corco Loígde. Ça commence à prendre forme, non ?

— En dehors de l'implication d'Intat dans cette affaire, qu'avons-nous appris d'autre ?

— Que le monastère de Sceilig Mhichil est placé sous la protection de saint Michel Archange. Sceilig Mhichil signifie « rocher de Michael ». Et nous savons aussi que Mel s'est adressé à l'homme qui est venu chercher les garçons en l'appelant « honorable cousin ».

Cass se demanda si elle se moquait de lui ou si elle était sérieuse.

— Mais concrètement, qu'avons-nous récolté ? reprit-il.

Fidelma sourit d'un air narquois.

— Nous avons recueilli de précieuses informations. Les héritiers d'Illan sont deux. Ils ont quitté Sceilig Mhichil il y a deux semaines, à peu près en même temps que Dacán était assassiné, et ils sont maintenant poursuivis par Intat. Quand Intat a incendié Rae na Scríne, il était à leur recherche. Je parierais qu'il ne les a toujours pas trouvés et qu'ils se cachent à Ros Ailithir ou dans les environs.

— En admettant qu'ils soient encore en vie.

L'intérêt de Cass pour l'affaire s'était brusquement ranimé.

— On ne connaît même pas leurs vrais noms, à ces deux gamins aux cheveux cuivrés. Primus et Victor... voilà des indices bien minces, qui nous donnent peu d'indications sur la direction à prendre.

— Peut-être que vous avez raison, admit Fidelma d'un ton rêveur. Mais tout de même...

Puis elle se tut et détourna la tête.

CHAPITRE XIV

Quand Fidelma entra dans les appartements de Brocc, le visage aux traits fins de l'abbé se détendit et il se précipita à sa rencontre.

— On vient de m'apprendre votre retour et je suis infiniment soulagé de vous revoir. Votre voyage a-t-il été fructueux ? demanda-t-il avec empressement.

Fidelma se montra évasive.

— Disons que j'ai enrichi mes connaissances.

L'abbé hésita, se demandant s'il devait exiger davantage d'explications de sa cousine, puis décida que cela pouvait attendre.

— J'ai hélas de mauvaises nouvelles pour vous, lança-t-il en lui indiquant un siège.

Fidelma s'assit tandis que Brocc lui tendait une tablette en cire.

— Hier, j'ai reçu ce message. Le haut roi sera ici dans quelques jours.

Les yeux agrandis par la surprise, Fidelma s'appuya des deux mains sur la table.

— Sechnassach a décidé de se déplacer ?

Brocc hocha la tête en un geste emphatique, pas peu fier de surprendre sa parente.

— Il a statué que la cour devait entendre les doléances de Laigin contre Muman sur les lieux mêmes du crime perpétré contre Dacán. Selon ses propres termes...

Brocc hésita et se pencha sur la tablette.

— ... il serait *approprié* que l'audience se tienne à Ros Ailithir.

— Ainsi soit-il, soupira Fidelma. Donc il arrive avec sa suite ?

— Naturellement. Le chef brehon Barrán siégera avec le haut roi, et l'archevêque Ultan d'Armagh représentera les congrégations ecclésiastiques des cinq royaumes. On attend votre frère Colgú et ses conseillers d'un jour à l'autre.

— Je suppose que le jeune Fianamail et ses défenseurs sont également en route.

— Fianamail sera accompagné par l'abbé Noé et son brehon Forbassach.

— Forbassach ! C'est donc lui qui va plaider pour Laigin ?

Fidelma n'éprouvait aucune sympathie pour l'avocat au profil de faucon, mais elle lui reconnaissait un esprit brillant, rapide, et une solide expérience. Un adversaire à ne pas sous-estimer. Sans compter qu'après la façon dont elle l'avait fait expulser de Cashel, il ne lui ferait pas de cadeau.

— Quand vont-ils arriver ? demanda-t-elle d'un air préoccupé.

— Au plus tard à la fin de la semaine.

Brocc était bouleversé à l'idée qu'il devrait accueillir une telle assemblée pour un procès où il tiendrait la place de l'accusé.

— Dites-moi, cousine, approchez-vous de la solution de l'énigme ? demanda-t-il d'une voix suppliante.

Malheureusement, Fidelma n'était pas en mesure de dissiper ses craintes.

Elle se leva et se dirigea vers la fenêtre.

— En arrivant à Ros Ailithir, j'ai vu que le bateau de guerre de Mugrón était toujours fidèle au poste.

Sous l'effet de l'anxiété, la poitrine de Brocc se creusa.

— Laigin ne va sûrement pas retirer sa plainte avant la réunion de l'assemblée.

— Je suppose que le haut roi et son entourage arriveront par bateau en longeant la côte ? demanda-t-elle en se retournant vers l'abbé.

— Tout comme le roi de Laigin et sa suite, confirma Brocc. Frère Rumann et frère Conghus se démènent comme de beaux diables pour parvenir à loger et nourrir tout ce monde. Ah, la chambre qui vous servait de bureau ne sera plus disponible. Bien sûr, vous gardez votre cellule, comme il sied à votre rang, mais le jeune guerrier... comment s'appelle-t-il déjà ? Cass ? Il devra intégrer un dortoir.

— Je comprends. Vous allez être très occupé pour préparer l'assemblée.

Brocc l'étudia d'un œil critique.

— Et vous aussi, cousine, car notre avenir repose sur vos épaules.

Fidelma n'avait pas besoin que Brocc le lui rappelle. Les paroles de l'Évangile de Luc lui revinrent brusquement à l'esprit : « À qui on aura donné beaucoup il sera beaucoup demandé[1]. » Depuis qu'elle avait passé ses examens de droit, jamais n'avait pesé sur elle une aussi lourde charge et une terrible lassitude l'envahit. Malgré des efforts incessants, elle avait la désagréable impression de scruter des ombres insaisissables dans un miroir enfumé. Le sens de tout cela lui échappait.

Devant l'angoisse que reflétait son visage, Brocc se radoucit.

— Je vous demande pardon, mais je commence à me faire du souci. Je n'ai jamais été chargé d'organiser un tel événement.

1. Luc, 12, 48. *(N.d.T.)*

À l'évidence, ce remue-ménage exerçait sur lui une fascination morbide.

— Si je ne tenais pas le rôle du principal accusé, je trouverais cette aventure passionnante.

Fidelma détourna les yeux.

— Elle pourrait se révéler fatale si je ne fais pas valoir des arguments qui vous innocenteront, empêchant ainsi la requête de Laigin de dégénérer en une guerre entre les deux royaumes.

Un silence pesant s'établit dans la pièce, rompu par la voix de Fidelma.

— Avez-vous des nouvelles de sœur Grella ? Je suppose qu'elle n'est pas rentrée ?

Comme cela était prévisible, Brocc secoua la tête d'un air accablé.

— Non. Et d'après ce que vous m'avez rapporté, je crains qu'elle ne se soit enfuie, emportant avec elle le secret de sa faute.

Fidelma se leva en s'appuyant lourdement à la table.

— Nous verrons bien. En attendant, j'aimerais récupérer la sacoche que je vous ai confiée.

Brocc hocha la tête, décrocha le trousseau de clés dissimulé sous la table, puis alla ouvrir le cabinet dont il sortit le *marsupium* qu'il tendit à Fidelma.

Aussitôt, elle en vérifia le contenu et s'immobilisa brusquement. Le sang s'était retiré de son visage. Quelqu'un avait fouillé son sac et le morceau de « bâton de poète » calciné et les feuilles de vélin trouvées dans la chambre de sœur Grella avaient disparu. Cependant, le voleur avait laissé la jupe et les liens qui avaient servi à attacher Dacán.

— Que se passe-t-il ? demanda Brocc.

Elle se tint là un instant sans bouger, le temps de reprendre ses esprits. Inutile de répondre par trop d'émotion à la disparition de ces objets de la plus haute importance, qu'elle avait remis à l'abbé pour plus de sécurité.

— Quelqu'un a subtilisé dans mon sac des éléments de preuve essentiels.

— Mais, cousine, je ne comprends pas, articula Brocc dans un souffle.

Il avait changé de couleur et semblait sincèrement mortifié.

— Quand avez-vous ouvert ce meuble pour la dernière fois, Brocc ?

— Mais quand vous m'avez demandé d'y déposer vos affaires.

— Où avez-vous gardé les clés ?

— Elles sont restées accrochées sous la table.

— Qui connaît cette cachette ?

— Je croyais être le seul.

— La trouver n'exige pas un gros effort. Combien de personnes savent que des objets précieux sont parfois gardés dans ce petit buffet ?

— Juste quelques-uns des membres les plus importants de cette communauté.

— Et bien sûr, tous ceux ayant accès à vos appartements quand vous êtes occupé par les devoirs de votre office.

Brocc soupira.

— Aucun membre de la congrégation de cette abbaye ne commettrait pareil crime. Voler son abbé, mais, cousine, c'est impensable ! Cela enfreint toutes les règles de notre ordre.

— De même que le meurtre, répliqua Fidelma d'un ton ironique. Pourtant, quelqu'un dans cette abbaye ne s'est pas privé de tuer Dacán et sœur Eisten. Mais qui sont les membres les plus importants de votre confrérie auxquels vous avez fait allusion ?

Brocc se frotta le menton.

— Frère Rumann, bien sûr. Frère Conghus. Notre professeur principal, frère Ségán. Frère Midach... et j'oubliais sœur Grella mais elle a disparu. C'est tout.

— C'est déjà bien assez. Avez-vous par inadvertance mentionné que vous aviez entreposé des objets précieux dans ce cabinet pendant mon absence ?

Brocc tressaillit et le sang lui monta au visage.

— Mes ecclésiastiques de haut rang m'ont demandé où vous étiez, admit-il à contrecœur. Je ne pouvais rien leur dire puisque je l'ignorais. Mais comme ils étaient tous très inquiets sur l'issue de votre enquête, j'ai déclaré que vous pensiez détenir des charges matérielles et je crois que j'ai mentionné que vous aviez laissé... J'ai précisé que si sœur Grella revenait elle devait être retenue jusqu'à ce que...

Il se mit à bégayer sous le regard furibond de Fidelma.

— Je vois. Il n'a pas fallu longtemps au coupable, s'il était doué d'un minimum d'esprit logique, pour découvrir ces clés. Vous auriez pu tout aussi bien lui transmettre des instructions.

— Je suis vraiment désolé, murmura Brocc en tendant les mains comme pour se protéger des inflexions méprisantes qui résonnaient dans la voix de la religieuse.

— Pas autant que moi, Brocc, répliqua Fidelma en se dirigeant à grands pas vers la porte, furieuse de l'attitude insouciante de Brocc qui lui coûtait la perte de preuves patentes. Cet incident ne m'empêchera certainement pas de découvrir le coupable, reprit-elle, mais il risque d'entraver la démonstration de son implication dans les assassinats.

La première personne qu'elle aperçut en traversant la cour carrée de l'hôtellerie fut la jeune sœur Necht. En voyant Fidelma, elle sursauta.

— Je croyais que vous nous aviez quittés, dit-elle de sa voix lente et rauque.

Fidelma secoua la tête.

— Je ne partirai pas avant d'avoir terminé mon enquête.

— J'ai entendu dire que vous aviez ordonné la détention de sœur Grella.

— Sœur Grella a disparu.

— Oui. Tout le monde pense qu'elle a fui. Quelqu'un l'a-t-il cherchée à Cuan Dóir, la forteresse de Salbach ? suggéra la novice.

— Non, pourquoi donc ? s'enquit Fidelma, troublée.

La sœur porta une main à sa joue et réfléchit un instant.

— Parce qu'elle s'y est souvent rendue sans en parler à personne. C'est une excellente amie de Salbach.

Necht s'arrêta et sourit.

— Je le sais parce que sœur Eisten me l'a dit.

— Que vous a-t-elle raconté exactement ?

— Oh, que Grella l'avait une fois invitée à la forteresse de Salbach parce que le chef s'intéressait à l'orphelinat. Elle m'a assuré qu'ils s'entendaient très bien.

Fidelma fixa un instant les yeux candides de la novice.

— Si j'ai bien compris, frère Midach est votre *anamchara*, votre âme sœur ?

Fidelma se demanda pourquoi cette question provoquait une telle panique dans le regard de la jeune fille, qui en un clin d'œil se recomposa un visage serein et se força à sourire.

— C'est vrai.

— Vous connaissez Midach depuis longtemps ?

— Depuis toujours. C'était un ami de mon père et il m'a présentée au père supérieur.

Fidelma s'interrogea sur la meilleure manière d'aborder un sujet sensible et se décida pour la plus directe.

— Vous n'êtes pas obligée de supporter les insultes, vous savez.

Elle se rappelait la façon dont Midach avait rudoyé la religieuse, et la tape qu'il lui avait appliquée sur la tête.

Sœur Necht s'empourpra.

— Je ne vois pas de quoi vous voulez parler.

Fidelma lui fit une petite moue complice. Elle ne voulait surtout pas que la jeune fille se sente humiliée parce qu'elle avait surpris le médecin en train de la maltraiter.

— Il se trouve que j'ai entendu Midach vous tancer vertement. Je me trouvais dans le jardin des simples, une semaine avant mon départ.

À la grande surprise de Fidelma, ce qu'elle lut dans les yeux de la novice s'apparentait davantage à la peur qu'à la mortification.

— Oh, oubliez cela. Je... j'avais juste négligé une tâche importante que Midach m'avait confiée. C'est un homme bon mais, parfois, il perd patience. Vous n'en parlerez pas à l'abbé ? Promettez-moi que vous ne lui direz rien.

Fidelma lui adressa un sourire rassurant.

— Si vous y tenez. Mais, Necht, aucun être humain, et plus particulièrement aucune femme ne devrait se laisser injurier. Vous en avez conscience ?

Sœur Necht secoua la tête en fixant le sol.

— Sachez que les mauvais traitements, physiques, bien sûr, mais aussi les offenses verbales, par exemple si quelqu'un se moque d'une femme, critique son apparence, attire l'attention sur un défaut de sa physionomie ou l'accuse à tort d'une action quelconque, sont condamnés par nos tribunaux. La victime est en droit de demander réparation devant la loi.

— Je vous assure que ce n'était pas grave, ma sœur. Je vous remercie de l'intérêt que vous me portez mais, très sincèrement, Midach ne me voulait aucun mal.

Puis, en entendant sonner l'angélus de midi, sœur Necht murmura une excuse et s'éclipsa.

Fidelma poussa un profond soupir. Quelque chose lui échappait. Le rappel de la scène dans l'*arboretum* avait clairement effrayé la jeune fille. Mais elle ne pouvait guère lui venir en aide si elle refusait de porter plainte. Peut-être devrait-elle en toucher deux mots à Midach ?

Elle trouva Cass devant la porte de l'hôtellerie pour les invités.

— Vous connaissez la nouvelle ? s'écria-t-il, tout excité.

— Je vous écoute.

— Le haut roi en personne va venir à Ros Ailithir. Ici, les gens ne tiennent plus en place.

— Ah, ça ! cracha-t-elle avec dédain.

Cass fronça les sourcils.

— Je pensais que cela vous intéressait au premier chef. L'ennui, c'est que cela ne vous laisse pas beaucoup de temps pour préparer la défense de Muman.

— Croyez-vous que je l'ai oublié ? dit-elle d'une voix mesurée. Mais il y a plus important que l'imminence de l'assemblée. Figurez-vous que quelqu'un a subtilisé des éléments de preuve dans la besace que j'avais confiée à Brocc. Pour se rendre intéressant, cet imbécile n'a rien trouvé de mieux que de raconter à ses proches que je lui avais laissé un *marsupium* rempli d'objets précieux pour mon enquête.

Cass s'étonna.

— Mais pourquoi le voleur n'a-t-il pas pris le sac ?

Fidelma releva brusquement la tête. Elle avait négligé l'évidence. Pourquoi le bâton et les feuilles de vélin et pas la jupe de Grella et les liens ? Que signifiait cette distinction ?

Elle réfléchit un instant et poussa un soupir de frustration.

— Et maintenant où allez-vous ? demanda Cass tandis que Fidelma se dirigeait à grandes enjambées vers l'église, de l'autre côté de la cour.

— Nous avons oublié d'accomplir une démarche essentielle avant de partir pour Sceilig Mhichil, lança-t-elle par-dessus son épaule. Sœur Necht vient de m'y faire penser.

— Sœur Necht ?

Cass la rattrapa, fatigué de ses brusques volte-face. Il avait le sentiment de lui arracher les informations par bribes et aurait souhaité qu'elle se confie plus volontiers à lui.

— Il semblerait que nous n'arrêtons pas de courir de droite à gauche sans jamais nous rapprocher du but, se plaignit-il. Je croyais que les Anciens enseignaient qu'une telle agitation ne faisait qu'embrouiller l'esprit.

Fidelma, en proie à ses propres angoisses, fut irritée par ce qu'elle perçut comme une remarque narquoise de la part du guerrier.

— Si vous pensez résoudre ce puzzle en restant les bras croisés, ne vous gênez surtout pas pour moi.

À cette réplique brutale, Cass fit la grimace.

— Je ne vous critique pas, s'empressa-t-il de préciser, mais à quoi va nous mener cette visite ?

— Nous verrons bien, répondit sèchement Fidelma.

Frère Rumann, l'hôtelier, sortait de l'église quand ils grimpaient les marches du parvis.

— On m'a prévenu de votre retour de Sceilig Mhichil, lança-t-il de sa voix sifflante d'asthmatique. Votre voyage s'est-il bien passé ? Avez-vous découvert quelque chose ?

— Le voyage s'est fort bien passé, mais comment saviez-vous que nous nous rendions à Sceilig Mhichil ? s'étonna-t-elle, car elle avait pris soin de ne révéler le but de son expédition à personne, pas même à l'abbé Brocc.

Rumann parut mal à l'aise et fronça les sourcils.

— Je ne me souviens pas très bien mais quelqu'un l'a mentionné... frère Midach, je crois. Était-ce un secret ?

— On m'a assuré que la tombe du bienheureux Fachtna se trouvait à l'intérieur de l'église, dit Fidelma en changeant aussitôt de sujet. Seriez-vous assez aimable pour me la montrer ?

— Volontiers, répondit Rumann, maintenant tout gonflé d'importance. Le pèlerinage sur sa tombe a lieu chaque année, le quatorzième jour de la fête de Lunasa. Les gens se déplacent en foule. Suivez-moi.

Rumann trottina le long de la nef et passa par le transept pour rejoindre l'autel.

— Quand Fachtna arriva ici, alors que le paysage ne présentait que des étendues désolées, il était aveugle et, grâce à l'intercession de l'Esprit saint, un miracle s'accomplit et il recouvra la vue. Pour remercier le Seigneur, il construisit cette abbaye.

— Je connais cette histoire, répliqua Fidelma qui n'était pas d'humeur à partager l'enthousiasme de l'hôtelier.

Rumann les conduisit en haut des marches qui menaient à l'estrade sur laquelle reposait l'autel qu'il contourna. Puis il pénétra dans l'abside, le renfoncement voûté où le prêtre accomplissait le rituel de « la séparation » selon les rites de l'Église. Là se trouvait une grande dalle en grès de trois pouces d'épaisseur. À la tête de la pierre tombale se dressait une statue de chérubin posée sur un socle, et au pied, sa réplique exacte pareillement surélevée.

— La tombe est signalée par une simple croix, fit remarquer Rumann, avec le nom de Fachtna en ogham.

— Vous lisez l'ogham? demanda-t-elle d'un air innocent.

— Ma fonction d'hôtelier de cette abbaye exige de moi de hautes compétences dans des domaines variés, répliqua Rumann dont le visage lunaire reflétait une suffisance naïve.

Fidelma se pencha pour examiner la dalle.

— Et qu'y a-t-il sous ce monument funéraire? s'enquit-elle.

Rumann ouvrit de grands yeux.

— Eh bien, le sépulcre de Fachtna, naturellement, le seul qui soit toléré dans les murs de l'abbaye.

— Oui, mais s'agit-il d'un trou dans le sol ? d'une caverne ?

— Personne ne l'a jamais ouvert depuis que Fachtna y a été enterré, il y a plus d'un siècle.

— Ah bon ? Mais vous avez pourtant utilisé le terme de sépulcre.

— C'est effectivement celui qu'on utilise et peut-être cette tombe donne-t-elle accès à un genre de catacombe mais il serait sacrilège d'y pénétrer pour le vérifier. Il y a plusieurs cavernes dans les environs. Nous comptons nombre de tombeaux de ce genre à Ros Ailithir, mais ils sont situés à l'extérieur de l'abbaye.

— Donc il n'existe aucun accès à ce sépulcre depuis le jardin des simples, derrière l'église ? demanda brusquement Fidelma.

Rumann la fixa d'un air ahuri.

— Mais non, pourquoi posez-vous cette question ?

— Parce que cette dalle semble trop lourde pour être déplacée.

— Et en un siècle, personne ne s'y est aventuré.

Cass, devinant que Fidelma voulait rester seule un instant pour réfléchir au problème qui la préoccupait, entreprit d'interroger Rumann sur les autres sépultures. Son stratagème réussit parfaitement et le frère se lança dans une conférence interminable.

Pendant ce temps, Fidelma s'agenouilla et avança la main vers ce qui avait attiré son attention : une tache froide et huileuse. Du suif s'était introduit dans une crevasse, près de l'antique pierre tombale.

À cet instant, les portes s'ouvrirent en grinçant et quelqu'un pénétra dans l'église. Fidelma se redressa rapidement et vit un frère Conghus très agité qui faisait de grands signes à Rumann.

L'hôtelier s'excusa et rejoignit le portier.

Quand il eut disparu, Fidelma se tourna vers Cass et murmura :

— Il existe un accès à ce sépulcre, j'en donnerais ma main à couper.

Cass haussa les sourcils.

— À quoi le voyez-vous ? Et en quoi cela concerne-t-il notre enquête ?

— Regardez, là, ce suif provient d'une bougie.

Cass se pencha.

— C'est bien du suif et vous en trouverez plein l'église. Même qu'on peut facilement se casser une jambe si on ne fait pas attention où on met les pieds.

Elle poussa un soupir d'impatience.

— Oui, mais les taches de graisse se trouvent là où on est en droit de les attendre : sous des chandeliers. Ici, ça n'est pas le cas. Et regardez la disposition de ces gouttes.

— Je ne comprends pas.

— Franchement, Cass, concentrez-vous un peu. Observez. Calculez. Échafaudez des hypothèses. Les gouttes s'ordonnent de part et d'autre de l'arête de la stèle. Regardez la jointure. On jurerait que le suif a été répandu avant que l'on remette la dalle en place. Elle est posée sur les éclaboussures.

Cass se frotta la nuque d'un air boudeur.

— Je ne comprends toujours pas.

Fidelma poussa un gémissement d'impuissance, s'agenouilla à nouveau et tenta de déplacer la pierre tombale, dans un sens, puis dans l'autre, mais sans succès.

Elle se releva à contrecœur.

— Ce sépulcre est une clé essentielle de notre énigme, murmura-t-elle. Quelqu'un l'a ouvert récemment. Je crois que je commence enfin à voir poindre la lumière dans les ténèbres qui nous environnent.

Frère Rumann revint vers eux en se dandinant d'un air exalté, visiblement porteur d'une nouvelle importante.

— On a vu sœur Grella, lâcha-t-il avec componction.

— Elle est revenue à l'abbaye ? s'exclama Fidelma qui ne contenait plus son impatience.

Rumann secoua la tête.

— Quelqu'un l'a aperçue alors qu'elle chevauchait en compagnie de Salbach dans les bois de Dór. Il semblerait que le chef des Corco Loígde l'ait enfin trouvée. Excusez-moi, mais il faut que je transmette cette information à l'abbé.

Fidelma le regarda trottiner avec ardeur vers la sortie.

— Eh bien, je crois que notre mystère est en bonne voie d'être résolu, s'exclama Cass d'un air rayonnant.

— Expliquez-vous, grommela Fidelma dont le visage las s'accordait mal à l'enthousiasme du guerrier.

— Si Salbach a découvert où se terrait sœur Grella, alors nous tenons la coupable. Vous avez donné l'ordre de l'arrêter, les soupçons s'accumulent sur sa tête et les éléments de preuve l'accusent directement. Et elle est certainement celle qui s'est introduite dans les appartements de l'abbé.

— Pourtant, personne n'a vu sœur Grella à l'abbaye depuis qu'elle l'a quittée.

— Rien ne l'empêchait de revenir en cachette. Elle est votre voleuse et donc l'assassin de Dacán. Elle ne pouvait ignorer que les objets contenus dans votre *marsupium* entraîneraient sa perte. Elle a probablement découvert qu'ils se trouvaient chez l'abbé après avoir surpris une conversation à l'abbaye.

Fidelma se rappela soudain qu'elle n'avait pas précisé à Cass que Grella aurait dû s'empresser de faire disparaître la jupe et les liens qui l'incriminaient, or ils étaient toujours en sa possession. Elle décida que, pour l'instant, mieux valait garder l'information pour elle.

— C'est une interprétation possible, reconnut-elle. Et où se trouvent les bois de Dór ?

— Cuan Dóir, la forteresse de Salbach, est située

entre les bois et la mer. C'est à moins d'un quart d'heure en traversant le cap. On pourrait aller à la rencontre de Salbach et de Grella, dans l'éventualité où il la ramènerait à l'abbaye.

— On ne sait jamais, grommela Fidelma. Mais personnellement, je pense que Grella et Salbach nous réservent quelques surprises. Allons chercher nos chevaux à l'étable.

Cass étouffa un soupir. Décidément, Fidelma était une femme des plus exaspérantes.

CHAPITRE XV

Cuan Dóir, le port de Dór, n'était distant que de trois miles des grilles de l'abbaye. Le chemin qui y menait n'était jamais très éloigné de la mer que l'on voyait écumer au loin, il serpentait dans des landes sauvages d'ajoncs et de bruyère, avec des affleurements de rochers polis par les siècles. À cause de la proximité de l'océan, les arbres étaient rares et prenaient des formes étranges, sculptées par les vents côtiers. À mi-chemin, ils tombèrent sur un site de pierres levées. Les sentinelles de granite gris couvertes de lichens témoignaient des croyances et des pratiques des Anciens. Elles étaient disposées en un cercle d'une trentaine de pieds de diamètre, juste à côté d'une maisonnette en pierre. Ce témoignage des coutumes d'autrefois semblait s'intégrer parfaitement au paysage sauvage, balayé par les vents, et faisait surgir des images du passé.

Un peu plus loin, le chemin sinuait au milieu d'une profusion d'arbustes couleur fuchsia avant de descendre sur une petite crique, semblable à celle qui abritait Ros Ailithir, un port naturel où dansaient des bateaux. La beauté du site coupait le souffle. La forteresse de Salbach dominait la rade où se pressaient les maisons d'un village. La place forte, entourée d'un mur de pierres sèches de vingt pieds de haut, contrôlait la terre et la mer. Fidelma évalua la circonférence du mur, qui ne comportait qu'une seule entrée, à quelque deux cents pieds. La grille, aux montants inclinés, ne pouvait laisser passer qu'un seul cavalier à la fois.

Les deux hommes en armes qui montaient la garde regardèrent Fidelma et Cass s'approcher avec une curiosité mal dissimulée.

— Sœur Grella de Ros Ailithir est-elle à l'intérieur de cette demeure ? demanda Fidelma d'une voix forte du haut de son alezan.

— Vous êtes à la forteresse de Salbach, chef des Corco Loígde, répliqua un des gardes qui s'appuya nonchalamment au portail tout en la contemplant d'un air ironique.

Fidelma décida de changer de tactique.

— Serait-il possible de parler à Salbach ?

— Il n'est pas là.

— Où peut-on le trouver ? demanda Cass en faisant avancer sa monture de quelques pas afin que l'autre voie son collier d'or qui le distinguait comme un guerrier d'élite de Cashel.

Rien dans l'attitude insolente de l'homme ne trahit qu'il avait remarqué l'emblème.

— Il est parti se promener à cheval.

Puis, troublé par le regard de Cass qui n'augurait rien de bon, il se reprit et pointa son épée en direction des bois de Dór.

— Il est probablement en train de chasser.

— Seul ? demanda Fidelma.

— Oui, comme d'habitude.

Cette déclaration déclencha un ricanement chez son acolyte.

Fidelma tira sur la bride de son alezan et fit signe à Cass de la suivre en direction de la forêt.

— Si Grella n'est pas avec Salbach, à quoi bon partir à sa recherche ? grommela Cass.

— Peut-être qu'il chasse en compagnie ? suggéra Fidelma. Tout dépend comment on interprète la brusque crise d'hilarité du garde taciturne.

Ils avançaient au pas de leurs chevaux sur le sentier en lacet qui s'éloignait de la côte. Après avoir traversé un paysage vallonné, ils abordèrent les bois dont Fidelma remarqua qu'ils présentaient une remarquable variété d'essences, surtout des conifères, des bouleaux et des noisetiers. La bruyère poussait partout en abondance.

À un moment donné, ils tombèrent sur une rivière au lit bouillonnant qui descendait des collines et s'élargissait avant de se jeter dans l'océan, juste derrière eux. Fidelma, qui avait trouvé un gué, s'apprêtait à héler Cass quand il lui fit signe de se taire et tendit le doigt sans un mot.

À une courte distance, près de la berge, elle vit de la fumée qui s'élevait de la cheminée d'une maisonnette de bûcheron, ou *bothán*.

Devant la porte se tenaient deux chevaux, l'un richement harnaché et l'autre pas.

Fidelma échangea un regard lourd de sous-entendus avec Cass et lui chuchota :

— Nous allons traverser la rivière.

Puis elle éperonna son alezan dans les eaux peu profondes au débit rapide, suivie de son compagnon.

— Regardez, une clairière abritée des regards, dit Fidelma quand ils eurent rejoint l'autre rive. Nous allons y laisser les chevaux, puis nous retournerons au *bothán*. Je ne serais pas autrement surprise d'y découvrir Salbach et notre bibliothécaire en fuite.

Cass secoua la tête d'un air perplexe, mais garda ses commentaires pour lui.

Fidelma choisit une approche discrète car son raisonnement l'avait amenée à une conclusion qu'elle pensait difficilement crédible, mais qui correspondait assez bien aux pièces du puzzle qu'elle avait rassemblées jusqu'ici.

Ils suivirent un sentier parallèle à la rivière qui les amena à la clairière où se trouvait la maisonnette.

Arrivés à la lisière du bois, ils tendirent l'oreille.

Des éclats de rire féminins s'échappèrent de la chaumière et Fidelma sourit d'un air satisfait à Cass. Elle ne s'était pas trompée dans ses prédictions.

Elle allait s'élancer quand Cass la retint par le bras en entendant le trot d'un cheval qui se rapprochait.

Tous deux s'accroupirent aussitôt derrière un buisson.

Arrivant par un chemin qui se situait à l'opposé de celui qu'avaient emprunté le guerrier et la religieuse, un cavalier fit irruption dans la clairière, un homme robuste, sale et échevelé, vêtu d'un manteau de laine.

— Salbach ! vociféra le guerrier en tirant sur les rênes de son coursier.

Puis il prit appui sur le pommeau de sa selle.

Quelques instants plus tard, Salbach apparaissait à la porte de la chaumière. Torse nu, il s'employait à enfiler une chemise.

— Quelles sont les nouvelles ? cria-t-il en jetant un manteau fourré sur ses épaules.

— L'audience aura lieu à Ros Ailithir dans quelques jours. Et la *barc* de Ross est au mouillage dans la crique. Donc ils sont rentrés.

Cass regarda Fidelma, les yeux agrandis par la surprise. Elle lui fit une grimace et tourna à nouveau son attention vers les deux hommes.

— Est-ce qu'elle sait ? demanda Salbach.

— Cela m'étonnerait. Que vouliez-vous qu'elle apprenne à Sceilig Mhichil ?

— J'ai ma petite idée sur l'endroit où ils se cachent, lança Salbach.

— Voilà qui va faire plaisir au *bó-aire*, grommela le guerrier.

Salbach sauta sur sa monture avec aisance.

— Je vais t'accompagner à Cuan Dóir et je te donnerai mes instructions pour Intat en chemin, lança-t-il.

Il se mit en route sans se retourner, et Fidelma entendit Cass qui peinait à reprendre sa respiration.

Les deux cavaliers se dirigèrent vers la rivière, la longèrent et passèrent à gué dans des gerbes d'eau.

Cass arrondit les lèvres et émit un sifflement silencieux.

— Dire que Salbach était supposé envoyer ses guerriers à la recherche d'Intat pour le punir des crimes qu'il avait commis à Rae na Scríne ! murmura-t-il.

— Intat est à l'évidence à la solde de Salbach, répliqua Fidelma qui se leva et épousseta sa robe. Je m'en doutais. Venez, je crois qu'il est grand temps d'avoir une petite conversation avec notre amie la bibliothécaire.

Elle traversa la clairière d'un pas ferme et poussa sans cérémonie la porte de la cabane.

Sœur Grella, qui n'était pas encore rhabillée, se retourna vivement.

Fidelma lui adressa un sourire sans joie.

— Eh bien, sœur Grella ? Auriez-vous décidé d'abandonner la vie religieuse ?

Sœur Grella, qui avait pâli, fixait maintenant Cass, bouche bée derrière Fidelma. Consternée, Grella tendit la main vers sa chemise et Fidelma, voyant son embarras, jeta un regard de reproche à Cass.

Le jeune guerrier s'empourpra et sortit de la maisonnette pour monter la garde devant la porte.

— Habillez-vous, Grella, ordonna Fidelma. Ensuite, nous nous expliquerons.

— Où est Salbach ? murmura l'ancienne bibliothécaire. Quelles sont vos intentions ?

— Les affaires de Salbach l'ont appelé ailleurs. Quant à votre deuxième question, tout dépendra de vos réponses. Et maintenant, dépêchez-vous de vous vêtir.

Grella obtempéra.

— Allez-vous me ramener à l'abbaye ?

Un petit sourire cynique joua sur les lèvres de Fidelma.

— Vous devrez répondre de votre conduite devant les lois ecclésiastiques et civiles.

— Je ne vois pas où est le péché. Salbach a l'intention de me prendre comme seconde épouse et j'ai quitté l'abbaye.

— Sans en informer l'abbé et pour vous marier à un homme qui l'est déjà ?

— Sa femme est âgée, protesta Grella, comme si cela excusait sa conduite.

— Et Dacán aussi, vous le trouviez trop vieux ? demanda Fidelma d'un air candide.

Grella sursauta, puis se reprit et haussa les épaules.

— Donc vous savez la vérité. Oui, il me dégoûtait. Il était voûté, faible, usé et cela explique que j'aie demandé le divorce.

— Je vous rappelle tout de même que depuis notre conversion à la foi, la concubine, la seconde épouse ou le second mari ont été condamnés par les évêques. En imaginant que Salbach vous prenne comme deuxième femme, l'Église vous condamnera forcément.

Grella eut un petit rire.

— Il n'y a pas si longtemps, Nuada de Laigin avait deux femmes. La loi civile n'a toujours pas aboli le droit à une seconde épouse.

— Je connais la loi, Grella. Mais vous êtes une religieuse et devriez savoir que les règles de la foi s'opposent souvent à la loi civile.

— Je croyais que votre tâche était de faire respecter la loi civile ? rétorqua Grella.

Fidelma savait que dans ce débat elle n'aurait pas le dessus, car si l'Église s'opposait à la polygamie et à la polyandrie, autrefois fort répandues, elle ne rencontrait dans ce domaine qu'un succès limité. En désespoir de cause, un brehon chargé de rédiger les textes de loi de la *Bretha Crólige* avait même écrit : « La loi ne parvient pas à se déterminer sur ce qui convient le mieux, de l'unicité ou de la multiplicité des unions sexuelles, car les élus de Dieu ont toujours vécu dans la pluralité des unions, plus facile à louer qu'à condamner. » Grella avait raison. Mais ce n'était pas l'aspect moral de sa relation avec Salbach qui tourmentait Fidelma au premier chef.

— Si vous n'aviez pas prévu de retourner à l'abbaye, pourquoi n'avez-vous pas emporté vos effets personnels ?

Grella se mordit la lèvre tout en se recoiffant. Puis elle fit face à Fidelma, les mains sur les hanches.

— Je ne ressens nul besoin de m'excuser. Je ne possédais pas grand-chose et maintenant Salbach subvient à mes besoins. Quant à retourner là-bas, je l'aurais peut-être fait après mon mariage avec Salbach. J'aurais alors bénéficié de sa protection et personne ne se serait permis de me faire des remontrances.

— Tout comme vous, Salbach est tenu de répondre de ses actions devant la loi, Grella. Et il y a quelques questions auxquelles vous devez répondre sur-le-champ. Saviez-vous que votre ancien époux, Dacán, s'était rendu à Ros Ailithir dans un but bien précis ?

— Où voulez-vous en venir ?

Les yeux de Grella brillaient de colère, mais on y lisait aussi une certaine appréhension.

— Je sais que vous avez été mariée à Dacán.

— Vous le tenez certainement de Mugrón. Par un malheureux concours de circonstances, il m'a rencontrée à Cuan Dóir.

— Il vous a vue en compagnie de sœur Eisten, fit tranquillement observer Fidelma, mais Grella ne mordit pas à l'hameçon.

— Oui, et alors ?

— Pourquoi avez-vous emmené sœur Eisten à la forteresse ?

Grella fronça les sourcils.

— À la demande de Salbach. Il avait entendu dire qu'Eisten dirigeait un orphelinat à Rae na Scríne et il désirait la rencontrer ainsi que les enfants. Il savait que je connaissais bien cette jeune femme.

— Avait-elle amené les enfants avec elle ?

Désemparée, Fidelma se demandait où tout cela allait la mener.

Grella secoua la tête.

— Elle m'a accompagnée seule à Cuan Dóir. Elle refusait que ses petits protégés voyagent, à cause de la peste jaune.

— Salbach était-il déçu de ne pas les voir ?

Grella lui jeta un regard acéré.

— Pourquoi aurait-il été désappointé ?

Fidelma se renversa sur son siège et resta un instant silencieuse.

— Saviez-vous que sœur Eisten avait été assassinée ?

Le visage de Grella se ferma. Fidelma devina que, derrière son masque, la bibliothécaire était bouleversée.

— Oui, je l'ai appris il y a quelques jours.

— Pas avant ?

Elle secoua la tête et Fidelma sut qu'elle disait la vérité.

— Vous semblez très émue par cet événement. Vous m'avez dit que vous connaissiez bien Eisten. Parleriez-vous de liens d'amitié ?

— Il y a quelques mois, sœur Eisten avait fait des recherches à la bibliothèque et nous étions devenues âmes sœurs.

Fidelma se rappela aussitôt qu'Eisten lui avait

confié qu'elle avait une âme sœur à l'abbaye. Et à ce sujet, Eisten lui avait posé une question étrange... Comment l'avait-elle formulée exactement ? Une âme sœur peut-elle trahir une confidence ?

— Donc vous aviez peu de secrets l'une pour l'autre.

— Vous connaissez le rôle d'une *anamchara*, répliqua Grella d'un ton sec.

Fidelma comprit qu'elle n'en dirait pas davantage.

— Vous avez admis connaître l'objet des recherches de Dacán, lança Fidelma, changeant de tactique.

— Oui, quand vous êtes venue à la bibliothèque.

— Mais vous avez oublié de préciser qu'il s'intéressait aux descendants de la famille royale originaire d'Osraige.

Grella perdit contenance.

— D'où tenez-vous pareille information ?

— J'ai lu les textes de Dacán.

Grella porta la main à son cou.

— Vous.. vous les avez vus ?

Fidelma l'étudia avec attention.

— J'ai fouillé votre cellule, Grella. Et vous avez commis une grossière erreur en pensant que vous pourriez dissimuler ces écrits, ou me proposer une traduction erronée des « bâtons de poète ».

À sa grande surprise, car elle pensait que Grella allait nier avec la dernière énergie, cette dernière haussa les épaules d'un air fataliste.

— Je m'étais imaginé qu'ils étaient bien cachés et qu'on ne les trouverait pas. J'avais l'intention de les détruire.

— Vous ignoriez que je les avais subtilisés il y a une semaine ?

— Je me tue à vous répéter que je ne suis pas retournée à l'abbaye.

— Vraiment ? Mais vous admettez que Dacán recherchait l'héritier d'Illan, qui se présentait comme l'héritier légitime du petit royaume d'Osraige ?

— Je l'ai déjà reconnu.

— Et vous en avez parlé à Salbach ?

Grella la toisa d'un air provocateur et regarda ailleurs.

— Scandlán, l'actuel roi d'Osraige, est le cousin de Salbach, poursuivit Fidelma, et tous deux avaient donc intérêt à ce qu'on ne retrouve jamais le fils d'Illan.

— Je pensais simplement que Salbach devait savoir que quelqu'un recherchait les enfants d'Illan, répliqua Grella. Je n'avais pas d'autre but que d'empêcher des conflits armés en Osraige. Illan s'était efforcé de renverser Scandlán et beaucoup de sang avait déjà été versé.

— Donc vous avez raconté à Salbach ce que vous saviez sur Dacán. Salbach a compris que Laigin cherchait à réaffirmer son pouvoir sur Osraige, par exemple en mettant sur le trône un roi qui accepterait de se soumettre à Laigin plutôt qu'à Muman.

Grella demeura impassible.

— Si vous le dites.

— Dacán était devenu un danger pour la famille de Salbach. Est-ce là la raison pour laquelle vous avez tué votre ancien époux ?

La stupeur de Grella ne semblait pas feinte.

— Qui m'accuse de l'avoir assassiné ? s'écria-t-elle.

— Les liens qui ont servi à l'attacher étaient des bandes de tissu rouge et bleu. Possédez-vous une jupe à rayures rouges et bleues ?

— Bien sûr que non.

Sa dénégation manquait de conviction.

— Si je vous disais qu'en fouillant votre chambre j'ai découvert cette jupe dont l'ourlet arraché correspond aux lanières qui ont entravé Dacán avant le meurtre ?

Grella s'empourpra. Sa confiance en elle semblait sérieusement ébranlée.

— Possédez-vous une jupe correspondant à la description que je viens de vous donner? s'exclama Fidelma. Autant me dire la vérité si vous n'avez vraiment rien à cacher.

Grella rentra la tête dans les épaules.

— Oui, il s'agit bien d'un vêtement à moi, mais je ne l'ai jamais porté depuis mon arrivée à Ros Ailithir. Je voulais le donner aux pauvres mais...

Elle regarda Fidelma droit dans les yeux.

— J'ai trahi la confiance du vieux Dacán et j'ai rapporté à Salbach à quelles recherches il se livrait, mais mes raisons sont honorables et je ne l'ai pas tué. Pour quoi faire? Il aurait mené Salbach à l'héritier d'Illan, et c'était justement ce que Salbach désirait.

Le raisonnement se tenait mais Fidelma était bien décidée à la pousser à bout.

— Niez-vous être retournée ces derniers jours à l'abbaye pour vous glisser dans les appartements de l'abbé Brocc et y subtiliser certaines preuves accablantes dans un cabinet renfermant des effets personnels?

Grella la fixa, interdite.

Cette femme disait la vérité. Son intuition avait déjà averti Fidelma que Grella n'était pas la coupable. Mais elle en savait assez pour livrer le nom du meurtrier si on la provoquait avec suffisamment d'habileté.

— Aviez-vous connaissance de la sacoche contenant des éléments essentiels à mon enquête que j'avais laissée chez l'abbé? s'obstina-t-elle.

— Mais pas du tout! protesta Grella. J'ignorais même que vous aviez fouillé ma chambre et je vous répète que je ne suis pas retournée à l'abbaye au cours de cette dernière semaine.

— Vous avez mal choisi votre moment pour vous

éclipser. N'importe qui trouverait cela extrêmement suspicieux.

— Je suis partie à la demande de Salbach. Cela faisait trop longtemps que nous cachions notre amour et nous voulions le vivre au grand jour.

— Pardonnez-moi d'insister, mais votre disparition tombait très mal.

— Je n'ai pas tué Dacán, répliqua fermement Grella.

Fidelma réprima un soupir.

— Alors expliquez-moi pourquoi vous avez dissimulé ses écrits.

— C'est pourtant facile à comprendre : je ne voulais pas que l'on connaisse le but de ses recherches. Il valait mieux que Laigin ne retrouve pas le fils d'Illan. Ainsi, on ne pourrait pas utiliser son héritier pour renverser le cousin de Salbach.

— Et Salbach vous serait reconnaissant de lui apporter de telles informations...

— J'aime Salbach.

— Donc vous avez fait tout cela pour l'amour de lui...

Les yeux de Grella brillaient d'une indignation mal contenue.

— Pas de chance, dit Fidelma en se levant. Maintenant, Laigin exige Osraige comme prix de l'honneur pour l'assassinat de Dacán et il semblerait que la guerre que vous prétendiez empêcher va être déclarée.

Grella se leva à son tour.

— Permettez-moi de faire appel à votre jugement de femme, Fidelma. J'ai été mariée à Dacán quand j'avais quinze ans. C'était un mariage arrangé où je n'ai pas eu mon mot à dire, selon les nouveaux usages préconisés par la foi. Je suis restée trois ans avec ce vieillard incapable de me donner des enfants. C'est d'ailleurs grâce à cela que j'ai pu obtenir le divorce.

Plutôt que de m'infliger une audience devant le brehon pour exposer mes doléances, ce qui à dix-huit ans m'aurait profondément embarrassée, Dacán m'accorda le divorce sans discuter. Il m'a appris beaucoup de choses et je lui en étais profondément reconnaissante. Son enseignement m'a permis d'entrer au collège ecclésiastique de Cealla, où j'ai étudié et passé mes examens. En dépit de son caractère difficile, je l'aimais comme un père, sinon comme un époux. Je ne l'ai pas tué, Fidelma de Kildare. Je suis coupable de bien des choses, mais je ne l'ai pas tué.

— Sœur Grella, aussi bizarre que cela puisse paraître, mon intuition me porte à vous croire. Cependant, les faits parlent contre vous. Entre autres comportements suspects, je vous reproche d'avoir soustrait des documents à la justice, et disparu de l'abbaye après m'avoir dissimulé la vérité sur votre passé. Sans compter que l'on a retrouvé dans votre cellule les liens qui ont servi à attacher la victime.

Fidelma se mordit la lèvre.

— La veille de sa mort, Dacán a écrit à son frère qu'il avait découvert où se cachait l'héritier d'Illan. Tout porte à croire que vous l'avez tué pour l'empêcher de le trouver afin de satisfaire votre amant, Salbach.

— Non ! C'est faux ! Vous ne pouvez m'accuser d'un tel crime !

— Désolée, mais ce sera à l'assemblée du haut roi de décider.

— Pourtant, au fond de vous, Fidelma, vous reconnaissez que ce n'est pas vrai ! s'écria Grella avec colère.

— Je suis mandatée par le roi de Cashel et j'accomplis mon devoir. Et puis j'ai une guerre à prévenir. Cass !

Quand le jeune guerrier pénétra dans la chaumière,

il vit Grella, blême et les narines pincées, et Fidelma, le visage fermé.

— Cass, sœur Grella va revenir avec nous à Ros Ailithir en tant que prisonnière.

— Alors elle a avoué ?

Un intense soulagement se lisait sur les traits du jeune homme.

— Confesser un crime que je n'ai jamais commis ? siffla Grella entre ses dents. Si ça vous amuse de m'emmener à l'abbaye... de toute façon, Salbach trouvera bien le moyen de me libérer.

— Si j'étais vous, je ne m'y fierais pas trop, répliqua Cass avec un sourire sans joie.

Sur le chemin de Ros Ailithir, Fidelma ouvrait la route tandis que Cass chevauchait aux côtés de Grella. Durant tout le trajet, Fidelma ne prononça pas un mot, profondément absorbée dans ses pensées. Si Grella disait la vérité, alors son enquête était au point mort. Elle n'avait même pas prouvé la complicité de Salbach et d'Intat. Et même si Grella avait assassiné Dacán, difficile d'imaginer qu'elle avait torturé et assassiné son âme sœur. Quant aux fils d'Illan, pourquoi diable Dacán était-il persuadé qu'il existait un héritier ayant atteint l'âge du choix ? Où étaient ces garçons appelés « Primus » et « Victor » ? « Victor » et « Primus »... « Primus »...

CHAPITRE XVI

Victor !

Ce nom troublait Fidelma. Il ne cessait de la hanter depuis son expédition à Sceilig Mhichil. Et les images des deux garçons aux cheveux noirs de Rae na Scríne ne la quittaient pas. Mais les fils d'Illan, d'après les descriptions de frère Febal, avaient les cheveux cuivrés. Victor... *Hic est meum, Victor.* Ce nom signifiait « triomphant », « victorieux »... et c'était l'équivalent irlandais de Cosrach !

Mon Dieu, qu'elle était sotte ! On appelait les fils d'Illan Primus et Victor, or Primus voulait dire « premier » et Cétach était un diminutif de... *cét*, premier. Cétach portait le nom d'un fils du prince légendaire qui avait fondé le royaume d'Osraige. Primus... Cétach, Victor... Cosrach ! Ils avaient malheureusement disparu, mais les autres enfants de Rae na Scríne sauraient certainement identifier ou décrire le religieux qui avait amené les deux garçons pour les confier aux bons soins de sœur Eisten.

Elle arrêta brusquement sa monture et Cass, surpris, tira sur les rênes de son étalon. Le cheval de sœur Grella s'effaroucha et faillit la jeter à terre tandis que Fidelma jurait à mi-voix, se reprochant de ne pas avoir résolu plus vite une énigme aussi évidente.

— Que se passe-t-il ? demanda Cass, la main sur la poignée de son épée, prêt à attaquer un ennemi invisible.

— Juste une idée, répliqua-t-elle joyeusement.

Elle connaissait maintenant le nom de celui que recherchait Dacán et comprenait pourquoi Cétach avait tellement peur de Salbach. Intat, quand il avait incendié Rae na Scríne, avait reçu pour mission de tuer Cétach et Cosrach.

— Moi qui craignais un danger ! s'exclama Cass.

— Rien n'est plus périlleux qu'une idée, Cass, répliqua Fidelma en riant.

La simple logique de sa conclusion provoquait chez elle une ivresse irrésistible.

— Une simple hypothèse, si elle est juste, nous épargne des années d'expériences laborieuses et le difficile apprentissage des approximations successives.

— Je n'ai encore jamais vu une hypothèse nous menacer avec une épée ou des flèches, répliqua Cass tout en surveillant les alentours.

Nouvel éclat de rire de Fidelma.

— Les idées folles sont plus malfaisantes que les armes. Allez, venez.

Sans autre explication, elle lança son alezan au trot sur le chemin de Ros Ailithir.

Frère Conghus les attendait devant la grille de l'abbaye et, bientôt, l'abbé le rejoignit pour venir à leur rencontre.

— Sœur Grella ! s'écria-t-il avant de se tourner vers Fidelma. Vous avez capturé la coupable, cousine ?

À la grande stupéfaction de Cass, Fidelma s'appuya au pommeau de sa selle et demeura sur son cheval.

— Grella sera retenue ici sous mon autorité. Elle aura à répondre à de nombreuses questions devant l'assemblée du haut roi qui se tiendra dans ces murs.

Et libre à elle de vous donner des explications sur ses agissements.

L'abbé Brocc semblait très excité.

— Cela signifie-t-il que vous avez atteint une conclusion ?

Il jeta un coup d'œil derrière lui avec un air de conspirateur.

— Le haut roi et sa suite sont déjà arrivés. Barrán, le chef brehon, vous a fait demander et...

Fidelma interrompit l'abbé d'un geste de la main.

— Je ne peux rien dire de plus pour l'instant. Nous reviendrons dès que possible.

— Comment cela ? Où partez-vous ? gémit l'abbé tandis que Fidelma s'éloignait déjà au pas de son alezan.

— Surtout, veillez à ce que sœur Grella soit bien gardée, ne serait-ce que pour sa propre sécurité ! cria Fidelma par-dessus son épaule.

Cass, dont le visage exprimait le même désarroi que celui de l'abbé, planta ses talons dans les flancs de son étalon pour rejoindre la religieuse.

— Si vous ne voulez rien dire à l'abbé, se plaignit-il quand il fut à sa hauteur, peut-être pouvez-vous m'éclairer ? Où allons-nous, maintenant ?

— À l'orphelinat où les enfants de Rae na Scríne ont été emmenés, répliqua-t-elle. Je sais qu'il se trouve à l'est, le long de la côte.

— Ah, la maison de frère Molua.

— Vous la connaissez ? demanda-t-elle, surprise.

— J'en ai entendu parler par frère Martan. On devrait la trouver à environ dix miles d'ici, près d'un estuaire. Mais qu'espérez-vous y apprendre ?

— Oh, Cass, murmura Fidelma, si je le savais, je m'épargnerais cette chevauchée.

Le jeune guerrier rentra la tête dans les épaules et ils poursuivirent leur chemin en silence.

Bientôt, ils arrivaient en vue de constructions en pierre et en bois qui s'élevaient sur les rives d'un large estuaire, alimenté par un fleuve dévalant les montagnes. Ils trouvèrent rapidement un gué qui leur permit de traverser pour atteindre les maisons entourées d'une clôture, et un homme aux larges épaules vint les accueillir au portail. Il portait des vêtements de bûcheron, mais Fidelma remarqua le crucifix accroché à son cou musculeux.

— *Bene vobis*, mes amis ! s'écria-t-il d'une voix forte de baryton.

C'était une personne joviale avec un visage souriant.

— Bonne santé à vous, répliqua Fidelma. Êtes-vous le frère Molua ?

— Mon nom de baptême est Lugaid, d'après Lugaid Loígde, l'ancêtre des Corco Loígde. Mais je réponds au diminutif de Molua, moins distingué mais plus chaleureux. Il me convient davantage. En quoi puis-je vous aider ?

Fidelma se laissa glisser de son cheval et se présenta, ainsi que Cass.

— Nous ne recevons pas souvent des visiteurs aussi éminents, dit cet homme imposant et débonnaire. Un avocat à la cour et un guerrier d'élite de Cashel... Venez, nous allons mettre vos chevaux à l'étable et peut-être laisserez-vous ma petite fondation vous offrir l'hospitalité après votre excursion ?

Fidelma acquiesça et l'homme prit les chevaux par la bride. Fidelma étudia l'ensemble des bâtiments avec intérêt. Quelques enfants se poursuivaient en riant autour d'une chapelle, pas beaucoup plus grande qu'un oratoire. Une religieuse âgée, assise sous un arbre, jouait du *cuisech*, une flûte en bois, et Fidelma la jugea bonne musicienne. La sœur enseignait des airs courts et joyeux à trois petits élèves.

Frère Molua revint en souriant.

— Voilà un endroit bien paisible, dit Fidelma d'un air approbateur.

— Et il me convient pleinement. Venez par ici.

Il appela :

— Aíbnat !

Une femme au visage avenant sortit d'une des maisons. Debout sur le seuil, elle respirait la même simplicité franche et sincère que Molua.

— Aíbnat, nous avons des invités. Et voici ma femme radieuse, Aíbnat.

Il s'agissait d'un trait d'humour, car Aíbnat signifiait « fille du soleil ».

— J'ai entendu parler de votre venue à Ros Ailithir, dit l'épouse de Molua. Vous vous êtes déplacés pour enquêter sur la mort du vieux Dacán, n'est-ce pas ?

Fidelma hocha la tête.

— Nous parlerons plus à l'aise quand nos invités auront mangé, Aíbnat, déclara Molua en entraînant Cass et Fidelma à l'intérieur.

Ils se retrouvèrent dans une pièce où un four dispensait une chaleur agréable. Dessus étaient posées des marmites où mijotait un ragoût qui remplissait l'air de senteurs appétissantes. Molua les fit asseoir à une grande table et sortit un pichet et des gobelets en terre.

— Laissez-moi vous offrir de mon *cuirm* maison, excellent pour se réchauffer. Je le distille moi-même, ajouta-t-il avec fierté.

Cass ne dit pas non et Fidelma admira la cuisine.

— Combien d'enfants avez-vous ici ? demanda-t-elle, fascinée par les nombreuses marmites.

— En ce moment, répondit Aíbnat, vingt enfants de moins de quatorze ans. Et nous sommes quatre à veiller sur eux. Mon mari, moi-même et deux autres sœurs de la foi.

Molua versa le *cuirm* et ils burent avec plaisir l'alcool râpeux mais fort agréable.

— Cela fait longtemps que vous tenez cet orphelinat ? demanda Cass.

— Depuis les premières épidémies de peste jaune, il y a deux ans, expliqua Aíbnat. Certaines communautés ont tellement souffert que des familles entières ont été anéanties et il ne restait personne pour s'occuper des gamins qui restaient. Mon mari a alors demandé la permission à l'abbé Brocc de transformer cette petite ferme en refuge pour les orphelins.

— Apparemment, vous y avez magnifiquement réussi, déclara Fidelma, très admirative.

— Vous avez faim ? demanda Molua.

— Oh oui, car nous n'avons rien mangé depuis ce matin, s'empressa de préciser Cass.

— Mais l'heure du dîner est encore loin, intervint Fidelma en faisant les gros yeux au jeune guerrier.

— Quelle importance ? s'exclama Aíbnat. Que diriez-vous d'une assiette de viande froide ou plutôt... du pâté en croûte à la viande de mouton, cuisiné avec des sorbes et de l'ail sauvage ? Je vais vous le servir avec du chou, des oignons et du pain d'orge. Et comme dessert, des prunelles au miel. Cela vous conviendrait-il ?

— Ma femme a la réputation d'être la meilleure cuisinière des Corco Loígde, se rengorgea Molua.

— Et je suis certain qu'elle la mérite si j'en juge par la délicieuse odeur qui s'échappe de ces marmites et par le choix des plats qu'elle nous propose, approuva Cass.

Aíbnat rougit de plaisir.

— Ici, nous avons des abeilles et nous récoltons le miel nous-mêmes.

— J'avais remarqué que vous possédiez beaucoup de chandelles en cire, fit observer Fidelma. Dans les foyers plus modestes, on trouve souvent des bougies faites de graisse animale ou de suif fondu où on a trempé un jonc.

— Et maintenant, pendant qu'Aíbnat prépare le repas, dit Molua en leur resservant de l'hydromel, expliquez-moi ce qui nous vaut l'honneur de votre visite.

— Il y a une semaine, Aíbnat a ramené des enfants ici.

— Oui. Deux petites filles qui n'ont pas plus de neuf ans et un garçon d'environ huit ans.

Aíbnat se détourna un instant de ses fourneaux et fronça les sourcils.

— De pauvres petits sauvés du massacre de Rae na Scríne. Mais il me semble que cette histoire vous concerne aussi.

Cass hocha la tête.

— Pour sûr. Nous sommes ceux qui les avons sauvés.

Molua secoua la tête.

— Ce crime abominable dépasse l'imagination. Comment des gens peuvent-ils se montrer si cruels en période de détresse ? De telles injustices sont unanimement condamnées.

Fidelma ne put s'empêcher d'intervenir avec la pointe de cynisme qui la caractérisait.

— Platon a écrit que si les hommes censurent toujours l'injustice, c'est parce qu'ils craignent d'en être les victimes et non qu'ils répugnent à la commettre.

Molua lui opposa un visage douloureux.

— Je ne parviens pas à croire à pareille interprétation, ma sœur. Je ne pense pas que l'homme commette les injustices à dessein. Il est simplement aveuglé par une image déformée de la morale ou d'une juste cause.

— De quelle morale ou juste cause peut-on se réclamer quand on évoque Rae na Scríne ? s'étonna Cass.

Molua haussa les épaules.

— Je ne suis qu'un simple fermier, mais quand je

retourne un champ avec ma charrue pour le cultiver, je bouleverse tout ce qui y pousse. Je détruis l'habitat des campagnols, des blaireaux et de nombreuses espèces animales. Je bouleverse l'ordre naturel mais, pour moi, c'est une cause juste, puisque cela me permet de nourrir des personnes affamées.

— Mais vous parlez d'animaux, s'indigna Cass, en quoi la justice les concerne-t-elle ?

Molua parut peiné.

— Ne sont-ils pas eux aussi les créatures de Dieu ?

— D'un point de vue intellectuel, votre raisonnement se tient, intervint Fidelma. D'ailleurs, il y avait une raison au crime perpétré à Rae na Scríne, mais même si elle était compréhensible, l'acte qui a été commis est définitivement condamnable.

Molua s'inclina :

— J'accepte votre analyse.

— Et pour en revenir à ce qui nous préoccupe, deux garçons du nom de Cétach et Cosrach, eux aussi échappés des flammes de Rae na Scríne, devaient accompagner Aíbnat à cet orphelinat mais ils ont disparu. Ils ont environ douze et quinze ans, les cheveux noirs...

Aíbnat et Molua échangèrent un regard.

— Nous n'avons vu aucun enfant correspondant à cette description.

— Oui, je sais, mais peut-être pourrais-je poser quelques questions aux autres ? Sans doute des détails leur reviendront-ils qui pourraient m'être utiles.

Aíbnat parut soucieuse.

— Je ne voudrais pas perturber ces enfants. Se rappeler ces terribles événements peut les troubler gravement.

Fidelma tenta de la rassurer.

— Je ne ferais pas une telle démarche si je ne le jugeais nécessaire. Et je ne peux garantir qu'ils ne seront pas affectés mais je me permets d'insister.

Molua hocha lentement la tête.

— Elle en a le droit, expliqua-t-il à sa femme. Elle est *dálaigh* à la cour.

Aíbnat ne semblait pas convaincue.

— Alors permettez-moi de rester avec vous pendant que vous les interrogerez, ma sœur.

— Volontiers. Et maintenant, allons les chercher. Comme cela, ils ne seront pas intimidés.

— Très bien. Toi, pendant ce temps-là, dit Aíbnat en s'adressant à Molua, tu finis de préparer le repas pour nos invités.

Aíbnat les mena à la petite chapelle et, à son appel, deux fillettes et un garçonnet boudeur se détachèrent à regret du groupe d'enfants qui jouaient en poussant de grands cris joyeux. Ils avaient tellement changé depuis que Fidelma les avait trouvés, épuisés et terrifiés, dans les ruines fumantes de Rae na Scríne qu'elle les reconnut à peine. Maintenant, ils s'accrochaient aux jupes d'Aíbnat et elle les mena dans un coin isolé, près d'un ruisseau qui traversait la petite colonie pour aller se jeter dans le fleuve.

— Asseyez-vous, les enfants, dit Aíbnat en prenant place avec Fidelma sur une souche d'arbre qui se trouvait là.

Le garçon refusa, tout en donnant des coups de pied d'un air renfrogné à la souche. Fidelma remarqua qu'il avait une épée en bois accrochée à sa ceinture. Les deux petites filles, elles, s'assirent docilement en tailleur dans l'herbe.

— Vous reconnaissez cette dame ? demanda Aíbnat.

— Oui, c'est elle qui nous a emmenés loin des méchants hommes pour qu'ils nous trouvent pas, répliqua solennellement l'une des gamines.

— Où est sœur Eisten ? demanda l'autre. Quand c'est qu'elle viendra nous rendre visite ?

— Bientôt, dit Fidelma d'un air vague tandis

qu'Aíbnat lui adressait un regard d'avertissement tout en secouant légèrement la tête.

Il n'était évidemment pas question de leur raconter ce qui était arrivé à la religieuse.

— Et maintenant, j'aimerais vous poser quelques questions. Je veux que vous réfléchissiez bien avant de répondre. D'accord ?

Les deux filles hochèrent la tête d'un air grave, mais le garçon ne répondit rien.

— Vous souvenez-vous des deux garçons qui étaient avec vous quand on vous a trouvés ?

— Je me souviens du bébé, dit une des petites.

Fidelma se rappela que son nom était Cera.

— Il s'est endormi et personne pouvait le réveiller, poursuivit-elle.

Fidelma se mordit la lèvre.

— Je m'en souviens aussi, mais ce sont les garçons qui m'intéressent.

— Ils voulaient pas jouer avec nous. Ils étaient pas gentils ! Je les aimais pas.

L'autre petite fille, Ciar, fit la moue et croisa les bras.

— C'est vrai qu'ils étaient pas gentils ? s'étonna Fidelma.

— Oh, les garçons, ils sont tous pareils ! répliqua Ciar avec fougue.

Elle adressa un regard supérieur à son petit compagnon qui s'arrêta de donner des coups de pied à la souche et s'assit brusquement.

— Comment t'appelles-tu, déjà ? lui demanda Fidelma avec un sourire.

— Je le dirai pas ! la nargua le gamin.

Aíbnat claqua la langue d'un air désapprobateur.

— Il s'appelle Tressach, répondit-elle à sa place.

— Ah ! Tressach veut dire « combattant redoutable ». Es-tu un combattant redoutable ?

L'enfant regarda en l'air.

— Peut-être que j'ai pas bien entendu ? C'est Tressach ou Tassach ? Tassach signifie « paresseux qui refuse de parler ». Tassach te ressemble davantage, non ?

L'enfant s'empourpra.

— Je m'appelle Tressach, gronda-t-il. Et je suis un combattant redoutable. Regardez, j'ai déjà mon épée de guerrier.

Il sortit le jouet de sa ceinture et le tendit à Fidelma pour qu'elle l'admire.

— Voilà une arme très impressionnante, en effet, répliqua Fidelma qui avait toutes les peines du monde à garder son sérieux. Et tu ne deviendras un guerrier admiré que si tu respectes le code de l'honneur. Le savais-tu ?

Le garçon la regarda d'un air hésitant et remit son épée dans sa ceinture.

— Quel code ? demanda-t-il, méfiant.

— Tu es un guerrier, oui ou non ?

L'enfant hocha la tête avec emphase.

— Alors un guerrier doit jurer de dire la vérité et d'aider les autres. Et maintenant, si je te prie de me parler de Cétach et de Cosrach, il faut que tu me racontes ce que tu sais. À mon avis, si on t'a appelé Tressach, c'est parce que tu es un guerrier et que tu es lié par ce serment.

L'enfant s'immobilisa, les yeux perdus dans le vague, puis il adressa un sourire à Fidelma.

— D'accord, je vais vous raconter.

Elle poussa un soupir de soulagement.

— Alors... tu connaissais bien Cétach et Cosrach ?

Tressach fit la grimace.

— Ils voulaient jamais jouer avec nous.

— Avec personne ? s'étonna Fidelma en fronçant les sourcils.

— Avec aucun des enfants du village, renchérit Ciar. Ah, les garçons !

Tressach se tourna vers elle avec colère mais Fidelma l'arrêta.

— Ils venaient du village ?

Tressach secoua la tête.

— Ils étaient arrivés quelques semaines avant avec sœur Eisten.

— Des orphelins ? suggéra aussitôt Fidelma.

Le garçon la regardait sans comprendre.

— Ils avaient un papa ou une maman ?

— Je crois qu'ils avaient un papa, dit Cera.

— Pourquoi penses-tu cela, ma chérie ?

— Elle veut parler de ce vieux, vieux monsieur qui venait les voir au village, dit Tressach.

— Un vieux monsieur ?

— Oui. C'est lui qui avait amené ces vilains garçons à la maison de sœur Eisten.

Très intéressée, Fidelma se pencha vers Cera.

— Quand était-ce, mon ange ?

— Oh, il y a des semaines !

— Et à quoi ressemblait-il ?

— Il avait une croix, comme celle que vous portez autour du cou.

Cera adressa un regard de triomphe à Tressach qui lui tira la langue.

— Qui était-il ? demanda Fidelma par acquit de conscience, persuadée qu'ils n'étaient pas en mesure de répondre à cette question.

— Un grand érudit de Ros Ailithir, lâcha Tressach d'un air suffisant.

Fidelma était stupéfaite.

— Comment le sais-tu ?

— Cosrach me l'a dit quand je lui ai demandé. Alors son frère est venu et m'a dit de me taire et de m'en aller. Si je parlais à quelqu'un de son *aite,* il me taperait dessus.

— Son *aite* ? Il a utilisé ce mot ?

Tressach renifla avec humeur.

— Je raconte pas des histoires.

Depuis des siècles, les jeunes enfants des cinq royaumes d'Éireann étaient envoyés dans des familles d'accueil pour parfaire leur éducation et les termes d'*aite*, papa, et de *muimme*, maman, désignaient aussi bien les parents biologiques que les parents de remplacement.

— Bien sûr que tu racontes pas d'histoires, le rassura Fidelma tandis que les pensées se bousculaient dans sa tête. Je te crois. Et comment décrirais-tu cet homme ?

— Il était gentil, intervint Ciar. Jamais il nous aurait frappés. Il souriait toujours à tout le monde.

— Il ressemblait à un vieux sorcier ! déclama Tressach qui ne voulait pas être en reste.

— C'est pas vrai ! C'était un gentil grand-père, s'indigna Cera, à l'évidence contrariée d'être tenue depuis trop longtemps à l'écart de la conversation. Il nous montrait les plantes et les fleurs et il nous expliquait à quoi ça servait.

— Et cet aimable grand-père venait souvent rendre visite à Cétach et à Cosrach ?

— Quelquefois. Non, il venait voir sœur Eisten, corrigea Ciar. Et c'est à moi qu'il a expliqué les plantes et comment on s'en servait, ajouta-t-elle. Il m'a parlé de... de...

— Il l'a dit à tout le monde, se moqua Tressach. Et ces garçons ils habitaient dans la maison de sœur Eisten, alors quand il allait la voir il les voyait en même temps !

— Je m'en fiche ! s'énerva la petite. Et des fois, il amenait une autre sœur avec lui. Mais elle était bizarre. Elle ressemblait pas vraiment à une sœur.

— Les filles sont idiotes, grommela Tressach. Elle était habillée comme une sœur.

Aíbnat croisa le regard de Fidelma. Elle estimait visiblement que l'interrogatoire avait assez duré.

Fidelma leva la main pour obtenir le silence.

— On a bientôt fini. Vous êtes sûrs que ce monsieur venait de Ros Ailithir ?

Tressach acquiesça vigoureusement.

— Et cette sœur qui l'accompagnait, pouvez-vous me la décrire ?

Le garçon haussa les épaules en regardant ailleurs.

Les enfants en avaient assez et ils s'échappèrent pour rejoindre la sœur qui jouait de la flûte.

Aíbnat semblait totalement déconcertée par la conversation mais ne fit pas de commentaires. Fidelma lui en fut reconnaissante et, plongée dans ses pensées, la suivit jusqu'à la cuisine où Molua avait mis le couvert sur la grande table. Cass étudia le visage troublé de Fidelma.

— Vous avez obtenu les informations que vous cherchiez ? demanda-t-il d'un ton joyeux.

Fidelma eut un rictus ironique.

— J'ignore quelles informations je cherchais, mais j'ai ajouté une nouvelle pierre à mon *cairn* de connaissances.

Le repas qui leur avait été préparé rivalisait aisément avec les meilleurs festins auxquels Fidelma avait été conviée dans les châteaux des rois. Elle se retint de trop manger car pour revenir à Ros Ailithir, mieux valait ne pas chevaucher avec un estomac trop plein. Quant à Cass, il s'abandonna sans remords aux plaisirs de la chère et fit honneur au *cuirm*.

Aíbnat les servit tranquillement tandis que son mari s'excusait pour vaquer à des occupations qu'il ne précisa pas.

Quand Molua amena leurs chevaux, ils découvrirent que le fermier les avait abreuvés, nourris et étrillés.

Fidelma remercia chaleureusement Aíbnat et Molua pour leur hospitalité et sauta sur son cheval, imitée par Cass. Elle bénit leurs hôtes et ils s'engagèrent sur le chemin de Ros Ailithir.

— Qu'avez-vous appris ? demanda Cass alors qu'ils traversaient le gué et commençaient l'ascension d'une des collines boisées qui entouraient la péninsule.

— J'ai découvert qu'à Rae na Scríne Cétach et Cosrach avaient été confiés à la garde de sœur Eisten il y a quelques semaines seulement. Ils sont...

Elle marqua une pause.

— Ils étaient les fils d'Illan.

— Mais le frère de Sceilig Mhichil a dit que les fils d'Illan avaient des cheveux cuivrés.

— Une chevelure se teint aisément. De plus, ils ont reçu à plusieurs reprises la visite d'un vieil homme de Ros Ailithir et Cosrach s'est vanté auprès de Tressach qu'il était un érudit. D'autre part, Cétach et Cosrach l'appelaient *aite* !

Cass était abasourdi.

— Mais alors, si cette personne était leur père, ils n'étaient pas les fils d'Illan. Illan a été tué il y a un an.

— *Aite* peut aussi se référer à un père d'adoption, fit remarquer Fidelma.

— Peut-être, dit Cass qui n'avait pas l'air convaincu. Mais qu'est-ce que cela signifie et comment cela s'imbrique-t-il dans le puzzle du meurtre de Dacán ?

— Si je le savais, ce ne serait pas un puzzle, le réprimanda Fidelma. L'homme était parfois accompagné d'une sœur. Voilà une piste qui nous mène directement à Grella et par ricochet à Intat dont nous savons qu'il est l'homme de Salbach ! Nous finirons bien par rompre ce cercle vicieux.

Elle tomba dans un silence méditatif.

Ils avaient peut-être parcouru un mile quand, en arrivant au sommet d'une élévation, Cass jeta un regard par-dessus son épaule et poussa une exclamation angoissée.

— Que se passe-t-il ? s'écria Fidelma en se retournant aussitôt sur sa selle.

Elle comprit tout de suite.

Une mince colonne de fumée noire s'élevait dans le ciel d'automne bleu pâle.

— Cela vient de chez Molua, dit-elle d'une voix étranglée tandis que les battements de son cœur s'accéléraient.

Cass se dressa sur ses étriers et, saisissant une branche, se hissa dans un arbre avec une rapidité qui surprit la religieuse.

— Que voyez-vous ? cria Fidelma.

— La ferme de Molua est en feu.

Cass redescendit de l'arbre et sauta sur le sol, à un endroit où s'entassaient les feuilles mortes pour amortir sa chute. Puis il s'épousseta et attrapa les rênes de sa monture.

— Je ne comprends pas, balbutia Fidelma tandis que le sang affluait à son visage.

Puis elle se mordit la lèvre.

— Nous devons y retourner !

Elle fit faire demi-tour à son alezan.

— Restons prudents ! s'exclama Cass. Rae na Scríne doit nous servir de leçon.

Fidelma s'élançait déjà vers la colonne de fumée et Cass partit au galop derrière elle. Bien qu'il sache que Fidelma, sœur de Colgú maintenant son roi, descendait des Eóganachta, Cass n'en revenait toujours pas qu'une religieuse monte aussi bien. On aurait juré qu'elle était née sur un cheval tant elle faisait corps avec l'alezan, le guidant avec une extrême dextérité tandis qu'il filait comme l'éclair dans un bruit de tonnerre. Bientôt, l'estuaire s'étendait devant eux.

— Halte ! hurla Cass en tirant sur la bride de son étalon. Derrière ces arbres, vite !

Pour une fois, Fidelma ne discuta pas ses ordres et il en remercia le ciel.

Ils s'abritèrent derrière un taillis de trembles aux feuilles d'un jaune d'or, entouré d'un épais bosquet.

— Que voyez-vous ? haleta Fidelma.

Il pointa la vallée du doigt.

Elle plissa les paupières et vit une bande de soudards en armes — ils étaient une douzaine — qui piétinaient les fragiles clôtures entourant la petite communauté de Molua et d'Aíbnat. Un homme trapu contemplait les bâtiments en feu du haut de son cheval, surveillant le travail de ses hommes. Comme ils avaient apparemment déjà terminé leur sinistre besogne, ils sautèrent à cheval et repartirent à travers la forêt. Le chef jeta un dernier regard aux maisons en flammes et rattrapa ses hommes au galop.

Fidelma poussa un hurlement de rage impuissante. Elle avait entendu Salbach, au moment où il s'éloignait de la chaumière, lancer : « J'ai ma petite idée sur l'endroit où ils se cachent... je te donnerai mes instructions pour Intat en chemin. » Elle avait entendu mais elle n'avait pas compris. Si elle avait été plus attentive, elle aurait pu empêcher ce drame. Dans un coin de sa tête, une voix lui dit qu'il s'agissait de la deuxième faute majeure qu'elle avait commise.

— Il faut y aller ! s'écria Fidelma, hors d'elle. Il y a peut-être des enfants à secourir.

— Attendez au moins que les assassins aient disparu ! ordonna Cass.

Le visage gris, la mâchoire crispée, il savait déjà quelle vision d'horreur les attendait en lieu et place de la petite colonie prospère qui les avait reçus à bras ouverts il y avait seulement quelques instants.

Oubliant toute prudence, Fidelma avait déjà lancé son cheval sur le chemin qui descendait la colline.

Cass poussa un cri de colère mais, comprenant qu'il ne parviendrait pas à la raisonner, il tira son épée et la suivit.

Quand elle traversa le gué, des gerbes d'eau giclèrent autour d'elle et elle arriva en trombe devant les bâtiments avant de s'arrêter net. Puis elle se jeta à bas de son cheval et, levant un bras pour se protéger de la chaleur des flammes, elle courut vers le portail.

Les premiers corps qu'elle vit barraient l'entrée. Une flèche avait transpercé le cœur d'Aíbnat et le tranchant d'une épée à moitié arraché la tête de Molua.

Non loin, elle tomba sur le premier cadavre d'enfant et poussa un cri étranglé. Cass la suivait, impassible et l'épée à la main, mais l'épouvante se reflétait dans son regard.

Une des deux sœurs qui aidaient Aíbnat à prendre soin des enfants s'était affaissée contre la porte de la chapelle. Fidelma réalisa avec horreur qu'une épée la clouait à la porte en bois. À ses pieds, une demi-douzaine de petits corps, poignardés ou la tête éclatée à coups de bâton. Les mains de certains d'entre eux s'accrochaient encore aux jupes de la sœur.

Prise de nausée, Fidelma se détourna et vomit.

— Je... je suis désolée, murmura-t-elle à Cass qui tentait de la réconforter, un bras passé autour de ses épaules.

Il demeura silencieux. Ce spectacle était au-delà des mots.

Plus d'une fois dans sa vie, la mort violente avait croisé le chemin de Fidelma, mais jamais encore elle n'avait contemplé une scène aussi abominable. Il y avait à peine quelques instants, ces enfants sauvagement assassinés jouaient, chantaient et riaient sous ses yeux.

Elle s'avança plus avant tandis que la haine s'accumulait dans son cœur.

La sœur qui jouait de la flûte était étendue sous un

arbre. Sa main ouverte et sans vie avait laissé échapper l'instrument qu'un de ces fous furieux avait écrasé du talon. Près d'elle, d'autres enfants.

Maintenant, les flammes des bâtiments qui brûlaient s'élevaient jusqu'au ciel.

— Cass... dit Fidelma d'une voix rauque à travers ses larmes, il nous faut compter les corps. Je veux savoir si les enfants de Rae na Scríne sont parmi eux.

Cass hocha la tête.

— Le petit garçon gît un peu plus loin, dit-il à voix basse. Je vais chercher les filles.

Fidelma s'approcha de Tressach. Il avait le crâne fendu et semblait dormir, une main abandonnée sur la poitrine et l'autre cramponnée à son épée en bois.

— Pauvre petit guerrier, murmura Fidelma en s'agenouillant pour caresser ses cheveux blonds.

Quand Cass réapparut, il semblait sans âge.

Fidelma leva les yeux et comprit tout de suite.

— Où sont-elles ?

D'un geste du pouce, Cass lui indiqua le terrain derrière la chapelle. Les deux fillettes aux cheveux cuivrés, Cera et Ciar, s'étreignaient convulsivement, comme pour se protéger l'une l'autre du bourreau qui leur avait défoncé le crâne.

Fidelma, blanche comme un linge, regardait ce qui avait été la ferme idyllique qu'Aíbnat et Molua avaient transformée en orphelinat. Les larmes ruisselaient sur son visage.

— Vingt enfants, trois religieuses dont sœur Aíbnat, plus frère Molua, rapporta Cass. Tous morts. Quelle monstrueuse folie !

— Je trouverai ce qui se cache dans leurs esprits malades ! s'exclama Fidelma avec véhémence.

Cass semblait très inquiet.

— Et maintenant, retournons à Ros Ailithir. Il ne faut pas s'attarder au cas où cette horde de barbares reviendrait.

Fidelma savait qu'il avait raison, mais elle ne put résister à l'impulsion de transporter le corps de Tressach près de la chapelle, avec les deux fillettes de Rae na Scríne. Et là, elle s'abîma dans la prière.

À la grille, elle s'arrêta et baissa les yeux sur le cadavre de Molua.

— Y avait-il une juste cause à cette infamie ? murmura-t-elle. Pauvre Molua ! Nous ne parlerons plus jamais philosophie. N'étiez-vous que des animaux dont l'habitat a été détruit sous le soc de la charrue travaillant pour un bien plus grand et mystérieux ?

— Fidelma !

La voix de Cass était remplie de crainte pour la sécurité de sa protégée.

— Il faut partir !

Bientôt, ils s'éloignaient au trot de ce charnier à ciel ouvert.

— Je ne parviens pas à croire que de tels barbares existent sur cette terre, dit Cass en se retournant sur la colonie en flammes depuis le haut de la première colline.

— Pires que des bêtes ! lança Fidelma d'une voix cinglante. Le mal personnifié. Et ce mal qui est à l'œuvre ici, je ne connaîtrai pas le repos avant de l'avoir extirpé. Je le jure sur ces petits corps mutilés que je laisse derrière moi.

Devant la véhémence de ce discours, Cass ne put s'empêcher de frissonner.

CHAPITRE XVII

— Et maintenant, ma sœur, où allons-nous? demanda Cass alors que Fidelma, au lieu de prendre le chemin de l'abbaye, obliquait vers l'ouest.

— À la forteresse de Salbach, répliqua Fidelma, les dents serrées. Je veux le mettre face à ses responsabilités.

Cass parut troublé.

— Cela peut s'avérer extrêmement dangereux. Si Intat est la créature de Salbach, ces atrocités ont été commanditées par lui.

— Salbach est toujours chef des Corco Loígde. Il n'oserait pas s'attaquer à un *dálaigh* de la cour et à la sœur du roi !

Cass ne répondit rien. Il ne fit pas remarquer à la jeune femme que si Intat avait agi avec la bénédiction de Salbach, cela signifiait qu'il avait renié son honneur et son serment de chef de clan. S'il était impliqué et ne trouvait rien à redire au massacre d'enfants et de religieux innocents, il n'hésiterait pas à supprimer tous ceux qui se mettraient en travers de sa route. Alors qu'ils cheminaient vers Cuan Dóir, Cass se décida à prendre la parole.

— Ne vaudrait-il pas mieux attendre l'arrivée de

votre frère Colgú et de ses gardes avant d'affronter Salbach ?

Fidelma ne prit même pas la peine de répondre. En cet instant, la colère obscurcissait son jugement et elle s'était lancée sur la piste d'Intat avec une détermination que rien n'aurait pu ébranler. Si Salbach se tenait derrière Intat, alors elle précipiterait sa chute. Sa rage l'aveuglait, la logique n'avait plus de prise sur elle et elle était incapable de réfléchir à une stratégie.

Quand ils arrivèrent à Cuan Dóir, ils furent frappés par la tranquillité des lieux. Il semblait impossible qu'à quelques miles de là les bâtiments d'une petite communauté achèvent de se consumer et que vingt enfants et quatre adultes aient été massacrés.

Quand ils se présentèrent à l'entrée de la forteresse, ils se retrouvèrent devant le même guerrier nonchalant qui montait la garde, appuyé au montant de la grille. À nouveau, il affirma que Salbach était absent mais, cette fois, il cligna de l'œil d'un air entendu en direction de Fidelma.

— Il est probablement en train de chasser dans les bois, son passe-temps favori.

Fidelma lui opposa un visage de pierre.

— Sachez, guerrier, que je suis *dálaigh* à la cour, et sœur du roi Colgú de Cashel.

L'homme se redressa et se dandina d'un pied sur l'autre, mal à l'aise.

— Cette information ne change rien à ma réponse, ma sœur, répliqua-t-il, sur la défensive. Vous pouvez aller explorer le château si le cœur vous en dit, mais vous n'y trouverez point Salbach. Il était ici il y a quelques instants, puis il est reparti à cheval vers la forêt de Dór.

— Qu'appelez-vous quelques instants ? interrogea Cass.

— Disons qu'il doit maintenant être arrivé à destination car j'ai cru comprendre qu'il avait rendez-vous dans la cabane de bûcheron. Je n'en sais pas plus.

Fidelma enfonça les talons dans les flancs de sa monture tout en faisant signe à Cass de la suivre.

— Vous tenez absolument à retourner à cette chaumière ? demanda Cass tandis qu'ils repartaient au trot vers les bois.

— Nous allons commencer par là. Salbach est à l'évidence parti rejoindre Grella.

Ils traversèrent à gué et suivirent la rive jusqu'à la maisonnette dans la clairière. Cette fois-ci, Fidelma ne chercha pas à se cacher. Elle s'avança droit sur la cabane et s'arrêta devant l'entrée.

— Salbach des Corco Loígde, êtes-vous ici ? lança-t-elle du haut de sa monture.

Le cheval du chef était invisible et seul le silence leur répondit.

Cass sauta de son étalon. Dégainant son épée, il disparut à l'intérieur de la maisonnette et réapparut presque aussitôt.

— Personne, lâcha-t-il. Et maintenant ?

— Fouillons la chaumière. Quelque indice nous indiquera peut-être où nous pouvons joindre Salbach.

Ils accrochèrent les brides de leurs chevaux à la clôture et entreprirent d'examiner les lieux mais rien n'avait changé depuis leur précédente visite.

— À mon avis, Salbach n'est pas loin, murmura Fidelma. Il a compris que nous avions emmené Grella, et si nous supposons qu'il est amoureux d'elle, il s'est sans doute rendu à l'abbaye pour la libérer.

Cass allait répondre quand ils entendirent un martèlement de sabots. Cass voulut s'avancer vers la porte mais elle s'ouvrit avec violence avant qu'il ait eu le temps de l'atteindre.

Intat se dressa devant eux, rouge et essoufflé, coiffé de son casque d'acier, l'épée à la main, vêtu de son manteau doublé de fourrure et arborant la chaîne d'or de sa fonction. Derrière lui se tenaient cinq ou six guerriers. Quand il vit Cass et Fidelma, une lueur de triomphe s'alluma dans les yeux de fouine du *bó-aire*.

— Comme nous nous retrouvons, susurra-t-il avec un petit rire ravi. Les fauteurs de troubles sont venus nous rendre visite ? Et où est passé Salbach ?

— Comme vous pouvez le constater, il n'est pas ici, répliqua très calmement Cass.

— Ah bon ?

Intat jeta un coup d'œil autour de lui.

— Pourtant, je l'avais prévenu de... commença-t-il avant de s'interrompre.

Maintenant il les couvait du regard d'un air bizarre.

— Donc vous êtes seuls ?

— Comme vous le voyez, Intat, intervint Fidelma. Rengainez votre épée. Je suis *dálaigh* de la cour et sœur de Colgú, votre roi. Et je vous demande de nous accompagner à Ros Ailithir.

L'homme ouvrit de grands yeux mimant l'étonnement. Puis il se tourna vers les hommes qui se tenaient derrière lui, à l'extérieur de la cabane.

— Vous entendez ça ?

Il éclata d'un rire glaçant.

— La dame nous demande de rendre les armes. Prenez garde, elle est un puissant *dálaigh* de la cour ainsi qu'une religieuse de la foi. À genoux, messieurs.

Les hommes s'esclaffèrent.

Puis Intat se tourna vers Fidelma avec un sourire pervers.

— Nous sommes vos prisonniers, déclara-t-il en pointant son épée sur elle.

— Un jour vous devrez rendre compte de vos actes, Intat, dit-elle simplement.

— Je n'ai de comptes à rendre qu'à mon chef, ricana l'autre.

— Il y a de plus hautes autorités que votre chef, intervint Cass.

— Je n'en reconnais aucune. Et maintenant, déposez votre arme, guerrier, et il ne vous sera fait aucun mal, je vous en donne ma parole.

— J'ai vu comment vous traitiez les gens et les enfants sans défense, répondit Cass d'un ton méprisant. À Rae na Scríne et à la ferme de Molua. Je ne me fais aucune illusion sur la valeur de vos promesses.

Nouvelle crise d'hilarité d'Intat.

— Vous venez de sceller votre destin, petit morveux de Cashel. Vous feriez bien de consulter cette bonne sœur sur ce qui vous attend. Soit on vous exécute sur-le-champ, soit vous vous rendez et vivrez un peu plus longtemps. Je vous laisse réfléchir.

L'homme au visage cramoisi et brutal alla retrouver les soudards attroupés devant la porte, qui rigolaient grassement.

Cass recula de quelques pas et se mit en garde.

— Passez derrière moi, Fidelma, ordonna-t-il en bougeant imperceptiblement les lèvres et à voix si basse qu'elle l'entendait à peine.

Pendant ce temps, il gardait les yeux rivés sur ses ennemis.

— Il n'y a aucun moyen de s'échapper, murmura-t-elle. Doit-on se rendre ?

— Vous avez vu de quoi cet homme est capable. Mieux vaut mourir en combattant que de se faire égorger comme des moutons.

— Mais ils sont trop nombreux. J'aurais dû vous écouter, Cass, nous n'avons aucune chance d'en réchapper.

— Derrière moi, sur la gauche, un escalier monte à un grenier qui comporte une fenêtre. Pendant que je les occupe, sauvez-vous. Une fois dehors, attrapez un cheval et tentez de rejoindre le sanctuaire de l'abbaye. Là, Intat ne pourra plus rien contre vous.

— Je refuse de vous abandonner.

— Il faut absolument que l'un de nous deux rejoigne Ros Ailithir. Le haut roi est arrivé et vous pourrez revenir ici à la tête de ses troupes. Sinon, nous mourrons pour rien. C'est notre dernière chance.

— Hé !

Intat fit volte-face, sa vilaine figure fendue d'un sourire qui fit frissonner Fidelma.

— Ça suffit, vous avez assez parlé. Acceptez-vous de vous rendre ?

— Non, pas question, répliqua Cass avant de hurler : Allez-y !

Dans son monastère, Fidelma pratiquait quotidiennement le *troid-sciathagid*, le combat à mains nues des Anciens. Il ne fallait pas se fier à son apparence très féminine, car cette discipline avait musclé et assoupli son corps. Elle atteignit le haut des marches en un clin d'œil, rejoignit la fenêtre en quelques enjambées et grimpa sur l'appui d'un seul élan.

À l'étage inférieur, elle entendait des heurts métalliques et les terribles beuglements d'hommes occupés à s'entre-tuer. Une flèche frappa le mur, juste à côté d'elle, et retomba sur le sol. Une autre lui érafla le bras.

Luttant contre le réflexe de se retourner, elle agrippa le rebord de la fenêtre et se laissa pendre à l'extérieur avant de lâcher prise. Elle atterrit avec la souplesse d'un chat sur la terre meuble derrière la maisonnette. Puis elle sauta sur ses pieds et se mit à courir pour contourner la chaumière et atteindre les chevaux. Le sien et celui de Cass étaient entourés des montures des rufians occupés à lutter avec le jeune guerrier.

Quand elle atteignit le premier animal, elle vit du coin de l'œil un homme d'Intat se détacher de la mêlée. Il poussa un cri de rage et son voisin se détourna lui aussi de la bagarre pour voir ce qui se passait. Le premier banda son arc et le deuxième fonça sur elle, l'épée à la main. Comprenant qu'il la rattraperait avant qu'elle ait eu le temps de s'échapper, Fidelma se décida à l'affronter, les pieds bien plantés dans le sol.

La dernière fois que Fidelma avait pratiqué le *troid-sciathagid*, c'était contre une femme géante dans un bordel romain. Elle priait le ciel de n'avoir rien perdu de sa force et de sa vivacité. L'homme chargea, elle se baissa, l'attrapa à la ceinture et utilisa son élan pour le projeter par-dessus son épaule. Avec un cri de stupéfaction, il lâcha son épée et s'écrasa tête la première contre un tonneau qui se fendit sous l'impact, tandis qu'un filet d'eau se mettait à couler.

Fidelma se redressa et fit un bond de côté en entendant le sifflement d'une flèche qui lui rasa la joue. Puis elle attrapa par la bride la première monture qui lui tombait sous la main, l'enfourcha et enfonça ses talons dans ses flancs. La jument se dressa sur ses pattes arrière avec un hennissement de surprise, partit à fond de train, traversa la clairière et gagna la forêt.

Des cris retentirent derrière elle : au moins un guerrier s'était lancé à sa poursuite. Dans la chaumière, elle n'avait compté que trois hommes en dehors d'Intat. Celui qu'elle avait expédié contre la barrique était hors d'état de nuire et sans doute que Cass se chargeait du *bó-aire*. Il fallait absolument qu'elle garde son avance sur son poursuivant, le havre de l'abbaye n'était qu'à quelques miles.

Elle prit la route de Ros Ailithir qui traversait le bois, priant que Dieu lui vienne en aide. Le haut roi donnerait immédiatement des ordres à ses hommes pour qu'ils la raccompagnent à la maisonnette afin de porter secours à Cass. Sans compter qu'avec un peu de chance sa fuite éloignerait Intat du jeune guerrier et lui donnerait l'opportunité de s'échapper à son tour.

Maintenant, elle regrettait amèrement l'impétuosité

née de la haine qui l'avait précipitée dans ce piège. Elle aurait mieux fait d'écouter son compagnon.

Couchée sur l'encolure de son cheval, elle jurait comme un charretier pour l'encourager à avancer plus vite, ce qui n'aurait pas manqué de scandaliser l'abbesse de Kildare, peu habituée à de tels excès de langage.

Quand Fidelma se hasarda à jeter un coup d'œil par-dessus son épaule, elle vit que deux cavaliers s'étaient lancés à sa poursuite... et celui qui menait la curée n'était autre qu'Intat. Son cœur se glaça et elle essaya de ne pas penser à ce que cela signifiait. Malheureusement pour elle, Intat montait une bête plus rapide que la sienne et il gagnait du terrain.

En désespoir de cause, Fidelma s'écarta de la route principale, dans l'espoir que sa monture se montrerait plus expérimentée en terrain accidenté. C'était une grossière erreur car, ignorant la géographie des pistes de la forêt, elle fut incapable de maintenir son avance. Intat se rapprochait. Elle entendait ses beuglements excités, le martèlement des sabots de son coursier, croyait sentir son haleine sur sa nuque.

Soudain, elle se retrouva devant une rivière qui lui barrait le passage. Un méandre de celle qui coulait près de la chaumière. Elle se précipita dans le cours d'eau avec sa bête, priant pour passer à gué mais, à mi-chemin, la jument plongea sous l'eau. Elle tenta de s'agripper à sa crinière mais l'animal la déséquilibra et reprit pied un peu plus loin avant de s'enfuir.

Fidelma, embarrassée par sa robe, parvint tant bien que mal à nager mais Intat avait déjà engagé son étalon dans la rivière en poussant un hurlement de triomphe.

Elle se retourna et, le voyant arriver, se débattit avec l'énergie du désespoir bien qu'elle eût déjà compris, au plus profond de son cœur, qu'il lui serait impossible d'en réchapper. Hors d'haleine, elle atteignit l'autre rive, trébucha, se redressa et glissa sur la berge boueuse.

Le coursier d'Intat se dressa sur ses pattes arrière, les sabots pratiquement au-dessus de sa tête. Le guerrier trapu se laissa glisser de sa selle et, dégainant son épée, la brandit à deux mains.

— Tu m'as causé assez d'ennuis comme ça, *dálaigh*. Ton heure a sonné !

Par réflexe, Fidelma leva un bras et détourna le visage.

C'est alors qu'elle entendit Intat pousser un furieux grognement et, comme il ne se passait rien, elle rouvrit les yeux.

Intat la fixait d'un air égaré. Puis il oscilla et tomba au ralenti. Deux flèches lui avaient traversé la poitrine. L'épée lui glissa des mains et il s'abattit face contre terre.

La religieuse poussa un cri étranglé et se dégagea rapidement de la berge boueuse pour gagner un terre-plein herbeux. C'est alors qu'elle réalisa que des cavaliers se rassemblaient autour d'elle et elle se redressa pour affronter ce nouveau péril.

— Fidelma ! s'écria une voix familière.

Quand elle vit son frère se jeter à bas de son cheval et courir vers elle, elle n'en croyait pas ses yeux. La tête lui tournait et elle crut qu'elle allait s'évanouir.

— Colgú !

Il la serra fougueusement contre lui, puis la tint à bout de bras pour s'assurer qu'elle n'était pas blessée.

— Où est passée la petite sœur qui affirmait qu'elle n'avait besoin de personne pour la protéger ? dit-il enfin quand il fut rassuré.

Elle cligna des yeux, refoulant des larmes de soulagement. Sur l'autre rive, des gardes du corps de Colgú avaient maîtrisé l'homme de main d'Intat.

— Je l'ai échappé belle, articula-t-elle d'une voix tremblante. Comment as-tu fait ?

Colgú désigna la trentaine d'hommes qui chevauchaient sous sa bannière.

— Nous nous rendions à Ros Ailithir pour l'assemblée convoquée par le haut roi quand mes éclaireurs ont surpris la scène. C'est alors que nous sommes intervenus. Mais où est Cass ? Je l'avais pourtant chargé de veiller sur toi !

— Cass est dans une chaumière non loin d'ici. Il a tenté de tenir en respect nos assaillants tandis que je m'enfuyais pour obtenir de l'aide à Ros Ailithir. Il faut retourner là-bas immédiatement. Quand je l'ai quitté, il se battait avec cet homme, Intat.

Elle indiqua le corps qui gisait dans la boue.

Le visage de Colgú s'assombrit.

— Très bien. En chemin, tu me raconteras ce qu'il s'est passé. Et qui est... ou plutôt qui était cet Intat ?

Un des gardes de Colgú traîna le *bó-aire* jusqu'à leurs pieds, se pencha sur lui et colla l'oreille à sa poitrine.

— Il vit encore, annonça le guerrier, mais plus pour longtemps.

Fidelma s'accroupit près du mourant et lui saisit la tête.

— Intat ! Intat !

Il ouvrit des yeux troubles.

— Vous êtes en train de mourir, Intat. Voulez-vous vous confesser ?

Il ne répondit rien.

— Qui vous a ordonné de massacrer ces enfants ?

Aucune réponse.

— Était-ce Salbach ? Répondez !

Elle vit ses lèvres bouger faiblement et s'inclina sur lui pour recueillir ses dernières paroles qui lui parvinrent à travers un sinistre gargouillis tandis que du sang coulait aux coins de ses lèvres.

— Je... je vous retrouverai... en enfer !

Puis son corps fut pris de convulsions et se raidit.

Le guerrier de Colgú haussa les épaules et croisa le regard de Fidelma.

— C'est fini, dit-il laconiquement.

Fidelma saisit la main que son frère lui tendait pour l'aider à se relever.

— Pourquoi l'interrogeais-tu sur Salbach ? demanda-t-il, rempli de curiosité.

— Intat était un de ses chefs.

— Et Salbach est accusé d'avoir ordonné des massacres ?

Fidelma pointa du doigt le compagnon d'Intat qui venait d'être capturé.

— Que tes hommes l'interrogent. Il y a de fortes chances pour qu'il implique Salbach dans cette diabolique affaire, mais pour l'instant, il nous faut rejoindre Cass au plus vite.

Colgú demanda que l'on donne un manteau sec à Fidelma qui tremblait de tous ses membres, mais ses vêtements mouillés n'y étaient pas pour grand-chose.

Puis Colgú saisit sa sœur par la taille pour la remettre en selle, cette fois sur l'étalon d'Intat, donna des ordres à ses hommes, et la petite troupe s'ébranla. Ils traversèrent la rivière à gué et prirent la route de la maisonnette, emmenant le captif avec eux. Sur le chemin, Fidelma résuma les événements sans entrer dans les détails. Elle s'attarda sur le massacre des innocents par le *bó-aire,* dont elle était maintenant persuadée qu'il agissait sur ordre de Salbach.

— Mais comment ces aventures s'intègrent-elles dans l'affaire du meurtre de Dacán ? interrogea Colgú.

— Je n'ai pas encore tout saisi mais crois-moi, le lien existe. Et je le démontrerai à l'assemblée du haut roi.

— Qui doit maintenant se tenir dans des délais très

brefs, on n'attend plus que notre arrivée à Ros Ailithir. On m'a rapporté que le haut roi était déjà sur place et que les bateaux de Fianamail avaient été repérés longeant la côte.

— Je sais, Brocc m'a déjà prévenue.

Colgú semblait très préoccupé.

— Si tu affirmes que Salbach est impliqué dans le meurtre de Dacán, alors autant reconnaître que Laigin est dans son droit en exigeant un prix de l'honneur aussi élevé. Salbach est un des chefs de Muman et il répond de ses actes devant Cashel.

— Pour l'instant, rien n'est joué, répliqua Fidelma. Même si la vérité est mon seul but.

Ils s'arrêtèrent devant la chaumière où il régnait maintenant une tranquillité de mauvais augure. L'homme que Fidelma avait envoyé s'écraser contre un tonneau gisait toujours sur le sol et, en les entendant, il grogna et reprit conscience.

Quand Fidelma vit le cheval de Cass toujours attaché à la clôture qui attendait patiemment son maître, le cœur lui manqua.

Deux des gardes de Colgú sautèrent à terre et dégainèrent leurs épées avant de pénétrer dans la maisonnette.

Ils en ressortirent avec un visage lugubre et Fidelma se précipita aussitôt à l'intérieur.

Cass reposait sur le dos, une flèche fichée dans le cœur tandis qu'une autre lui avait traversé le cou. En lui tirant dessus depuis la porte, ses attaquants ne l'avaient même pas laissé mener son dernier combat de guerrier. Maintenant, il contemplait le vide.

Fidelma s'agenouilla et ferma les yeux du beau visage de Cass.

— C'était un homme bon, murmura Colgú derrière elle.

Fidelma lui répondit par un soupir entrecoupé.

— Les hommes de bien sont souvent la cible privilégiée du mal, murmura-t-elle. Je regrette qu'il n'ait pas vécu suffisamment longtemps pour voir la résolution de notre affaire.

Elle se releva, les poings serrés, tourna un visage rempli d'angoisse vers son frère et éclata en sanglots. La petite voix de sa conscience lui disait qu'en menant Cass à sa perte elle avait commis sa troisième faute. Par orgueil et par témérité. Maintenant, plus aucune erreur ne lui serait pardonnée.

— Il est mort en me défendant, Colgú, dit-elle d'une voix à peine audible.

Son frère inclina la tête.

— Il a rempli son devoir, petite sœur, et si ses efforts n'ont pas été vains, son âme sera satisfaite. Sa disparition met-elle ton enquête en péril ? ajouta-t-il avec anxiété.

Fidelma se recueillit un instant.

— Non, dit-elle enfin. La mort détruit beaucoup de choses, mais elle ne peut rien contre la vérité qui finit toujours par triompher. Elle n'a cessé de me fuir mais je la tiens enfin. L'âme de Cass reposera en paix.

CHAPITRE XVIII

Fidelma se tenait près du bastion de l'abbaye, sur le chemin de ronde, et elle contemplait d'un air pensif la crique de Ros Ailithir. Ce paisible bras de mer était couvert d'une forêt de mâts et d'espars. Des *barca* et des bateaux de guerre s'étaient rassemblés dans le port abrité, tel un banc de poissons sur une frayère. Ils avaient amené à leur bord des dignitaires de Laigin et de Meath, le royaume du haut roi, et aussi, escortant le chef brehon, des annalistes qui consigneraient les débats par écrit. Ultan, l'archevêque d'Armagh, grand apôtre de la foi dans les cinq royaumes, avait débarqué d'un navire richement sculpté et décoré qui faisait l'admiration de tous.

Seuls les représentants de Muman étaient arrivés par voie de terre et Fidelma en remerciait le ciel. Dans sa vie, Fidelma avait été confrontée à plus d'une mort violente, car dans le métier qu'elle exerçait, la mort était sa fidèle compagne. Mais quoi de plus banal, après tout, que de vivre et mourir ? Pour celui qui communiait avec la nature, rien de plus ordinaire que les grands cycles de la disparition et de la renaissance. Pourtant, nombreux étaient ceux qui redoutaient l'heure du trépas. Fidelma les comprenait. Les enfants ne craignaient-ils pas l'obscurité et la mort n'était-elle pas apparentée à des ténèbres inexplorées ? Tout cela n'allégeait en rien la douleur qui s'était emparée de Fidelma, submergée par un terrible sentiment de culpabilité depuis le décès de Cass, car c'était son obstination qui avait causé la perte de celui-ci. Il avait toute la vie devant lui, tellement de choses à apprendre et de personnes à aimer. Malgré ses remontrances, elle s'était précipitée tête la première dans le repaire de Salbach. Sans elle, il serait encore de ce monde.

Elle regrettait de s'être montrée si dure avec lui lors de leurs discussions et elle n'ignorait pas que la vanité l'avait plus d'une fois amenée à affirmer bêtement sa supériorité intellectuelle. Pourtant, même en cet instant, la petite voix de sa conscience s'interrogeait sur les raisons de sa tristesse. N'était-elle pas en train de se lamenter sur sa propre mortalité à l'occasion du trépas de Cass ? Le malaise de Fidelma s'accrut. Elle se rappela une maxime qui remontait à ses leçons de grec, un vers de Bacchylide : « La pire des morts pour un mortel est toujours celle qui l'attend. »

Pour mieux se concentrer sur la tâche qui l'attendait, elle tenta de soulever la chape de plomb qui pesait sur ses épaules. Son mentor le vieux brehon Morann de Tara ne lui avait-il pas dit : « Il vit encore celui dont on se souvient, car nul n'est totalement mort si on ne l'a pas oublié » ?

Au loin, le soleil baissait derrière les montagnes, à l'ouest. Demain, pour tierce, la cloche appellerait tous ceux qui devaient figurer au procès à se réunir, et les exigences de Laigin pour le prix de l'honneur de la mort de Dacán seraient formulées officiellement.

— Sœur Fidelma ?

Elle leva la tête et se trouva face à la jeune sœur Necht qui se tenait un peu à l'écart, le visage grave.

— Je ne voulais pas vous déranger.

Fidelma lui fit signe de s'asseoir sur le mur du chemin de ronde.

— Mais vous ne me dérangez pas. Que puis-je faire pour vous ?

— Tout d'abord, je tenais à vous dire à quel point je suis désolée pour la mort de Cass, votre compagnon, dit la novice en s'installant maladroitement sur le muret, sa voix rendue encore plus grave par l'émotion. C'était un homme bon. J'aurais bien aimé être un guerrier comme lui.

Fidelma ne put s'empêcher de sourire.

— Une ambition assez inhabituelle chez une jeune novice, non ?

La jeune fille s'empourpra.

— Je voulais dire...

— Aucune importance, oubliez cela. Ce trait d'humour m'a échappé. Je suppose que je voulais faire diversion à ma tristesse. Vous désiriez me parler ?

La jeune fille avala sa salive.

— On m'a chargée de vous apprendre la capture de Salbach. Les guerriers de votre frère l'ont ramené à Ros Ailithir.

— Voilà une excellente nouvelle.

— Apparemment, on l'a surpris en rendez-vous secret avec son cousin.

— Vous voulez parler de Scandlán, le roi d'Osraige ?

Sœur Necht hocha la tête avec emphase.

— Se sont-ils également emparés de Scandlán ?

— Il est venu de son propre chef. Il hurlait qu'il était scandalisé que l'on traite ainsi son cousin.

— Salbach a-t-il avoué qu'Intat agissait sur ses ordres ?

— Cela, je l'ignore. L'abbé Brocc m'a simplement demandé de vous prévenir. Je crois que Salbach s'est renfermé dans un silence hautain. Et Brocc demande si vous désirez l'interroger avant l'audience de demain.

Fidelma se leva prestement.

— Oui, absolument. Où sont Brocc et mon frère Colgú, à cette heure ?

— Dans les appartements de l'abbé.

— Très bien, je vais les rejoindre.

— J'attends avec impatience d'assister au procès, dit Necht en souriant. Bonne nuit, ma sœur.

Fidelma la regarda s'éloigner de sa démarche peu gracieuse et se fondre dans l'obscurité des corridors de l'abbaye. Une pensée commença à prendre forme dans son esprit qu'elle ne parvint pas à formuler clairement. Haussant les épaules, elle se dirigea vers les appartements de Brocc.

— Entrez ! s'écria Brocc quand elle frappa à la porte.

Son frère avait pris place dans le siège généralement réservé à l'abbé. En voyant sa sœur, il sourit et leva le gobelet rempli de vin que son cousin lui avait servi.

— Apparemment, sœur Necht vous a trouvée, dit l'abbé.

— Oui, et elle m'a appris que vous aviez capturé Salbach, ce qui me remplit d'aise.

— Mais il nous faut également supporter son cousin d'Osraige qui pousse des cris d'orfraie. Selon lui, jamais innocence aussi éclatante n'a été aussi scandaleusement ternie.

Colgú fit la grimace.

— Et pourtant, le rôle de Salbach dans les crimes abominables qui ont été commis à Rae na Scríne et à la ferme de Molua ne fait guère de doute. Les compagnons d'Intat ont été rapidement persuadés de faire porter le poids de leurs actes à leurs commanditaires.

Fidelma haussa les sourcils et son frère répondit par un signe de tête affirmatif à sa question implicite.

— Ils ont admis avoir été payés par Intat pour leurs agissements, et affirment qu'ils étaient présents quand Salbach donnait ses instructions à son *bó-aire*.

— Parfaitement, confirma Brocc dont le soulagement était évident. Mais ils jurent tout ignorer des meurtres de Dacán et d'Eisten. Mon *scriptor* a déjà pris leurs dépositions afin que vous puissiez les consulter. Demain, nous amènerons ces gaillards à l'abbaye pour qu'ils témoignent devant l'assemblée.

Fidelma se saisit des tablettes de cire que Brocc lui tendait et les parcourut rapidement.

— Je pense que nous avons accompli un pas décisif en direction de la résolution de tous les mystères. Croyez-vous que devant des preuves aussi irréfutables Salbach passera aux aveux ?

— Tu peux toujours essayer, répondit Colgú.

— Alors je vais tout de suite me rendre auprès de lui.

Colgú se leva.

— Je t'accompagne.

Il lui fit un clin d'œil.

— On ne sait jamais, des fois que tu aies besoin de moi.

Quand Fidelma pénétra dans sa cellule, Salbach l'accueillit avec une froideur désinvolte, et ne prit même pas la peine de saluer Colgú qui se tenait en retrait.

— Je pensais bien que vous viendriez, Fidelma de Kildare, persifla-t-il.

— Vous me voyez ravie d'avoir exaucé vos vœux, Salbach. Et j'ai le plaisir de vous annoncer que l'assemblée du haut roi se tiendra demain.

Fidelma s'assit sur l'unique chaise en bois. Debout, jambes écartées et bras croisés, Salbach fronçait les sourcils, visiblement décontenancé par l'assurance de Fidelma qui l'examinait de la tête aux pieds d'un air écœuré.

« Voilà donc l'homme qui a ordonné des massacres d'enfants sans l'ombre d'une hésitation ou d'un scrupule », songea-t-elle.

— L'amour est aveugle, Salbach. Comment Grella n'a-t-elle pas vu au-delà du masque que vous portiez ? dit-elle enfin.

Cette attaque inattendue désarçonna Salbach qui se reprit très vite et toisa Fidelma d'un air narquois.

— Qui vous dit que je porte un masque en sa présence et que son attirance pour moi n'est qu'illusions ? Je vous vois troublée. Cela vous perturberait-il tant que cela que nous soyons attachés l'un à l'autre ?

Fidelma eut une moue de dégoût.

— Parce que vous éprouvez des émotions ? Vous aurez du mal à me convaincre. Celui qui ordonne le massacre de petits enfants pour des motifs d'ambition personnelle a une pierre à la place du cœur.

Fidelma avait néanmoins saisi la perversité de la situation. Salbach s'était sans doute entiché de la séduisante bibliothécaire de Ros Ailithir et éprouvait pour elle des sentiments qui ressemblaient à de l'amour.

— Vous obstinez-vous à me tenir responsable des méfaits d'Intat ? demanda Salbach d'un ton aigre.

— Oui. Et à ce propos, rappelez-vous que quand on s'offre les services d'hommes de main, ils sont loyaux non à leur chef mais à son argent. Les hommes d'Intat ont déposé contre vous et affirment que vous avez fomenté les massacres.

Salbach resta impassible.

— Ils mentent, lâcha-t-il d'un air dédaigneux.

— Alors vous devrez le prouver devant l'assemblée et je vous souhaite bien du plaisir. Quant à moi, je sais tout comme vous qu'ils disent vrai.

Salbach grimaça un sourire.

— L'assemblée du haut roi décidera. Ce sera ma parole et mon honneur de chef des Corco Loígde contre les racontars de ces imbéciles. Et maintenant je garderai le silence.

Fidelma se leva et lut la déception dans le regard de son frère.

— Très bien. À demain, donc. Au tribunal. Mais avant d'y comparaître, réfléchissez à ce que je vous ai dit : vos hommes vous condamneront. Et dans l'éventualité où vous ne trouveriez pas le sommeil, je vous conseille de méditer les paroles de Socrate : « Les faux discours sont intrinsèquement mauvais, sans compter qu'ils contaminent l'âme de celui qui les profère. » Jusqu'à quel point votre âme est-elle corrompue par le mal, Salbach ?

Quand ils se retrouvèrent dehors, Colgú ne cacha pas sa déconvenue.

— Et maintenant que va-t-il se passer ? Il refuse d'avouer. D'ailleurs, même si l'on prouvait sa culpabilité, cela n'empêcherait pas Laigin de maintenir ses exigences.

— Prions pour que la dernière pièce du puzzle se mette en place d'ici demain, répliqua Fidelma. Et en attendant, il faut que j'aille me reposer. La journée sera longue et je dois réfléchir à ma plaidoirie.

Bien après les complies, Fidelma se réveilla en sursaut. Brisée de fatigue, elle était étendue tout habillée sur son lit où elle s'était effondrée, dans sa cellule plongée dans l'obscurité. Quand elle se redressa, elle se souvint d'une tâche qu'elle avait jusqu'alors négligée bien qu'elle y pensât régulièrement. Aussitôt, elle se leva et quitta l'hôtellerie à pas de loup.

Puis Fidelma pénétra dans l'église. Toutes les lumières avaient été éteintes après le dernier service. Plutôt que d'allumer une lampe, elle choisit de se glisser furtivement dans la nef, profitant du clair de lune qui lui permettait de se guider. Elle s'approcha de l'autel, le contourna et contempla la stèle du bienheureux Fachtna.

Elle était sûre qu'elle recelait la dernière clé du mystère qui la narguait depuis si longtemps.

Alors qu'elle fixait la dalle au cœur du silence, elle réalisa soudain que quelque chose la dérangeait. La stèle n'était pas tout à fait droite. Elle se souvenait pourtant que, lors de sa première visite, elle formait une ligne parallèle à l'autel.

Elle s'agenouilla et poussa la stèle.

À sa grande surprise, celle-ci pivota facilement, comme si elle était posée sur un glissoir. Quand elle commença à grincer, Fidelma en fit le tour pour l'examiner avec plus d'attention. Sauf que dans l'obscurité elle n'y voyait rien du tout.

Elle se dirigea vers l'autel où elle préleva un cierge tout en murmurant une prière rapide pour l'avoir ôté de la sainte table du Seigneur. Puis elle revint à la stèle, alluma la bougie, la plaça sur le sol et entreprit à nouveau de pousser la pierre tombale qui se déplaça, puis s'arrêta comme si elle butait sur un obstacle.

La religieuse réfléchit et se dit qu'il devait y avoir un mécanisme caché quelque part.

Passant de l'autre côté de la dalle, elle la poussa dans l'autre sens, comme pour la remettre en place.

C'est alors que le mécanisme lui apparut. Du coin de l'œil, elle vit la petite statue du chérubin, à la tête de la tombe, tourner sur son socle.

Étouffant un cri de surprise, Fidelma alla prestement à la statuette qu'elle actionna en sens inverse.

Aussitôt, elle comprit que l'angelot entraînait un levier, car plus elle le faisait tourner, plus elle sentait qu'il tirait sur une machinerie qui à son tour déplaçait latéralement la stèle. À la lumière vacillante de la chandelle, quelques marches apparurent qui s'enfonçaient dans la tombe. Fidelma récupéra le cierge et entreprit de descendre précautionneusement l'escalier dérobé.

Il menait à une crypte humide et froide, à l'atmosphère étouffante, d'une hauteur de dix-huit pieds environ et d'une surface de trente pieds sur trente-six. Elle était construite comme une réplique miniature de l'église, avec un autel sur la droite. Puis Fidelma se corrigea. Il ne s'agissait pas d'un autel mais d'un sarcophage en pierre sur lequel étaient gravées des inscriptions en ogham et en latin. Elles disaient que Fachtna, fils de Mongaig, reposait en ces lieux.

Dans le sépulcre, Fidelma examina de plus près les chandelles fichées dans des supports. Près de la mèche, la graisse encore tiède s'était solidifiée. Ces bougies avaient été utilisées récemment.

Dans un coin, elle aperçut soudain une pile de vêtements et, près des vêtements, elle découvrit un tas de couvertures, deux lits, et aussi un pichet d'eau et une coupe de fruits. Sur un des lits était posée une feuille de vélin.

Il lui fallut un certain temps pour retrouver les objets dérobés dans son *marsupium* : le brouillon de la lettre de Dacán à son frère, le morceau calciné de « bâton de poète », ainsi que des documents en provenance de la bibliothèque qui concernaient la famille d'Illan. La personne qui les avait jetés ici et là ne semblait pas y accorder grande importance.

Fidelma poussa un soupir de soulagement mêlé de tristesse.

Enfin, les pièces du puzzle tombaient en place et maintenant l'image apparaissait dans son entier. Quel dommage que Cass ne soit pas là pour apprécier l'absolue nécessité de mettre en réserve le moindre fragment d'information jusqu'à ce que la lumière jaillisse enfin !

Au-dessus d'elle, un bruit la fit sursauter.

Des gens se tenaient près de l'autel, dans l'église, au bord de l'escalier qui menait à la crypte.

En entendant qu'on descendait les marches, Fidelma alla se cacher près du sarcophage.

— Regarde ça, je croyais t'avoir dit de remettre la stèle en place quand on est sortis, dit une voix.

Une autre lui répondit, qu'elle reconnut comme étant celle de Cétach :

— Je t'ai pourtant obéi, mon frère, je ne comprends pas, j'avais cru la refermer.

— Ce n'est pas grave. Je viendrai vous ouvrir à l'heure habituelle. Mais demain, il faudra que vous vous teniez tranquilles, car le tribunal se réunira au-dessus de vos têtes. Si vous pleurez, cette fois-ci ils vous trouveront et on n'aura pas fini de le regretter.

Un enfant se mit à gémir que Cétach admonesta : Cosrach, sans aucun doute.

— Il n'y en a plus pour longtemps, expliqua gentiment la première voix du trio. Père et moi allons très bientôt vous sortir de là. Dans un jour ou deux.

— Et père viendra avec nous ? demanda Cétach.

— Oui. Nous rentrerons bientôt à la maison, à Osraige.

Fidelma était bien embêtée. Affronter les fils d'Illan à ce stade des opérations ne présentait aucun intérêt, sans compter qu'il subsistait quelques détails à éclaircir avant que le mystère soit totalement résolu.

Alors qu'elle réfléchissait et s'apprêtait à souffler sa bougie, elle fut surprise d'apercevoir une bouche d'ombre derrière le sarcophage. Elle s'avança vers l'appel d'air. Il s'agissait d'un passage qui présentait quelques sinuosités avant de déboucher sur un escalier très raide.

Poussée par la curiosité, elle leva sa chandelle et grimpa les marches qui s'arrêtaient à environ trois pieds d'un plafond taillé dans le roc. Elle crut un instant être arrivée dans un cul-de-sac quand elle distingua un étroit orifice, large de deux pieds environ et haut de trois pieds. Une faible lumière le traversait. Cette fois-ci, elle éteignit son cierge et, à la pâle clarté de la lune qui filtrait jusqu'à elle, s'introduisit précautionneusement dans l'ouverture.

Là, Fidelma resta sans voix.

Elle se retrouvait debout dans un puits circulaire et au-dessus d'elle, à environ neuf pieds, brillaient les étoiles dans le ciel. Aussitôt, elle tourna la tête et trouva ce qu'elle cherchait : des échelons en fer. Elle s'en saisit, les grimpa prestement et, en un rien de temps, elle se retrouva à l'air libre, dans le jardin derrière l'église.

Alors qu'elle reprenait son souffle assise sur la margelle du puits, elle se surprit à sourire.

Maintenant qu'elle tenait l'ultime pièce du puzzle, il ne lui restait plus qu'à l'ajuster dans le tableau.

Et demain, à l'assemblée, elle déroulerait l'écheveau ô combien tortueux de toute cette aventure.

CHAPITRE XIX

Pour l'occasion, l'église avait été transformée en *dál*, car c'est ainsi qu'on désignait le tribunal où siégeaient le haut roi et son conseil. Elle résonnait de la présence d'une multitude de gens, religieux ou autres, qui se pressaient en foule dans l'édifice. L'occasion était historique, car jamais de mémoire d'homme un haut roi n'avait tenu une telle assemblée au-dehors du royaume de Meath dont il était le monarque. Devant l'autel se dressait un dais, et devant le dais était posée une estrade, et sur l'estrade trônait le chef brehon des cinq royaumes d'Éireann. En de telles circonstances, son rôle éclipsait celui du haut roi, qui n'était pas autorisé à s'exprimer avant lui. Fidelma, qui n'avait jamais rencontré Barrán auparavant, tenta de faire abstraction de ses vêtements d'apparat et de tout le cérémonial qui l'entourait pour mieux cerner sa personnalité. Ce qui frappait au premier abord, chez cet homme sans âge, c'étaient les yeux brillants qui ne cillaient que rarement, la bouche sévère aux lèvres minces... et le gros nez.

Près de lui, à sa gauche, siégeait son *ollamh* personnel, un avocat hautement qualifié qu'il consultait sur les points de droit les plus épineux. À la gauche de l'*ollamh*, un *scriptor* et un assistant étaient chargés de prendre des notes pour ensuite rédiger les actes du procès. À la droite de Barrán se tenait Sechnassach, lord de Meath et haut roi d'Irlande. C'était un homme mince au visage sévère et aux cheveux noirs qui n'avait pas quarante ans. Fidelma, qui l'avait bien connu à Tara, savait qu'il n'était pas l'homme austère et autoritaire qu'il paraissait, mais une personne réfléchie et dotée d'un solide sens de l'humour. Elle se demanda s'il se souviendrait que sans son aide — elle lui avait permis de résoudre le mystère du vol de l'épée de cérémonie du haut roi — il n'aurait sans doute pas pu monter sur le trône. Puis elle se réprimanda de laisser une telle pensée affleurer à son esprit, comme si elle espérait qu'un favoritisme quelconque allait influencer le haut roi en sa faveur.

Près du souverain, un vieil homme revêche aux cheveux blancs ébouriffés, Ultan, archevêque d'Armagh, apôtre de la foi des cinq royaumes, qui avait la réputation de soutenir la faction romaine. Il s'était souvent prononcé en faveur de la substitution des lois ecclésiastiques aux lois civiles dans les cinq royaumes.

Juste en face de cet impressionnant aréopage de juges se dressait un genre de lutrin, ou *cos-na-dála*, devant lequel chaque *dálaigh* plaiderait sa cause.

À droite de l'autel, dans le transept, les bancs étaient occupés par les représentants de Laigin avec à leur tête Fianamail, leur jeune roi fougueux. À ses côtés, Fidelma avait déjà repéré Forbassach, toujours aussi maigre et cadavérique, qui présenterait les doléances de Laigin. Assis juste derrière lui, l'abbé Noé de Fearna, reconnaissable à ses frêles épaules et à son visage bilieux.

Colgú et ses conseillers se trouvaient à gauche de l'autel. Fidelma, en tant que *dálaigh*, avait pris place auprès de son frère et attendait d'être appelée devant le *cos-na-dála* afin de plaider pour le royaume de Cashel.

De part et d'autre de la nef, des spectateurs en tout genre et de toutes conditions se pressaient sur les bancs, et malgré les dimensions impressionnantes de l'édifice l'atmosphère était quasiment irrespirable. Fidelma avait remarqué plusieurs *fianna* ou gardes du corps du haut roi, reconnaissables à leurs emblèmes. Seuls guerriers en armes autorisés à assister à l'assemblée, ils avaient pris position à des points stratégiques tout autour de l'église. Quant aux guerriers de Colgú et de Fianamail, ils étaient confinés dans leurs quartiers, en dehors de l'enceinte de l'abbaye.

Brusquement, Barrán, le chef brehon, frappa de son bâton la table en bois où il siégeait.

Le tohu-bohu se calma, cédant la place à un silence impressionnant.

— Sachez qu'il y a trois façons de perturber cette assemblée, commença le chef brehon d'une voix vibrante qui résonna sous les voûtes, tandis que ses yeux clairs jetaient un regard circulaire pour asseoir son autorité. La première est de juger sans savoir, la deuxième est de plaider sans comprendre et la troisième est une cour trop prolixe.

Après cette ouverture rituelle de l'audience, l'archevêque Ultan se leva et, de sa petite voix monotone et flûtée, bénit la cour et appela la sérénité sur les débats.

Puis le chef brehon demanda aux avocats de se lever et de se présenter. Enfin, il leur rappela les procédures en usage et les seize critères permettant d'établir qu'une plaidoirie était mal engagée. Pour chacun de ces manquements, un avocat pouvait recevoir une amende d'un *séd*, une pièce d'or correspondant à la valeur d'une vache à lait. L'amende, leur rappela Barrán, punissait l'insulte d'un *dálaigh* par un autre, l'incitation à la violence de l'assistance, la suffisance, le refus d'obéir aux injonctions de la cour ou les digressions non justifiées. Puis il annonça que la séance était ouverte.

— Rappelez-vous que les trois piliers de la vérité sont une plaidoirie calme et patiente, un discours étayé d'arguments solides et des témoins fiables.

Maintenant que Barrán avait lancé l'avertissement traditionnel aux avocats, Forbassach se leva et se dirigea vers le *cos-na-dála*. En tant que plaignant, il était autorisé à plaider en premier. Il s'exprima avec clarté, exposant sa thèse sans élever la voix. Le vénérable Dacán, un homme de Laigin, avait reçu l'hospitalité du roi de Muman qui l'avait autorisé à étudier et à enseigner à l'abbaye de Ros Ailithir. L'abbé était responsable de la sécurité de ceux qu'il recevait dans sa maison.

Or Dacán avait été assassiné dans des circonstances dramatiques à Ros Ailithir. Comme le meurtrier n'avait pas été découvert, l'abbé partageait la responsabilité du crime avec le roi de Muman, son cousin. Le monarque était doublement responsable de la sécurité de Dacán, d'une part parce qu'il l'avait accueilli sur ses terres et d'autre part parce que, l'abbé étant de ses parents et lui-même chef de famille, il se devrait d'assumer les sanctions prises contre Brocc. C'étaient les termes de la loi qui ne laissait aucun doute sur son interprétation. Pour un décès en de telles circonstances, l'amende était de sept *cumals*, l'équivalent de vingt et une vaches laitières. À quoi il fallait ajouter le prix de l'honneur de Dacán. Or cet homme de la foi, cousin du roi de Laigin, était célèbre dans les cinq royaumes d'Éireann pour sa sagesse, son humanité, sa spiritualité et sa haute érudition.

Quand, sept siècles auparavant, le haut roi Edirsceál de Muman avait été assassiné, le chef brehon et son assemblée avaient évalué le prix de l'honneur d'Edirsceál au royaume d'Osraige, qui était passé sous l'autorité de Muman. Maintenant Laigin demandait qu'Osraige lui soit restitué comme prix de l'honneur du vénérable Dacán.

Pendant la plaidoirie de Forbassach, Fidelma garda la tête baissée pour mieux se concentrer. Cet exposé, apparemment objectif et dépourvu de passion, ne lui apprenait rien de nouveau.

À la fin de son discours, Forbassach lança un regard satisfait en direction de Fidelma. Quand il réintégra sa place, Fianamail se pencha vers lui et lui tapota l'épaule pour le féliciter.

Barrán se tourna alors vers les bancs de Muman.

— Fidelma de Kildare, acceptez-vous maintenant de plaider pour Muman ?

— Non, lança-t-elle d'une voix claire, ce qui provoqua un mouvement de surprise dans l'assemblée. Je plaiderai pour la vérité.

Des murmures s'élevèrent des bancs de Laigin tandis que Fidelma se frayait un chemin jusqu'à la tribune. Barrán fronça les sourcils devant cette entrée en matière trop théâtrale à son goût.

— J'espère que vos paroles ne sous-entendent pas que des mensonges délibérés ont été proférés devant cette cour ? demanda-t-il d'un ton fâché.

— Absolument pas, répliqua Fidelma. Mais nous n'avons entendu qu'une parcelle de la vérité et aucun jugement ne pourrait être prononcé à partir d'un exposé présentant de telles lacunes.

— Résumez votre plaidoirie, je vous prie.

— Elle sera basée sur deux éléments, Barrán. D'une part, quand le vénérable Dacán est venu à Muman, il n'était pas sincère quant aux objectifs de sa visite. Et ce manque d'honnêteté exonère le roi et l'abbé de leurs responsabilités telles qu'elles sont définies par les lois de l'hospitalité.

Des exclamations indignées s'élevèrent des bancs de

Laigin et Fidelma aperçut l'abbé Noé, blême de colère, qui la fixait méchamment.

— D'autre part, poursuivit Fidelma sans se démonter, dans l'éventualité où l'identité du meurtrier de Dacán serait révélée, et s'il s'avérait qu'il n'appartient pas à la famille du roi de Cashel et n'entretient aucun lien avec elle, alors les doléances de Laigin exprimées par la voix de son avocat ne seraient plus fondées. Voilà, en substance, les lignes directrices de ma plaidoirie.

Forbassach se leva.

— Je proteste. Le premier argument est une insulte à un lettré plein de compassion et de piété. Il accuse de mensonge un homme dévot qui n'est plus en mesure de se défendre. Le second est une affirmation sans fondement.

Barrán plongea son regard de faucon dans les yeux de Fidelma.

— Vous êtes rodée aux us et coutumes de la cour, sœur Fidelma. J'en déduis donc que ces allégations sont appuyées par des preuves.

— Elles le sont. Néanmoins, j'implore votre indulgence car il s'agit d'une histoire compliquée, et il me faudra un certain temps pour en exposer les différents épisodes devant ce tribunal.

Elle marqua une pause tout en interrogeant Barrán du regard. Le chef brehon lui fit signe de poursuivre.

— Quand mon frère Colgú m'a demandé d'enquêter sur la mort de Dacán, je ne me doutais pas du long chemin tortueux qui m'attendait. Le temps que j'achève mon enquête, de nombreux cadavres jonchaient mon parcours. Cass, qui appartenait aux gardes du corps de Colgú — le roi mon frère me l'avait assigné comme assistant —, sœur Eisten, quatre religieux de la maison de Molua, et vingt enfants innocents sans compter le massacre de Rae na Scríne.

Forbassach bondit sur ses pieds.

— Nous sommes ici pour parler du meurtre de Dacán et non pas pour juger tous les délinquants du royaume. Ces multiples décès sont un écran de fumée derrière lequel Fidelma de Kildare cherche à escamoter les justes revendications de Laigin.

Barrán fronça les sourcils devant l'impétuosité du *dálaigh*.

— Objection rejetée, Forbassach, et que cela vous serve d'avertissement. Ne vous ai-je pas énuméré les différents signes distinctifs d'une mauvaise plaidoirie ? Avant d'intervenir, attendez que le *dálaigh* de Cashel ait terminé son exposé. Je vous ferai remarquer qu'elle n'a pas une seule fois interrompu le vôtre.

Forbassach se rassit, visiblement contrarié.

— Il s'agit en réalité d'une affaire très complexe, reprit tranquillement Fidelma, dont les racines remontent au conflit opposant deux parties se disputant la suzeraineté d'Osraige. Au cours des six derniers siècles, Laigin a de façon répétée et sous des prétextes divers demandé qu'Osraige relève à nouveau de sa juridiction, mais les brehons des cinq royaumes l'ont toujours déboutée en faveur de Muman.

« Dans le même temps, au cours des deux siècles qui viennent de s'écouler, le peuple d'Osraige a été gouverné par des rois des Corco Loígde. La raison en incombe au bienheureux Ciaran de Saighir, fils d'un père d'Osraige et d'une mère des Corco Loígde, qui a placé sa propre famille sur le trône d'Osraige après avoir converti ses habitants à la foi. Depuis lors, les descendants des chefs natifs du pays déplorent cette injustice. Plusieurs rois d'Osraige, originaires des Corco Loígde, ont été assassinés à cause des querelles qui enflamment régulièrement cette région troublée.

« Il est évident que Laigin, dont les ambitions avouées au cours de toutes ces années étaient d'obtenir la restitution d'Osraige, a observé avec intérêt sinon encouragé les conflits.

Des exclamations de colère s'élevèrent des bancs des représentants de Laigin. Certains allèrent même jusqu'à agiter le poing en direction de Fidelma et le chef brehon frappa la table de son bâton pour rétablir l'ordre.

Forbassach s'était à nouveau levé, mais Barrán le fixa de telle façon qu'il se rassit en se renversant sur son siège d'un air excédé.

— J'avertis les représentants de Laigin que de telles démonstrations ne vont pas intercéder en leur faveur.

Puis il se tourna vers Fidelma.

— Et dois-je vous rappeler, sœur Fidelma, qu'une amende d'un *séd* est le prix à payer en cas d'incitation du public à la violence ?

Fidelma baissa la tête.

— Je vous présente mes excuses, Barrán, mais je ne pensais pas que mes paroles provoqueraient la colère de certains, ni même qu'elles seraient contestées. Ce que j'ai dit relève du sens commun.

À ce point des débats, le haut roi se pencha vers son chef brehon et lui murmura quelque chose à l'oreille. Le chef brehon hocha la tête et invita Fidelma à poursuivre.

— L'année dernière, la lutte pour le royaume d'Osraige s'est traduite par des affrontements sanglants entre le roi Scandlán, cousin de Salbach des Corco Loígde, et Illan, un descendant des rois originaires d'Osraige. Il y a environ un an, Illan a été tué sur ordre de Scandlán.

Cette fois-ci, on s'agita du côté des bancs de Muman. Un homme râblé au visage rubicond, avec une masse de cheveux blond-roux et une barbe broussailleuse, s'était dressé, pareil à un ours aux abois.

— Je demande la parole ! hurla-t-il. Je suis Scandlán, roi d'Osraige.

— Asseyez-vous !

En deux mots, la voix de basse du chef brehon avait réduit l'assistance au silence.

— Scandlán, en tant que roi vous connaissez certainement les règles régissant cette assemblée.

— Mon nom a été sali ! protesta le monarque. N'ai-je pas le droit de répondre aux accusations qui sont portées contre moi ?

— Je ne vois pas ce qui vous choque, répliqua Fidelma.

Le haut roi murmura à nouveau à l'oreille du chef brehon et Fidelma vit l'ombre d'un sourire passer sur ses lèvres.

— Très bien, dit Barrán. Scandlán, roi d'Osraige, avez-vous tué Illan ?

— Bien sûr, aboya l'homme à la tignasse rousse. Il me revient en tant que monarque de protéger mon royaume, Illan fomentait une insurrection contre moi et donc...

Le chef brehon leva la main.

— Et donc il semblerait que sœur Fidelma a dit la vérité. Pour l'instant, elle ne vous a pas imputé de motivations désobligeantes. Nous vous entendrons plus tard si l'un des avocats vous demande de comparaître comme témoin. Jusque-là, vous êtes prié de ne pas interrompre les débats.

Puis il fit signe à Fidelma de continuer.

— La mort d'Illan n'a pas signé la fin de la querelle. À cette époque, ses enfants, qui n'avaient pas encore atteint l'âge du choix, ne pouvaient pas faire entendre leurs revendications auprès du peuple. D'autre part, personne n'était en mesure de les identifier, mais il était néanmoins apparu qu'Illan avait plusieurs héritiers. Ils avaient été envoyés chez des parents nourriciers à l'extérieur des frontières d'Osraige, jusqu'au jour où l'aîné pourrait faire valoir ses doléances et prétendre au trône.

« Deux personnes s'intéressaient de près aux héritiers d'Illan. Scandlán, parce qu'il savait que tôt ou tard ils prendraient les armes pour reconquérir le royaume. Et Fianamail, qui s'imaginait que s'il retrouvait la progéniture d'Illan, il pourrait appuyer leur lutte afin de se débarrasser de Scandlán et influer sur l'avenir d'Osraige. Par exemple en réintégrant Osraige à Laigin.

Elle marqua une pause mais, cette fois-ci, personne ne protesta.

— Seulement voilà, les héritiers d'Illan avaient disparu. Il s'agissait de savoir qui ils étaient et où ils se cachaient. Un des moyens de les identifier était d'étudier les généalogies d'Osraige. Or, depuis que les Corco Loígde règnent sur Osraige, ce sont leurs scribes qui retranscrivent l'histoire détaillée du pays. Et où garde-t-on ces documents ?

Fidelma laissa sa question en suspens et il se fit un profond silence.

— Ici, bien sûr. À Ros Ailithir.

Il y eut quelques murmures tandis que certains commençaient à comprendre où Fidelma voulait en venir.

— Fianamail de Laigin envoya son érudit le plus célèbre étudier les registres à Ros Ailithir, afin de retrouver la trace de l'héritier d'Illan. Ce grand lettré n'était autre que Dacán, frère de l'abbé Noé de Fearna et cousin de Fianamail. Si je mens, que Fianamail jure ici devant Dieu que mes allégations sont fausses !

— Une question ! s'écria Forbassach. J'ai le droit de poser une question !

— Accordé, dit le chef brehon.

— Si, comme le prétend l'avocat de Muman, Scandlán était si désireux de retrouver la trace des héritiers d'Illan, pourquoi n'a-t-il pas envoyé un de ses érudits étudier ces registres, qui se trouvent ici même, sur les terres de sa propre famille ? Pour lui, rien de plus simple.

— En effet, répliqua Fidelma, et il ne s'en est d'ailleurs pas privé. Ou plus exactement, sa famille s'en est chargé. Mais j'ai demandé à Fianamail s'il niait avoir envoyé Dacán à Ros Ailithir pour des travaux le concernant. Ayant répondu à la question de Forbassach, j'exige ma réponse.

Forbassach tint un rapide conciliabule avec son roi et l'abbé Noé. Le chef brehon s'éclaircit la voix à dessein pour les rappeler à l'ordre et Forbassach sourit.

— Quelles qu'aient été les recherches menées par Dacán, il n'empêche qu'il a été assassiné et la responsabilité de sa mort en incombe à l'abbé Brocc et en dernier recours au roi de Muman.

Sa voix était assurée mais moins triomphante que lors de sa plaidoirie.

— Si l'objectif de Dacán à Ros Ailithir n'était pas celui qu'il prétendait, rien n'est moins certain, répliqua Fidelma.

L'*ollamh* du chef brehon s'entretint à voix basse avec Barrán qui se tourna vers Fidelma.

— Si c'est l'essentiel de votre plaidoirie, dit-il avec gravité, alors je vous préviens qu'il s'agit d'une défense mal engagée. Dacán a déclaré qu'il désirait étudier à Ros Ailithir et c'est sur cette base que le roi et l'abbé lui ont accordé l'hospitalité. Qu'il n'ait pas précisé le sujet exact de ses recherches ne le privait en aucun cas d'une protection légale.

— Je crois être en mesure de démontrer plus tard que c'est un moyen de rejeter toute responsabilité pour mieux se défausser sur d'autres. Mais je vous rappelle que ma plaidoirie se déroule en deux temps et j'aimerais tout d'abord traiter des points plus importants. Par exemple de l'identité de l'assassin de Dacán.

Un frémissement d'excitation parcourut l'assistance

et Barrán fit résonner son bâton en plissant les paupières.

— Voulez-vous dire que vous connaissez le nom du meurtrier ?

Un sourire énigmatique joua sur les lèvres de Fidelma.

— Nous y reviendrons dans un instant. Mais laissez-moi conduire ma démonstration.

D'un geste impatient, Barrán l'invita à poursuivre.

— Comme je l'ai dit, Dacán vient à Ros Ailithir dans un seul but : retracer la généalogie d'Illan. C'est alors qu'il découvre que son ancienne épouse, Grella de l'abbaye de Cealla, travaille ici comme bibliothécaire. Il en est ravi car Grella est originaire d'Osraige et sa relation avec elle s'était conclue paisiblement. Donc Dacán l'enrôle pour obtenir les ouvrages qui l'intéressent. Elle contribue volontiers à ses recherches car elle aussi s'intéresse aux héritiers d'Illan. Hélas, pas pour les mêmes raisons que son ancien époux.

Dans l'église, les exclamations fusaient et les commentaires allaient bon train. On ne s'entendait plus.

Barrán, les traits tirés, rappela l'auditoire à l'ordre tandis que l'*ollamh* lui parlait à mi-voix en regardant un point précis.

Fidelma se retourna et vit sœur Grella, debout, le visage ravagé par la colère et la passion.

— Sœur Grella, asseyez-vous ! ordonna Barrán après que son *ollamh* l'eut identifiée pour lui.

— Je refuse de me laisser insulter et accuser injustement ! s'écria Grella, en pleine crise d'hystérie.

— En quoi sœur Fidelma vous a-t-elle insultée ? demanda le chef brehon d'un air las. Personnellement, cela m'a échappé. N'étiez-vous pas mariée à Dacán de Fearna ?

— Mugrón, le capitaine du navire de guerre de Laigin, est prêt à en témoigner, avertit Fidelma en pointant du doigt le marin sur les bancs de Laigin.

— Oui, j'ai été l'épouse de Dacán mais...

— Et vous avez bien divorcé ? l'interrompit le chef brehon.

— Oui.

— Quand Dacán est venu à Ros Ailithir, était-il au courant que vous étiez la bibliothécaire de l'abbaye ?

— Non.

— Mais il vous a engagée comme assistante dans ses recherches ?

— Oui.

— Et vous avez collaboré avec lui de votre plein gré ?

— Oui.

— Partagiez-vous l'intérêt de Dacán pour ses études ?

Grella s'empourpra et baissa la tête.

— Alors il n'y a pas eu d'insulte, conclut Barrán. Asseyez-vous, sœur Grella, de crainte que vous n'offensiez à nouveau cette cour par votre animosité.

— Mais je sais que cette femme veut vous convaincre que j'ai tué Dacán ! Elle joue au chat et à la souris ! Qu'elle porte ses accusations ouvertement !

— Accusez-vous sœur Grella d'avoir assassiné Dacán ? demanda le chef brehon à Fidelma.

Fidelma eut un petit sourire ironique.

— Pour éclaircir ce point, Barrán, il me faudra interroger Salbach, le chef des Corco Loígde.

— N'oubliez pas que vous devez étayer votre réquisitoire par des preuves, Fidelma, l'admonesta Barrán.

— Je m'y suis préparée.

Sur un signe de Barrán, un guerrier des *fianna*, les gardes du corps du haut roi, amena Salbach devant la cour, plus arrogant que jamais et les mains entravées.

— Salbach des Corco Loígde, l'interpella Fidelma,

on vous a convoqué devant cette assemblée parce qu'on vous accuse d'être responsable des agissements de votre *bó-aire*, Intat, qui a massacré de nombreux innocents en votre nom, à Rae na Scríne et à l'orphelinat de Molua.

Salbach releva le menton sans répondre.

— Rejetez-vous ces chefs d'inculpation ?

Salbach s'enferma dans un silence hautain et Barrán poussa un profond soupir.

— Vous n'êtes pas obligé de répondre à ces allégations, mais votre silence sera retenu contre vous et des présomptions de culpabilité pourraient en découler.

— Votre sentence me trouvera prêt, répliqua Salbach d'un ton sec.

Il avait à l'évidence réfléchi au poids des charges qui pesaient contre lui et n'entrevoyait aucune issue possible.

— Et sœur Grella est-elle dans les mêmes dispositions que vous ? demanda Fidelma, qui espérait ne pas s'être trompée sur les sentiments que Salbach portait à la bibliothécaire.

Si Salbach acceptait le châtiment, tenterait-il d'impliquer Grella dans ses crimes ? Tout le problème était là.

Impassible, Salbach s'adressa à Fidelma.

— Elle est innocente des méfaits qui me sont attribués, dit-il calmement.

— Cependant, sœur Grella était votre maîtresse, n'est-ce pas, Salbach ?

— Je l'ai déjà reconnu.

— Vous ou votre cousin Scandlán, peu importe l'initiateur du complot, a suggéré que Grella se serve de sa position de bibliothécaire pour compulser les registres généalogiques d'Osraige qui sont gardés à l'abbaye. Vous confirmez ?

— Vous êtes tenu de répondre, intervint le chef brehon tandis que Salbach hésitait.

— C'est exact, lâcha le chef à contrecœur.

— Puis vous apprenez de la bouche de Grella, probablement au cours de vos conversations sur l'oreiller, que son ancien époux, Dacán, est arrivé à Ros Ailithir. Par une étrange coïncidence, lui aussi est en quête de l'héritier d'Illan. Grella, sachant qu'il est plus fin lettré qu'elle-même, le persuade de travailler en collaboration avec elle. Ainsi, elle pourra vous informer régulièrement des progrès des recherches de Dacán. Mais vos objectifs et ceux du vénérable sont opposés car si Dacán s'intéresse à l'héritier d'Illan pour le mettre au service de Laigin, vous, vous désirez exécuter le dernier membre de la famille des rois originaires d'Osraige. Afin, bien sûr, d'éliminer le dernier rival de la dynastie actuelle des Corco Loígde en Osraige.

Plus personne ne parlait et tous les regards étaient fixés sur Salbach. C'est sœur Grella qui rompit le silence par un gémissement affolé car, pour la première fois, elle venait de prendre la pleine mesure des conséquences de ses actes.

— Mais ce n'est pas vrai... j'ignorais que Salbach... je ne voulais pas qu'il les tue... Je suis innocente de la mort de ces malheureux enfants, je vous le jure.

Salbach se tourna vers elle et lui intima l'ordre de se taire d'un ton peu amène.

— Quand les recherches de Dacán aboutissent enfin, poursuivit Fidelma, reprenant sa démonstration implacable, Grella s'empresse d'aller vous prévenir. Nous sommes à la veille de la mort de Dacán. Il a découvert que le père supérieur de Sceilig Mhichil, le monastère de saint Michel Archange, était un cousin d'Illan. Cet homme veille sur ses héritiers, qui ont été amenés au monastère. Dacán écrit une lettre pour annoncer la nouvelle et son départ pour Sceilig Mhichil, mais il est tué avant d'avoir eu le temps de mettre son projet à exécution.

— Qui l'a informé ? Cela m'étonnerait beaucoup que les registres de Ros Ailithir aient mentionné le lieu où se terraient les enfants ! s'exclama le chef brehon.

— Eh bien, assez curieusement, ils l'indiquaient. Dacán a découvert le testament d'Illan sur des « bâtons de poète ». L'ironie de cette histoire, c'est que quand Scandlán a fait exécuter Illan, il s'est approprié sa forteresse et ses biens. Sa bibliothèque a aussi été saisie. Et c'est dans cette bibliothèque que se dissimulaient ses dernières volontés. Hélas pour lui, Scandlán, incapable de lire l'ogham, avait envoyé les « bâtons de poète », ainsi qu'un certain nombre d'ouvrages, en cadeau à Ros Ailithir, la plus importante abbaye des Corco Loígde.

— Mais enfin, protesta Barrán, n'importe quel lettré qui lisait l'ogham aurait pu déchiffrer ce testament et les informations qu'il contenait !

— Le testament était codé. J'en ai découvert une baguette qui traînait dans la cellule de Dacán où il l'avait oubliée. Son meurtrier ne l'a pas vue et il ne me reste qu'un petit bout d'une seule baguette, car les autres ont été détruites.

Fidelma sortit le morceau de bois calciné qu'elle avait récupéré la veille dans le sépulcre.

— Voilà ce qu'il dit : « La résolution de l'homme honorable détermine l'éducation de mes enfants. »

— Voilà du charabia ou je ne m'y connais pas, dit Forbassach avec un rire forcé.

— Pas si vous avez déchiffré le code et le texte entier. Le passage dont je me souviens et que j'ai lu dans la chambre de Dacán disait : « Laissez à mon bienveillant cousin le soin de s'occuper de mes fils sur le rocher de Michael de la façon dont mon honorable cousin l'entendra. »

— Ça ne s'arrange pas ! ricana Forbassach.

— Dacán ne partageait pas votre mépris. Il connaissait le monastère de Sceilig Mhichil, le rocher de Michael, et, après s'être renseigné, il avait appris que le père supérieur s'appelle Mel. La signification de ce nom est « bienveillant ». Mel était donc le « bienveillant » cousin d'Illan.

— Vous donnez l'impression de déchiffrer ce puzzle avec une grande aisance, fit observer le chef brehon.

— Je vous remercie mais j'y reviendrai plus tard. Il suffit pour l'instant de savoir que Dacán a résolu l'énigme et rédigé une note sur sa trouvaille. Sœur Grella voit ce document et en informe Salbach qui dépêche aussitôt Intat sur « le rocher de Michael ». Les fils d'Illan se sont déjà envolés, mais Intat apprend qu'Illan a eu deux fils et qu'un religieux, un cousin du père Mel, est venu les chercher.

« C'est alors que Grella se manifeste à nouveau. Elle est devenue l'âme sœur d'Eisten, à Rae na Scríne. Eisten, par une de ces apparentes coïncidences que nous connaissons tous, est justement celle à qui l'on a confié les jeunes fils d'Illan après leur départ de Sceilig Mhichil. Sœur Eisten s'occupe d'un orphelinat à Rae na Scríne et elle commet la plus grosse erreur de sa vie en racontant l'histoire à son *anamchara*, sœur Grella.

« Grella en informe aussitôt Salbach, qui imagine de tendre un piège à Eisten en l'invitant avec les orphelins à sa forteresse. Une fois qu'il aura identifié ceux dont elle a la garde... je vous laisse imaginer la suite. Pour finir, sœur Eisten accompagne Grella mais n'emmène pas les enfants. La peste jaune s'est déclarée au village et elle ne veut pas qu'ils se déplacent inutilement. Cette décision sauve la vie des fils d'Illan, mais coûte la leur aux habitants du village.

« En désespoir de cause, Salbach demande à Intat de se rendre à Rae na Scríne et de tuer les enfants. L'ennui, c'est qu'Intat n'a aucun moyen de les identifier. Il décide donc, en homme brutal et sanguinaire, de détruire toute la communauté. Quand Cass et moi le rencontrons, Intat essaye de déguiser la vraie nature de son crime en se présentant, lui et ses hommes, comme des habitants des villages voisins purifiant Rae na Scríne par le feu, de crainte que la peste ne se répande. Sœur Eisten et quelques-uns de ses orphelins parviennent à leur échapper.

« Eisten était choquée au-delà de toute expression. Je pensais qu'elle n'avait pas supporté la mort des habitants du village, et plus particulièrement celle d'un bébé qu'elle avait tenté de sauver. En réalité, à cette douleur s'ajoutait celle d'avoir été indirectement la cause de ce massacre. Et elle savait à qui elle le devait puisqu'elle m'a demandé si une âme sœur pouvait trahir une confidence. J'aurais dû prêter une oreille plus attentive à cette révélation, car peut-être aurais-je pu la soustraire au traitement que vous lui réserviez. Est-ce que vous me suivez, Salbach ?

Salbach serrait les dents, mortifié par la perspicacité de Fidelma, l'étendue de ses connaissances, et conscient qu'il ne pouvait s'opposer à son inexorable argumentation.

— Vous avez un esprit brillant, Fidelma. Je savais que je ne devais pas vous sous-estimer... et je reconnais les faits.

— Quand vous venez rendre visite à Brocc dans cette abbaye, vous découvrez que sœur Eisten a survécu avec plusieurs de ses orphelins et vous êtes trop engagé dans le crime pour vous en tenir là. Sur votre ordre, Intat s'arrange pour tendre une embuscade à sœur Eisten alors qu'elle se promène dans le port. Il la torture pour savoir où se trouvent les fils d'Illan. Comme elle refuse de parler, il la tue et jette son corps dans la crique.

« Une fois de plus, Grella vient à votre secours en

vous apprenant que certains des enfants de Rae na Scríne ont été emmenés chez Molua. Les corps de quatre religieux et de vingt enfants, ainsi que les ruines carbonisées de leurs maisons, sont le testament muet de la visite d'Intat.

— Je ne conteste pas votre récit. Mais sur mon honneur, mon cousin Scandlán d'Osraige ignorait tout de mes plans pour garder la couronne d'Osraige dans notre famille. De même que Grella, qui est innocente du sang que j'ai versé.

Fidelma toisa Salbach tandis que le dégoût se peignait sur son visage. Elle avait du mal à admettre qu'un homme puisse avouer de tels forfaits tout en cherchant à protéger ses complices par une conception pervertie de l'honneur et de l'amour.

Maintenant, Grella sanglotait, oubliant toute retenue.

— J'ignorais tout de ces événements ! Comment aurais-je pu m'en douter ?

Fidelma lui jeta un regard glacial.

— Vous étiez tellement fascinée par Salbach que vous n'avez même pas fait l'effort de comprendre ce qui se tramait. Je concède que ce soit possible, mais j'ai du mal à le croire. Sans doute n'imaginiez-vous pas que votre amant était capable de faire massacrer des enfants. Mais en réalité, vous ne vouliez pas savoir ce qui se passait autour de vous.

La porte de l'église se referma bruyamment et Fidelma sourit en voyant que le siège de Scandlán était vide. Aussitôt, le chef brehon fit signe à un membre des *fianna* et lui donna des instructions à voix basse.

— Votre cousin ne sortira pas de cette abbaye, dit Barrán à Salbach.

— Cela m'est égal, lança Salbach.

Il haussa les épaules.

— J'ai reconnu mes fautes et je suis prêt à passer en jugement. Mes richesses seront confisquées, je perdrai mon titre et je serai envoyé en exil. Poursuivons, je vous prie.

Au milieu du brouhaha qui avait accueilli ces déclarations, Forbassach se leva. Il arborait un sourire forcé.

— Nous sommes très reconnaissants à sœur Fidelma d'avoir découvert le coupable. Mais puis-je vous rappeler que Salbach, en tant que chef des Corco Loígde, doit toujours allégeance à Cashel ? La démonstration de Fidelma prouve que la responsabilité de la mort de Dacán incombe à Cashel. Donc la demande d'Osraige par Laigin pour prix de l'honneur de Dacán reste toujours valide.

Le visage grave, Barrán se tourna vers Fidelma.

— Forbassach a raison. Sœur Fidelma, désirez-vous ajouter quelque chose à votre plaidoirie ?

— Absolument. Car je n'ai jamais accusé Salbach d'avoir assassiné Dacán. Il n'est responsable que du massacre d'enfants innocents et des adultes que j'ai nommés. Ni lui ni Grella n'ont tué le vénérable Dacán.

CHAPITRE XX

Devant cette étonnante déclaration, le camp de Muman s'agita, en proie à une vive émotion. Depuis quelques instants, Colgú faisait triste figure, car il en était arrivé aux mêmes conclusions que Forbassach. Maintenant, il fixait sa sœur avec intensité.

— Si Salbach n'a pas tué Dacán, dit le chef brehon avec une patience feinte, auriez-vous la bonté de nous révéler qui a commis le crime ?

— Nous y arriverons par la logique, répliqua Fidelma. Tout d'abord, revenons au jour où Dacán, en retraçant des généalogies, ici, à l'abbaye, découvrit où se cachaient les héritiers d'Illan. J'ai déjà dit qu'il avait écrit une lettre à son frère Noé.

Noé se pencha vers Forbassach. Ils tinrent un bref conciliabule et le fougueux avocat bondit de nouveau sur ses pieds.

— Il n'y a pas de preuve que Dacán, même s'il était engagé dans de telles recherches, s'en était ouvert à l'abbé Noé ; ni même qu'il était tenu de l'informer du progrès de ses études. Cette assertion est donc un affront à Noé et à Fianamail de Laigin.

— Cette affirmation est la vérité pure, répliqua Fidelma avec assurance. J'ai demandé que l'on convoque Assíd d'UíDego à cette audience. Est-il parmi nous ?

Un grand gaillard s'avança avec la démarche chaloupée d'un marin. Il avait le visage bronzé et des cheveux blonds avec des mèches plus claires, pour avoir beaucoup navigué dans des contrées ensoleillées.

— Je suis Assíd, annonça-t-il d'un ton rogue et empreint de méfiance. Je me présente devant cette assemblée sur ordre du chef brehon mais cela ne me plaît guère, car je n'ai pas l'intention de faire du tort à mon roi.

Debout devant le *cos-na-dála*, les bras croisés, il défiait Fidelma du regard.

— Notez cela, dit le chef brehon à son *scriptor*.

— Oui, écrivez bien qu'Assíd est un loyal sujet de Sa Majesté, ajouta Fidelma d'un ton désinvolte non dépourvu d'ironie.

— Exactement ! s'indigna Assíd.

— Vous êtes bien capitaine et propriétaire d'une *barc* de commerce ?

— Oui.

— Au cours de l'année qui vient de s'écouler, avez-vous fait du négoce entre Laigin et les Corco Loígde ?

— Oui.

— Et vous avez passé la nuit à l'abbaye le soir où le vénérable Dacán a été assassiné ?

— Cela est connu de tous.

— Le lendemain, vous avez quitté l'abbaye et vous avez mis le cap sur Laigin. Puis vous vous êtes rendu à Fearna pour apprendre la nouvelle de la mort de Dacán à Fianamail et à Noé.

Assíd hésita et hocha lentement la tête, tout en se demandant où Fidelma voulait en venir.

— Voilà qui explique la rapidité de la réaction de Laigin !

Ces dernières paroles de Fidelma s'adressaient à l'assemblée.

Puis elle revint au témoin.

— N'ayant pas eu l'occasion de vous interroger auparavant, j'aimerais que vous me décriviez très exactement comment s'est déroulée votre soirée à l'abbaye. Quand avez-vous vu le vénérable Dacán pour la dernière fois et quand avez-vous appris sa mort ?

Assíd, maintenant plus détendu, prit appui sur la barre devant lui et se tourna vers le chef brehon.

— Il est vrai, dit-il en pesant ses mots, que je faisais du commerce le long de cette côte et avais décidé de rejoindre Ros Ailithir pour passer la nuit à l'hôtellerie de l'abbaye. Là, j'ai rencontré le vénérable Dacán.

— Que vous avez salué comme une personne de votre connaissance ? intervint Fidelma.

Assíd haussa les épaules.

— Qui, à Laigin, ne connaît pas le vénérable Dacán ?

— Mais vous lui aviez déjà été présenté puisque vous l'avez abordé comme un vieil ami. Il y a un témoin, ajouta-t-elle au cas où il aurait eu l'intention de nier.

— Je le reconnais, concéda Assíd.

— Pourquoi aviez-vous choisi Ros Ailithir ? Le hasard ? Sûrement pas. Vous auriez tout aussi bien pu rester à Cuan Dóir. Et pourtant vous êtes venu jusqu'ici. Cela m'amène à penser que vous aviez rendez-vous avec Dacán.

Assíd parut mal à l'aise. À l'évidence, Fidelma avait touché juste.

— Je me suis donc demandé pourquoi vous aviez prévu de rencontrer Dacán. Voulez-vous nous l'expliquer ou préférez-vous que je m'en charge ?

Assíd lançait des regards désespérés en direction des bancs de Laigin.

Fidelma se saisit alors d'une sacoche à livre posée près d'elle et en tira un rouleau de vélins.

— Permettez-moi de vous présenter, comme élément de preuve, le brouillon d'une lettre écrite par Dacán à son frère Noé. Dans cette missive, il informe l'abbé de sa découverte d'un héritier d'Illan. Les termes qu'il utilise laissent peu de doutes sur l'identité du commanditaire de ses recherches et il attend visiblement quelque prise de décision de la part de son frère.

« Heureusement pour nous, en rédigeant cette lettre, Dacán y répandit de l'encre. Soigneux et méticuleux comme il l'était, il la récrivit. Et soit il oublia de détruire le brouillon soit on le lui subtilisa. En tout cas, il était en la possession de sœur Grella et voici comment nous sommes en mesure de prouver que Dacán travaillait sur mandat de Noé de Fearna.

Fidelma ne prit même pas la peine de regarder en direction des bancs de Laigin où tous semblaient paralysés tandis que Barrán examinait la pièce que Fidelma venait de lui remettre.

— La lettre définitive aurait donc été remise à Assíd qui a transmis ce rapport à Noé ?

Fidelma acquiesça.

Le chef brehon tourna un visage sévère vers l'avocat de Laigin.

— Forbassach, la preuve que j'ai entre les mains est tout à fait convaincante. Et maintenant je dois vous mettre en garde. Les textes de loi du *Din Techtugad* stipulent qu'une personne coupable de faux témoignage perd son prix de l'honneur. Le faux témoignage est l'une des trois falsifications que Dieu punit avec la plus grande rigueur. Je n'imposerai pas de pénalité pour l'instant afin de donner à l'abbé Noé le temps de réfléchir.

Puis il se tourna vers Fidelma.

— Je vous en prie, ma sœur, poursuivez.

— Reconnaissez-vous les faits, Assíd, ou les contestez-vous ? demanda Fidelma.

Le marin baissa la tête.

— Je reconnais qu'après le repas du soir j'ai retrouvé Dacán qui m'a remis une lettre pour son frère Noé. Nous avons eu un échange un peu vif quand il a refusé de m'en révéler la teneur et m'a fait jurer de ne pas l'ouvrir. Je n'ai aucune idée de ce qu'elle contenait. Je suis allé me coucher et, au matin, j'ai appris que Dacán avait été assassiné. Frère Rumann, qui est l'hôtelier de l'abbaye, m'a questionné sur mes faits et gestes. Convaincu que je n'étais pour rien dans cette affaire, il m'a alors autorisé à partir. J'ai aussitôt quitté l'abbaye pour rejoindre Laigin et fait mon rapport à l'abbé Noé après lui avoir délivré cette missive. Je ne sais rien de plus.

— Encore quelques questions. Quand avez-vous vu Dacán pour la dernière fois ?

— Juste après les complies, le dernier service de la journée. Je dirais donc un peu après minuit.

— Où l'avez-vous rencontré ?

— Dans sa cellule. C'est alors qu'il m'a remis la lettre.

— Et où était votre chambre ?

— Au premier alors que Dacán logeait au rez-de-chaussée.

— Et vous n'avez rien entendu après l'avoir quitté ? Quelle heure était-il environ ?

Assíd fronça les sourcils.

— Notre entrevue a été brève, donc peu de temps après minuit. Maintenant que vous me le dites, Dacán a utilisé sa cloche pour appeler la jeune novice chargée de veiller sur les pensionnaires de l'hôtellerie. Et je l'ai entendu lui demander un pichet d'eau.

— Vous pouvez aller vous rasseoir. À moins que Forbassach ne désire vous interroger ?

Forbassach, après s'être entretenu avec l'abbé Noé qui faisait grise mine, répondit qu'il n'avait pas de questions.

Fidelma s'adressa alors au chef brehon.

— Dacán était donc parvenu à localiser l'héritier d'Illan et il annonçait à son frère Noé qu'il était sur le point de s'embarquer pour Sceilig Mhichil afin de l'identifier.

— Voulez-vous dire qu'on l'a tué pour l'en empêcher ? demanda Barrán.

— Pas exactement, mais parce qu'on craignait qu'il ne fasse du tort à l'héritier d'Illan.

— Mais vous nous avez pourtant affirmé que les fils d'Illan avaient déjà été retirés du monastère pour être placés sous la responsabilité de sœur Eisten, n'est-ce pas cela ?

— L'histoire se complique. Quand Illan a été tué, ses fils sont passés sous la garde d'un cousin en charge de leur éducation.

En un geste théâtral, Fidelma pivota sur elle-même et pointa du doigt une personne assise sur les bancs de l'assistance.

— C'est Midach, frère de cette abbaye, qui était le père nourricier des deux garçons connus sous le nom de Primus et Victor à Sceilig Mhichil.

Midach ne broncha pas. Il semblait ailleurs, un sourire rêveur figé sur les lèvres.

— Dacán croyait que c'était le cousin d'Illan, le père Mel de Sceilig Mhichil, qui était désigné comme parrain. En réalité, il avait mal lu. Le testament est clair : « La résolution de l'homme honorable détermine l'éducation de mes enfants. » Or tout le monde ici sait que le nom de Midach signifie « honorable ». Midach était donc chargé d'être l'*aite* ou père nourricier des fils d'Illan.

« Par le plus grand des hasards ou poussé par la suspicion, Midach lut les notes de Dacán dans la bibliothèque et comprit que le vieil érudit était en quête des enfants d'Illan. Dacán découvrit Midach en train de lire ses documents et une dispute s'ensuivit, dont frère Martan a été le témoin. Le soir même, désireux de protéger ceux dont il avait la charge, Midach quittait l'abbaye et prenait la mer pour se rendre à Sceilig Mhichil. Il ramena les garçons et les confia à sœur Eisten, qui était l'une de ses anciennes élèves. Par la suite, il leur rendit visite à plusieurs reprises au prétexte d'apporter des remèdes contre la peste aux habitants du village. Sa présence n'est pas passée inaperçue et des témoins me l'ont décrit. Les enfants d'Illan qui répondaient aux noms de Primus et Victor à Sceilig Mhichil s'appelaient en réalité Cétach et Cosrach, dont les formes latines correspondent justement à Primus et Victor.

« Quand il apprit ce qui s'était passé à Rae na Scríne, Midach reçut un choc. Il crut que Dacán travaillait pour Salbach et, à travers lui, pour Scandlán d'Osraige. Hélas, il n'avait pas compris que Grella, l'âme sœur d'Eisten, faisait partie de la conjuration. Après le raid, lorsqu'il découvrit que ses deux protégés étaient sains et saufs, il décida de les éloigner du royaume et demanda à sœur Eisten de leur trouver des places sur un bateau.

« Cétach, le plus âgé des deux garçons, avait été averti que Salbach les recherchait et quand il apprit que le chef se trouvait à Ros Ailithir, il me supplia de ne pas lui mentionner sa présence ni celle de son frère. Puis tous deux disparurent.

« Pendant que Midach cachait les enfants, Eisten partit chercher un embarquement pour eux sur un navire marchand dans la crique. Tout d'abord, elle se trompa d'embarcation — elle s'adressa à un marin du bateau de guerre de Laigin du capitaine Mugrón. Par malheur, Intat repéra alors Eisten. Le reste de l'histoire, nous la connaissons tous. Même sous la torture, Eisten refusa de parler et, fou de colère, Intat finit par la tuer. Les enfants devaient demeurer invisibles jusqu'à ce que Midach puisse les envoyer ailleurs en toute sécurité.

Fidelma marqua une pause, car sa voix devenait rauque d'avoir trop parlé.

Tandis qu'elle buvait un verre d'eau, Barrán en profita pour s'adresser à Midach.

— Vous reconnaissez les faits ou vous les niez, en totalité ou en partie ?

Midach lui opposa un visage impénétrable et, les bras croisés, se contenta de répondre :

— Je ne peux ni confirmer ni démentir.

Le chef brehon se tourna à nouveau vers Fidelma.

— Un point de votre démonstration me laisse perplexe. Malgré tout l'intérêt des faits que vous portez à notre connaissance, vous n'avez pas traité de la mort de Dacán, qui motive les poursuites de Laigin et notre présence en ces lieux.

— J'y arrive, Barrán, lui assura Fidelma.

Elle toussa pour s'éclaircir la voix.

— Grâce à Midach, Cétach et Cosrach ont trouvé refuge à l'abbaye, où ils sont toujours. Je crois qu'il est temps de les faire remonter du sépulcre du bienheureux Fachtna, car ils seront alors placés sous la protection du haut roi et n'auront plus rien à craindre de personne. N'ai-je pas raison, Majesté ?

Le haut roi répondit à la question de Fidelma par un bref sourire.

— Qu'il en soit ainsi, Fidelma de Kildare.

— Midach, voulez-vous aller les quérir, je vous prie ?

Le médecin en resta sans voix et se leva en titubant.

— Si vous allez à la statue du chérubin derrière l'autel et si vous la faites tourner sur la gauche, elle libérera le ressort qui commande la stèle.

Midach contemplait Fidelma, paralysé par la surprise.

— Comment avez-vous découvert ce mécanisme ? demanda-t-il d'un air consterné.

— Peu importe. La dalle révèle alors un escalier dérobé qui mène au sépulcre secret de Fachtna, le fondateur de cette abbaye, poursuivit Fidelma.

Midach se tassa sur lui-même.

— Elle dit la vérité, grommela le médecin maintenant résigné. Elle semble avoir un don de divination.

Sur un geste de Sechnassach, deux gardes du haut roi suivirent les instructions de Fidelma. Quelques instants plus tard, les deux garçons aux cheveux noirs arrivaient en clignant des yeux devant l'assemblée, visiblement terrorisés.

Le chef brehon s'empressa de les rassurer et Forbassach se leva, l'air gêné.

— Je tiens à déclarer que nous, représentants de Laigin, ne voulons aucun mal à ces enfants... encore que rien ne nous prouve qu'ils sont les fils d'Illan.

— Ils le sont. Et si vous leur lavez les cheveux, vous découvrirez qu'ils ont les cheveux cuivrés. Par précaution, Midach avait teint leur chevelure avant de les emmener chez Eisten. N'est-ce pas, Midach ?

Le médecin semblait trop abattu pour répondre.

Au nom de Laigin, Forbassach se lança alors dans une justification embarrassée.

— Nous recherchions les héritiers d'Illan simplement pour les identifier. Pour connaître leurs allées et venues. Et il est vrai que nous désirions leur proposer notre appui pour les rétablir sur le trône d'Osraige, car leurs doléances nous semblent justifiées. Seul le royaume de Cashel s'opposait à la restauration de la lignée légitime des rois d'Osraige. Comme nous l'avons toujours affirmé, l'intérêt de Cashel était de la faire disparaître. Nous réitérons donc nos exigences de voir Osraige confisqué au bénéfice de Laigin pour le prix de l'honneur de Dacán.

Il sourit aux enfants.

— Mais comme aucun de ces deux garçons n'a atteint l'âge du choix et ne peut être proclamé roi, l'exercice du pouvoir en Osraige devrait revenir à Fearna.

Aussitôt, Colgú, ignorant le protocole de la cour, se dressa, empli de colère.

— Cashel n'est au centre d'aucun complot destiné à porter atteinte à ces garçons. Salbach a admis qu'il était le coupable et, pour cela, il sera puni par Cashel. Les méfaits de Salbach ne sont imputables qu'à lui seul.

— Il n'empêche que les Corco Loígde doivent allégeance à Cashel, ricana Forbassach. Et donc la culpabilité vous en incombe.

Barrán leva les mains au ciel. Il semblait consterné et son regard trahissait son irritation.

— Je suis attristé que vous oubliiez le cérémonial de cette cour. Vous quereller devant moi est inadmissible et mérite d'être sanctionné. Colgú, votre amende s'élèvera à un *séd*, la valeur d'une vache laitière, pour ne pas vous en être remis à votre *dálaigh* dont la fonction est de vous représenter. Forbassach, en tant qu'avocat de votre roi, rompu aux usages et à l'exercice de la justice, vous êtes plus blâmable que Colgú. Votre amende s'élèvera donc à un *cumal*, la valeur de trois vaches laitières. En cas de récidive, je me montrerai moins indulgent.

Barrán accorda quelques instants à l'assemblée pour que chacun se détende un peu, puis il demanda que l'on amène les deux enfants devant le *cos-na-dála* avant de se tourner vers Midach.

— Vous confirmez que ces garçons n'ont pas atteint l'âge du choix ?

— Oui, répliqua le médecin, acceptant son rôle de père nourricier.

— Alors nous ne pouvons accorder aucun poids à leur témoignage, soupira le chef brehon. Nous les entendrons cependant, mais si leurs déclarations contredisent les preuves établies, elles ne seront pas recevables. C'est la loi.

— J'en suis tout à fait consciente, Barrán, déclara Fidelma, et à moins que Forbassach insiste, je n'ai nulle intention de les faire témoigner.

— Je préférerais que sœur Fidelma s'occupe plus spécifiquement du meurtre de Dacán, répliqua Forbassach.

— Très bien, venons-en au fait, dit brusquement la religieuse. Il devrait maintenant être évident pour tout le monde que la mort de Dacán était essentiellement liée aux études qu'il avait entreprises à Ros Ailithir. Il a été tué parce qu'on pensait qu'il représentait une menace. Cependant, laissez-moi souligner que Dacán vivant était beaucoup plus utile à Salbach que Dacán mort. Mais alors, qui était menacé par Dacán ? Eh bien, les enfants d'Illan, comme je l'ai signalé auparavant.

Nouvelle intervention de Forbassach qui s'écria :

— Je dis et je répète que Laigin n'avait qu'un seul but : aider ces enfants.

— Oui, mais le savaient-ils ?

Cette question inattendue provoqua un malaise dans l'assemblée.

Fidelma se tourna alors vers Midach. Le médecin habituellement si jovial et souriant semblait maintenant épuisé.

— Dacán travaillait à l'abbaye depuis déjà deux mois quand vous avez appris qu'il s'intéressait à vos enfants adoptifs. Aussitôt, vous vous êtes empressé de les soustraire à ses prospections en allant les chercher à Sceilig Mhichil. Vous y êtes allé la nuit même où Dacán a été tué et où il a écrit à son frère Noé pour l'informer qu'il partait pour le monastère.

Barrán voulut devancer Fidelma.

— Frère Midach, avez-vous tué Dacán ?

— Il était vivant quand j'ai quitté l'abbaye, répliqua Midach d'une voix ferme.

— C'est exact, intervint aussitôt Fidelma.

Le chef brehon leva la main en signe de protestation.

— Comment pouvez-vous en être aussi sûre ?

— C'est assez simple. Nous savons que Dacán a été assassiné aux environs de minuit. Certainement pas avant. Midach devait monter à bord du bateau juste après les vêpres et partir avec la marée du soir pour Sceilig Mhichil. J'ai vérifié l'heure des marées auprès de marins de la région. S'il avait été retardé, il n'aurait pas pu embarquer avant le lendemain matin.

— Alors, qui a tué Dacán ?

Barrán semblait complètement perdu.

— Quelqu'un qui, comme Midach, était convaincu que Dacán voulait du mal aux enfants d'Illan.

Tout le monde comprit que le moment de la révélation du nom du meurtrier était venu et il se fit un profond silence.

Fidelma aurait aimé que quelqu'un parvienne aux mêmes conclusions qu'elle mais, comme personne ne prenait la parole, elle secoua la tête et se décida.

— Qui d'autre que les enfants d'Illan se serait senti menacé par Dacán ? demanda-t-elle. Qui d'autre, sinon le fils aîné d'Illan qui courait un péril encore plus grand que ses frères ?

Tous les regards convergèrent vers Cétach.

— Mais vous venez d'affirmer que ces deux enfants se trouvaient encore à Sceilig Mhichil lors des événements, fit remarquer Barrán. Et à deux ou trois jours de bateau de Ros Ailithir.

— Je n'ai pas dit qu'il s'agissait de ces deux garçons, cria Fidelma pour dominer le tohu-bohu.

Une fois de plus, ses paroles firent l'effet de l'eau

sur le feu et un silence stupéfié succéda au vacarme ambiant.

— Vous avez pourtant déclaré... objecta le chef brehon, dépassé par les événements.

— J'ai dit que le fils aîné d'Illan avait tué Dacán.

— Mais alors... ?

— Illan avait trois fils. Midach, corrigez-moi si je me trompe. Dacán, dans sa lettre à son frère, écrivait que le fils aîné d'Illan avait tout juste atteint l'âge du choix. Cela élimine ces deux garçons, qui sont loin d'avoir atteint leurs dix-sept ans. Cela implique également qu'Illan avait un troisième fils.

— On ne peut vraiment rien vous cacher, Fidelma, dit Midach avec amertume. Oui, mon cousin Illan avait trois fils, tous trois placés sous ma responsabilité quand Illan fut tué. Les deux plus jeunes avaient déjà été envoyés à Sceilig Mhichil, chez notre cousin Mel. Et tout s'est passé exactement comme vous l'avez décrit.

— Et qu'aviez-vous fait de l'aîné ? demanda Barrán.

Midach releva le menton.

— Je ne peux pas trahir la confiance de ma famille.

— Il fut amené à Ros Ailithir sous un faux nom, intervint Fidelma.

Elle se retourna, scruta les bancs des religieux qui se pressaient dans l'église et repéra le visage de sœur Necht qui n'était plus qu'un masque blafard.

— Avancez, sœur Necht, ou devrais-je vous appeler Nechtan ? dit Fidelma, utilisant la forme masculine du prénom.

La « sœur » se leva d'un air gauche, jeta des regards affolés autour d'« elle », puis renonça, et ses épaules s'affaissèrent en signe de résignation.

Un membre de la garde du haut roi rejoignit Nechtan, le poussa vers les juges et il obéit à contrecœur.

Tout le monde fixait le jeune homme qui marchait

en traînant les pieds vers Fidelma. Maintenant, il ne déguisait plus son identité masculine.

— Permettez-moi de vous présenter Nechtan, fils d'Illan d'Osraige et frère aîné de Cétach et de Cosrach.

Le garçon se redressa et défia la religieuse du regard.

— Cela vous dérangerait-il d'enlever votre coiffe ? demanda Barrán.

Nechtan rejeta sa coiffe en arrière.

— Les cheveux sont cuivrés, presque rouges, admit Forbassach dont la voix avait monté d'un ton, mais ce... cette personne... ressemble tout de même à une fille.

— Mieux vaut en finir avec cette comédie, Nechtan, intervint Fidelma. Dites-nous la vérité.

— Tout est fini, mon garçon, soupira Midach sur un ton de résignation plaintive. Parle.

Le jeune homme à la tignasse flamboyante fixait Fidelma avec une lueur de haine dans le regard.

— Oui, je suis Nechtan, fils d'Illan, et j'en suis fier, lança-t-il.

— L'idée vient de moi, ajouta très vite Midach. J'étais désemparé. Scandlán et sa famille étaient en quête de l'héritier d'Illan. J'avais eu connaissance du testament, je savais que les enfants m'avaient été confiés et que je devais mener les plus jeunes à Sceilig Mhichil. Je pensais qu'ils y seraient en sécurité. Mais en ce qui concerne Nechtan, j'étais très embarrassé. J'ai alors eu l'idée de le cacher à l'abbaye sous le déguisement d'une novice : ceux qui s'étaient lancés à sa poursuite recherchaient un garçon, pas une fille, et puis cela me permettrait de veiller sur lui.

— Et c'est ainsi, reprit Fidelma, qu'avec sa silhouette élancée et en s'aidant de baies pour rougir ses pommettes et ses lèvres, Nechtan, âgé de dix-sept ans, devint sœur Necht.

— J'ai tout d'abord cru que Dacán était un agent de Scandlán, poursuivit Midach. Quand j'ai su qu'il avait déchiffré le testament d'Illan, j'ai immédiatement quitté l'abbaye pour ramener les deux garçons de Sceilig Mhichil avant qu'on les découvre. Puis je me suis arrangé pour que sœur Eisten les prenne à Rae na Scríne. C'est à mon retour à l'abbaye que j'ai appris que Dacán avait été tué.

— Et quand Nechtan vous confessa-t-il qu'il était l'auteur du crime ? demanda Fidelma.

— Eh bien...

Midach se mordit la lèvre et baissa la tête. Nechtan, quant à lui, fixait un point à l'horizon et ne semblait ni ému ni concerné.

Le chef brehon se pencha en avant.

— Pourquoi ce garçon a-t-il tué Dacán ? demanda-t-il. Je crois qu'il est temps qu'on en finisse.

Fidelma eut une moue attristée.

— Sœur Necht, ou plutôt Nechtan, a tué par peur. Midach, avant de partir pour Sceilig Mhichil, lui avait confié qu'il croyait que Dacán travaillait pour ses ennemis. Nechtan détestait déjà le vénérable, qui avait une personnalité autocratique et se souciait peu des autres. Une goutte d'eau fit déborder le vase. Quelques heures après le départ de Midach occupé à sauver ses frères, Nechtan assassinait Dacán. Je ne pense pas que l'acte a été commis de sang-froid. Par contre, je reproche à Nechtan, une fois son crime accompli, d'avoir tenté d'orienter l'enquête sur une personne innocente.

— Comment cela ?

— Après le départ de Midach, Dacán appelle Nechtan pour qu'il aille lui chercher un pichet d'eau. Une querelle éclate. Nechtan se saisit d'un couteau et, aveuglé par la colère, en porte plusieurs coups au vieil homme.

— Il soupçonnait ma véritable identité, j'en suis sûr ! protesta Nechtan dont c'étaient les premiers mots, exprimés d'une voix rauque, virile, pleine d'amertume et de ressentiment, et qui ne trahissait aucun repentir. C'était ma vie ou la sienne ! Il m'aurait tué s'il avait su qui j'étais !

Forbassach secoua la tête, éberlué, et Fidelma fit un geste dans sa direction.

— Vous pouvez croire l'honorable avocat de Laigin sur parole quand il affirme que Dacán et Laigin ne voulaient aucun mal aux enfants d'Illan. Quant à vous, Nechtan, vous avez tué Dacán poussé par une crainte injustifiée, puisqu'il vous recherchait afin d'amener Laigin à appuyer vos revendications dans l'éventualité où vous auriez souhaité monter sur le trône d'Osraige. On ne manquera pas de plaider que vous étiez la proie d'une frayeur qui ne vous laissait pas de repos. Mais ce qui rend ce crime odieux, Nechtan, c'est que vous vous êtes efforcé de faire porter les soupçons sur sœur Grella.

— Je savais que Dacán travaillait avec sœur Grella. Et aussi qu'elle était la maîtresse de Salbach, se défendit Nechtan. Pendant que Midach était occupé à sauver mes frères, j'ai décidé de nous sauver tous. Si Grella avait été accusée du meurtre de Dacán, elle l'aurait bien mérité.

— Vous avez essayé de détruire les documents que Dacán avait rassemblés et qui permettaient de vous identifier, vous et vos frères. Vous ignoriez que Grella possédait un brouillon de la lettre de Dacán qu'elle désirait transmettre à Salbach. Et dans la chambre de Dacán, vous aviez oublié une baguette gravée en ogham qui avait roulé sous le lit. Quand je l'ai découverte, vous paraissiez consterné. Vous m'avez suivie quand je l'ai apportée à Grella dans la bibliothèque pour vérifier qu'elle ne pouvait servir de pièce à conviction.

Grella l'a reconnue et, pour m'égarer, elle en a interprété le texte de travers. Ce soir-là, je l'ai laissée à la bibliothèque et, plus tard dans la nuit, vous y êtes retourné pour la brûler avec les autres « bâtons de poète » afin d'effacer vos traces.

— Mais comment ce garçon est-il parvenu à attacher Dacán, qui a été entravé avant d'être tué ? demanda le chef brehon,

— Il l'a attaché après le crime, pour compromettre Grella, et certainement pas avant, car les lanières de tissu étaient si fragiles que même un enfant aurait pu les rompre. C'est un détail que j'ai remarqué très tôt dans mon enquête et j'ai alors su qu'il s'agissait d'une machination soigneusement élaborée.

Fidelma s'adressa directement à Nechtan.

— Vous restez éveillé toute la nuit, réfléchissant à votre forfait. Puis vous décidez que vous devez non seulement écarter les soupçons de votre personne mais les faire porter sur une autre, dont vous êtes persuadé qu'elle est votre ennemie.

Nechtan demeurait silencieux.

— Vous attendez que la cloche sonne les matines et vous guettez sœur Grella pour vous assurer qu'elle se rend bien à la messe. Espérant que personne n'a encore découvert le corps de Dacán, vous entrez dans la chambre de Grella et découvrez une jupe que vous déchirez pour en faire des lanières. C'est le vêtement le plus voyant que vous ayez trouvé. Vous espérez qu'elle le porte régulièrement et qu'il sera aussitôt identifié. Vous avez oublié qu'une telle tenue ne sied guère à une religieuse. Il y a longtemps que Grella a changé de garde-robe et cessé de porter ce vêtement.

« Puis vous retournez dans la chambre de Dacán qui est plongée dans l'obscurité. La lampe à huile est vide. Vous la remplissez et l'allumez. À l'évidence, personne n'est encore entré. Vous liez alors les chevilles de Dacán et, pour lui attacher les mains, vous le retournez sur le ventre. J'ai trouvé bizarre qu'il ait laissé des traces de sang sur la couverture, juste sous son torse, alors qu'on l'avait retrouvé étendu sur le dos avec des blessures à la poitrine. Or si on avait bougé le corps, c'était nécessairement dans un but précis. Ensuite, vous partez en oubliant d'éteindre la lampe. Une demi-heure plus tard, frère Conghus arrive. À ce moment-là, personne ne prend garde à « l'indice » que vous avez laissé derrière vous à dessein, car personne n'est suffisamment instruit sur ce type de procédure pour en tirer les conclusions qui s'imposent. Il en ira différemment quand j'arriverai une semaine plus tard pour prendre la relève.

« Quand je suis revenue de Sceilig Mhichil et que j'ai découvert que certains objets avaient été volés dans le sac que j'avais laissé à l'abbé Brocc, j'ai commencé à comprendre de quoi il retournait. Les éléments de preuves qui avaient été dérobés fournissaient des indices sur l'identité des fils d'Illan. Ceux que l'on n'avait pas touchés impliquaient sœur Grella dans le meurtre.

Fidelma marqua une pause, attendant une réaction du garçon. Après un instant de silence, Barrán s'adressa à lui.

— Reconnaissez-vous les faits dont on vous accuse ?

Le jeune homme haussa les épaules.

— Je n'ai rien à dire. J'ai agi en état de légitime défense.

— Ces paroles valent une confession, l'avertit Barrán.

— Interprétez-les comme vous voulez, répliqua froidement le garçon.

Midach s'avança et prit son fils adoptif dans ses bras.

— Mon enfant, je suis ton *anamchara* et ton père nourricier. Je t'ai accompagné dans toutes les épreuves, et pour plaider ta cause, je te trouverai le meilleur avocat.

Quand le médecin se tourna vers Fidelma, son visage reflétait une angoisse touchante.

— C'est ma faute ! C'est ma très grande faute ! J'ai instillé la peur de Dacán en lui.

Il fit face au chef brehon.

— Ne pouvez-vous m'emprisonner à la place de ce garçon ?

Barrán secoua la tête.

— Il a maintenant atteint l'âge où il doit assumer ses responsabilités. Quant à la peur que lui inspirait Dacán, vous n'avez fait que lui donner une forme tangible, car je crois qu'il le détestait et le craignait déjà.

— Oui, il a agi poussé par l'effroi. Même Fidelma de Kildare le reconnaît.

— Sans doute, mais faire porter les soupçons sur un innocent n'est pas à son honneur.

— Encore un mot, Barrán, intervint Fidelma. Cette cour accomplira son devoir en lavant l'abbé de Ros Ailithir et le roi de Muman de tout soupçon en ce qui concerne la mort de Dacán de Fearna. Mais elle n'est habilitée qu'à traiter les demandes de compensation de Laigin, elle n'a pas d'autre fonction que de prononcer un verdict sur cette affaire.

« Quant à Nechtan, il devra comparaître devant une nouvelle assemblée pour répondre de ses actions, ainsi que Salbach, dont les crimes sont sans commune mesure avec les siens. Laissons la justice décider du degré de culpabilité qui repose sur les épaules de Nechtan. Et s'il me donne son accord, je le défendrai, car j'estime qu'aucun enfant, qu'il ait ou non atteint l'âge du choix, ne devrait vivre dans la terreur d'être assassiné. Ceci expliquant cela, je pense que sa culpabilité, même s'il est responsable de ses actes, devrait être grandement allégée.

Midach contemplait Fidelma avec des yeux ahuris, de même qu'un bon nombre de personnes dans cette enceinte.

Barrán s'éclaircit la voix.

— Je vous remercie, Fidelma de Kildare, dit-il avec une pointe d'ironie, de me rappeler les devoirs du tribunal qui siège en ces lieux. Mais je tiens à vous rassurer : je ne pense pas que ses membres avaient oublié les raisons qui les rassemblaient ici.

Fidelma baissa la tête en signe de contrition.

— Les avocats de Cashel et de Fearna ont-ils terminé leurs plaidoiries ? lança Barrán

Fidelma, fatiguée, hésita un instant.

— Je voulais simplement rappeler à la cour ce que j'ai dit lors de ma première intervention, reprit-elle posément. Dacán, comme cela a maintenant été admis par son propre frère Noé de Fearna, est venu dans ce royaume dans le but inavoué de découvrir où se trouvaient les fils d'Illan afin de les utiliser pour les manœuvres politiques du royaume de Laigin. Je soutiens que, par ce subterfuge, Dacán avait perdu les droits auxquels lui ou ses parents pouvaient prétendre en se réclamant des lois de l'hospitalité. Par là même, l'abbé de Ros Ailithir et Cashel sont dégagés de toute responsabilité.

« Deuxièmement, j'ai révélé à la cour le nom du véritable coupable, à savoir Nechtan, fils d'Illan d'Osraige, qui a tué Dacán parce qu'il estimait que sa vie et celle de ses jeunes frères étaient en danger. Il n'appartient pas à ce tribunal de se prononcer sur sa culpabilité, mais j'ajouterai qu'il devrait bénéficier de circonstances atténuantes.

Soulagée, Fidelma regagna enfin son siège.

Barrán fit signe à Forbassach de résumer sa position et de réfuter les points qui lui semblaient contestables.

L'avocat du roi de Laigin s'entretint rapidement avec son jeune roi déconfit et l'abbé de Fearna qui arborait un visage impassible. Enfin il se leva.

— Laigin reconnaît que Cashel n'est pas responsable de la mort de Dacán, dit-il d'une voix sourde. Mais un assassinat a eu lieu et un jugement doit être rendu.

Barrán, le haut roi et Ultan d'Armagh se consultèrent. Puis le chef brehon s'adressa à l'assistance.

— Sœur Fidelma nous a rappelé le but de notre présence ici. Il s'agit de se prononcer sur la responsabilité de Cashel dans le meurtre de Dacán. Dans l'éventualité où cette responsabilité serait reconnue, Laigin exigeait le royaume d'Osraige comme prix de l'honneur de Dacán. Les preuves qui nous ont été apportées et les témoins que nous avons entendus nous ont pleinement convaincus de l'innocence de Cashel. Les demandes de Laigin sont donc rejetées. Comme au cours des six derniers siècles, Osraige devra fidélité et loyauté à Cashel et continuera de lui payer son tribut.

Une vague de murmures satisfaits courut dans l'assistance.

Barrán leva la main pour ramener le silence.

— Cependant, cette cour, avec l'accord du haut roi, estime qu'elle a d'autres décisions à prendre. Nous avons été amplement éclairés sur les raisons qui ont permis à certains de s'engager sur une voie tragique de mort et de destruction. Ces troubles trouvent leurs racines dans l'insatisfaction du peuple d'Osraige qui s'estime lésé. La population semble rejeter la tutelle de la famille de Ciarán de Saighir, originaire des chefs des Corco Loígde. Le bienheureux Ciarán a, semble-t-il, imposé à tort les Corco Loígde en Osraige. Le temps est maintenant venu pour les rois originaires d'Osraige de reprendre leur place. Nous conseillons au roi de Cashel de s'assurer que le peuple de ce petit royaume pourra choisir librement ses gouvernants, en accord avec les lois de la succession légitime.

Colgú se leva.

— Rien ne m'émeut davantage que ces tristes événements qui se sont déroulés dans mon royaume. Le sang de personnes innocentes a été versé et cela ne restera pas impuni. La famille des chefs des Corco Loígde a perdu tout droit moral de régner sur Osraige. Le peuple d'Osraige se prononcera par la voix de ses représentants sur le roi qu'il désire se donner, je le jure solennellement devant cette cour et je vous en donne ma parole d'honneur.

Le chef brehon hocha la tête en souriant.

— Voilà qui réjouira le cœur de votre haut roi. Il ne reste plus à la cour qu'à faire une dernière mise en garde. Il reviendra au tribunal de Cashel d'établir le degré de culpabilité que Nechtan devra assumer et à rendre la sentence qu'il jugera juste quant aux compensations exigibles. Cependant, nous en avons assez entendu pour estimer que le prix de l'honneur de Dacán a été terni par ses recherches déloyales au bénéfice de Laigin. L'amende pour la mort d'un érudit de l'envergure de Dacán est fixée par la loi à sept *cumals*, ce qui revient à la valeur de vingt et une vaches laitières. Le vrai prix de l'honneur pour un homme de son rang ecclésiastique est de vingt *séd*, la valeur de vingt vaches laitières. Un total de quarante et un *séd* est donc la somme dont est redevable toute personne reconnue coupable de sa mort. Cependant...

Barrán fixa le roi de Laigin.

— Il semblerait qu'il y ait d'autres coupables dans cette affaire, car ceux qui ont chargé Dacán de se livrer à certains travaux ont menacé la paix de ces royaumes et failli déclencher une guerre sanglante. Ils doivent assumer leurs responsabilités. Le prix de l'honneur du roi d'une province est de seize *cumals* et comme l'honneur de ce roi a été entaché, Fianamail devra payer seize *cumals* au haut roi.

Fianamail, pâle et renfrogné, garda le silence.

— De plus, il devra régler la somme de sept *cumals* au roi de Cashel pour avoir jeté la suspicion sur son honneur. La cour a rendu son jugement. Fianamail de Laigin veut-il intervenir ?

Le jeune roi se leva, parut sur le point de parler, secoua la tête et se rassit. Il murmura à l'oreille de son *dálaigh* et Forbassach se leva à son tour.

— Laigin accepte les remontrances de la cour. *Cedant arma togae*... les armes s'effacent devant la loi.

— Comme il se doit. La loi est passée et l'audience est close, conclut le chef brehon d'une voix forte et solennelle.

ÉPILOGUE

Fidelma était assise avec son frère près du bastion sur le chemin de ronde des hauts murs de l'abbaye dominant le bras de mer. La petite crique, maintenant tranquille et désertée, n'abritait plus que les *barca* et les bateaux de pêche des habitants de la région. Les embarcations avec à leur bord le haut roi, l'archevêque d'Armagh, Fianamail de Laigin et leur suite avaient mis les voiles. Même le navire de guerre menaçant de Mugrón, qui semblait presque faire partie du décor, avait levé l'ancre et suivi la flotte de Laigin, loin des côtes de Muman. Maintenant, plus rien ne venait troubler la tranquillité du paysage.

— Fidelma, permets-moi de te féliciter une nouvelle fois, dit Colgú, chez qui toute tension s'était envolée, laissant la place à une joyeuse exubérance. Tu n'as pas usurpé ta réputation.

Fidelma haussa les épaules.

— Il n'y a pourtant pas de quoi être fière, répliqua-t-elle. Si je n'avais pas été choisie pour être l'instrument de la déchéance de ces individus possédés par le mal, cela aurait été quelqu'un d'autre. Euripide n'a-t-il pas affirmé que, par nature, les personnes mauvaises ne pouvaient prospérer ?

Colgú se rembrunit.

— Oui, et tu penses davantage à Salbach qu'au jeune Nechtan. Si tu n'avais pas précipité sa chute, bon nombre de personnes auraient perdu la vie avant que l'on vienne à bout de sa tyrannie. Prochainement, les Corco Loígde seront en mesure de désigner un nouveau chef, dont j'espère qu'il fera preuve d'humanité et d'un grand sens de l'honneur. Et peut-être qu'en prenant en main son propre destin Osraige connaîtra la paix et la prospérité. En ce qui me concerne, je précise que le déshonneur de Salbach est partagé par Scandlán.

Fidelma lui adressa un regard approbateur.

— Je ne peux pas le prouver, mais je suis intimement convaincue que Scandlán d'Osraige était impliqué dans ce complot, qui avait été fomenté pour annihiler toute opposition à sa dynastie. Quant au jeune Nechtan, s'il le veut bien je le défendrai de tout mon cœur. Il était le prisonnier des circonstances et vivait dans la terreur.

— Mais sa main a porté plusieurs coups de poignard dans la poitrine d'un vieillard, fit remarquer Colgú.

— Et la peur guidait chacune de ses pensées et chacun de ses gestes. C'est elle qui lui a donné la force nécessaire pour accomplir son crime. Il y a des degrés de culpabilité en toute chose.

— En tout cas, grâce à toi le spectre de la guerre s'est éloigné et tu devines quel soulagement cela représente pour nous tous.

— Oui, nous avons momentanément conjuré le danger, dit Fidelma en souriant. Mon mentor, le brehon Morann de Tara, disait que le chemin gravi par l'humanité était précédé de forêts et suivi de déserts et de terres désolées.

— Ton maître n'était pas un optimiste, dit Colgú en riant.

Fidelma fit la grimace.

— Si tu prends du recul par rapport à l'humanité, tu ne peux t'empêcher de constater qu'il y a bien peu de choses qui plaident en sa faveur. L'art et la philosophie ne naissent pas de la condition humaine mais la traversent malgré elle.

En entendant le carillon de la cloche annonçant les vêpres, ils se tournèrent simultanément vers la tour des cloches. Colgú sourit à sa jeune sœur et plaça un bras protecteur autour de ses épaules.

— Viens, allons nous restaurer. Nous aurons bien le temps d'être tristes plus tard. Le pessimisme te va mal, petite sœur.

— D'un autre côté, à quoi bon prétendre que tout va bien quand le malheur rôde ? soupira Fidelma en se laissant conduire vers le réfectoire.

Elle leva la main pour arrêter les protestations qui montaient aux lèvres de Colgú.

— Je me tais. Allons manger. Euripide disait aussi : « Rien de tel qu'un estomac plein pour apaiser les querelles. »

Bras dessus bras dessous, le frère et la sœur se dirigèrent vers les bâtiments de granit gris de l'abbaye.

Impression réalisée sur Presse Offset par

CPI

Brodard & Taupin

La Flèche (Sarthe), 45286

N° d'édition : 3658
Dépôt légal : novembre 2004
Nouveau tirage : janvier 2008

Imprimé en France